이동희

소설집

장 수 바 위

풀길

이동희
소설집

차 례

서문

▶ 30권째 책을 내며 / 6

제1부

장수바위 / 10

보리밭에서 / 14

버들꽃 / 18

도화제桃花祭 / 25

미완未完의 편지 / 32

고정관념 / 39

코 고는 사람 / 44

돌아온 개 / 49

불행 중 다행 / 57

매 / 64

제2부

박씨의 죽음 / 72

피와 정 / 77

빨간 새 / 84

싸움 / 90

찢어진 그림 / 96

어느 날의 풍경 / 102

친척 모임 / 108

합승 / 112

부정행위 / 115

보리 베던 무렵 / 119

파경破鏡 / 124

가을비 / 128

어느 8. 15 / 132

두메 처녀 / 137

조기 수술 / 142

벽 / 147

촌놈 / 152

연휴 / 156

중증 / 161

제3부

항변 / 170

미귀未歸 / 180

첫사랑 / 189

변모 / 197

고향 사람 / 208

거래 / 215

향촌 삽화 / 227

산마을 사람들 / 240

제4부

매화골 통신 / 258

창작노트

▶ 지금 나의 시간은 / 392

30권째 책을 내며

늘 작품집을 낼 때는 느닷없이 불쑥 정하곤 하여 좀 더 신중했
었다면 할 때가 많았다. 이번도 예외가 아니다. 오래 붙들고 있던
것을 갑자기 내놓게 되었다.

묵혀 두고 젖혀 두었던 작품들이다. 그 이유는 길이가 짧다는
것이고 그래서 번번이 빼어놓고 뒤로 미루어 놓았던 것이다. 짧은
것이어서 경시한 탓인지 모른다. 최근에 쓴 것도 일부 있긴 하다.

어떻든 그때가 언제던가. 유우희 소설가가 갖고 있던 빌딩에 신
세를 지고 있을 때 그 창조사인가 출판사에서 조판을 하고 교정을
계속 새까맣게 보아 넘기자 너무 많이 고친다고 싫은 소리를 듣기
도 하고 시간을 너무 끌어 독촉을 받고 조판비인가 출판비인가를
지불하였었다. 그리고 그냥 묵혀 둔 채 많은 시간이 흘렀다. 거기
서 「매화골 사람들」을 낼 때이다. 이런 사정을 굳이 얘기하는 이
유는 열 손가락 깨물어 안 아픈 손가락 없듯이 다 나의 분신들로
함부로 굴릴 수가 없었다는 얘기를 하는 것이다.

짧은 소설에 대한 이름이 여러 개 있다. 꽁트 장편掌篇소설 엽편
葉片소설 또는 소품小品이라기도 하고 창작이라고 하기도 한다.
1920년대 일본의 신문에 짧은 소설을 실은 창작란創作欄이 있었는
데 대단히 인기 있는 칼럼이었고, 그 뒤 소설을 창작이라고 하기
도 하였다. 무슨 변설을 늘어놓으려는 것이 아니고 그 이름들은
다 다른 뜻을 가지고 있다. 꽁트conte는 불란서에서 단편소설을
말하고 영미의 short story도 단편소설을 말한다. 우리가 짧은 소

설의 대명사로 쓰는 꽁트도 나름대로의 형식이 있다. 예를 들면 짧기만 한 것이 아니라 결말 부분에 가서 극적으로 전환하는, 큐 턴이라기도 하고, 특성을 가진다. 그러나 여기 모은 꽁트들이 다 그런 구성의 특성을 가지고 있다고 할 수는 없고 또 단편소설의 길이를 가진 것도 있다.

「항변」은 데뷔 전의 작품이다. 대학 1학년 때 교내 신문에 투고한 것인데, 그때 시와 수필도 함께 가작으로 뽑혔고 심사는 이무영 김용호 선생이 하였다. 여러 가지로 마음에 안 드는 데가 많지만 늘 끌고 다니는 자료 파일에서 빼어버리지 못하고 있다.

「장수바위」를 표제로 한 데에 별다른 뜻은 없다. 낙향해 살고 있는 마을 들판 이야기이다. 이것도 오래전에 쓴 것인데 대학 문인회 세미나 때 발표한 것을 계속 이리저리 굴리고 있었다. 작년 이 지역 문학지에도 싣고 처음으로 발행하는 면지에도 실었다. 마을 들판 가운데 큰 바위가 있었다. 지금은 없어진 고인돌이다. 나의 데뷔작 중의 하나인 「핏들」에도 등장한다.

「매화골 통신」은 향리에 내려와 살며 농촌 마을 사람들의 이야기를 현장르포 형식으로 쓴 꽁트이다. 소설이지만 순전히 실제의 이야기이다. 내레이터는 3인칭, 필자를 닮은 기자이다. 4H신문에 3년간 연재하면서 번번이 마감시간에 쫓기었다. 이 기회에 김준기 회장, 김민진 가자에게 감사를 드린다. 한 회분 원고를 못찾아 김 기자에게 연락을 하였더니 결혼을 하였다고 한다. 무엇보다 반가운 소식이다. 까짓 원고가 대수인가. 축하 축하. 매번 현장 사진을 직접 찍어 같이 실었고 그 설명은 이야기의 일부가 되어 있는데 사진을 넣지 않기로 하여 그것도 아쉬운 대로 빼었다.

헤아려 보니 30권째 내는 책인 것 같다. 하나의 제목으로 세 권을 낸 것은 세 권으로 계산한 것이고, 공저는 여기 넣지 않았다.

특별한 이유 없이 재수록은 하지 않았다. 써놓은 것 중에 아직 책으로 내지 못한 것이 더러 있다. 장편소설이 두엇 되고 단편과 꽁트를 못 찾은 것도 몇 편 된다. 평론과 수필도 한 권씩은 넘고, 오지 벽촌 순례를 한 르포르타주도 있는데, 이것은 그곳들을 다시 답사하고 달라진 농촌 풍경을 책으로 보고하려 하였는데, 아직 그 생각을 버리지 못하고 있다.

　욕심인지 의욕인지 모른 채로 또 한해가 반이 지났다. 유난히 덥고 가물고 장마가 긴 올해 여름, 내게는 특별히 의미 있는 우산 속 같은 시간이다. 뒤란에 정화수를 떠놓고 빌던 어머니 생각이 난다. 그곳에 지은 서재를 새로 고치고 정리하며 이 책을 낸다. 책을 낼 때마다 마음이 설렌다.

　　　　　　　　　　　　　　　　2017년 가을
　　　　　　　　　　　　　　　　저자

제1부

장수바위

보리밭에서

버들꽃

도화제桃花祭

미완未完의 편지

고정관념

코 고는 사람

돌아온 개

불행 중 다행

매

장수바위

큰 바위였다. 바위만 큰 것이 아니라 그 위에 큰 발자국이 있었다. 사람 발자국의 몇 배나 되는 큼지막한 발자국이 푹 패어 있었다.

장수 발자국이라 했다. 그래서 장수바위라고 했다. 핏들 들판 가운데, 논 가운데에 떡 버티고 있었다.

그 바위는 들판의 표적물이 되기도 했다. 저쪽 물 건너 신작로에서도 보이고 나무 해 나르던 산기슭에서도 보였다. 짐을 지고 쉬었다 가면서 아직도 바위가 멀었는데 하고 바위를 바라보았으며 어떤 때는 도깨비에 홀린 듯이 그 바위가 보이질 않았다.

그가 장수바위에 올라가 보았을 때는 꽤 성장을 했을 때인 것 같다. 무슨 사다리가 있는 것도 아니고 디딤돌이 있는 것도 아니고 누가 떠받쳐 주거나 지게를 밟고 어찌어찌하여 올라갈 수가 있었다. 그리고 한 사람이 올라가면 손을 잡고 끌어 올릴 수 있지만 내려오기란 더욱 힘들었다.

그런 것도 보리나 벼나 곡식을 베고 나서나 가능한 일이었다. 논 가운데, 밭 가운데 누워 있는 바위에 오르기 위해 곡식을 다쳤다가는 불호령을 면할 길이 없었던 것이다.

좌우간 바위 위에 처음 올라갔을 때만이 아니고 올라갈 때마다 감탄을 하였다. 옛날 어떤 장수가 밟고 지나간 발자국, 그 발자국의 크기에 대하여 그리고 그 장수에 대한 환상에 젖게 되는 것이었다.

그런 큰 장수나 큰 인물이 되고 싶은 꿈에 사로잡히는 것이었다. 아무래도 자신이 없고 위축감이 느껴지는 자신의 작은 발을 그 큰 발자국에 풍덩 넣어 보면서…….

"「큰바위 얼굴」이라는 소설이 생각나는군요."

기자가 회상에 잠겨 얘기하는 그에게 말한다.

"그래? 그렇지?"

"장수란 요즘으로 말하면 장군쯤 될까요?"

기자가 차창을 내다보며 다시 묻는다.

"글쎄……, 그럴까? 좌우간 우선 신체가 대단한 거구이고 힘이 대단히 세었다는 거야. 거 왜 이순신 장군이 쓰던 칼 보았던가?"

그의 고향을 찾아 같이 취재를 떠나는 나이 어린 여기자가 이해가 가는지 고개를 끄덕거린다.

"신화적인 인물이군요."

"맞았어, 전설적인 얘기이지. 나는 오랫동안 그 바위를 잊고 있었어. 그런데 지금 생각하면 나는 계속 그런 꿈을 키워 오지 않았나 생각이 돼."

"그래서 그 꿈을 이루신 것이지요?"

"꿈은 이루어지는 것이 아니지. 언제나 껍질만 만져질 뿐 알맹이는 저만치 아른거리고 있어."

그가 그동안 계속 각고해 온 작업에 회의를 느낄 때쯤 작가의 고향을 취재하겠다고 제자랄까 후배가 조르는 것을 사양해 왔었는데 바람을 한번 쐬고 싶어졌다. 같은 동창이 별을 달게 되었다고 하여 거창하게 축하회를 하고 돌아오며 그 바위 생각이 난 것이다. 사실 고향이라고 하지만 이미 그의 흔적이 남은 것은 아무 것도 없었던 것이다. 집은 6.25 때 불타고

"선생님의 대표작은 「보리」이지요?"

기자가 차에서 내리고 시골 그의 고향 어귀 푸른 보릿잎이 출렁거리는 풍경을 바라보며 묻는다.

"글쎄……."

"무슨 대답이 그러세요?"

"허허허…… 그 바위가 있는 들판 얘기지."

마을은 별로 변화는 없었지만 사람들은 통 낯설었다. 인사를 하려면 한참 설명을 하여야 했다. 그래서 우선 핏들로 향하였다. 해가 지기 전에 그 바위 앞에서 사진을 하나 찍자고 기자가 깝치었던 것이다. 꾸물꾸물하던 날이 아직 해가 서산에 걸려 있을 시간인데 침침해 왔다.

한참 핏들 들판을 헤매다가 도저히 장수바위를 찾을 수가 없어서 초등학교 동창을 하나 데리고 와서 바위를 찾아 달라고 하였다. 그런데 동창은 바위가 없어진 지 오래 되었다고 한다. 바위를 깨어 내었는데 그 밑에서 화살촉, 돌도끼 등이 나와 그것을 박물관에 기증했다고 한다. 그리고 뒤에 안 일이지만 그것은 말로만 듣던 고인돌(지석묘)이었다는 것이다.

기자는 언제부턴가 비까지 뿌리기 시작하는 들판 보리 물결 위에 그를 이리저리 집어넣어 셔터를 누르고 있었다.

참으로 허전하였다. 그의 꿈의 원형을 다 깨어버린 듯한 아쉬움과 허탈함이 눈앞을 서글프게 막았다.

그날 저녁때 초등학교 동창들을 모아놓고 모두들 금의환향을 했다는 친구들에게 막걸리를 사면서 들은 얘기는 더욱 서글펐다. 그

가 왜 그 바위를 깨어 없앴느냐고 따지듯이 물었을 때 한 동창이 이렇게 말하는 것이었다.

"장수 발자국만 가지고 먹고 산다던가?"

땅, 한 뼘의 넓이라도 땅을 갖겠다는 욕망이 그 큰 바위를 깨어 낸 것이었다.

"내 고향은 이런 곳일세, 알겠나?"

그는 울먹울먹하며 그에게 카메라를 들이대고 있는 기자에게 막 걸리를 한 사발 따라주었다.

"바위는 없어졌지만 발자국은 남아 있습니다."

기자는 혼잣말처럼 중얼거렸다.

"비까지 와서 안됐군!"

그가 기자에게 다시 미안한 기색을 띠며 말하자 기자는 하는 수 없다는 듯이 허탈하게 웃는다.

"염려 마세요, 선생님. 비 셔터가 있지 않습니까? 호호호……."

"이 사람들이 무슨 소릴 하고 있는 거여?"

"얼마나 기다리던 비인데 그려?"

동창들이 눈을 흘기며 술잔으로 공격을 한다.

"하하하하…… 좌우간 내가 비를 몰고 왔군 그래, 안 그런가?"

어느 사이 빗방울이 굵어지기 시작했다.

보리밭에서

기회가 있을 때마다 잠깐만이라도 들르는 마을이다. 무엇에 씐 듯이 끌리어 가는 것이다. 기차나 고속버스를 타고 먼발치로 지나칠 때도 언제나 그쪽 자리에 앉을 뿐 아니라 그 마을을 통과할 때쯤이면 그 쪽을 넋을 잃고 바라보는 것이었다.

고향 마을이다. 숙명과 같은 뿌리가 닿아 있을 뿐 아니라 계속 끌어 잡아당기고 있는 것이다. 옛터에 집을 짓고 내려가겠다 내려오겠다 공수표를 몇 년을 계속 떼고 있지만 집을 짓거나 못 짓거나 내려가거나 못 내려가거나 그의 마음은 항상 그곳에 머물고 있는 것이었다.

이번에는 그곳 문화원에서 강연을 좀 해달라고 해서 내려가는 길이었다. 대상은 청소년들이라고 하지만 주로 고등학생들이었다. 시를 쓰며 교직에 있는 그는 그들 농촌 지역 학생들에게 대학 입시 전략에 대한 얘기를 하기보다는 문학 작품 속에 나타난 흙의 사상 농민 정신 같은 얘기로 시험 지옥에서 잠깐 외출을 시켜주려 하였다.

그날은 새벽부터 잠이 깨어 일찍 출발하였고 시간 여유가 있어 그 마을부터 들렀다. 갈 때마다 그러는 것처럼 가까운 친척들이 살고 있는 집으로 갔다. 그런데 모두들 집에 없었다. 들에 간 것이 틀림없었다. 보리를 베고 모를 심고 일손이 바쁜 때였다. 다른 집들도 다 들에 갔는지 기척이 없었다. 팔을 둥둥 걷어붙이고 일을 해주어도 시원찮은데 이렇게 한가하게 찾아온 것이 참으로 송구스럽게 생각되었다.

그는 막걸리를 좀 사가지고 들판으로 나갔다. 꼭 누구 논을 찾아갈 자신이 있는 것도 아니고 누구를 꼭 만나야 되는 것도 아니었다. 그렇게 넓은 들은 아니지만 정처없이 나선 것이다. 냇물 건너에 있는 방아다리 쪽으로 향하였다. 보리를 베기도 하고 논을 갈고 써리기도 하고 모를 심기도 하고 들판 여기저기에서 땀을 닦으며 일하는 모습이 눈에 들어왔다. 대부분 늙수그레한 농민들이었다. 언제부터인지 경운기와 이앙기 등 농기계가 자리 잡고 못줄을 치고 농가를 부르며 모를 심거나 이랴 쯔쯔쯔 하며 소가 쟁기질을 하는 풍경은 어쩌다가 눈에 띄었다. 그러니 논둑에서 한가하게 말을 붙일 수도 없었다.

그가 한 손으로는 바지를 치켜 쥐고 기웃거리자 그쪽에서 먼저 알아차리었다.

"어짠 일이라? 바쁜 사람이?"

친구의 형 되는 덕술이 이앙기로 모를 심으며 고개만 돌리고 말하는 것이었다. 그리고 저쪽 시야에 들어오는 조카네가 얼씬거리는 쪽을 알으켜주기도 한다.

"농사 짓기가 아주 편해지셨네요."

그가 인사로 말을 하였다가 서글픈 소리를 들었다.

"도대체 사람이 있어야 일을 하지. 이거 뭐 밑이 가는지 걸이 가는지도 모르고 해보는 거여."

"그럴 리가 있겠습니까? 발전하는 과정이지요."

그는 그렇게 위로를 하고 지나쳤다. 그러나 조카를 만나는 순간 그 말을 스스로 부인하지 않으면 안 되었다.

조카는 가뜩이나 찌든 얼굴이 연기에 그을려 꺼멓게 되어 있었다. 보리밭을 태우고 있었다. 그는 처음에는 그것이 무엇을 하는 것인지 몰랐다. 그저 한여름이라 모닥불을 놓은 것은 아니고 거름할 것을 태우고 있는가보다 생각했다. 어쩌면 보리 서리를 하는가. 아니 그런 것은 더욱 아닌 것 같았다. 이 들판에서 보리 서리 콩 서리 참 많이 해먹었었다. 남의 밭의 것을 갖다가 몰래 구워서 먹는 것이었다. 재미로 하기도 했지만 배가 고파서 그러기도 하였다. 도적질이라는 인식은 없었지만 쉬쉬하며 후딱후딱 해치웠던 것이다. 그러느라고 입과 콧등과 볼때기가 검정이 묻어 볼만 했었다.

그런데 그런 것이 아니었다. 그런 것만 해도 오히려 낭만적이었다. 밭을 온통 다 태우고 있었다. 보리밭에다 불을 지른 것이다.

"아니 뭐 하는 거여? 왜 이러는 거지?"

그는 아무래도 심상치가 않아서 조카의 어깨를 잡아 흔들며 물었다.

조카는 말뚝처럼 서서 아무 대꾸도 하지 않고 있다가 다만 한 마디 인사만 한다.

"왔시오?"

알고 보니 여기 조카네 보리밭만 그런 것이 아니고 저쪽에도 두어 군데 보리밭을 연기를 피우며 태우고 있었다.

그는 왜 그러는지를 한참 후에야 알아차렸다. 모는 심어야 되겠고 보리를 벨 인력은 없고 태워서 갈아엎는 수밖에 없었다. 피땀 흘려 가꾼 곡식을 갈아엎는 심정이 꺼먼 조카의 얼굴에 씌어 있었다.

"그래도 그렇지. 옛날 보리 서리 해 먹던 생각 안 나?"

16

사정을 알고서 그가 다시 얘기했을 때도 조카는 아무 말을 않다가 그가 돌아서려 하는데 한 마디 한다.

"인간적으로는 좀 안됐어여. 그러나 어쩔 도리가 있어야지요."

그리고는 그가 무슨 감독관이기나 한 것처럼 검은 얼굴을 붉히며 변명을 하고 있었다.

그는 사들고 간 막걸리를 같이 마시는 대신 그냥 논둑에 두고 왔다.

그날 강연은 죽을 쑤고 말았다.

버들꽃

"오늘은 정말 일찍 들어오세요."

"알았어."

그런 대답이 시원찮은지 아내는 한 번 더 다짐을 받으려 한다.

"짐을 다 내놔 주지 않으면 안 돼요."

"알았다니까."

"늦으면 내 맘대로 다 옮길 거예요."

"어허, 알았다는데……."

그는 짜증이 났다.

아이들이 이른 아침을 뜨는 둥 마는 둥 하고 도시락 챙겨가지고 부산히 나간 다음 두 부부가 마주 앉은 식탁에서 이렇게 곱잦이는 것이었다. 얼마나 일찍 들어오지 않고 신용을 잃었으면 그럴까. 그것은 사실이었다. 그런데 이날은 단순히 일찍 귀가하라든가 술을 하지 말고 들어오라는 이야기가 아니라, 곧바로 집으로 와서 짐을 싸자는 것이었다. 이사를 가는 것도 아니고 도배를 하는 것을 가지고 며칠째 부산을 피우는 것이다.

하긴 이 집에 이사 온 후 8년인가 9년인가 되는 동안 처음으로 하는 도배이다. 이사 가자는 것을 반대하여 온 그는 도배를 하는 것도 반대하였다. 짐을 싸고 옮기기가 싫어서였다.

참 이사도 많이 다녔었다. 2년, 3년이 멀다고 동에서 서로 서에서 북으로 다시 남으로 정처 없이 삼륜차에 올망졸망한 짐 보따리들을 싣고 옮겨 다녔다. 그러느라고 장롱 귀퉁이들이 다 깨어지고 책 모서리가 바수어졌다. 그러나 책은 계속 숫자가 늘었다. 책장이 하나면 되던 것이 두 개 세 개 가지고도 모자랐다. 그것은 그의 버리지 못하는 습성 때문이기도 하다. 책도 그렇지만 우편물, 메모지, 명함, 노트, 유인물, 자료 등 조금이라도 참고가 되고 기억해야 될 것들이면 다 보관을 하는 것이다. 그래서 단행본, 잡지, 전집류 등 책들도 많았지만-그의 집 규모에 비해서 많다는 것이지 몇천 권이 안 되는 것이다.-그런 먼지 앉은 자료들이 또 상당히 많았다. 봉투에 넣기도 하고 그냥 상자에 널려 있기도 하고 여기저기 흩어져 있기도 하였다.

이런 자료들은 교재 연구에 필요한 것들도 있고 생활에 필요한 것들도 있지만, 몇 줄 안 쓰는 대로 머리가 세도록 잡문을 써온 그의 창작 메모이고 소재들이고 쓰다 만 원고들이었다. 녹음테이프, 사진, 필름들도 또 적잖았다.

"에이 참!"

그의 짜증은 일찍 들어오라는 이유 때문이 아니었다. 그런 그의 소유물이랄지 보관물을 꺼냈다 넣었다 하는 도로徒勞가 지겹고 귀찮아서였다. 그게 싫어서 늘 이사를 하자는 것도 옹고집을 부려서 거절하였던 것이다.

집을 나와서 그에게 다시 한 번 다짐을 하는 아내의 말에는 대답도 하지 않았다. 짜증이 나기도 했지만 그로서는 꼭 그래야 한다는 생각이 들지가 않는 것이었다.

이날따라 버스가 붐볐다. 가방을 주체하기 힘들었고 이리 쏠리고 저리 쏠리다 보니 등골에 진땀이 났다. 그런데 우연하게도 바로 옆 차선으로 나란히 달리고 있는 이삿짐을 잔뜩 실은 삼륜차가 차창으로 보였다. 삼륜차 위에는 장롱, 냉장고, TV 그리고 크고 작은 상자 등이 실려 있어 남의 안방을 들여다보듯 한 집 살림을 다 내려다볼 수 있었다. 그리고 그 짐 사이에 마치 하나의 가재도 구처럼 모자를 푹 눌러쓰고 있는 중년 사나이 하주荷主. 그는 담배를 피우고 있는 그 사나이 얼굴에서 자신을 발견하였다.

왜 그렇게 이사를 다녔던가. 사글세로 전세로 살 때는 몇 번 세를 올려주다 못해 속이 상해 이리저리 옮겼지만, 박봉을 절약하여 주택부금을 들어서 마련한 언덕 위의 아담한 주택마저 팔고는 왜 아파트로 연립주택으로 숱하게 옮겨 다녔다.

그것은 그의 의사가 아니고 아내의 의사였다. 그의 아내도 무슨 역마살이 끼어 좌정을 못해 그런 것이 아니었다. 집을 늘리고 전 망이 좋은 곳 학군이 좋은 곳으로 옮기려다 보니 그렇게 된 것이 다. 그런 이유들은 도저히 그의 박봉으로는 해결할 수 없는 능력 들이요 사항들이었다.

그런데, 결국 가재도구 책모서리만 부서지고 몸만 바스러졌지, 결과는 처음 집을 지었던 곳에 살고 있는 것과 마찬가지였다. 그 것을 뒤늦게 터득한 그가 아내에게 말했을 때, 아내는 한 번만 더 이사를 하자는 것이었다. 집값이 마구 뛰고 복덕방들이 셔터를 내 리고 뒷문으로 거래할 때였다. 프리미엄을 얼마인가—아주 적은 액수라고 했다—주고 사서는 전매를 한다는 것이었다.

그는 이사가 진절머리가 나기도 했지만 불안해서 그럴 수가 없 었다. 그래도 공직에 있고 뭔가를 가르친다는 사람이, 가져야 할 자세가 아니라는 생각이 들고, 그보다 그 이사의 결과가 가져다주 는 프리미엄 같은 것에 매달리고 싶지가 않았다. 좌우간 그는 마지막 카드를 사용하듯이 큰 톤으로 제지를 하였다.

그런데, 그로 인해 얼마나 원망을 들었던지, 얼마나 끌탕을 하고 저능아 취급을 하는지, 돈 2천만 원인가 3천만 원-그 값이 자꾸만 올라갔다-을 길바닥에 태질을 쳤다는 것이다. 3천만 원……. 글쎄 그것이 별로 실감은 안 나는 대로 그가 20여 년 근무해 온 퇴직금에 해당되는 것을 생각하면, 그리고 그 이사 한번 잘한다는 것이, 꼬장꼬장하게 아니 고집불통으로 자기 자리를 힘겹게 지켜온 마지막 급여금과 같다고 생각하면, 적이 미안하고 죄스럽지 않은 것이 아니었다.

가끔 난롯가 같은 데서, 볼일 없이 만난 술좌석 같은 데서 동료들과 퇴직금 얘길 할 때가 있다. 일시금으로 타는 것이 낫겠느냐, 연금으로 받는 것이 낫겠느냐 하는 것이었다. 이게 낫겠다, 저게 낫겠다, 얘기할 때마다 구구했다. 한 번은 인플레가 심하고 정정政情이 불안하니 일시금으로 타는 것이 낫겠다는 측이 우세하고 압도한다. 그러나 또 한 번은 교직에 있다가 퇴직해서 뭘 해보다가는-사업이 됐든 뭐가 됐든-열 번이면 열 번 다 망한다는 것이다.

좌우간 그 프리미엄 얘기가 나올 때마다 곤욕을 치르던 그는 언젠가부터는 오히려 실실 웃으며,

"차라리 내가 비행기 사고로 죽는 게 훨씬 낫지 않아?"

하고 성감대를 어루만지며 얼버무리곤 하였다.

강의가 도무지 잘 안 되는 날이 가끔 있는데 이날이 바로 그랬다. 초두부터 난관에 봉착하였다. 조금 늦게 강의실에 들어갔는데 한 학생이 불쑥 일어나며 말한다.

"오늘은 휴강을 하시지요."

"왜지?"

그는 본능적으로 얼굴이 상기되었다.

"밖이 어수선하니 의욕이 안 생깁니다. 맵고 말입니다."

"그럼 뭘 어떻게 하자는 거지?"

"뭘 어떻게 한다기보다……."

"대안이 있어야지, 논리를 세워 봐."

"꼭 논리가 서야 됩니까?"

이번은 다른 학생이 퉁명스럽게 묻는다.

"그럼 서야지."

"그러면 모든 현실이 논리에 맞는다고 생각하십니까?"

그는 학생들을 휘이 훑어보았다. 냉랭한 시선들로 죽은 듯이 침묵들을 지키고 있다. 자신의 답변을, 명쾌한 논리를 기대하는 것이다. 그러나 그에겐 그런 답이 없다. 빈 주머니 같은 논리밖에는.

"그래 안 맞는다고 칩시다. 그러니 우리도 맞추지 말자 이건가요?"

그의 말투까지 고친 언질로 해서 일단 그렇게 지나갔다. 의식적으로였는지 모르지만, 현실이다 역사의식이다 민중이다를 연결시켜 문학의 본질을 얘기하려 하였지만, 아무래도 죽을 쑨 것 같았다.

밖에는 수양버들꽃이 뿌옇게 흩날리었다. 꽃가루에는 매운 연기가 묻어 도무지 눈을 뜰 수가 없었다. 재채기가 나고 눈물을 마구 잡아 뽑는다.

옆방의 어학 전공의 동료가 같이 나오다가 붙든다. 일찍 가야 되는데 하는 생각이 났지만 거절을 못했다.

가끔 목이 매울 때 가던 집으로 갔다. 그리고 간단히 하자고 했다. 물수건으로 눈을 조심스레 닦고 잔을 부딪쳤다.

"자, 꽃가루를 씻어냅시다."

그는 아까의 얘기를 했다. 자기 정당화를 잔뜩 시켜 한 얘기였지만 괜히 꺼냈다 싶었다. 그래서 이상하게 끌고 갔다.

"좀 늦은 얘기인지 모르지만 교직이 안 맞는 것 같애."

"좀이 아니고 많이 늦었지. 그러나 교직이 안 맞는 것이 아니고 인생이 안 맞는 것 아닐까? 하하하……."

"인생이? 그건 어떻게 해야 하는 거지?"

"수양을 더 해야지."

"수양버들처럼 머리를 축 늘어뜨리란 말인가?"

"하하하…… 2차를 사요. 내게 좋은 방법이 있으니까."

2차에서는 동료의 하소연을 들었다. 그러느라고 이날도 꽤 늦었다. 봉투들, 봉투의 배를 가르고 터져 나온 물건들이 마구 흐트러져 있었다. 그리고 그가 화를 내기에 앞서서 아이들을 데리고 이것저것 닥치는 대로 끄집어 내놓고 있던 아내는 화가 머리끝까지 올라 있었다.

"도대체 책이면 책이지, 이 봉투들은 뭘 하는 거예요. 다 갖다 버리겠어요."

내일 아침 일찍 도배를 하러 온다고 했다.

"알았어요. 알았다니까."

사실 그의 작은 방은 천장만 남기고 다 책으로 가려 있기 때문에 도배를 하나마나가 아니냐고, 천장과 바닥만 바르자고 하였지만 안 된다고 하였다.

그는 베레모를 푹 눌러쓰고 흐트러진 책들과 봉투 상자곽 속의 자료들, 이리저리 쏟아져 밟히고 있는 그의 소유물들을 주섬주섬 챙겨서 신문지를 깔고 복도 벽에 갖다 쌓았다. 그러면서 그는 생각했다. 결국 그에게 남은 것은 이 봉투 속에 든 메모지 자료들뿐이 아니겠느냐고. 그것이 무슨 대발견이라도 되는 듯이 웃음을 터뜨리며 그 사실을 아내에게 얘기하였다. 그러자 아내는 어이가 없

다는 듯이

"맞아요, 맞아! 그것밖에 뭐가 있어요?"

그는 웃음이 나와 못 견디었다. 무슨 흡족하고 흐뭇한 웃음이라기보다는 엉뚱한, 가령 안 맞던 인생이 금방 맞기라도 하는 듯한 착각의 웃음 같은 것이었다. 그런 그의 뒤통수를 아내가 된통 쥐어박고 만다.

"집 내놓을 거니까 아예 단단히 챙겨 두세요."

언제부터인지 비가 오기 시작하여 습기찬 복도에 쌓은 책과 봉투들은 꿉꿉한 먼지가 달라붙었다. 젖지나 말아야 할 텐데…….

목이 다시 메워 왔다.

도화제桃花祭

　"복사꽃이 활짝 피었어요."

　신 선생의 목소리였다. 시외전화지만 일요일 아침이 되어 낭랑
하게 들리었다. 어쩌면 시골에 사는 그녀는 언제나 그렇게 소녀
같은 목소리를 지니는지 몰랐다.

　"놀러 좀 안 오시겠어요? 다음 주일이면 다 시들 거예요."

　그러고는 그의 대답을 기다리고 있다. 더 무슨 말을 하지 않고.

　복사꽃을 구경하러 내려오지 않겠느냐는 것이었다. 그렇게 먼
거리는 아니었다. 시외버스를 타고 한 시간 반가량 달려가면 되는
곳이었다. 그러나 아침에 눈을 막 뜨려는데 온 전화여서 얼떨떨하
기도 하고 낮에 있는 몇 가지 일도 있고 하여 망설일 수밖에 없었
다.

　"글쎄에……."

　"별일 없으시면 내려오세요. 사모님이랑 아이들이랑 데리고 말
예요."

　"글쎄에……."

　"어려우시면 그만두시고요."

　"뭐 어려운 것보다……."

그는 신 선생의 그런 청을 거절하기가 좀 힘들었다. 거기에는 또 약간의 부담이 따르고 있었다. 그가 소개한 공형에 대한 책임이랄까, 그것도 따지고 보면 약간이 아니라 상당한 부담이라고 해야 할 것이었다.

"네, 알았습니다."

"그럼 오시는 거지요?"

"아니, 저 공형에게 연락을 해보고 가게 되면 같이 가지요."

"아니 이 선생님만 오세요."

"네, 좌우간 알겠습니다."

"그럼 기다리겠습니다."

그리고 신 선생은 전화를 끊는다.

그는 곧 안형에게 전화를 걸었다. 늘 가까이 있는 그를 통해서 공형을 연락했던 것이다. 그리고 웬만하면 같이 동행을 하자고 하려는 것이었다. 그런데 참 안형은 이상한 소리를 한다.

그러니까 오늘 12시 공형이 결혼식을 갖는다는 것이었다. 자기도 갑작스럽게 청첩을 받고 어제 아무리 연락을 하여도 안 되더라고 하며.

"아니, 도대체 어떻게 된 거지?"

"글쎄 누가 아니래."

그의 말에 안형도 맞장구를 친다.

"좌우간 그 여선생하고는 아닌 거지?"

"참 뭐가 어떻게 되는지 모르겠군!"

"그래……."

그러나 그는 얘기를 더 듣고 싶지는 않았다. 잘 알았다고 하고 전화를 끊었다.

신 선생이 그런 사실을 알 리는 없고 어쩌면 그런 심상찮은 일이 현몽現夢이라도 되었던지 모르겠다.

일요일 아침 일찍 그는 그날 공형의 결혼식을 먼 발치로 참석한 후 다른 일은 미루고 오후에 혼자 시외버스를 탔다. 안양에서 다시 버스를 갈아타고 서해안 쪽으로 반시간 가는 도중에 신 선생의 집이 있었다. 산비탈에 주로 복숭아나무를 많이 심어놨고 닭, 칠면조, 오골계 등을 기르고 있었다. 정계에서 은퇴한 그녀 아버지의 소일거리이기도 하지만 꽤 과년하도록 혼처가 정해지지 않고 있는 신 선생도 심란함을 달래기 위해서인가 그곳으로 낙향을 하여 있는 것이다.

그녀의 선배이자 동료였던 그는 친구인 노총각 공형을 소개하였었는데 지난여름에는 복숭아 맛이 들었다고 오지 않겠느냐고 하여 내려가기도 했었다. 말대로 맛이 잘 든 수밀도도 실컷 먹었지만 전원의 맑은 공기를 흠뻑 마시고 또 오후에는 서해로 나가 시원한 바닷바람을 쐬며 싱싱한 회에 걸친 술로 만취하여 돌아왔다. 그것은 신 선생이나 그녀의 부모와 의기상통하는 점이 있어서이기도 하지만 무언가 그는 그렇듯 공공연한 부담을 지고 온 것이었다.

그런데 일은 그렇게 되어버리고, 꽃구경을 가자니 그의 마음은 심히 괴로웠다. 그가 복숭아를 먹고 와서 공형과의 일을 서둘게 되었었다. 어떻게 하겠느냐고 하자 공형은, 아무래도 자기는 신 선생과 배필이 될 자격이 부족하다며 사양하는 것을, 그가 괜찮을 것이라고 하여 자리를 만들었다. 그리고 아주 신사적인 사인을 정하였다. 다방에서 만나는데, 거기서 한 잔 하러 가자는 것으로 결정적인 의사 표시를 하기로 말이다. 공형은 정말 대포나 한 잔 하러 가자고 해서 어느 맥줏집으로 갔었는데 일생의 중대사를 결정짓는 데 그런 위약쯤은 그렇게 대단한 것이 아닌지 몰랐다.

신 선생의 과수원엔 정말 복사꽃이 활짝 피어 그 결정을 이루고 있어서 무겁던 마음이 확 풀어졌다.

"정말 와 주셔서 감사합니다."

신 선생은 또 그 꽃보다 더 화사한 블라우스를 입고 활짝 웃음을 지으며 반겨주었다.

그가 복사꽃 향기에 취해 멍청히 서 있는데 그녀의 어머니가 들마루로 삼계탕을 준비하였다가 내온다. 그녀의 아버지는 또 어디서 복숭아주를 꺼내와 따른다.

"참……, 그야말로 무릉도원입니다. 전 왜 이렇게 못 사나 몰라요."

그는 이 꽃 속에 사는 것이 말할 수 없이 부러웠다.

"아 그래요? 좋습니까?"

그녀의 아버지는 심히 유쾌한 듯 술을 권하며 계속 한다.

"그야 뭐 못 사는 게 아니고 안 사는 거지요."

"하하하…… 그럴까요?"

식사를 마치고는 다시 해안으로 나가자고 하였지만 그는 극구 사양하였다. 그럴 수가 없는 사정이 아닌가. 좋은 얘기도 아니니 술을 섞어 하는 것도 하나의 방법일는지 모르지만, 우선 신 선생에게 먼저 얘길 하여야겠다고 생각이 되었다.

정치를 하던 그녀의 아버지는 눈치가 빨라서 내외 곧 자리를 피해 준다.

신 선생과는 한참 딴 얘기들을 하다가 과수원 안으로 이리저리 산책을 하였다.

나지막한 복숭아나무에 아직 잎이 생기기도 전에 꽃이 피어 온통 주위는 연한 분홍빛 색깔로 덮이고 과수 밑으로 간작을 한 보리가 패어 그 연한 향기가 보리풋내와 섞여 온통 후각을 흔들어 놓는다.

그때 그는 줄곧 심호흡을 하며 걸었다. 마치 복사꽃의 축제를 올리는 것 같았다.

그런데 막상 얘기를 꺼내려니 이 도화원을 슬프게 만들 것 같아서 망설여진다. 그러는데 신 선생이 묻는다.

"왜 혼자 오셨지요?"

"아, 네 죄송하게 되었습니다."

"무슨 말씀을 하시는 거예요? 아이들과 오시라고 했잖아요?"

신 선생은 그렇게 말머리를 돌린다. 아니 솔직한 얘기였던지 모른다.

그러나 그는 찔끔하여 얘기를 꺼내었다.

"그 친구는 별로 기대하지 마세요."

그저 그런 정도로 얘기하였다.

"그렇게 기대하지 않았어요."

그녀도 그렇게 말한다. 그녀는 자존심이 강하였다. 어쩌면 그것은 여자의 마음인지 모른다.

"그 친구는 신 선생의 학력이나 연구 분야 같은 데에 부담이 느껴지는 모양이에요. 신 선생의 성격상 절대로 그렇지 않을 거라고 얘기했지만 그렇게 생각지 않는 모양이에요."

그는 그렇게 위로하였다. 그것은 사실이기도 하였다. 공형은 신 선생보다 학력이 한 단계 낮고 또 자기는 사업을 하는데 그녀는 학문을 한다고 하고 있으니 그 점이 신경이 쓰였던 것이다. 그러나 거기엔 나이라든지 용모 같은 것이 문제되었던 것이다.

"좌우간 전 관둘래요."

그녀가 스스로 그렇게 결론을 내리는데 대해 그는 다행스럽게 생각하며 토를 달지 않았다. 그러나 그녀의 얘기는 좀 심각하게 되어 갔다.

"이제 시기도 늦었는지 모르지만 그런 어렵고 까다로운 일은 그만두겠어요."

그러니까 결혼 그 자체를 포기하겠다는 것이었다.

"아니 그게 무슨 말씀이지요?"

"이 도원에서 전정이나 하면서 읽고 싶은 책이나 읽으면서 살겠어요."

신 선생은 단단히 결심이 선 모양이었다.

"「오해」를 읽어 보셨나요, 까뮈의?"

그가 물었다.

"아니요."

"신 선생은 오해를 하고 있어요."

"어떻게요?"

"산다는 게 그렇게 쉽게만 보셨나요? 뜻대로 되는 걸로요?"

"다른 건 대개 마음먹은 대로 되는데 그것만은"

"그러니까 그게 바로 징크스군요."

"그런가 봐요. 호호호……."

"하하하……."

두 사람은 한참 웃어대었다.

그들은 과수원 안을 이리저리 길도 아닌 곳을 어둡도록 걷고 있었다.

"좌우간 저보다는 낫습니다."

그는 웃으면서 다시 말했다.

"이 선생님도 그러셨던가요? 이해가 안 되는데요?"

"그렇게 보세요? 한 번 정하여져 옴치고 뛸 수도 없는 것보다 얼마나 자유롭습니까? 희망이 있지 않아요?"

"그럼 저랑 바꾸실까요?"

"바꿀 수 있다면 자유로운 것이게요? 하하하……."

"호호호……. 그러니까 이 선생님은 저의 반대형이군요."

"글쎄요, 그러네요."

과수원의 안쪽 끝까지 와서 그들은 발길을 돌렸다. 그는 말없이 터벅터벅 보리밭골 흙을 차며 걸었다. 그러는데 신 선생이 탐스러운 복사꽃을 여기저기서 뚝뚝 꺾는다. 전정을 하는 것인가.

"아니, 왜 그러시지요?"

"선생님께 드리려고요."

"실컷 구경을 하고 가면 됐지, 왜 그걸!"

"갖다 꽂아 놓고 보세요. 여름에 오시겠어요?"

"여름에요?"

"복숭아가 익거든 와서 실컷 잡숫고 가세요."

그는 대답 대신 신 선생을 물끄러미 바라보았다. 복사꽃 나무 밑 보리밭골에 꽃을 한아름 안고 있는 그녀의 얼굴은 어느새 떠오른 달빛을 받아 청분홍빛이었다.

미완未完의 편지

하얀 아파트였다.

호수가 200단위이기 때문에 그는 우선 2층으로 올라갔다. 그리고 걸어들어가며 첫 집의 호수판을 들여다보다가 섬뜩하여 걸음을 멈추었다. 저만큼에 즐비하게 늘어서 있는 화환을 보고서이다. 홱 불길한 예감이 들어 마구 뛰어가 보았다.

아! 그런데 이게 무슨 청천뇌성이란 말인가? 그는 너무도 뜻밖의 일을 당하여 심장이 멎는 듯하였다.

고령이긴 하지만 그렇듯 홀연히 타계할 이 선생일 줄은 미처 예감도 하지 않았던 것이다.

그는 한참 후에야 의식을 차리고 빈소에 들었으나 가슴이 꽉 막히고 눈앞을 눈물보다 뜨거운 무엇이 가로막아 선생의 영정을 볼 수가 없었다. 한참 엎드려 있다가 복받치는 울음을 터뜨리며 일어서 나오자 소복을 한 정 여사가 담담한 표정으로 바라보며 손을 붙잡는다.

"울긴 왜. 하나님이 부르셔서 천당엘 들어가셨는데."

그가 위로하여야 할 사람에게 위로를 받았다. 뒤에 안 일이지만 이 선생 내외는 기독교인이기 때문에 빈소에서 울음소릴 내지 않았고 정 여사도 눈물을 보이지 않았다.

이 선생은 각계 인사, 대학 제자들, 동창들이 보낸 조화 속에 묻혀 인자한 웃음을 짓고 있었다. 선생이 어디 기고할 때마다 즐겨 쓰던 사진이다. 누구에게나 다정하게 보내던 웃음이다. 그러나 그는 이제 그 웃는 모습을 똑바로 볼 수가 없었다.

이 선생은 다정하고 자상한 그의 은사였다. 인자하면서 준엄한 사표이기도 했다. 밤새워 고시 공부를 하던 그의 그룹을 찾아와 격려를 하기도 여러 번이었고 1차 합격자들에게까지 전부 축전을 치는 성의를 잊지 않았다. 스승이라기보다는 부성애를 느끼게 했다.

그가 대학에 출강을 하게 된 것도 결국 이 선생의 힘으로였지만 그 후도 매사를 염려해 주었다.

"넥타이를 매어. 머리는 그게 뭔가."

그 이 선생이 정년퇴직 후 아직 한 번도 찾아보질 못하였다. 무척 바쁘기도 했지만 더러는 잊어버리기도 하고 또 그가 지금 시들고 있는 작품을 끝내고라든가 이 선생이 흐뭇해할 어떤 일을 가지고 가고 싶기도 했던 것이다. 그러던 차에 전화가 온 것이었다. 한 번 와 달라는 것이었다. 그런데 그는 너무도 뒤늦게 아니 영원히 뒤늦은 시각에 찾아오고 만 것이었다.

그는 이 선생에 대한 망극의 아픔을 참지 못하고 몸부림치며 밤새워 향불을 붙였다. 상주가 없었다. 조카뻘 되는 사람이 있었고 평안도가 고향이어서 여긴 먼 친척이 좀 있을 뿐이었다. 이 선생의 외아들은 6.25 때 납북이 된 채 소식이 없는 것이다. 의사였다고 한다.

친척들, 대학의 직원, 그리고 몇 제자들이 떠들며 화투를 하는 뒤에서 그는 향불이 다 타기를 기다려 다시 붙이곤 하면서 너무도 무심했던 자신을 마음속으로 사죄하였다. 정 여사는 통금 전까지는 자꾸만 집에 가서 자라고 떠밀었지만 밤이 오래되자 그의 괴로워하는 심정을 알겠다는 듯이 붙들고 얘기를 하는 것이었다. 그러나 그는 이 선생의 최후를 듣고 더욱 송구스러움을 금할 길이 없었다.

"글쎄 며칠 전부터는 말이야요. 생각나는 사람들을 자꾸만 불러 달라디 않아요?"

정 여사는 그에게 콜라를 권하며 평안도 사투리를 섞어 얘기를 시작하는 것이었다.

병원에서 퇴원을 한 것은 아마 가망이 없어서였던 모양이다. 정 여사는 처음엔 그것을 몰랐지만 이 선생은 다 알고 있었던가 보다. 한 번은 거울을 가져오라고 하여 수염이 숭숭 난 얼굴을 보더니

"이거 쉐미가 이래 가디구 어디 하나님 앞에 가갔나?"

하고 걱정을 하는 것이었다.

"아니, 쉐미 좀 있으문 어드레? 그리고 벌써 가긴 어디멜 간다구 그래?"

"아니야, 깨끗이 하구 가야디, 어서 깎으라우."

정 여사가 대꾸를 했지만 이 선생은 점잖게 나무라며 시키는 것이었다. 정 여사는 안전면도기를 갖다가 옆집 젊은이를 시켜 깎게 했다. 그랬더니 이번엔 몸에서 냄새가 난다면서 분을 갖다 바르라고 했다. 정 여사는 또 시키는 대로 했다. 그러자 조카를 오라고 하고 친한 친구들을 오라고 해서, 그저 한다는 말이 잘 부탁한다는 것이었다.

"저 고군을 좀 오라고 하디."

한 번은 또 대검에 있는 제자 고 검사가 보고 싶다고 했다.

"그 사람은 와요?"

"할 말이 있어."

정 여사는 고 검사에게 전활 걸었다. 고 검사는 전화를 받는 즉시 부랴부랴 차를 몰고 왔다.

"어, 고군! 거기 앉으라우."

이 선생은 고 검사에게 그 인자한 미소를 힘들여서 지어 보이다가

"어드레? 어려움이 많디?"

하고 안부를 묻고는 바쁜데 어서 가보라고 했다.

고 검사는 금방 가지 않고 서 있자 이 선생은 손을 내밀었다. 악수를 했다.

"소신껏 허라우. 옳다고 생각되면 목숨을 거는 거야."

"그렇게 하겠습니다, 선생님!"

"고마워. 어서 가봐. 바쁜데."

그저 그뿐이었다. 더 무슨 말을 하지 않고 손짓으로 가라고 하기만 하는 것이었다. 또 이 선생은 국회의원인 한군, 변호사인 최군 등 제자들을 오라고 해서는 고맙다고, 바쁜데 가보라고, 잘 해보라고 하였다.

"그리고 유 선생을 찾딜 않아요?"

정 여사는 콜라를 더 가져오게 해서 따라주며 말했다. 유 선생은 그를 가리키는 것이었다. 그는 고개를 푹 수그렸다.

"그래 학교로 전활 걸었더니 안 나왔더구만요. 그런데 몇 번을 찾는디 몰라요."

이 선생은 그에게 무슨 긴한 용건이 있었는지 몰랐다. 고 검사나 다른 제자들에게처럼 잘 하라는 얘기 말고 꼭 전하고 싶은 어떤 얘기가 있었던 것같이 생각되고 그것을 이루지 못하게 한 자신이 한없이 원망스러웠다.

그는 다시 향에 불을 붙이고 이 선생을 바라보았다.

"참 선생님도! 이제 남북 회담이 열리고 곧 자제분의 소식을 듣게 되었는데, 조금만 더 참으시지 않고……."

그가 그렇게 안타까워하자 정 여사도 그 점이 무척 애달픈 듯이 눈에 이슬이 맺힌다. 그리고 목멘 소리로 말한다.

"며칠 전인가, 그 왜 우리 대표들이 북으로 회담하러 갈 때 말이오. 그 냥반은 텔레비전을 틀라고 하여 듣다가 이 바루 가까이 오자 끝내 직접 내다보시겠다는군요. 그래서 억지루 베란다까지 침대를 끌고 나갔더니 글쎄 난간을 붙들고 몸을 일으켰다가는 자동차 행렬들이 사라질 때까지 바라보더니 쿵 하고 모로 쓰러지잖아요."

"아니, 그래서요?"

"그래 그렇게 돌아가시나 보다 했는데 의사가 와서 주사를 놓으니끼니 깨어나더구만요."

그는 이 선생이 이 통일로가 굽어보이는 교외 아파트로 이사 온 연유를 묻지 않아도 알 것 같았다. 그리고 그 많은 제자들에게 부성애를 발휘한 것이 어쩌면 처절한 외로움에서였던지도 모른다고 어렴풋이 생각되는 것이었다.

"의사는 아무것에도 신경을 못 쓰게 하라고 하였지만 어디 그 냥반의 고집을 당할 수가 있어야디요."

이 선생은 그 남북 적십자 회담의 보도를 간간이 들으면서 고개를 끄덕끄덕하기도 하고 살래살래 젓기도 하였다. 그리고 어저께였다. 이 선생은 베란다로 향한 창문을 활짝 열라고 했다. 저쪽으로 쭉 뻗어 있는 길이 멀리 보였다. 그쪽을 한참동안 멍청히 바라보고 있던 이 선생은

"저어, 혁이를 만나거든 말이야……."

그러다 이 선생은 고개를 가로저었다. 혁은 이 선생의 납북된 외아들인 것이다.

"개한테 편질 하나 써야 되겠군. 거 왜 편지지하구 만년필 가져 오라우."

정 여사는 그렇게 했다. 그러나 이 선생은 펜이 쥐어지지가 않았다. 이 선생은 몹시 안타까워하면서 자신이 부를 테니 받아쓰라고 했다. 그리고 혁의 사진을 가져오라고 했다. 그 사진은 언제나 이 선생의 사진틀 옆에 끼워져 있던 것이었다. 사진을 보면서 이 선생은 흐뭇하면서도 서글픈 꼬리가 달린 웃음을 짓는 것이었다.

"참 용한 놈이었는데……."

이 선생은 눈을 사르르 감다가 떴다.

"저어, 안부는 임자가 적당히 쓰구 말이야……."

이 선생은 아들의 사진을 들여다보면서 편지 귀절을 띄엄띄엄 불렀다. 항상 남에게 무엇인가를 주는 생활을 하고 감사할 줄 아는 태도를 가지고, 남 앞에 나서지 말고, 이 선생은 '저어' '그리고 말이야' 소리를 연발하면서 말했다. 그러다가 정 여사가 듣고만 있자 쓰지 않고 뭘 하느냐고 화를 내는 것이었다.

"염려 말라요. 다 쓸 테니."

"어서 쓰라는데두."

이 선생의 꼼짝 못하게 하는 시선, 정 여사는 거기에 언제나 굴복하였던 것이다. 나약하고 큰소리 한 번 치는 법이 없었지만 그 날카로운 시선은 참으로 위엄이 있었다.

정 여사 자신도 차츰 손이 떨려서 써지지가 않았다.

"저어, 그리고 말이야. 여기서 개업을 하거든 돈만 벌려고 애쓰지 말고, 요즘 의사들이 돈만 안단 말이야. 양심껏 인술을 발휘하라고 하라우."

그리고 이 선생은 아들의 사진을 다시 들여다보는데 둘로 보였다가 셋으로 보였다가 하다가 의식이 몽롱해지는 것이었다.

"여보, 이거 왜 이래. 혁이가 둘로 보이네. 임자도 둘로 보이구 말이야. 이상하다. 왜 이럴까, 왜 이럴까……."

이 선생은 끝내 그 편지를 끝맺지 못하고 눈의 초점과 함께 체온을 잃어 갔던 것이다.

그는 장지에서 이 선생의 마지막 모습을 결별하고 피로한 몸으로 하산하면서 생각했다. 그 편지를 그가 들은 대로 잘 정리해 두어야겠다고. 그리하여 정 여사가 그 아들을 만나게 될 때 또 편지를 보낼 수 있을 때 전하게 말이다.

울지 않겠다던 정 여사의 퉁퉁 부은 눈엔 눈물이 글썽거리고 있었다. 그는 정 여사를 부축하고 내려오면서 위로의 말을 했다.

"천당엘 가셨는데 뭘 슬퍼하십니까?"

"그건 그런데 말이요 우리 혁이 생각을 하자 자꾸 눈물이 나는 걸 어떡허우. 그놈이 여기 있었으면 얼마나 좋았갔시요? 나보다도 그 냥반을 위해서 말이요."

그리고 정 여사는 눈물을 거두고 말한다.

"아무래도 죄를 지었나 봐요. 집도 한 칸 없이 남을 위해서만 일해 왔는데, 건강까지 다 바쳐가면서 말이요."

그는 한참 이 선생의 깡마른 모습을 되살려 보다가 목소리를 가다듬어 말했다.

"그건 어떤 개인의 죄가 아닙니다. 죄가 있다면 우리 민족에게 있습니다. 그러나 이제 곧 해결될지도 모르겠습니다. 사모님은 꼭 통일되어 자제분을 보실 때까지 사셔야 합니다."

그러자 정 여사는 억지로 밝은 표정을 짓는 것이었다.

차가 기다리는 곳까지는 아직 한참 산길을 걸어 내려가야 했다.

고정관념

고정관념이란 말은 대개가 부정적으로 사용된다. 그것을 없애고 버려야 한다든지 바꿔야 한다든지. 그리고 자기 자신의 고정관념이 무엇인지에 대해서는 대부분 잘 알고 있다. 그러나 그것을 바꾸고 버리고 하기는 참으로 힘든 것 같다.

세 살 적 버릇이 여든까지 간다는 말도 있다. 조금 다른 얘기이기 하지만 원래 가지고 있던 것을 없애버린다는 것이 그렇게 쉬운 것이 아니라는 말이다. 꼭 나쁜 버릇 같은 부정적인 것만이 아니고 어떤 버릇이 됐든, 고집이나 아집이 됐든, 집념이 됐든 마찬가지인 것 같다.

가령 자기가 아니면 안 된다는 생각도 그런 유類의 사고에 속한다고 할 수 있다. 자기 것이 가장 좋고 옳고 훌륭하다고 생각하는 것, 그런 생각을 떨어버리기도 여간해 쉽지가 않다. 내 집이 최고이고 내 마누라가 최고이고 내 자신이 추구하고 전념하고 갈구하는 정신적인 영역의 문제에 있어서도 예외는 아닌 것 같다. 어떻게 보면 그것은 대단히 주체성이 있고 나무랄 데가 없는 생각인지 모른다.

자기의 생애를 걸고 모든 정열을 쏟고 있는 목표, 이상, 이념 같은 것에 대하여 자신감도 갖고 있어야 되겠고 자부심도 가져야 될 것이다. 사명감도 있어야 하겠다. 다만 자신이 추구하는 것 이외에는 무가치하다고 생각하는 데에 문제가 있다고 하겠다.

고정관념을 가지고 고정관념을 설명하는 망발이 되는 게 아닌가 모르겠다. 관념이란 말이 원래 딱딱한 것인데 고정이란 말을 얹어 더욱 딱딱한 얘기가 될지 모르겠다.

그러나 뭐 고정관념이 어떻다는 얘기를 하려는 것이 아니고 그것을 없애라 버려라 바꿔라 하는 얘기는 더구나 아니다. 유행가 가사를 들먹거리지 않더라도, 제 잘난 맛에 사는 게 인생인데, 남이야 냉수를 마시고 이를 쑤시든 전봇대로 이를 쑤시든 상관할게 없다고 보면 되는 것이다. 남의 집에다 불을 지르고 다닌다든지 마약을 복용하고 하루 저녁에 몇 천 만원씩 화대를 지불한다든지 하는 사회적인 문제라고 할까 부도덕하고 범죄적인 문제가 아니라면 말이다. 좀 지독한 예인지 모르겠으나 좌우간 그런 얘기가 아니라는 것이다. 설사 그런 유의 얘기라 하더라도 자기 자신만의 사항이라면 아무래도 좋을지 모른다.

특히 다음 세대 자신이 가르치는 사람이라든가 바로 자기 자신의 2세와의 관계 선상에서 만날 때 심한 거리감과 당혹을 느끼고 깊은 고독의 늪에 빠지게 된다.

얘기를 빙빙 돌릴 것이 아니라 좀 구체적으로 하는 게 좋겠다. 얼마 전 그의 연구실에 한 동문이 찾아왔다. 지나는 길에 들렀다는 것이다. 공예를 하는 ㄴ은 이런저런 얘기들을 늘어놓았다. 질문도 하고. 그는 또 기하학적으로 완전한 것이 하나도 없는 분청사기, 잎사귀가 조금 비뚤어져 있는 청자연적의 멋 같은 주로 그녀 편의 얘기를 하였다.

그러자 그녀는 고개를 갸우뚱거리면서 종이에 삼각형과 원을 그리고는 그 속에 하나를 넣어 보라고 하는 것이었다. 글쎄……. 아무렇게나 넣어 보시라니까요. 그는 삼각형을 거꾸로(꼭짓점이 밑으로 가도록) 놓고 그 안에 원을 꽉 채워서 그려 넣었다. 그러자 그녀는 마구 깔깔대고 웃는 것이었다. 그저 재미로 그려본 그는 ㄴ의 웃음 속에서 음흉스런 자신의 의도를 발견하고 얼굴이 붉어졌다. 그런데 그녀는 엉뚱하게도 그가 고정관념의 틀을 벗어나지 못하고 있다고 하며 계속 웃어대는 것이었다. 그것을 증명한 것이 뭐 그렇게 통쾌하기라도 한 듯이.

그는 정신분석학적인 해석에 대해서는 전혀 자신이 없긴 하지만 그녀의 얘기에 동의할 수가 없었다. 그래서 그는 예술의 보편성, 보편적 사고에 대해서 한참 논리를 펴다가 그러나 무엇이 됐든 시가 되어야 하고 시적 감흥을 갖고 있어야 한다고 하였다. 그러자 그녀는, 시가 뭐지요 하고 묻는다. 한 마디로, 사실 한 마디로 시를 설명하기는 어려운 일이었다. 자신의 작품에 남의 좋은 시를 써넣는 것도 좋지만 자신의 시를 넣은 것은 더 좋지 않느냐고 얘기하기를 했었다. 그것을 공감하여 시 공부를 하고 있기도 하고 ㄴ은 정말 몰라서 묻는 것이 아니었다. 꼭 그래야 할 필요가 있을까요? 그렇게 말하다가 그것도 고정관념이에요, 하고 단정을 내리는 것이었다.

그는 학생들과 얘기를 할 때 대화의 방법으로 무엇을 전공할 것이냐고 묻는다. 그 중에 상당수는 그냥 어물거리거나 아직 정하지 못했다고 하고 또 그중에 상당수는 종내 그러다 마는 경우도 있었다. 조국과 민족을 구하고 통일을 하는 것이 더 급한 거 아닙니까? 이런 학생도 있다. 그러면 그것을 자기 전공을 살려서 해 볼 수는 없을까? 문학적으로 말입니까? 졸업이 그렇게 중요합니까? 그런가?

그의 사고는 낡은 것인지 모른다. 자위와 안주 속에 자기 벽만 두껍게 쌓아졌는지 모르겠다. 그의 두 아이들도 후계의 기대를 저버리고 말았다. 큰아이는 음악을 하겠다고 했다. 피아노를 하겠다는 것을 그가 고집을 부려 작곡으로 돌려놓는 바람에 한참을 헤매게 만든 대로, 아버지가 시를 쓰고 자네가 곡을 쓰면 내가 노래를 부르지, 성악가인 ㅈ교수의 이런 연결에 그나마 한 가닥 실오라기 같은 희망을 가질 수가 있었다.

그런데 작은놈은 전자공학을 하겠다는 것이다. 어릴 때 아이들에게 피아노를 사주고 컴퓨터를 사준 것이 기화가 되었다는 식의 생각이나 얘기만 가지고는 이미 아무것도 해결될 것이 없었다. 저어 같은 이과 계통이니까 농학이나 유전공학 같은 것을 하면 어떻겠니? 농학이요? 주로 농촌 소재의 작품을 쓰므로 해서 관심을 갖는 바이기도 하지만 농촌으로의 귀거래를 계획하고 있는 그의 제2의 희망마저 고개를 흔드는 것이었다. 깊이 잘 생각해 봐. 기대 안 하는 것이 좋을 거예요. 그러면서 정보사회 뉴미디어 DDN PCM LAN 등에 대한 설명에 열을 올리다가 떠오르는 상을 문자화하는 프로그램도 가능할 것이라고 한다. 그리고는 결국 편리하고 행복한 사회를 만드는 것이 삶의 목적이 아니겠어요? 오히려 설득하려 드는 것이었다. 의젓하게.

글쎄에 글쎄에…… 울적한 상념의 늪에 빠져 있는데 노크 소리가 들리고 문이 열린다. 이번엔 졸업반 학생이다. 수염을 잔뜩 기르고 시를 노트에 가득 써가지고 왔다. 성적을 정정하러 온 것이다. 취직을 하기에 너무 낮은 성적이라는 것이었다. 그런데 정정 사유에 해당되지가 않았다. 한참 사정을 하다가 그가 고개를 흔들자, 시험 답안 몇 개를 더 쓰고 덜 쓰고, 과제를 며칠 먼저 내고 늦게 내고가 그렇게 중요한 것입니까? 그렇지만 원칙이 있어야지.

작품을 잘 쓰는 것이 더 중요하지 않습니까? 옳아. 그것이 중요해. 당선만 하면 취직도 잘 할 수 있어.

융통성 없는 그를 원망스러운 듯이 쳐다보다 돌아가는 학생을 바라보며 그는 자신의 뇌장을 두껍게 감싸고 있는 껍질을 쾅쾅 두드려 보았다.

어쩌면 바로 그것이 낡은 자신의 사고로 밀어닥치는 신사고에 버틸 수 있는 방패막이가 될지도 모른다고 자위를 해보며.

코 고는 사람

"좋아졌습니다."

"젠장! 좋아지긴, 잠이 모자라 죽을 지경인데."

"어허, 그러시면 안 되는데……."

그와 김 선생이 얘기를 하는데 박 선생이 웃으며 끼어든다. 그러자 뒤에 따라오며 누가 또 말한다.

"그냥 두세요. 저절로 좋아질 것입니다."

돌아보니 명찰의 색깔이 다르다. 장학사이다.

"허허허……, 하하하하……."

월요일 아침 구보를 마치고 청소를 하러 올라가는 길이다. 숨이 차다. 체조는 웬걸 두 번씩이나 하고 애국가는 왜 4절씩이나 부른단 말인가.

그런 불평을 하면서도 그는, 참 나는 체조도 완전히 잊어버리고 애국가도 3, 4절은 커닝을 해야 한다는 것이 약간 이상하게 느껴진다. 아마 그것이 '좋아지는 징조'인지 모른다고 생각한다. 그런데 어제 오후 들어오면서부터, 도무지 이래라저래라 시키는 것이 많고, 지금은 거슬리지만 틀림없이 자진해서 그렇게 하게 할 것이고, 좋아지게 될 것이라고 한다.

물론 좋아지겠지, 좋아지는 데야 무슨 이의가 있을 것인가? 그는 잘 낫는다는 알약을 먹고 약효가 나타나기를 기다리는 사람처럼 좋아지기를 기다려 본다. 그러나 이것은 뒤에 들은 얘기지만, 파란 안경을 쓰고 보아야 될 것인지 모른다. 긍정적인 자세, 능동적인 자세, 적극적인 자세로 말이다. 사실 그는 그것이 늘 문제가 되었다. 직장이라고 할 수 있는 학교에서도 그랬고, 가정에서도 그랬고, 가끔 나가다 말다 하는 교회에서도 그랬고, 부업이라고 할까 그가 하는 다른 일도 그러했다. 학교에서는 늘 안일주의로 나와 신임을 잃었고, 집에서는, 가령 될 수 있으면 집값이 많이 올라가는 동네로 이사를 간다든지, 가정을 이끌고 나갈 최선을 다하지 않는다. 그리고 그가 하는 다른 일에도 모든 정열을 쏟지 못한다. 10년이 지나도록 그냥 그러고 있는 걸 보면 적극성이 결여된 것이 아닌가.

"이 선생님! 뭘 그렇게 생각하세요? 뭐가 옵니까?"

"허허허…… 오긴 벌써 뭐가 와요."

그가 방으로 들어가려고 하자

"화장실로 가야지요."

"아, 참 그렇군요."

책상과 잠자리가 바로 옆인 김 선생과 그는 화장실 청소 담당인 것이다. 그런데 얘기하다가 4층 남자 화장실의 기선은 다른 사람에게 뺏기고, 여자 화장실 청소를 해야 했다.

'적은 밥' 줄에 죽 늘어서서 식사를 타서 아침을 먹고 강의실로 갔다. 건전노래를 협동박수를 치면서 부르고, 또 한참 주의를 받다가 입교식이 있은 후 계속 강의, 저녁을 먹고 또 강의였다. 강의가 끝나고도 분임 토의, 점호 자성록 쓰기 등의 스케줄이 꽉 차 있다.

이튿날도 하루 종일 수면 부족이 화제였다. 강사들도 하품들을 하고 있는 것을 보고 자기도 연수를 받아봤지만 잠이 부족할 것이라고 위로를 하는 끝에 코 고는 얘기를 빼놓지 않는다. 한 강사는 코 고는 사람이 옆에 있으면 잠을 자기가 힘드는데, 옆으로 뉘면 좀 덜하다고 비방도 가르쳐 준다. 그러자 와아 하고 웃는다. 그런데 웃음소리가 끝나지 않아 옆을 돌아보니 근처의 박 선생이 크게 코를 골고 있어 멀리까지 들린다. 그래 뒤에서 등을 두드리고 옆에서도 옆구리를 쿡 지른다. 그러자 박 선생은 고개를 몇 번 흔들고는 꼿꼿이 앉는다. 그러다 다시 앉는다.

수요일부터 그가 '많은 밥' 줄에 서자 모두들 좋아졌다고 한다.

이날이 고비라고 한다. 내일부터는 내리막길이라는 것이다. 그런데 그의 경우도 사실 하나도 고된 것이 없었다. 그는 12시가 넘어서야 잤고, 조금 더 늦게 일어나긴 했지만 강의를 듣는 대신 가르치지 않았는가. 들으면서 졸 수도 있으니 이 편이 훨씬 편하다. 그리고 토론하는 시간에는 술을 마셨고 다방 행각을 하지 않았는가.

그런데 정신적인 것이 문제이다.

모두들 좋아졌다고 하고, 또 좋다고 하는데, 내가 좋아진 것은 무엇인가. '적은 밥'에서 '많은 밥'을 먹게 되고, 술을 안 먹어도 아무렇지도 않게 되고, 하루 수십 통화의 전화와 네댓 잔의 커피를 마시면서 보던 많은 일들을 차단해도 견딜 수가 있다는 가능성, 그리고 그가 너무 아집이 많고, 외곬의 사고방식을 갖고 있는 것을 느꼈다. 방향도 문제지만 방법도 중요한 것이라고 생각된다.

분임 토의에서 그가 이런 얘길 했더니 대단히 좋아졌다고 한다.

"그래요?"

"많이 좋아지셨어요. 앞으로 더 좋아질 것입니다."

담당 장학사가 웃으며 말한다.

금요일은 버스 여행이어서 휘딱 지나가고, 토요일도 시간이 잘 갔다.

'석별의 정'을 부르다가 옆의 김 선생이 묻는다.

"나가시다가 한 잔 하셔야지요?"

"그럼, 그래야지요. 조금만 합시다."

그가 정말 반색을 하며 대답했다.

"일주일이나 굶었는데, 좀 많이 해야지요."

"허허……. 체면이 있지……."

"하하하……."

옆에서들 모두 따라 웃는다.

수료식이 끝나고 6박 7일 동안 한솥밥을 먹고 같은 잠자리에서 잠을 자던 사람들이 뿔뿔이 헤어졌다.

밖에 나가자 신혼의 김 선생 부인이 마중을 나와 술 약속은 곤란하게 되었다.

"차나 한 잔 하실까요."

김 선생이 미안하여 제안한다.

"아니요. 많이 참으셨는데 빨리 해방을 시켜드려야지요."

그러자 김 선생은 얼른 대답한다.

"그럼, 다음에 하시지요. 술값으로 택시나 타고 갑시다."

"네, 그게 좋겠군요."

"그럼, 안녕히 가세요. 그리고 집에 가셔서 코 맘놓고 고세요."

"네? 코라니요?"

"코 고시는 것 말예요."

"제가요?"

"그럼, 모르셨어요?"

"제가 코를 골았다 이 말입니까?"

"허허, 모르고 계셨군요. 매일 저녁 옆으로 돌려 뉘었었는데
……."

"그래요?"

"대발견입니다."

김 선생은 빙긋이 웃으며 손을 흔든다.

도무지 믿어지지가 않았다.

그는 갑자기 침울하게 되어 택시를 타려는 생각도 버리고 버스
를 탔다. 제일 뒷자리를 하나 겨우 잡은 그는 조용히 자신에 대해
생각해 보기 위해 눈을 감았다.

버스는 사람을 꽉꽉 싣고 이리 쏠리고 저리 쏠리며 마냥 느리기
만 하다.

돌아온 개

　시골로 내려왔다. 낙향이라고 하였다. 떨어질 낙자 시골 향자. 고향으로 오랜만에 돌아온 것이다. 가끔 들리는 것이 아니고 완전히 내려온 것이다.

　벌써 햇수로 3년이 지났다. 그만하면 이제 차분히 주저앉을 때가 되었는데 그러질 못하고 있다. 아직 도시의 바람이 다 빠져 나가지 못하여서이다.

　스모그가 극에 달한 공해에 찌든 도시를 벗어나 맑은 공기와 풀 향기를 맡으며 뭘 해보겠다고 내려온 것인데, 사흘도리로 그 굴뚝 속으로 기어들어간다. 아황산가스, 일산화탄소의 수치나 오존의 수치가 얼마고 자동차로 뒤덮여 있는 거리마다 뿜어내는 배기가스, 에어컨, 냉장고 등에서 쏟아내는 프레온가스…… 일일이 예를 들 수가 없는 독극물과 같은 존재가 몇 ppm이고 미소 함량이나 마치 체내로 침투하는 것 같은 대도시의 한복판에서 헐떡거리며 숨을 쉬고 있다.

　화장실에 처음에 들어갔을 때는 코를 찌르는 냄새를 느끼지만 거기 한참 앉아 있으면 그것을 잊는다. 들고 보는 신문의 인쇄 잉크 냄새 때문이 아니고 적응이 되고 면역이 되기 때문이다. 어두운 공간에 처음 있을 때는 아무것도 안 보이지만 안구가 점점 커지며 조금씩 보이기 시작하는 것과 같은 이치라 할 수 있겠다. 좌우간 굴뚝 속과 같은 화장실 속과 같은 곳을 떠나지 못하고 있다. 누가 시키는 것도 아니고 스스로 결단을 내리면 되는 것인데 그게 되지 않는다. 흙내음, 풀내음, 새소리가 기다리고 있는 곳에 푹 파묻혀 진드근히 엉덩이를 붙이지 못하고 금방 되짚어 온다. 며칠만 안 가도 풀이 수북하게 자라고 옥수수다 콩이다 반거충이가 짓는 작물에 풀이 기승을 부린다. 때를 맞추어 갈아야 하는 푸성귀 무 배추도 늘 실기를 하고 다 풀밭이 되고 만다.

"도대체 왜 그러는 거예요?"

도무지 이해할 수가 없다는 것이었다. 그도 왜 그러는지를 모르는데 다른 사람이 어떻게 알 수 있는가. 100킬로를 달려서 두 시간 반을 가야 하는 거리이다. 아내가 따지는 것은 돈인 것이다. 차를 가지고 가면 도로비만 2만 원이고 기름값이 5만 원도 더 들어 기차를 타고 다닌다. 도로비 내는 것만 하면 차비가 되고 올 적 갈 적 잠도 잘 수 있고 책을 읽을 수도 있고 쓸 수도 있고 질펀한 들판을 바라보며 많은 생각을 할 수도 있다. 다상량多商量 말이다. 구양수의. 그는 도연명의 「귀거래사」에서 마음에 드는 몇 구절을 대들보에 써놓고 늘 쳐다본다. 부귀는 내가 바라는 바가 아니요 제향帝鄕은 기대할 수도 없는 일…… 그런데 뭣 때문에 그렇게 허둥대고 다니는지 모르겠다.

다만 한 가지 그가 그러고 있는 것은 약속을 지키기 위해서인 것이었다. 그것이 얼마나 중요하고 무슨 이익이 되는지 모른다. 그러나 한 번 한 약속을 지키고 저버리지 않는 것이 사람 사는 도리인 것이다. 그렇게 배웠고 그렇게 살아왔다. 그것은 삶의 기본인 것이다. 기본이 흔들리면 안 된다. 그것은 인간이기를 거부하는 것이다. 인간이 아니면 뭔가. 소나 개돼지인 것이다. 군자는 그 사소한 차이를 대단히 소중하게 생각하고 서민은 그것을 대단치 않게 생각한다고 했다.

요즘에 군자란 무엇인가. 도덕군자인가. 양식 있는 사람이라고 생각해 본다. 맹자의 말씀이다. 무슨 얘길 하려고 이렇게 뜸을 드리고 거창하게 시작하나 할지 모르지만 실망하지 마시라. 개 이야기를 하려는 것이다.

시골에 내려가 새삼스럽게 배운 것이 농사는 풀과의 전쟁이라는 사실이었다. 도대체 풀 때문에 안 되었다. 그렇다고 제초제는 뿌리고 싶지가 않았다. 시골까지 가서 농약 냄새를 맡으며 살고 싶지 않았다. 그러자니 풀을 뽑아도 뽑아도 자욱이 나지 않았다. 한 마지기 두 마지기 열 마지기 하는 마지기라는 말을 생각해 보았다. 다른 말로 두락斗落이라고 하는데 한 마지기 한 두락은 한 말의 벼를 심는 면적을 말하는 것이다. 지역에 따라 조금 다른데 충청도에서는 200평이다. 150평을 한 마지기로 치는 지역도 있다. 200평이면 661평방미터이다. 한 사람이 풀을 맬 수 있는 땅의 면적이 한 마지기인 것이다.

그러나 한 마지기를 가지고 농사를 짓는 사람 있다면 거지에 속한다. 그런 인식을 가지고 있다. 평생 서 마지기 농사를 짓자니 땅에 대한 한이 맺힌 것이다. 그나마 소작인 경우가 많았다. 러시아의 「빈민굴」을 쓴 고리키는 논두렁이 일직선이 아니고 꾸불꾸불한 것은 소유욕 때문에 서로가 내밀어서 그렇다고 하였다. 땅에 대한 한이 꾸불텅꾸불텅 맺힌 것이다.

마당에 풀이 수북이 난 것을 보고 두 가지로 얘기하였다. 하나는 제초제를 뿌리든지 마사흙을 깔라고 했다. 콘크리트를 하라고 하기도 했다. 잔디를 심으라고도 하였지만 그래봤자 풀을 당할 수

가 없다는 것이었다. 다 싫은 것이었다. 제초제 콘크리트는 비상
이었고 마사흙이니 잔디니 다 모르는 소리다. 바쁠 때야 그렇게
풀을 기르지만 짬이 생기면 뭐라도 심어야 하는 것이다. 콩이 되
었든 팥이 되었든 땅을 놀릴 필요가 없는 것이다. 하나는 잡초도
꽃이라는 것이다. 꽃만 꽃이 아니라는 것이다. 잡초도 아름답다는
것이다. 팔이 들이굽는 것이어서 그는 뒤의 얘기가 솔깃했다. 좌
우간 그래서 그냥 두는 것이지만 풀을 감당하지 못하는 데 대하여
이러쿵저러쿵 말이 많았다.

시멘트 콘크리트가 싫어서 내려온 것이었다. 빌딩이라는 것 아
파트라는 것이 완전히 시멘트 덩어리인 것이다. 도시란 콘크리트
의 숲인 것이었다. 시골서 가져온 마늘을 한 접 다용도실 벽에 걸
어두었었다. 그는 가끔 통마늘을 그 자리서 벗겨서 한 개나 두 개
를 고추장에 찍어먹었다. 술안주를 할 때도 있었지만 찬이 시원찮
을 때 그렇게 입가심을 하였다. 아침에 소금으로 목 속에까지 소
금물을 넣어 양치질을 하는 것과 함께 감기를 안 걸리게 하는 처
방이었다. 그것을 보고 그가 보기보다 참 독하다고 하였다. 물론
그런 용도로만 마늘이 거기 걸려 있는 것만은 아니었다. 그런데
얼마 있다 보면 썩은 마늘이 만져지기 시작하였다. 그 독한 마늘
이 어느 시기부터 썩어가고 있었던 것이다. 콘크리트 독은 마늘의
몇 배가 되는지 몰랐다.

그는 집을 지을 때 기초공사 빼고는 시멘트를 전혀 쓰지 않았
다. 벽이고 천장이고 바닥이고 흙으로 하고 나무로 하였다. 시골
집에 도착하여 문을 열면 우선 흙냄새, 나무냄새부터 확 났다. 그
것 때문에 내려가는 것은 아니지만 그리고 얼마 있으면 그것을 느
끼지 못하지만 또 그것이 얼마나 이롭고 그런 것으로 해서 얼마나
오래 살고 그런 것도 아닌지 모르지만, 낙향의 의미를 그것 이상

따질 것이 없었다. 값없는 보물이었다. 아무리 수식을 해도 부족했다. 라기보다 왜 마당에까지 콘크리트를 깔겠는가 하는 이야기다. 마당을 그가 무슨 큰 농사를 지어서 마당질을 하기 위한 용도라면 모르지만 그런 것도 아니고, 요즘 벼 타작은 들에서 기계가 다 하여 알곡만 실어와 동구 앞길에다 긴 비닐 자락에 둘둘 말아 말리는 것이었다. 마당을 시멘트로 하지 않겠다는 것이고 제초제를 뿌리지 않겠다는 얘기가 길어졌다.

마당에까지 제초제를 뿌려서 농약을 코앞에 대고 맡고 싶지 않은 것이었다. 농약 중에서도 제초제는 아주 독극물이었다. 한 방울만 마셔도 생명을 부지할 수가 없는 것을 몇 백 배의 물을 타서 마스크를 쓰고 살포하는 것이었다. 그러면 금방 풀이 발갛게 변하고 거기에 불을 질러 없애버리는 것이었다.

좌우간 그 제초제를 옆집 현주가 마신 것이었다. 그라 뭐라든가, 먹다가 토해낸 것이었다. 얼마 전엔 그 앞집 앞집 70대 농부가 마시고는 병원으로 실려가다가 죽었는데, 현주가 독을 마신 것이다. 우울증이 있었다고 하지만 그것은 의사의 말이고, 농촌 삶의 어려움이라고 할 수 있다. 다들 마을을 떠나 도시로 나가는데 마을에 산다는 자체가 고생이었다. 그녀는 인천 남동공단에 취직을 하여 월급 생활을 하다가 시골로 내려와 혼자 농사를 짓는 할머니를 돕고 있다가 늦게 대학에 들어간 것인데 마을 교회 피아노 반주도 하고 아르바이트로 일을 하기도 하고 바쁘게 뛰어다녔다. 아버지는 집을 나간 어머니를 기다리다 홧병으로 죽었고, 오빠는 늘 방에 틀어박혀 있었다. 구체적으로 뭘 비관한 것인지는 모르겠으나 그녀가 힘들어하는 것을 여러 번 보았다. 촌수는 멀지만 같은 집안이었다. 집안이기도 하지만 옆집이므로 4촌보다 가까웠다. 그와는 잠시 자료 정리하는 일을 같이 하였는데, 어느 날 갑자기 그만

두었고 교회의 반주도 안 하겠다고 하고 교회를 나가지도 않았다. 일자리가 생겼다고 하면서 소형차를 월부로 사서 끌고 다녔는데, 그 일자리도 그만두었다고 하였다.

헛간에 둔 제초제를 마시다 마당에 쓰러져 있는 현주를 119구급차를 불러 영동 병원으로 가서 위세척을 하였다. 그러나 거기서는 그 이상을 할 수 없어 큰 병원으로 가라고 보내었다. 천안의 농약 중독 치료전문의사가 있는 병원엘 다시 갔지만 몇 시간을 버티지 못하고 숨을 거두었다.

"다른 건 몰라도 제초제는 안 돼요"

의사가 하는 얘기지만 그것을 농민들도 알고 있었다.

가족들과 가까운 친척 친지들이 병원으로 모였지만 눈물도 나지 않았다. 너무도 어이없는 죽음이었다. 오빠는 아버지 옆에 묻고 싶다고 하였지만 모두들 화장을 하라고 하였다. 무엇이 되었든 사망한 지 12시간 이후에야 가능하여 같이들 밤을 지새웠다. 화장터로 가서도 한나절을 기다려 한 줌의 뼈 가루를 받아낼 수 있었다. 그것이 현주 인생의 전부였다. 참으로 허무하였다. 다른 것은 다 태워버렸다.

그 밤과 낮 멀건이 시간을 보내는 동안 상촌 남서방은 줄곧 돌아온 개의 이야기를 하였다. 그것과 아무런 관계도 없는 이야기지만 속상한 얘기 대신 그 얘기를 자꾸 하였던 것이다. 남서방은 현주의 아버지 고모부였다. 그러니까 대고모부였다.

산 밑 비탈 밭에다 서리태 콩을 심어놨는데 토끼와 노루 고라니가 와서 다 뜯어 먹었다. 멧돼지도 내려와 훑어먹으며 온통 밭을 휘저어 놓았다. 그래서 집에 달아매어 놓은 개 세 마리를 끌러가지고 가서 짐승들을 후치곤 하였다. 개의 옷이 누렇다고 하여 누렁이라고 하였다. 그 새끼는 누돌이 누순이였다. 그 세 마리만 움직이면 천하에 겁날 것이 없었다. 주인은 콩밭을 메고 개들은 짐승을 쫓기도 하고 잡기도 하였다. 사냥을 하는 것이다. 잡히는 것은 주로 토끼였고 어쩌다 노루를 잡기도 하였다. 돼지는 쫓기만 하였다.

그날도 돼지를 끝까지 쫓아가다가 한 놈이 길을 잃은 것이다. 하루가 지나고 이틀이 지나고 3일이 지나고 5일이 되어도 돌아오지 않았다. 온 산을 헤매어도 누순이를 찾을 수가 없었다. 굶어서 죽었을 수도 있는 시간이었다. 그러다 1주일 만에 지쳐서 쓰러져 있는 개를 발견하고 근근득실로 데리고 왔다. 집에 돌아왔을 때 누순이는 누돌이를 마구 물어뜯었다.

자기는 죽기를 한하고 그 자리서 기다렸는데 의리 없이 먼저 집에 와 있었다는 것이었다. 몇 달이 지나도 누돌이와는 상종을 하지 않으려고 했다.

꼭 요즘의 이야기는 아니지만 개만도 못한 인간들 많다.

"원, 개 같은 자식!"

"그게 인간이야?"

"개만도 못한 자식!"

그런 얘기를 흔히 하고 듣는다.

개는 동물 중에서도 가장 동물적 근성을 많이 가지고 있으며 가장 비인간적인 속성의 대명사이다. 천하에 못 쓸 것이 개 같은 종자이다. 개에게도 불성이 있다고 하는 말은 무엇으로 보나 그 이하로 내려갈 수 없는 생명체의 바닥을 견주어 하는 말이다.

"이건 개지 사람이 아니여."

개는 사람의 반대 개념을 말한다. 믿음이라든지 생각이라든지 도무지 인간쓰레기에다가 개라는 말을 얹어서 말한다. 무엇보다도 성적인 문제에 있어서 인간의 선을 넘는 존재들, 도저히 인간이라고 할 수 없는 말종을 개라고 얘기한다. 하기야 자기 자식, 지에미, 지애비와 붙어먹으니 말이다.

시골에 내려와 또 한 가지 배운 것이 개의 의리였다. 개에게도 도리가 있다. 그것을 지키지 못하면 그건 개도 아니다. 개만도 못한 인간에게 들려주고 싶은 이야기이다.

불행 중 다행

　그는 불교적 사고를 갖고 있었다. 불교 신자나 신도라는 것이
아니고, 기독교나 또는 다른 어떤 신자나 신도가 아니라는 것도
아니고, 말하자면 어떤 농경적 사고 같은 것인지도 모른다. 절에
자주 간다든지 시주를 한다든지 하는 것도 아니고 다만 절에 갔을
때 그냥 사찰 구경만 하고 오지 않고 대웅전의 부처에게 멀찌감치
서 합장 배례를 한다. 성황당을 통과할 때 돌을 하나 얹어 놓고
지나고 산이나 들에서 음식을 먹을 때 고시레를 하는 심정인지 모
른다.
　좌우간 어떤 일이 생길 때, 사고라고 할까 좋지 못한 일이 발생
했을 때 떠오르는 생각이다.
　'내가 무슨 죄를 진 것일까? 무엇을 잘못한 것일까?'
　그 잘못의 원인 원천을 생각하는 것이다. 그런데 금방 그럴 만
한 이유라고 할까 죄가 떠오를 때도 있고 아! 바로 그거구나 하
고, 한참을 곰곰이 생각해서야 잡힐 때도 있다. 그렇지! 맞았어!
그것인지도 몰라 하고
　누구의 마음을 아프게 해준 것도 있고 너무 심하게 자신의 이익
을 따진 경우도 있고 무언가 자기과시를 한 것도 있고 정말 지독

한 적악積惡을 한 것도 많았다.

　한 번은 택시를 타고 가다가 구른 적이 있었다. 두 번을 굴렀는 지 세 번을 굴렀는지 그 이상을 굴렀는지 알 수가 없을 정도로 운 전사와 손님인 그가 마구 비명을 질러대다가 뒷유리창이 깨진 틈 으로 기어 나왔을 때는 혼이 쑥 빠져 나갔었고 다만 전신이 다 으 깨어진 것같이 느껴졌던 것이다. 병원으로 가서 응급처치를 받고 엑스레이를 찍고 하였지만 어디가 부러졌거나 별 대단한 상처는 없었다. 천운이라고 했다.

　'무슨 죄를 진 것이었을까? 무엇을 잘못한 것이었을까?'

　얼른 떠오르지 않았지만 찬찬히 생각하자 잡히는 것이 있었다. 그랬다. 친구의 장례에 가서 그저 술만 마시다 온 것이다. 일터에 서 쓰러진 젊은 죽음에 대하여 그리고 부인과 어린 아이들에 대한 연민의 정을 표하지도 않은 채 그저 부의금 그것도 극히 형식적인 얄팍한 봉투 하나를 던져 놓고는 소주만 몇 병 마시고 온 것이다. 그만 그런 것이 아니고 다른 사람들도 그랬는지 모른다. 그 다른 여러 사람들처럼 밤이 깊자 그 절망적인 상황을 그대로 내버려둔 채 자리를 뿔뿔이 떠나오고 말았다.

　하기는 올 만한 친구들이 오지 않는 경우도 있었다. 그 친구는 꼭 와야 되는데 안 왔다고 한 친구도 여럿이 되었다. 그런 경우에 비하면 나을는지 모른다. 그러나 정말 그러는 것이 아니었다. 얼 굴이 문제가 아니고 마음이 문제가 아닌가. 어떤 누가 다 그래도 그는 그래서는 안 되는 것이었다.

　그런 그에게 경고를 준 것이었다. 너도 죽을 수 있다는, 삶과 죽음 이승과 저승이 백지 한 장 차이라는 것을 충격적으로 실감하 게 해준 것이었다. 그렇게 그는 생각하였다. 그때만 그런 것이 아 니고 매번 일이 있을 때마다 그랬다. 사소한 어떤 조그만 사건이나 일의 꿰어짐 잘못됨을 당하고서도 그랬지만 좀 큰 사건, 많은 손실 앞에서 그는 그 인과응보의 사고를 자신의 행동반경에 적용하려고 하는 것이다. 또 그것이 빈번히 적중되었다고 할까, 그 어떤 이유의 원천이 잡혀졌던 것이다.

큰 사고를 많이 당하였다. 고속도로를 거꾸로 들어가 다행히 충돌은 모면했지만 기겁 질겁을 한 일도 있고 술에 만취되어 차를 몰고 가다가 중앙선을 넘어 좌충우돌하다 앞대가리가 대파된 일도 있고 산고갯길을 넘다가 난간을 들이받고 천 길 낭떠러지로 추락 일보 직전에 깜빡 졸음에서 깨어나기도 하고…… 한두 가지 한두 번이 아니었다. 열 번 스무 번도 아니었다.

그런데 그 사고라는 것들이 일보 직전 위기일발의 순간에 스톱이 된 것이다. 염라대왕이 잡아끄는 것을 지옥의 문턱에서 누군가 그러니까 옥황상제라고 할까 운명의 신이 낚아채 준 것이었다. 차가 파손이 되고 돈이 들고 벌금을 내고 치료비를 내고 하는 등의 손실이야 어떻게 되었던 목숨을 부지하고 있으니 말이다. 계속 경고를 하고 있는 것이다. 경종을 울리고 있는 것이었다. 그것도 운이 좋은 것인지도 모른다. 아니면 무던히도 명이 질기거나 참 지독히도 정신을 못 차리고 있는지도 모른다. 일을 당할 때마다 생각을 하였다.

"아차! 정말 이러다가 내가 죽지?"

"그래도 정신을 못 차리냐?"

그렇게 정신을 좀 차리지만 또 그때뿐이다. 금방 또 한 번의 경고를 당하고는 자탄을 하였다.

"참 구제 불능이구나!"

하는 수가 없어 차라리 체념을 해버리는 것이었다. 다시 더 큰 경종 앞에 무릎을 꿇고, 정말 이젠 대오각성을 하겠다고 통한의 참회를 할 때까지.

사고방식이 그래서 그런지 몰라도 번번이 그 죄의 원천이 집히게 되고 그 부분에 대하여 참회를 그때 그 나름대로 하는 것이었다. 특히 차를 끌고 다니다 보니까, 그것도 매일 술을 마시고, 불안하기 짝이 없었다. 고속도로를 100킬로 이상을 달릴 때도 그렇고 깜박깜박 졸릴 때도 운명의 신에게 자신의 목숨을 의탁하고 다닐 수밖에 없었던 것이다.

"미안했어. 내가 자제를 해야 되는 것인데……."

후배인 기역에게 전날의 일을 사죄하였다.

또 한 번의 큰 사고를 겪고 그 원천을 얘기하는 것이었다.

"그저 그 정도예요?"

기역은 배실배실 웃으면서 그를 이르집어보는 것이었다.

"정말 미안해. 어떡하면 좋지? 시간을 돌려놓을 수도 없고."

"그러니까 미안하시기만 한 거예요? 그리고 이제 어쩔 수도 없다는 거고요?"

그녀는 계속 웃으면서 따졌다.

"그러니 어떡하지?"

그는 뻔뻔스러워지고 싶어서가 아니라 어쩔 도리가 없어 난감했던 것이다. 어떻게 해야 전날 밤 그녀와 지낸 비몽사몽간의 일, 그 실수라고 할까, 작죄作罪를 설명할 수 있고 이해시킬 수가 있단 말인가. 해결, 글쎄 따지고 보면 어떤 해결책을 찾는 것도 아니었다. 도무지 그렇게 되면 어떻게 되는 것이며 어떻게 말을 해야 할지 가닥을 찾을 수가 없고 얼굴을 들 수 없는 것이었다. 후배이며 미혼이며 다만 그런 관계뿐 아니라 그녀의 결혼 문제에 대하여 이리저리 권하기도 하고 혼기가 한참 지났는데도 불구하고 입산하여 중이 되겠다느니 불란서로 유학을 간다느니 하고 있는 그녀에게

진흙탕 속이라도 이 속세가 낫고 먹장구름 속이라도 내 나라 내 초국이 낫고 지게꾼이라도 내 민족이 좋지 않느냐고 하면서 술을 자꾸 따라주며 만류를 하였는데 결국 같이 자고 말았으니 아무리 생각해도 난감하기만 했다. 후배라고 하는, 전공이 같고 추구하는 것이 같고, 말하자면 그에게 무엇인가를 배우겠다고 하고 의지하 겠다는 관계 또 여러 가지 면에서 상당히 어려운 처지 때문이라고 할까, 좌우간 그런저런 이유로 누구보다도 절제를 하였는데 그것이 하루아침에, 아니 하루저녁에 다 허물어져 버린 것이다.

그런데 기억은 난감한 죄의식의 구렁텅이에서 그를 해방시켜 주 는 것이었다.

"사실은 제가 미안하게 되었어요. 제가 술이 너무 취했었나 봐요. 따라주시는 대로 다 들어부었으니 제정신이 아니었지요. 그런데……."

"그런데?"

그는 그녀의 말이 끝나기를 기다리지 못하고 반문하였다.

오히려 미안하다는 데는 할 말이 없으면서도 안도의 숨이 내쉬 어졌다. 그것이 사실이기도 했다. 그녀는 너무 취하였고 몸을 가누지 못했고 또 같이 취한 그가 어찌지 못하게 매달렸던 것이 어 렴풋이 기억되는 것이었다. 그런데 무슨 이야기를 하려는 것인가. 그의 얼굴에는 불안한 표정이 역력히 나타나고 있었다.

"그런데 저어……, 차는 어떻게 되었어요?"

그런 얘기였다.

"응, 뭐 괜찮아."

"돈이 많이 드셨지요?"

"조금 들었어."

그녀와 돌아오는 길에 오일이 새는 것을 모르고 운행을 하여 엔

진이 녹아 붙었던 것이다. 고생도 말할 수 없이 하였지만 돈도 약
차하게 들었던 것이다. 그러나 그런 것과 상쇄될 성질은 아니고
한동안 사죄의 술을 사느라고 작죄를 추가하였다. 또 그런 때마다
경고를 받았고.

그녀뿐만 아니라 니은 미음 시옷과 만날 때마다 사고 아니면 일
이 터지는 경종을 울려 주었다. 그들과의 관계는 기역과는 사정이
달랐다.

다 전공이 같은 미술이고 추구하는 경향이 같기는 하지만 어떤
대등한 관계 또는 차이가 있는 대로 서로 비슷한 조건의 상황이며
서로의 고독과 불만을 솔직하게 털어놓는 것이었다. 그러나 그가
그들과의 관계를 조금이라도 변명을 하거나 미화를 하려는 것은
아니었다. 액면 그대로를 말하고 싶은 것이고 이 이야기의 귀결과
연결시켜 보려는 것이었다. 그리고 물론 그들과의 온당치 못한 관
계뿐만이 아니라 매사에 있어서 잘못 처리된 것, 남의 가슴에 못
을 박은 일 같은 것은 악사惡事로 나타났다는 것이다. 그리고 그는
그렇게 불교적 사고로 연결만 하였지 그것을 극복하려는 의지를
갖지는 못한 채 반복하여 경고를 받다가 일이 터지고야 말았다.

뇌가 터진 것이었다. 혈압이 어떻고 동맥경화가 어떻고 하는 희
미하게 들리는 얘기 속에서 그는 이것이 그에게 가하는 마지막 경
고이기를 간절히 바랐다. 그리고 그의 소원이 받아들여졌는지 생
명에 지장은 없다는 진단이 내려지고 의식이 돌아와 눈을 뜨는데
한 직원이 퇴근 후에 쓰러졌지만 낮의 과로로 인한 것이기 때문에
산재에 적용될 거라고 설명하였다.

"아, 아, 아,"

그는 아니라고 소리를 지르려고 했지만 말이 나오지 않았다. 손
도 자유롭게 움직이지 않아 이리저리 흔들었지만 그것이 무엇을

의미하는지 아무도 알아듣지를 못하였다. 그런 그에게 모두들 불
행 중 다행이라 하였다.

　그는 고개를 끄떡였다.

매

　그는 어느 날 참으로 엉뚱한 일을 그것도 갑작스레 하게 되었다. 자동차 운전을 배우는 일이었다.

　많은 사람들이 그것도 너도 나도 유행처럼 해 보는 것이 그렇게 엉뚱할 것까지야 없다고 할는지 모르지만 그의 형편으로나 하는 일이라고 할까 생활 구조로 보아서 차를 갖는다든지 운전을 한다든지 하는 것이 아무래도 어울리지 않을 것 같았다. '개 발에 편자'라는 말이 있지만 꼭 그 격이라고나 할까.

　그런데 참으로 우연이 겹친 것이다. 그날 같은 학과의 후배이자 동료인 김 선생과 대포를 한 잔 하다가 우연히 그 얘기가 나온 것이다. 그날따라 두주불사인 김 선생이 자꾸만 이유를 붙여 뺑소니를 치려는 것이어서 그가 다그쳐 따지었더니 글쎄 운전면허를 따기 위해 벌써 며칠째 배우고 있다는 것이다.

　"앞으로 다들 차를 가지게 되겠지만 우선 술을 줄여야 되겠어요. 소위 뭘 가르친다는 주제에 매일 술만 마셔서 되겠어요? 학원에 나가 배우자면 술을 줄이게 되고 그러다 차를 가지게 되면 아무래도 술을 팍 줄여야 되겠지요."

　"안 죽으려면 말이지."

64

그런 이유만 가지고는 아직 그를 움직이지는 못했다. 그런데 김 선생은 참 묘한 소리를 또 한다.

"우연히 알게 되었는데 말이지요. 제자 아이들이 학원 강사를 하고 있더군요. 일주일이면 책임지고 면허 시험에 합격을 시켜드린다고 들솟구는 바람에 배워보는데 걔들한테 배우는 재미가 또 있어요."

"그래?"

그가 솔깃해한 것은 가르친 아이들에게 다시 배우는 재미에 관한 것이었지만 강 건너 불처럼 느껴지던 산업 사회의 여파가 드디어 그에게까지 와 닿는구나 하는 생각과 함께 김 선생이 얘기한 것들에 대하여 공감을 하고 있었던 모양이다. 좌우간 그렇게 해서 참으로 우연히 그도 운전을 배우기로 한 것이었다.

이튿날 퇴근을 일찍 하여 김 선생과 같이 제자들이 있다는 자동차 학원엘 갔을 때 예의 그 제자 아이들이 먼저 그를 알아보고 인사를 하는 것이었다. 학원이라고 간판만 대문짝만 했지 자동차 면허시험장 같은 코스를 여러 개 만들어 놓은 공터 한쪽 옆으로 고물 자동차를 출입문도 그대로 사용하여 사무실로 쓰고 있었다. 저쪽 구석 쪽으로는 더 낡은 고물차가 있었는데 거긴 휴게실이었다. 그 휴게실에서 세 제자가 집합을 하여 김 선생과 커피를 한 잔씩 했다. 물론 그가 사는 것이었다. 배우는 사람이 대접을 해야 하는 것이 당연한 것이고 김 선생도 여기서는 선배가 되었다.

"오뉴월 하룻볕이 어딥니까? 하하하."

"하하하……."

"글쎄 말이야……."

좌우간 완전히 거꾸로 된 것이다.

반갑다느니, 이런 데 있어 죄송하다느니, 이상한 인연이라느니,

한참 얘기를 하고 나자 정말 10여 년 전 고등학교 국어 시간의 교실에 서 있는 모습이 희미하게 떠오르는 것이었다. 그런데 한 아이-이제 아이가 아니라 어른이었지만-는 유난히 기억에 남는 것 같아 물어보았다.

"이름이 뭐더라."

"정학철입니다."

"정학철이라?"

그가 되뇌이자 다른 두 제자는 자꾸 웃고 그 친구-정군이라고 하자-는 얼굴이 빨갛게 된다.

접수를 하는 대로 곧 주행을 배웠다. 선생은 그 정군이었다. 가르친 사람한테 또 배우다니 참 아무리 생각해도 보통 인연이 아니었다.

그런데 30분 단위로 실습 기록표의 빈 칸에 도장을 찍고 배우는 것인데 이날은 1시간을 더 연장하여 배우기로 해서 막 시작을 할 때였다. 겨우 발진하는 법, 변속 기어 넣는 법, 급정거하는 법 등 그리고 핸들 돌리는 법 등을 하나하나 실습하는 중인데 앞차-그 차도 역시 운전 연습을 하고 있는 중인-가 갑자기 앞을 막고 서는 바람에 이 차도 급정거를 해야 했다. 그때 옆에서 정군이 소리를 질렀다.

"스톱!"

그는 그와 동시에 브레이크를 콱 밟았다. 그런데 이게 어떻게 된 일인가? 아니 그런 것을 생각할 겨를도 없었다. 쾅하는 소리와 함께 그의 차는 앞차의 후미를 정면으로 들이받았는데 두 차의 뒤와 앞이 쑥 들어갈 정도로 대파되었다. 좌우간 그것을 알게 된 것도 정군의 다음 투덜거림을 듣고서였다.

"아이 참! 브레이크를 밟으셔야지요."

클러치와 함께 브레이크를 콱 밟아야 되는 것인데 액셀을 콱 밟은 것이다. 페달을 밟은 것이 익숙지도 않았지만 급해 빠진 바람에 오른발이 브레이크 페달까지 못 간 채 밟아 버린 것이다.

"에이 참!"

정군은 다시 투덜거린다.

실습받던 사람들과 직원들 강사들이 모여든다. 그리고 앞차에 탄 사람-실습자와 교사-들이 절뚝거리고 내려오며 이쪽을 향해 욕설을 퍼부어 댄다.

그가 몰던 차의 헤드가 왕창 부서지고 앞 유리가 다 깨어져 주위는 온통 유리 조각으로 뒤덮였다.

"아아이, 이거 미안해 어쩌지."

그는 우선 미안한 생각부터 앞서는 것이었다.

"어서 내리세요"

정군은 원망스럽게 그를 바라보며 명령한다. 그의 말에는 대꾸도 않고 두 제자들도 그저 난감한 표정의 얼굴을 내밀고 있었고 실습을 하던 김 선생은 너무나 어처구니가 없는지 실실 웃으면서 말한다.

"해도 너무 하셨구만!"

무거운 분위기를 돌리려는 것이다.

차문도 열리지 않아 억지로 연 정군 쪽으로 내렸다.

"정말 미안해 어쩌나!

그가 다시 걱정을 하며 사무실로 가서 원장이 무표정으로 난로를 쬐고 있는 자리에서 정군에게 말하였다. 손해를 끼친 것에 대하여 보상을 하겠다고 하면서. 그러지 않아도 사무실에서는 두 차를 고치려면 얼마 정도가 들 거라느니 더 든다느니들 하고 있었다. 좌우간 한 사람의 수강료 받은 것으로는 턱도 없는 피해였던 것이다.

"아니, 됐어요."

정군이 시무룩하여 말하자 다른 두 제자들도 이구동성으로 말한다.

"선생님, 너무 염려 마세요."

무슨 뜻인지 모르지만 그러니 점점 더 미안하기만 하다. 그는 파할 시간이 되어 자꾸 그냥 들어가시라는 아이들을 데리고 휴게실로 갔다. 김 선생과 같이.

이번에는 커피 대신 눈에 띈 술을 시켰다. 안주는 김치깍두기밖에 없었다. 정군은 속이 어지간히 상하는지 깡소주를 벌컥벌컥 마셔 댔다. 그러면서도 보상에 대해서는 계속 됐다고만 하고 자꾸 피해액을 따지자 화까지 버럭 내는 것이었다.

"돈이 문제가 아니잖아요, 선생님."

그럼 뭐가 문제라는 것인지 모르지만 그는 도무지 어떻게 처신을 해야 될지 모르고 자꾸만 술을 시켰다. 그런데 다른 두 제자들은 언제부턴가 픽픽 웃고 있었다. 그는 옛날과 완전히 입장이 뒤바뀌어져 있는 처지의 자신을 비웃고 있는 것으로 느껴져 슬그머니 화가 치올랐지만 지금 그가 화를 낼 입장도 못 되어 겸연쩍은 표정을 짓고 있는데 한 제자가 이상한 소릴 한다.

"선생님, 정학철이 빠따 때리시던 생각나시지요?"

"그랬었던가?"

"역시 잊어버리셨군요. 쟤가 말이지요, 빠따 맞다가 달아났었잖아요, 선생님!"

다른 제자가 또 말하자 이번에는 김 선생과 같이 모두 웃어 대었다. 물론 정군도 소릴 내어 웃었다.

"그래? 어쩐지 유난히 기억이 나더라니. 그럼 뭐 잘 됐구나. 오늘은 내가 좀 맞자."

이번에는 모두들 배를 쥐고 웃어 대었다.

"선생님께서요?"

그런데 정군이 걱정이 되는지 묻는다.

"왜 그러면 안 되겠어?"

그가 되묻자 김 선생이 소리를 내어 웃다가

"안 될 것도 없지 뭐. 지금은 너희들이 선생이야."

해서 웃음소리는 그칠 줄을 몰랐다. 그리고 이번에는 정군뿐 아니라 다른 두 제자도 염려스럽게 말한다.

"아이참, 선생님된 그럴 수야 없지요."

"어떻게 선생님을……."

"아니, 그럼 내가 매를 맞길 바랐냐? 그럴 수야 없지."

그의 말에 웃음소리는 뚝 그쳤다.

"그럼요?"

한 제자가 또 잽싸게 따진다.

"이렇게 술을 사면 매를 맞는 거지 뭐. 안 그러냐?"

"술 정도로요?"

또 한 제자가 김빠진 소리로 따지고 정군이 그를 바라본다.

"원래는 너희들이 사야 되는 거지만 거꾸로 내가 사는 거야. 이런 깡술이 아니고 어디 거창한데 가서 말야. 알겠어?"

"넷!"

"네?"

"훗훗훗훗……."

세 제자들이 반응이 서로 각각이었다.

어떻든 고물 자동차로 된 휴게실은 오랜만에 발동이라도 걸린 듯이 웃음소리로 털털거렸다.

술을 줄이기 위해 엉뚱한 일을 시작했다가 첫날부터 많이 마시었다. 그러나 그런 덕분에 이번 사고가 앞으로의 더 큰 사고를 막는 좋은 경험이라는 해석을 하게 되었다. 매도 먼저 맞는 놈이 낫다는 격이랄까…….

제2부

박씨의 죽음

피와 정情

빨간 새

싸움

찢어진 그림

어느 날의 풍경

친척 모임

합승

부정행위

보리 베던 무렵

파경破鏡

가을비

어느 8. 15

두메 처녀

조기 수술

벽

촌놈

연휴

중증

박씨의 죽음

　키가 자그마하고 얼굴은 까무잡잡했다. 경상도 사투리에 늘 손수건으로 땀을 닦는 그가 박씨라는 것을 우리는 참으로 서글픈 장소에서 알게 되었다.

　그는 올 때마다 땀을 닦고 있었다. 언제나 직접 나타나는 법이 없이 밖에서 기웃거리다가 누굴 시킨다. 그가 왔노라고 하여 나가 보면 대단히 미안한 표정으로 인사를 하고 씩 웃는다. 그리고 쭉 해야 하는 말이

　"왜 요즘 놀러 안 옵니꺼."

하는 정도였다.

　"글쎄 요즘 사정이 좋지 않네요. 곧 한 번 가지요."

　"그럼 가겠심더. 곧 한 번 오이소."

　그리고는 간다. 그는 조르는 일이 없이 목덜미로 이마로 흐르는 땀을 닦다가 간다. 외상값이다. 그것도 다른 것도 아니고 술값이다. 남들은 그 똥을 개도 안 먹는다고 하지만, 무척 점잖은 직장으로 생각해서인가. 아니면 어느 한쪽이 어리숙하여서인가? 어떻든 번번이 와서 땀만 닦으며 간다. 그래서 몇 번 가긴 했지만 가서 줄이기보다는 보태었다. 다른 사람까지 데리고 가서 구좌를 터

주기도 하였다. 그런데 번번이 어떻게 취하였는지 그 글씨도 알아볼 수 없이 사인을 하였던 모양이다.

그리고는 한동안 잊고 지냈다. 긴 방학 때문이다. 아마 몇 달이 지난 모양이다. 무척 피로한 어느 날 오후, 그가 많이 수척한 얼굴로 찾아왔다.

"그때 같이 오셨던 분은 어디 계시는가요?"

별로 날씨가 덥지 않은데 그는 손수건으로 땀을 닦으며 묻는다.

"아차, 그랬던가?"

참으로 미안하였다. 그동안 깜빡 잊고 있었던 것이다.

"내 그 사람이랑 같이 한 번 가지요. 곧 갈께요."

그러나 도무지 주머니 사정이 허락지 않아 얼마를 더 그러고 있었다. 말은 거래를 터준다고 했지만 H에게는 달라고 할 처지가 못 되었고 Y는 그 거금을 낼 형편이 못 되었다. 그런데 하루는 H가 찾아왔다. 이제야 겨우 마련이 되었다면서 거길 가자고 했다. 그러지 않아도 그 일로 며칠 걱정을 하다가 그날쯤 가서 조금이라도 해결을 해주려고 하던 참이었다.

그날 우리가 그 살롱에 간 것은 조금 이른 시간이었다. 그래서 그런지 그의 얼굴이 보이질 않았다. 우리는 돈만 전하고 딴 곳에 가서 대포나 한 잔씩 하려고 하였지만 사정이 그렇질 못하였다.

이름도 성도 모르고 번호도 모르고 그저 경상도말을 하는 키가 자그마한 웨이터라고밖에는 몰라서 그렇게 찾자 모두들 어디서 왔느냐 왜 그러느냐, 이 사람 저 사람 따지고 묻기만 하고 의아스럽게 이리저리 뜯어만 볼 뿐, 누구 하나 언제 온다든지 어딜 갔다든지를 얘기하는 사람이 없었다.

어쩔까, 우리는 얼마 동안 망설이다가 목을 좀 축이면서 기다리기로 했다.

“몇 번 아가씨를 불러드릴까요.”

“글쎄.”

번호는 모르지만 아는 아가씨가 한둘 있었다. 그러나 우리는 다시 머뭇거렸다. 그러는데 우연하게도 그 아는 아가씨가 그들 앞을 지나다가 반색을 하고는 왜 자기를 부르지 않느냐고 항의를 할 기세였다.

눈을 퍼렇게 칠한 그 아가씨가 따르는 찬 맥주를 우리는 몇 잔 마시다가 다시 그 친구를 찾았다.

“그 얼굴 까무잡잡한 친구 아직 안 나왔나?”

“아, 박씨 말이지요?”

아가씨는 얼른 그를 알아차리었다.

“박씨든가, 그 친구가? 키가 자그만하고…….”

“네, 맞아요, 박씨예요. 그런데…….”

갑자기 아가씨는 몹시 침울한 표정이 되더니 자기의 술을 마시고는 한숨을 쉰다.

“왜?”

“박씨는 인제 만날 수 없어요.”

“왜 그러지?”

“죽었어요.”

“죽어? 죽다니?”

우리는 이구동성으로 물었다. 너무나 의외의 일이었다. 그러나 그녀는 다시 또박또박 되풀이하고는 술을 따른다.

“술이나 드세요.”

“아니 왜 그랬지? 어쩌다가?”

H가 물었다.

“모르지요 뭐. 갑자기 피가 터져서 죽었어요.”

우리는 도무지 얼떨떨하였다. 그러나 피가 어디로 터졌으며 어떻게 되었는지에 대해서 꼬치꼬치 캐묻지 않았다.

늘 땀을 닦던 모습과 씩 웃던 모습을 생각하며 술을 마셨다.

아가씨는 그의 부인이 어떻고 아이들이 어떻고 딱한 사연을 늘 어놓았지만 그저 잔만 비웠다.

그런데 우리들은 왜 그런지 얘기를 툭 털어놓지를 못하였다. 우리 두 사람도 그 미묘한 마음의 얘기를 나누지는 않았다. 그저 아가씨가 간간이 자리를 비는 틈에 결국 그 돈은 어떻게 되는 거냐? 박씨의 죽음으로 해서 그와의 관계는 끝나는 것이 아니냐고 얘기하기도 하고 그 돈은 그의 부인이나 아들에게 가야 하느냐고도 얘기해 보았다.

그러나 곰곰이 생각하면 그럴 성질도 아닐 것 같았다. 그렇다고 이 살롱에다 내놓아야 할 성질일 것 같지도 않고

마치 지폐를 길에서 주워가지고 어디로 갖다 주어야 하느냐는 것 같은 걸까? 어떻든 그런 얘길 하면서 대고 술을 마셨다. 또 아가씨가 옆에 앉으면 박씨의 행장을 얘기하며 술을 마시고 그렇게 얼마나 마셨던지, 갚으려고 가져갔던 것보다 훨씬 많은 액수의 계산서가 나왔다.

우리는 빚이나 갚고 말걸 공연한 짓을 하였다고 후회를 하였지만 할 수 없는 일이었다. 그런데 정말 그 살롱에서는 그 후 아무 연락이 없었다. 그래서 그 기억이 차츰 잊혀지려 하는 어느 날 아침 만원버스 속에서 박씨를 만났다. 눈을 휘둥그렇게 뜨고 한참 살펴보다가 혹 유령이 나타난 것인가 생각되어 기어들어가는 소리로 물어보았다.

"혹시 박씨 아닙니까?"

"네, 그렇습니다만 왜 그러시죠?"

말만 서울 말씨에다 땀을 안 닦고 있을 뿐 그는 어디로 보나 영락없는 박씨였다. 어떻든 갑자기 이상한 죄책감이 솟구쳐 올라 더 말도 못하고 그냥 내렸다.

그런데 그 박씨를 자주 만나게 되었다. 방향과 시간이 같은 모양이다. 그것이 아침이어서 하루 종일 박씨에 대한 생각을 해야 하고 또 그것이 잊혀질 만하면 만나게 되었다.

얼마나 그렇게 시달리다가 어깨가 휘청할 정도의 가불을 하여 그 빚을 청산하고 말았다. 악몽을 물리치기 위해 불공을 드린 격이다. 그리고 여유가 생기면 그와 같이 그 살롱에 가서 한 잔 하려고 하였다. H도 같이 말이다.

그런데 어떻게 된 건지 그 후에는 박씨를 만날 수가 없었다. 이사를 간 것인가? 아니면 그도 죽은 것인가? 어쩌면 박씨는 그런 나타남으로 이 미迷한 존재를 다녀간 것인지도 모른다.

그 후 박씨는 도무지 보이지가 않았다.

피와 정情

"싫어요, 안 돼요."

"어제는 간다고 했었잖아?"

"안 돼요, 싫다니까요."

계속 거절이었다. 아내의 거절에는 수위가 있었다. 싫다고 하는 것은 안 된다는 것보다 약한 단계였다. 절대 안 된다고 할 때도 있었다. 이날은 그런 것은 아니었다.

그는 시골서 손님이 오면 으레 구경을 시키는 것으로 대접을 했다. 그것은 그 손님의 여러 가지 사정과도 관련이 되는 것이었다. 취직 부탁을 한다거나 또 서울로 올라와야지 도저히 살 수가 없다든가……. 그런 것을 그는 해결할 능력이 없었던 것이다.

어디 일자리를 주선해주면 되는 것인데, 그게 어디 그렇게 쉬운가. 대개 초등학교와 중학교 졸업 정도, 끽해야 고교 중퇴의 학력으로 어디 밀어 넣을 데가 없었던 것이다. 학력이나 실력을 얘기하는 아니었다. 그들이 가졌던 경험이 문제인 것이다. 경력이라고 할까, 계속해서 농사를 짓던 사람이 서울 와서 무엇을 할 것이 있는가. 막노동이 아니면 어디 수위 자리로 들어갈 수밖에 없는 것이었다. 물론 말단 준공무원으로 자기 자리도 겨우 지키는 그의 처지보다 훨씬 훌륭한 자리를 차지하고 있는 친구가 많았지만 적어도 그를 찾아오고 그에게 부탁을 하는 사람들은 수위 자리라도 좋다는 것이고 자기뿐 아니라 그들의 아들이나 딸을 사환으로 넣어 달라고 부탁을 하는 것이었다.

그런데 그런 자리에 넣는다는 것이 참으로 마음이 안 되었다. 특히 다른 데도 아니고 그가 있는 곳에……. 참으로 민망한 일이었다.

그는 큰 대접은 못 받았지만 그렇게 힘든 일은 아니었다. 아침에 지각을 하느냐 안 하느냐 성실히 근무하느냐 못 하느냐가 문제이지 그 이상의 것은 없었다. 그래서 한 군데에 계속 붙어 있을 수가 있었던지 모른다. 그런데 매일 아침저녁으로 정문에서 만나는 수위 그리고 한 달에 한 번 돌아오는 숙직 때 같이 잠을 자는 수위, 그는 방에 들어가 잠을 자지만 밤새도록 앉아서 새우는 것이다. 그들은 낮에 자고 밤에 근무를 하는 것이다. 그 아내의 불만이 어떨 것인가. 밤새 빈 집 또는 빈 방에 두고 온 아내의 보안에 대하여 불안하게 생각하는 사람도 있었다.

그와 동년배에게 그런 생활을 시킨다는 것이 참으로 미안한 것이다. 또 그가 있는 곳이나 근처에 거의 잇달아서 건축을 하는데, 거기 모래나 자갈을 지고 이고 다니는 사람들, 특히 겨울에 작업복을 잔뜩 껴입고 떨면서 지게질을 하는 인부들 속에 고향 사람들을 본다.

그는 친구들에게 그런 일을 다른 곳도 아닌 바로 그가 근무하는 곳에 시킨다는 것이 도무지 내키지 않고 미안했던 것이다. 그러나 더욱 미안한 것은 그런 것이 아니라 그것마저 시켜 줄 수가 없는 것이었다. 그것도 많은 교제가 필요했다. 실무자에게 집으로 자주 찾아간다거나, 어떤 면으로든지 환심을 산다든가, 관심을 갖도록 만들어야 하는 것이었다. 돈이 들고 시간이 아까워서가 아니라 그는 그런 사교에 대해서는 도무지 자신이 없었고 부자연스러웠던 것이다. 아니 생리에 맞지 않았던 것이다. 그러나 고향 친구를 위해서, 친척을 위해서 할 수 없는 일이 아니냐. 그런 생각을 가지고 용기백배하여 부딪쳐 보지만 잘 되지가 않았다. 머리만 아팠을 뿐이다. 전력투구 전신투구라는 말이 있지만, 몸만 가고 마음은 안 가서 그런지 결과는 실패였다. 그가 추천한 사람보다 훨씬 조건이 좋지 않은 사람이 번번이 뽑히는 것이었다. 그것을 그는 항의도 했다.

"그 사람보다 이 사람이 어디가 모자랍니까? 뭐가 부족합니까?"

그러나 그러면 그럴수록 그에게 불리할 뿐이었다. 어떻든 그는 그런 자리 하나도 마련해 줄 수가 없었던 것이다. 그러면서도 자꾸만 부탁만 받는다. 그리고 그것을 뗄 때는 대포를 산다. 커피나 고기반찬의 한 끼 밥보다는 대폿집에서의 막걸리 한 잔 소주 한 잔이 훨씬 큰 힘을 갖는 것이었다.

그런데 그보다도 훨씬 위력 있는 것이 영화구경이었다. 극적인 고통 고난 그리고 파멸, 상처뿐인 영광 그런 것이 나의 현실로 되돌려지는 것이었다. 예술이라는 것이 다 그런 것이지만 무슨 설명이나 해설 대신 생의 단면을 보여준다. 그래서 친구에게 어려움을 참고 견디어야 한다는 것을 웅변으로 설명해 주는 것이었다. 그리고 그 극적인 상대적 불행과 행복론으로 서로는 무척 안도감에 젖게 된다. 정신적으로 건강하고 나라를 갖고 있고 집을 갖고 있고 아내와 아이가 있고 육체적으로 건강하고……. 다만 돈만 없을 뿐이라는 행복감을 느낀다.

그것은 비단 시골 친구나 친척에게만 국한된 얘기는 아니었다. 아내에게도 가끔 그런 방법을 행한다.

가령 싸움을 했을 때, 무척 괴로운 일이 생겼을 때, 그런 영화나 연극은 정신적인 카타르시스가 되었던 것이다. 링거주사처럼, 심장을 눈물로 세척을 해낸 탓인가. 어쩌면 구경 자체보다는 언제나 관능이 따르게 마련인 영화 구경을 하고는 집에 와서 행복한 정사가 있었기 때문인지도 몰랐다.

아내에게 더러 읽히고 싶은 것이 있었다. 시나 소설이나 수필도 있고 그러나 그것은 어려운 일이었다. 러시아 속담이던가, 소를 물까지 끌고 갈 수는 있지만 물을 먹일 수는 없다고 하는데, 아내에게 특히 뾰로퉁해 있을 때에 책을 갖다 줄 수는 있지만 읽게 할 수는 없었다. 그리고 바로 그와의 싸움이라든가 그런 유사한 주제와 부딪칠 적에 거부 반응을 느낄 것이 뻔하다.

영화는 그런 것을 아주 자연스럽게 처리해주는 것이었다. 그런데 그의 안방을 홈시어터인 TV가 차지해 1주일에 한두 번 외화 또는 명화를 보게 됨으로 해서 극장에 가는 일은 극히 드물게 되었다. 아니 전혀 가질 않았다. 그것이 처음에는 참으로 편리하였다. 복잡한 버스에 시달리지 않아도 되었고 입장료도 문제지만 그 지루하게 기다리는 시간 소비가 없어도 되었다. 아랫목에 떡 버티고 누워서 볼 수도 있고 보다가 필요하면 자면 되는 것이었다. 부엌에서 김치를 갖다가 소주를 한 잔씩 마시면서 명화를 감상할 수 있다는 것이 얼마나 편리한가. 대개 화면에서 커피를 들면 커피를, 담배를 피우면 담배를 피우고 싶은 충동을 주는 것이었다. 어디 그뿐인가. 전화까지 걸고 받으면서 또 식사를 하면서 몸살 감기약을 사다 먹어가면서 볼 수도 있는 것이었다. 그런 편리한 생활이 있으므로 해서 내용을 많이 빠뜨리고 건너기는 하지만 따지고 보면 그 이상의 가위질이 된 필름이었다.

시간이 갈수록 흥미가 줄어들었다. 화면이 흐릿하여서인가, 너무 편리하여서인가. 한 달에 한 번 아니 6개월에 한 번도 영화관이나 극장에 가는 일이 없었다. 그러던 차에 그는 어쩌다가 삼류이긴 하지만 극장 뒤의 동네에 이사를 와 살면서 차츰 다시 영화구경을 하기 시작하였다. 거기에는 돈 부담도 많지 않고 또 가까이 있으니 시간적으로도 크게 허비가 안 되었다. 시간을 모르면 아이들 보고 가서 상영 시간을 알아오라면 되는 것이었다. 특히 아이들은 극장 구경 가는 것을 좋아했다. '학생 입장 가'인 경우 꼬마들을 이사 가는 집 강아지 데려가듯 다 데리고 갈 수도 있는 것이었다. 그러나 그들이 구경을 가는 것은 '학생 입장 불가'인 것에 대하여 더 흥미가 있는 것은 말할 것도 없다.

그날도 아내와 별것도 아닌 일로 심히 다툰 후 며칠 된 날이었다. 이날은 특별히 시내 개봉관의 표를 두 장 사서 전화로 아내를 불러내었다. 어저께쯤 슬쩍 타진을 해보고 한 일이었다. 권태기의 부부가 아내의 과거로 해서 파탄에 빠지는 내용이었다. 그의 과거로 해서 시름시름 싸움이 되었던 것을 생각하여 그 영화를 감상하려던 것이었다.

그런데 아내는 안 나온다는 것이었다. 잔뜩 화가 나서 아무리 얘길 해도 싫다는 것이었다.

"좌우간 기다릴 테니까 나오든지 말든지 해."

사정을 하다 말고 그렇게 전화를 끊었다. 결국 아내는 나오지 않았다. 다 끝나갈 무렵 그는 표를 버리는 게 아까워서 뒷자리에 서서 구경을 하였다. 극중에서 연출된 성적 정감에 흠뻑 젖어서 나왔다.

그는 집에 돌아오는 대로 아내에게 화를 내어 따졌다.

"도대체 어떻게 된 거야?"

"어떻게 되긴, 싫으니까 그렇지요."

아내는 미안하단 말도 없이 대꾸를 한다.

그는 화가 더욱 치올랐다.

"싫어도 그렇지, 비싼 표를 한 장 버렸잖아?"

"애인이라도 데리고 가지 그랬어요."

"당신을 기다리고 있었으니 그게 돼? 안 나온다고 해야 애인을 부르든지 말든지."

"흥!"

"참 당신은, 미안하다는 말 한 마디만 하면 될 것 아냐. 번번이 왜 그래."

그는 그렇게 마무리를 하려 들었다. 언제나 그렇게 그가 수그리며 무마를 하는 것이었다. 끝까지 가 봐야 손해는 이편이라는 것을 알기 때문이었다. 좌우간 잠을 자야 되고 내일은 출근을 해야 되는 것이었다. 그리고 밤이었다.

불을 끄고 자리에 들었다. 그는 아내를 끌어안았다. 아내는 아직도 풀어지지 않았다. 옷도 벗지 않고 있었다. 그는 억지로 벗기려 하였지만 되지 않았다. 그러나 물러설 수는 없다. 아까 본 영화의 성적 감흥도 감흥이었지만 그것이 문제가 아니었다. 체면이 있지 이 정도에서 후퇴를 할 수가 있는가. 집요하게 옷을 끌어내리는 방법이 있었다. 그러나 뜻이 이루어졌을 때 그는 허탈감에 빠지고 말았다. M이었다.

"아아이, 진작 그렇다고 말할 것이지!"

오해가 화악 풀리었다. 그리고 생각만 간절하지 무슨 소용이냐는 식의 계산이 빠른 아내가 떠오르며 우선 미안하였다.

"그런 것도 모르고 무슨 남편 자격이 있어요?"

아내가 다시 뾰로통해진다.

"미안해, 미안."

그는 정말 미안하였다. 그러나 그는 포기하지 않고 다시 시도하였다. 그것이 그의 애정표현이기나 한 것처럼.

"그런 의미에서 우리 약식으로……."

"안 돼요. 싫어요."

빨간 새

"어떻게 오늘 그냥 낮잠이나 자고 있을래요?"

"그럴 수야 없지."

그가 바람을 넣자 엄형은 그렇게 말하였다. 그러나 작취昨醉로 아직 몸이 개운치 않아 산엘 간다는 생각이 썩 내키지 않았던 모양이다.

"날씨도 화창하고……."

"날도 보통 날이 아니고 말이야."

이날은 불탄절이었던 것이다.

그들은 다 불교 신자도 아니어서-특별히 다른 교의 신자도 아니지만-이날 특별한 스케줄이 있는 것은 아니었다. 샐러리맨이 일주일에 두 번 맞은 휴일에 대해서 무슨 보너스를 탄 듯이 마음이 느긋할 뿐이고 뭘 가르친다든가, 쓴다든가 하는 공통점으로 해서 그 석가모니의 고통의 의미 연등 행렬, 방생제放生祭 같은 의미를 다소곳이 희어지는 머리카락에 연결을 시켜보는 정도였다.

둘 다 농촌 출신인 데다가 직에 얽매어 있으니 틈만 있으면 산으로 가서 풀냄새, 흙냄새, 신록에 젖어 오고자 하였으며 아이들에게도 그런 체취를 맛보게 해 주고 그런 체질이 되게 하고자 하였던 것이다.

그런데 엄형은 모든 등산 도구가 갖춰져 있으며 또 등산에 대해 일가견을 갖고 있었다. 그래서 그는 늘 산에 대해서 배우기도 하고 가령 버너 사용법이라든가 산 위의 기압 관계로 밥이나 찌개를 돌로 얹어 놓고 끓인다든가 하는 것을 고개를 끄덕이며 교육을 받지만 갈 때마다 배울 것이 많다. 그런데다가 특별히 돈 때문도 아닌 것 같은데 도구를 장만하지 못하고 신발도 정구화를 신고 따라다닌다.

"원 사람도 참! 산에 오는 사람이 그건 뭘 하러 메고 와?"

이날도 만나자마자 타박이었다. 그가 카세트 녹음기를 둘러메고 있었기 때문이었다. 얼마 전에 그런 주의를 듣고, 실은 그러지를 않았던 것이다. 산에 간다는 것은 그런 속된 잡사를 잊기 위함인데 왜 산에까지 와서 잡음을 트느냐는 것이었다. 그는 처음부터 그 고견을 받아들이면서도 풀벌레 소리, 새 소리, 물 소리 등을 녹음해 오기 위해 가끔 들고 다닌다. 그런데 이날은 그가 틀어 놓은 녹음테이프에서는 종소리, 목탁 소리와 함께 염불하는 소리가 흘러나왔던 것이다.

엄형은 그것을 듣고는 타박을 하지 않고 고개를 끄떡거리는 것이었다. 그러나 역시 좀 못마땅한 표정을 짓는다.

"직접 듣는 소리라야지……."

엄형은 그런 아쉬움을 표하는 것이었다.

실은 그것은 그도 동감이었다. 이렇게 시중에서 제작된 상품이 아닌 생음生音을 듣고 싶은 것이었고 실은 그것을 녹음하기 위해 녹음기를 가져온 것이었다. 그러나 우선 그동안이라도 이날의 분위기를 아쉬운 대로 살려주는 것만은 사실이었다.

A에서 만나 염불사를 가는 도중은 유원지를 통과해야 했고 아

스팔트가 그 위까지 되어 있어 차가 줄을 이었다. 산길이 가팔라지자 아스팔트 대신 흙 자갈길이 낭떠러지 위로 꼬불꼬불 이어져 있었다.

날이 더운데다 배낭에 뭘 잔뜩 진 터라 땀이 뻘뻘 흐르고 거기에 연방 차들이 일구는 흙먼지가 범벅이 되어 짜증이 난다.

"젠장 산에 가는데도 꼭 차를 타고 다녀야 하는지 원!"

"허허허……. 그건 엄형이 차를 가져봐야 알지."

"난 차를 가지지도 않을 뿐 아니라, 가진다 하더라도 이런 덴 안 끌고 다녀. 타고 올라올라면 뭘 하러 산엘 오느냐 말야."

"산에 가는 게 아니라 절에 가는 거 아니겠어?"

"얼씨구!"

엄형의 비아냥에 대답이라도 하듯이 빨간 새 차가 한 대 그들의 앞을 휙 지나치며 온통 먼지를 전신에 덮어씌운다.

염불사에 다다르자 염불 소리가 확성기를 통하여 산골짜기로 울려 퍼졌고 그 절 앞 느티나무 그늘에는 수십 대의 자가용 영업용 차들이 꽉 들어차 있었다.

그들은 연등이 꽉 메운 마당을 지나 대웅전에 가서 부처와 보살에게 서서 배례를 하였다. 신발을 벗고 들어가 시주를 한 다음 삼배三拜를 하여야 하겠지만 그러고 싶질 않았다. 그 수없이 많은 연등에 이름을 써 붙이지도 않았지만 그것이 먹글씨도 아닌 싸인펜 글씨, 그것도 여자의 서툰 글씨에 권위를 느끼지 못하였고 그 기대했던 확성기 소리가 스님이 직접 독경하는 것이 아니고 카세트 테이프를 틀어 놓고 있었기 때문에 실망을 하였던 것이다. 차를 타고 올라왔다면 모르지만 땀을 뻘뻘 흘리고 걸어온 사람으로서는 허망하지 않을 수가 없었다. 하필이면 그 테이프가 그가 갖고 있는 것과 똑같았다.

"자, 절을 하고 가자."

그러나 그 자비스러운 불상을 그냥 지나칠 수는 없었다. 그리고 기독교를 믿는 아이들에게도 늘 그런 예의를 갖게 하는 것을 잊지 않았다. 제삿날에는 제사를 지내고 일요일 날은 특별한 일이 없으면 같이 교회도 가고 이렇게 초파일 날은 절에도 오고, 그의 경우 이렇게 다신교인이랄까 어느 신에게나 가급적 자기 자신의 양심이라는 신을 포함해서 하나도 소홀히 하고 싶지 않았던 것이다.

"그렇게 하는 거야."

아이들이 주춤하자 엄형은 또 그렇게 근엄하게 말하여 모두들 선 채로 배례를 하였다.

그런데 그들 옆에 섰던 빨간 원피스를 입은 여인을 대동한 중년의 남자는 아이들처럼 그 여자의 고개를 숙이게 하지는 못하였다. 그러자 남자도 그냥 씩 웃고는 돌아서서 법당을 배경으로 사진을 찍기 위해 그에게 셔터를 눌러 달라고 하였다. 그는 그 여자의 어깨에 남자의 팔을 걸고 쌩긋 웃는 포즈를 잡아 주었다. 어디서 본 듯하다 하였더니 아이들이 그 빨간 차에 탔던 사람들이었다고 한다.

그들은 콩나물과 산나물 찬에 병원 밥그릇 같은 데에 담아 주는 밥을 타먹기 위해 장사진을 치고 기다리는 신도들 틈을 비집고 겨우 약수 한 모금씩을 얻어 마신 다음 물줄기를 찾아 산골로 들어가 점심을 먹었다. 그리고 가져간 술도 한 잔씩 걸치고 설설 내려갈 준비를 하였다.

내려갈 때에는 목에 염주를 하나씩 사서 걸고 산 위에서 파는 비싼 과자와 미제라고 하는 깡통맥주를 두 개를 사서 배낭에 넣었다. 내려가는 길 쉴 참에 대비한 것이다.

올라오는 길 못지않게 내려가는 길도 만만치가 않았다. 낭떠러지를 이리저리 돌아 내려가는 좁은 길에 차들은 연방 오르내리고 술도 좀 얼큰하여 엄형과 그는 연방 아이들에게 주의를 주었다.

"야 이놈들아, 살살 가. 뛰지 말고."

그리고 아이들이 자꾸만 질러가자고 제의하는 것을 제지한다. 그런데 한 1킬로 이상을 비잉 둘러가는 길이 있어 거기는 어른들도 많이 질러가고 있었다. 위험 표지가 붙어 있는 낭떠러지였다.

그들은 터덜터덜 둘러 내려가다가 거의 다 돌아간 지점에 넓적한 바위가 있어서 쉬었다. 거기는 낭떠러지가 환히 내려다보이는 전망이어서 쉬어가고 싶었다. 과자를 꺼내고 술을 꺼내어 따서 마시었다.

그런데 그 무렵 그들의 시야에는 참으로 기이한 장면이 펼쳐지고 있었다. 그 낭떠러지로 승용차가 날아가고 있었다. 빨간 차였다. 그것은 흡사 한 마리의 빨간 새였다.

모두들 그 아래 계곡을 바라보았다. 그도 일어서자 엄형이 앉으라고 한다.

"결과야 뻔하지 않나?"

"뻔하다니?"

"바위하고 계란하고 부딪히면……."

"원 사람도!"

"아까 혹시 절을 했더라면 안 그랬을지도 몰라."

얼큰한 엄형이 그렇게 말한다.

"아니지, 위험 표지를 보고 속력을 내지 않았더라면……."

"말씀 하시고 계시네."

결국 행복이란 자신들의 속에서 찾는 것이 아니라 남과의 비교에서 찾는 것인지도 모른다. 그들에게는 아직 반 깡통 정도의, 상표도 믿을 수 없는 맥주가 남아 있었음으로 해서 염불 녹음 소리는 한결 위안이 되었다.

"나무아미타불!"

"관세음보살!"

산사山寺에서 멀리 목탁소리도 울려오고 있었다.

싸움

　그는 마구 뛰다가 시계를 바라보고 걸음을 늦추었다. 아직 5분 전이었다.

　친구들이 끄는 바람에 억지로 주석을 빠져 나오는 길이다.

　"가면 가고 못 가면 못 가지 뭘 그리 안달인가?"

　"실컷 먹고 들어가서 한 번 들부셔보라고. 정신 위생학적으로도 좋을 테니 말야."

　"자, 그런 의미에서."

　친구들은 한사코 놔주질 않았다. 친구래야 오랜만에 만난 것도 아니고 한 직장의 동료들, 다른 날보다 일찍 퇴근을 한 오늘 한 잔씩만 하자고 들른 회사 근처 대폿집, 한 잔이 두 잔 되고 주전 자가 바뀌고 엎지르고 하다 보니 열한 시가 가까워 왔던 것이다.

　그의 집 쪽으로 가는 합승은 11시에 막차가 통과한다. 한 5분 늦은 때도 있지만 대개 11시라야 안심을 한다.

　그가 마구 뛰어서 정류장에 닿았을 때는 11시가 채 못 되었다. 그리고 저만큼 합승이 들어오고 있었다. 그는 행선지 번호를 확인 하고 난 후 안도의 숨을 내쉬었다. 이제 집엔 가 놓은 것이다. 차 에 올라 사오십 분 달리면 그의 집은 바로 거기 있는 것이다. 그런데 그는 천연덕스럽게도 들어오고 있는 차보다도 지척에서 벌어지고 있는 사태에 시선이 끌리고 말았다. 바로 그의 옆에서 꽤 오래 여러 사람의 구경꾼에 둘러싸여 싸움을 하고 있는 남녀. 남자는 세워 놓은 택시에 여자를 마구 밀어 넣으려 하지만 여자는 한사코 들어가질 않는다. 마흔댓쯤 됐을까, 쉰 가까이 되는 남자, 앞이마가 훌렁 벗어진 대머리의 사나이는 삼십대로 보이는 젊은 여인과 마구 치고 받고 밀고 당기고 쓰러지고 하였다. 푸른 불빛의 가로등 밑이라 곤색인지 청색인지 잘 구별이 안 되는 두루마기에 빨간 머플러를 목에 두른 여인은 남자에게 조금도 지지 않고 밀고 쥐어박고 또 잘 손질이 된 머리채를 잡히면 또 남자의 얼마 남지 않는 머리카락을 끌어 쥔다. 그러는 사이 서 있던 택시는 욕을 해 붙이고 붕 떠난다.

그 택시에 남녀가 타고 떠나는 것을 보고 합승에 오르려던 그는, 아니 솔직히 말해서 11시라는 관념을 깜박 잊고 있던 그는 그만 막차를 놓쳐 버렸다.

"앗차!"

그는 눈앞이 아찔하였다. 택시를 타고 가기는 너무 먼 거리다. 그는 본능적으로 주머니로 손이 갔다. 안심할 만한 계산이 되지 못하였다. 그러나 아직 희망이 없는 것은 아니다. 혹 5분쯤 늦게 가는 차도 더러는 그보다 더 늦는 예도 있었으니까.

그는 그런 기대를 갖고 다시 그 남녀의 싸움에 시선을 돌렸다.

다시 택시를 세운 남자는 뒷문을 열어 놓고 마구 여자를 밀어 넣는 것이었다. 여자가 버티다가 쓰러지자 남자는 여체를 짐짝처럼 번쩍 들어 넣으려 했지만 여자는 마구 날뛰어 다시 아스팔트 바닥에 떨어지고 만다. 그러는가 했더니 어느새 벌떡 일어난 여자는 인도 쪽으로 헤어 나오는 것이었다. 남자는 다시 여자의 머리채를 끌어 잡고 택시 쪽으로 끌고 가서는 밀어 넣기 시작한다. 그렇게 얼마를 시드는데 화가 난 택시 운전사는 차를 휙 빼버리는 것이었다.

바로 뒤에서 그것을 구경하던 또 하나의 택시가 그들의 싸움 현장에 멈춘다. 그 차의 운전사는 스스로 문을 열고 내려서 여자를 차에 태우기 위해 남자와 합세를 한다. 그러나 여자는 좀처럼 택시 안으로 들어 가지지 않는다. 악을 쓰고 이빨로 닥치는 대로 깨물기도 하고……. 이번 택시도 하는 수없이 떠나고 말았다.

택시가 떠나자 이번엔 또 서로 쥐어박고 머리채를 흔들고 또 멱살을 쥐고 하며 드잡이를 하는 것이었다. 멀찌감치 선 구경꾼들에게 뭐라고 하는 소리는 들리지 않았다. 그저 가끔 알아들을 수 있는 소리가 '싫어' '죽어도 싫어' 하는 여자 소리뿐이었다.

구경을 하는 사람들은 돌아서서 갈 길을 가기도 하고 서로들 한 마디씩 던지기도 하였다.

"부부지간이 저럴 수가 있나 원……."

"부부가 아닌지도 모르지요. 죽어도 싫다는 여자를 우격다짐으로 되겠어요?"

"자기 마누라가 아니면 저렇게 하겠어요? 아마 외박하는 마누라를 붙들고 가려는 모양 같은데……."

"남편이 외박을 해서 여자가 달아나는지도 모르지요……."

저마다 한 마디씩 하고는 입맛을 다신다.

그는 무심코 듣고 있다가 그럴지도 모른다고 혼자 고개를 끄떡인다.

며칠 전의 일이다. 그는 친구들과 어울려 늦잡지다가 막차를 놓치고 회사의 난롯가에서 밤을 새웠던 일이 있다. 아내에게 미안하게 생각하였지만 한 번쯤의 일, 또 앞으로 가끔 있을 일을 위해서 필요한 경험인지도 모른다고 생각하며 잠을 청했다. 그런데 이튿날이다. 아침 출근 시간이 되자마자 당장 아내한테서 전화가 온건 말할 것도 없고 점심시간에는 그를 근처 다방으로 불러내어 족쳐 대는 것이었다. 사실대로 히물히물 웃으며 말하는 그를 응시하던 아내는 퇴근 시간이 되도록 기다리며 사원들 심지어는 사환에게까지 탐사를 하고는 그를 집으로 데리고 들어가서도 솔직히 말하라고 밤중까지 트집을 잡던 것이었다.

"아니, 그래 택시라도 타고 올 수 있는 일이 아녜요? 도대체 택시값 얼마 때문에 그럴 당신이 아니란 말예요. 똑바로 말하세요. 어딜 갔었나 얘길 하란 말예요."

그의 아내는 입이 새파랗게 되어가지고 볶아대는 것이었다. 참다못해 그는 버럭 화를 내었다.

"아니, 설사 내가 외박을 했다고 합시다. 그래 외박하고 돌아온 남편에게 이렇게 대접을 해줘서 버릇이 고쳐지겠소?"

"아니, 뭐요? 뭐라구요?"

"좀 싹싹하게 대해 보란 말이요. 부드럽게, 정이 넘치게 아하 과연 내가 이런 아낼 두고 죄를 지었구나! 그런 생각이 들 정도로 말이요."

"아니, 아이구! 그런 것도 모르고 나는 당신에게 강짜를 부려 보고 싶었단 말예요. 아이구 흑흑……."

아내는 퍼대고 앉아서 마구 울어대는 것이었다.

그는 시계를 보았다. 분침은 어느새 20분을 지나고 있었다.

이거 큰일인 걸!

이제 합승은 있을 리가 없고 택시를 합승하는 수밖에 없다. 그가 멍청히 그런 생각을 하고 있는데 남자는 여자를 인도로 끌어 올려서는 다시 빌딩과 빌딩 사이의 골목으로 소 끌듯 끌고 들어가는 것이었다. 그러자 구경꾼들은 저마다 씁쓰레한 입맛을 다시며 하나 둘 발길을 돌리는 것이었다. 그런데 그의 시선은 다시 그 골목까지 끌려 옥신각신하는 남녀를 보지 않을 수 없었다. 서로 큰 소리로 무언가를 따지던 그들은 더욱 치열히 다투는가 했는데 언젠가부터 여자는 보이지 않고 한 가지 한 가지 자기의 소지품을 남자에게 집어던지고 있었다. 핸드백, 머플러, 두루마기, 저고리들이 차례차례대로 내던져지고 있었다. 다 가져가라고 내던지고 있는 여자는 알몸이 되는지 몰랐다. 그는 전류처럼 흐르는 냉기를 느끼고 몸을 움츠렸다.

싸늘한 밤의 기류다.

그는 어이없이 그것을 바라보고 있다가 시간이 촉박해진 것을 생각하고 손님을 모아 보았지만 얼른 같은 방향의 합승객이 모집되지 않았다. 어느새 시간은 30분을 넘어 자정을 향해 달리고 있었다. 참으로 난감한 일이었다. 이러다 집엘 가기가 힘들 것 같았다. 그렇게 한 5, 6분 서성거리고 있자 차들은 서지도 않았고 쌩쌩 질주하는 것이었고 혹 급정거를 하는 차들은 방향들이 달랐다. 그는 빨리 집엘 가야 한다는 일념 때문에 저쪽 골목 안에서 벌어지고 있는 일은 까맣게 잊어버리고 통금이 일각일각 좁혀지는 시각에서 속을 태우고 있었다. 다시 5분 그리고 또 5분이 가고 그러자 차들은 약속이나 한 듯이 딱 끊겨 버린다. 그는 이제 포기하는 수밖에 없었다. 차가 있다 해도 그의 집까지 닿을 시간이 되지 못하였다. 그는 하는 수 없이 집에 갈 것을 단념하고 걸음을 떼어 놓았다. 또 그의 회사로 가서 보낼 수밖에 없는 일이었다. 그가 몇 발 떼어 놓았을 때, 그 대머리 남자는 여자의 핸드백과 두루마기와 옷가지들을 걸쳐 들고 차를 잡기 위해 기다리고 있었다.

그는 그 여자는 어떻게 되었을까. 이 싸늘한 기류에 어느 만큼의 옷을 걸치고 있을까. 지금 어디에 있을까. 택시를 타고 갔을까. 어느 여관이나 어디로 갔을까. 애처롭기에 앞서 궁금하였다. 그의 짓궂은 생각은 어쩌면 어떤 남자 그런 싸움을 유발시킨 남자가 택시에 불끈 안아 싣고 갔을지도 모른다고 해본다.

아직 옷을 벗지도 않고 열심히 기다리고 있을 그의 아내가 떠오른다. 종내는 불안으로 또 저주로 밤을 새울 아내를 생각하며, 그는 저만큼 그의 회사의 간판을 향해 맥없이 걸었다.

갑자기 냉기가 엄습하여 바바리코트의 깃을 세웠다.

찢어진 그림

원 선생님의 입원 소식은 반 아이들에게 아주 충격적이었다.

"야, 해방이다."

"정말 신난다."

계집애들은 참새 떼들같이 재재거리며 떠들어대었다.

"하나님이 도우셨나 봐."

"부처님이 도우셨나 보다, 얘."

그런데 그렇게 말하는 아이들은 사정을 잘 모르고 어떻든 여러 주일 담임선생이 나오지 않는다니까, 신이 나서 떠들어대는 것이었다.

그러나 정작 다리가 부러지고 머리를 다쳤다는 얘기를 듣고는 모두들 침울해지는 것이었다.

"정말 안됐다 얘."

"아아이 어쩌다 그랬을까? 뇌나 이상이 없었으면 좋겠어."

그러나 또 그렇게라도 얘기하는 아이들은 담이 큰 아이들이고 대부분의 아이들은 침울하게 가슴 아프게 원 선생의 부상 소식을 접하였다. 그러면서 무언가 한 구석으로는 진학과 졸업을 앞두고 매일 공부를 하라고 다그쳐대는 장본인이 쓰러졌다는 얘기는 뭔가

고삐가 풀린 듯한 해방감을 주는 것만은 감출 수 없는 사실이었다.

그런데 송이는 처음부터 한마디도 말을 않았고 그냥 책상에 앉은 채 창밖만 내다보고 있었다. 누구보다도 그런 일에는 일어서서 떠들고 선동을 하는 그녀였지만 이날은 그럴 수가 없었다.

"아니, 근데 얘가 왜 이렇지?"

그녀를 잘 아는 아이들이 그냥 내버려둘 리가 없었다. 누구보다도 앞에 앉은 기순이가 이상하게 노려보며 얘기한다. 그러자 옆에 있던 송이에게로 시선을 모은다.

"정말 얘가 왜 이렇게 꿀먹은 벙어리같이 이러지?"

"실연당한 애 같구나!"

그러나 아이들이 까르르 웃었지만 금방, 괴롭다고 할까 형언할 수 없이 덤덤한 표정을 짓고 있는 송이의 얼굴을 놓치지 않았다.

그래도 송이는 그저 그러고만 있었다. 그러자 아이들은 더욱 우스워하고 이상하였다. 그런 술렁거리는 분위기는 부담임인 정 선생이 들어옴으로써 찬물이라도 끼얹은 듯이 싹 가라앉았다. 교련 교사답지 않게 유하고 미모를 간직한 터인데 좌우간 그런 이유라기보다 공무로 입실한 부담임에게서 어떤 공식적인 발표 같은 게 기대되었는지 모른다.

정 선생은 소문과 같이 담임선생은 어젯밤 귀갓길에 차에 치어 오른발 복사뼈가 갈라졌고 머리에 부상을 입어 치료 결과는 두고 봐야 알겠지만 7, 8주일 입원을 해야 할 것 같다는 것이다.

"그래서 내가 졸업을 할 때까지 담임 일을 보게 될 테니 그렇게 알아요."

그리고 나서 정 선생은 수첩에 적은 전달 사항을 얘기하고는 나간다.

원 선생이었으면 분명히 윤송이 하고 불러내든지 데리고 갔을 테지만 정 선생은 그녀를 한 번 쳐다보는 일도 없이 나간 것이다.

송이는 다시 한 번 얻어맞은 듯이 멍하니 앉아 있었다. 아이들이 재재거리는 소리도 그에게는 들리지 않았고 1교시 2교시 수업이 계속되는 것도 하나도 들리지 않았다.

정말 그녀는 왜 그렇게 엄청난 일을 저질렀던 것일까? 아무리 생각해도 후회가 되는 일이었다.

지난 토요일이었다. 그녀는 정말 자신도 모르는 사이에 담임선생의 얼굴을 그리고 있었다. 왜 그랬는지 모른다. 한용운의 시를 강의하고 있었다. '산빛을 깨치며' 와 두보杜甫의 '국파산하재國破山河在'를 비교해 가면서 임과 사랑과 조국과 영원을 열을 올려 강의하고 있었다. 그런데 그녀는 전 시간에 그리던 인물화를 꺼내서 그리고 있었다. 그냥 상상으로만 그리던 모델을 교단 앞에 세워놓고 채색과 구도와 흐트러진 부분을 물감과 물을 칠해가며 가필을 하는 것이었다. 정말 어쩌다가 그렇게 되었는지 모른다. 그녀가 가장 흠모하는 스승이었다. 미술을 지망하는 그녀에게 시詩를 쓰는 원 선생은 가장 예술적인 감각을 살찌게 하는 강의를 해주기도 하지만 사람됨, 멋, 가치관, 여성관, 순결 등에 대하여 복도에서 말 한 마디를 해도 전기가 통하듯 그녀에게 실감으로 전달이 되고 감화가 되는 것이었다. 자기 자랑이나 하는 선생, 자기 학벌이니 가문이니 실력 자랑을 하고, 자기 마누라 자랑이나 하는 선생도 아니고 엉터리여서 쩔쩔매거나 적당히 농담으로 때우고 마는 선생도 아니고 걸핏하면 매나 딱딱 때리며 질문에 막히면 적당히 얼버무려 넘기거나 굉장히 어려운 예를 들어 설명하고 지나가는 형도 아니었다. 머리 기름을 반지르르하게 바르고 넥타이를 매끔하게 매고 다니고 구두를 파리가 낙상하게 닦아서 신고 다니는 그런 형도 아니었다. 항상 수더분하고 무언가 피로한 듯하고 바쁜 듯하지만 늘 자상하고 친절하고 또 어려운 문제가 있으면 얼굴을 빨갛게 붉혀가지고 '글쎄 글쎄' 하고 말하는 그리고 자기의 얘기에 대해서는 조금도 얘기하지 않는 미지수의 매력을 누구나 갖고 있었다.

송이에게는 정도가 특별히 더하였던지 모르지만 속으로 그런 타입의 남성에 대해서 흠모를 하게 되고 일기에도 거의 매일 원 선생에 대한 얘기를 쓰게 되고 편지도 기회가 있을 때마다 했다. 그리고 가장 매력있는 선생을 서슴없이 원 선생이라고 얘기도 하게 되었다. 그림도 여러 장을 그렸다. 유화로 그린 것도 있었다.

이날도 사실은 인물화를 그리는 시간이 아니고 풍경화를 그리는 시간인데 자기도 모르게 자연 풍경 속에 원 선생을 클로즈업시킨 것이고 먼저 시간에 내야 하는 것이지만 완성을 하여 내겠다고 붙들고 있었던 것이다.

원 선생이 열을 올려 강의를 하였던 것처럼 송이도 열을 올려 채색을 하였다. 얼마나 그러고 있었을까, 교실 안이 잠잠하여 이상한 생각이 들어 고개를 들었을 때 원 선생이 그녀의 앞에 무서운 얼굴을 하고 노려보는 것이 아닌가. 그녀가 붓을 놓고 일어서자마자 원 선생의 분필가루가 묻은 손바닥이 그녀의 귀밑에 철썩 올려붙는다. 그리고 또 한 번.

순간 송이에게는 태양이 깨어져 떨어지기라도 한 듯 앞이 캄캄하고 우람한 폭음이 터진 것인가. 아무 소리도 들리지 않았다.

쉬는 시간에 끌려가서도 그녀는 무슨 말도 하지 않았다. 그저 저주스런 얼굴을 절망의 눈초리로 노려보다가 다시 지독하게 꾸중만 들었다.

"그림이라는 게 선만 근사하게 그린다고 되는 게 아니야. 그 속에 철학이 있고 사상이 있고 사랑도 있고 그래야지, 그것이 없는 그림은 껍데기뿐이란 말야."

한 시간이나 꿇어앉혀 놓고 하는 얘기 속에 단 한 마디라도 모델에 대한 얘기가 나왔더라면 그간의 흠모에 대해 그렇게까지 실망을 하지 않았을 것이다. 그리고 복도에 게시한 자신의 그림들을 다 꺼내어 북북 찢어버리지는 않았을 것이다. 월요일인 어제 결석도 하지 않았을 것이고

그런 원 선생이 졸업 때까지 안 나온다는 것은 그녀에게는 무척 반가운 일인 듯하면서 뇌에 이상이 있어 그런 기억이 싹 쏟아져 나갔으면 하는 생각도 들었다. 그러나 또 마치 그녀가 그런 부상을 입게 한 장본인이라도 되는 듯이 불안하고 괴로웠다.

그녀는 어떻든 그날 오후 아이들이 몰려가는 문병을 같이 가지 않았다. 그러나 이튿날은 더욱 괴로웠다. 아이들의 얘기가 없어도 모를 텐데 저마다 쫑긋 까불어댄다.

이튿날 오후 그녀는 가방을 집에 갖다 두고 프리 스타일로 성장을 하고 느지막이 빨간 장미를 한 묶음 사가지고 갔다. 복도의 큰 거울에 비친 그녀의 모습은 자신이 생각해도 놀랄 정도로 숙녀 타입이었다. 다만 스타일을 잡치는 머리는 몇 번이나 쓰다듬다가 원 선생의 병실문을 두드리고 들어갔다.

"야, 송이가 왔구나!"

여러 사람 속에 둘러싸인 침대에서 머리에 붕대를 감은 원 선생이 반가운 음성으로 맞이하는 것이었다.

"반가워, 송이. 몰라보겠는데."

가까이 가자 원 선생은 얼굴을 활짝 피워가지고 바라본다.

"난, 토라진 줄 알았지. 내가 죄를 받았나 봐. 좌우간 내 몰골이 이렇게 되었으니 송이의 모델은 다 틀렸지?"

그리고 원 선생은 껄껄 웃는다.

"죄송해요, 선생님."

송이는 그 말에 왠지 울음이 나올 것만 같았다. 그녀는 억지로 그것을 자제하고 있는데 원 선생의 제1비서라는 사람에게 소개를 시킨다.

"저어 우리 반의 제일 귀염둥이 학생이야. 유망한 화가 지망생이지."

송이는 도무지 얼굴을 들 수가 없었다.

제1비서라는 여인이 원 선생의 부인이라는 것을 장미꽃을 전달해 주며 느끼는 순간 정장을 하고 온 자신, 붉은 장미를 사가지고 온 자신이 말할 수 없이 부끄러웠다.

그런 송이에게 원 선생은 어느 때보다도 위엄 있고 조심성 있는 소리로 다시 말하는 것이었다.

"이제 며칠 안 남았지? 잘해 봐야지."

입시 말이다. 송이는 말을 못하고 고개를 숙이고 있는데 원 선생이 손을 내민다.

송이는 마치 T.K.O로 패한 권투선수가 승자의 손을 잡는 듯한 자세로 크고 부드러운 원 선생의 손을 쥐고 굳은 악수를 하였다.

송이의 눈에서는 자꾸만 눈물이 나왔다.

어느 날의 풍경

20년 동안 한 곳에서 근무한다는 것은 참으로 힘든 일이다. 대단히 유능하거나 아니면 대단히 무능하기 때문이라고 아니할 수 없는 것이다. 그저 시간이나 채우면 되는 것도 아니고 항상 새로운 지식을 전달해야 하는 교직敎職의 나날이란 그렇게 용이한 것이 아니었다.

그는 그것을 늘 느끼고 있는 것이지만 특히 오늘 개교기념일을 기해 20년 근속표창을 받는 자리는 여러 가지 생각이 교차하는 것이었다. 처음 부임할 때의 그 설레던 마음, 밤을 새워 교재를 연구하고 작품을 제작하던 일, 그리고 몇 번씩이나 뿔뚝뿔뚝 사표를 제출하고 또 그보다 더 많이 소외를 당하고 충고를 받고 하던 일들이 주마등처럼 스쳐가고 그런 것들이 유쾌한 추억들로 생각되기도 하고 무척 서글픈 생각들이 되기도 하였다. 그러다 단상에 올라가 이하동문의 표창패와 부상을 받아가지고 박수를 받으며 내려올 때, 그리고 같이 표창을 받은 동료들에게 박수를 치면서는 무척 허전해지는 것이었다.

그동안 나는 무엇을 하였나. 시간만 채우고 자리만 차지한 것이 아닌가.

괜히 많지도 않은 연조만 따지고 작품을 그린다는 우월감에 사로잡혀 있는 것은 아니었던가.

그는 자꾸 그런 회의에 빠지고 회의는 참회로 그리고 서글픔으로 발전하는 것이었다.

아직 정년은 20년가량이 남았고 그가 교직을 택한 이유 중에 하나는 정년이 길다는 것도 있었는데, 왜인지 정년 그리고 한 3분의 1쯤 남은 生이 의식되자 이제부터 뭔가 하락하고 있는 것이 아닌가 하는 생각이 드는 것이었다. 그런 생각은 또 이제 좀 마음을 다잡고 열을 올려야 되겠다는 다짐이 되기도 하였다.

그동안 너무 나태하고 답보만 해 온 것이 아닌가. 술이나 퍼마시고 잡된 생각들이나 하면서…….

그런 생각을 하고 있는데 단상에서는 색다른 행사가 진행되고 있었다. 생각에 잠겨 있느라고 서두의 사회자 설명을 귀담아 듣지 못했지만 마산에서 초등학교를 다니는 오순이라는 소녀에게 장학금을 전달한다는 것이었다. 알고 보니 이 학생은 얼마 전 기차 사고로 두 손을 몽땅 잘렸는데 그림을 잘 그리던 그녀는 발로 그림을 그리기 시작하였고 그리고 대단히 잘 그려 화제가 되고 있는 바로 그 소녀였다. 그리고 이 학교와 특별히 관계가 있는 중국의 명성있는 리화백이 장학금을 전달한다는 것이었다. 그림을 그리고 미술을 지도하고 있는 그로서는 오순이 양이나 리화백의 등단이 특별한 관심사가 아닐 수 없었다.

평생 동안 학자금을 대어준다는 내용의 장학증서를 학부형에게 전달한데 이어 장학금이 든 하얀 봉투를 리화백이 학생에게 전하려는데 아까부터 계속 끊이지 않는 박수가 터져 나오는 것이었다. 그러다 리화백이 무척 당황하는 장면이 연출되었다. 장학금 봉투를 전달하여야겠는데 두 손이 없는 소녀는 받을 수가 없는 것이다. 그렇다고 그림을 그리는 발로 받을 수도 없고 입으로 받을 수도 없고…… 학교당국이나 학생의 학부형도 미처 이런 구체적인 장면은 상상을 하지 못한 것 같다.

단상 단하의 모든 참석자들도 긴장이 되어 박수를 멈추고 안타깝게 지켜보았다. 그런데 소녀는 같이 당황을 하거나 긴장을 하는 대신 생글생글 웃고 있는 것이었다. 그것은 천진난만한 웃음 같기도 하고 대단히 미안한 심정의 표현 같기도 하고, 어떻든 소녀의 웃음은 더욱 전달자를 당황하게 만드는 것이었다. 그러나 다음 순간 리화백은 정말 기발한 방법을 찾아낸 것이었다. 오순이 양의 빨간 반코트 주머니에 봉투를 쏙 집어 넣어준 것이다. 그러자 오순이 양은 더욱 천진하게 웃어대고 그와 함께 장내는 온통 열광적인 박수가 쏟아지는 것이었다. 박수는 도무지 그칠 줄을 몰랐다.

그 순간 어떤 연유인지 얼마 전 지방의 농아학교 바자회에 참석하여 어린 농아들이 그린 미술 작품들을 보고 감탄을 하던 기억이 떠오르는 것이었다. 친한 동창 성해가 가족들을 다 데리고 시골에 묻혀 헌신적으로 경영하는 곳이 되어 가끔 내려가 보는데 복도에 주욱 전시된 아이들의 작품을 보고 그는 말할 수 없는 감동을 받았다. 그렇게 생각을 해서 그런지 조금 섬세하지 못하고 허점이 여기 저기 눈에 띄는 듯하였지만 선의 처리가 대단히 과감하고 색의 조화가 잘 되어 있었다. 다 그런 것은 아니었지만 몇몇 작품은 그가 도저히 상상할 수 없는 환상의 세계로 끌고 갔고 무슨 명화를 대하는 듯한 느낌을 주던 것이었다.

그런데 성해가 그런 작품들을 그린 아이들과 수화手話를 해 가며 설명하던 기억이 두 팔이 없는 오순이 양과 연결되며 그에게 묵직한 감상을 안겨주는 것이었다.

도대체 내 작품은 다른 사람들에게 감동을 줄 수 있는 것일까.

국전에 10여 차례 입선을 한 그는 근래는 출품을 하다가 말다가 하고 있는 터였다. 주변에서들 그의 작품이 대단히 좋다고 칭찬을 하고 입선자 명단에서 이름 석자를 읽고 서로들 축하한다고 인사를 하고, 전화를 걸고 커피를 사고 그림을 그려 달라 병풍을 그려 달라 주문을 하기도 하고 그러다 요즘은 대상 발표가 있을 때마다 왜 안내느냐고 다시 커피를 사며 격려를 해 주기도 하고 있는 터였다. 늘 그린다고 그의 집 골방에는 벼루와 먹이 있고 화선지가 준비되어 있고 또 아는 사람들이 작품을 그려 달라는 것이 있었고, 해마다 여는 동인전에 대한 준비도 하고 있는 것이지만 이날따라 자신의 소극적이며 미온적인 태도가 서글프게 괘념되는 것이었다.

작품에 대한 것도 그렇지만 가르치는 것도 그렇지 않았던가.

아니 적극적인 작품 활동을 할 수 있다면 그 자체가 잘 가르치는 것이 되지 않을까.

자꾸 그런 생각으로 끌려가는 것이었다.

이날 오후 근속자들을 위해 동료들이 자리를 마련하여 저녁 식사나 하자는 것이지만 그는 핑계를 대고 사양을 하였다. 말이 저녁 식사지 술을 고주가 되도록 마시는 것이고 또 그가 2차를 사야 되는 것이었다. 그러나 뭐 그래서가 아니고 어쩐지 조용히 있고 싶었다.

그는 혼자 먼저 빠져 나와 버스를 탔다. 이날따라 버스는 만원이고 골치도 아프고 해서 중간에 내렸다. 상당한 거리지만 다른 버스를 갈아타지 않고 걸었다. 길가의 화방에 들러 먹도 한 자루 사고 화선지도 한 묶음 사서 옆에 끼고 터덜터덜 걷다가 해가 떨어지면서 대폿집에 들러 독작을 몇 잔 하고는 다시 걸었다. 술기가 돌자 그의 생각은 더욱 감상적이었다.

나는 왜 그림을 그리는 것일까. 나는 그들보다 과연 행복한 것일까. 멀쩡한 사지四肢와 오관五官은 갖고 있지만 뭔가 불구가 아닌가. 마음의 불구인가.

그런 생각이 들자 마음이 어디 심장 속에 있는지 가슴에 있는지 머리에 있는지 모르는 그는 그런 부위를 어루만지며 고개를 갸우뚱하였다.

사실 한 번 시작했으면 거기에 모든 정열 모든 시간을 쏟지 못하고 뭘 생각하고 있는지 자신이 생각해도 뜨악하였다. 무슨 지위에 연연하는 것도 아니고 돈을 그렇게 벌겠다는 것도 아니고 잡기에 빠진 것도 아니고 그렇다고 알콜 중독이 된 것도 아니고 말이다.

그리고 나는 내 앞치레밖에 못한 것이 아닌가.

그는 성해를 생각하며 다시 자신의 무척 무기력한 부면을 원망하기도 하였다. 그저 항상 자신의 자리에 급급하고 자신의 집이나 자신의 아이들이나 생각했지 동료들이나 이웃 특히 불행한 이웃, 불행한 사람들에 대하여 무엇을 한 일이 있는가. 하다 못해 수재 의연금을 얼마라도 내 본 적이 있는가.

그는 꽤 먼 거리를 걸어 집까지 오느라고 대단히 피로하였다. 그런 자책들이 겹치고 술기까지 곁들여 온 몸이 파김치가 되었다. 그러나 그는 저녁을 뜨는 둥 마는 둥 하고 이불 속으로 들어가는 대신 그의 골방으로 갔다. 거기는 먼지가 잔뜩 앉은 벼루와 화판이 기다리고 있었다.

그는 3분의 1쯤 남은 먹을 갈면서 그의 여생이 그 정도 남은 것이라는 생각이 다시 되자 방금 사온 새 먹을 꺼내어 갈기 시작했다. 그리고 화선지 묶음을 끌러, 가운데쯤에서 한 장을 꺼내 화판에 붙였다.

오랜만에 진한 상이 꿈틀거리는 것이었다.

"3분의 3에서 다시 시작하는 거야."

그는 이날 저녁 스케치도 없이 두 팔이 없는 소녀의 생글거리고 웃는 모습을 몇 번씩이나 그리고 또 몇 번씩이나 찢었다. 그리하여 최소한 자신만이라도 감동시키는 작품을 이 밤 안으로 만들어 낼 생각이었다. 손으로 안 되면 발로나 입으로라도 온 몸으로 그야말로 혼신을 다하여.

그러나 그날 작품은 완성되질 못 하였다. 아무래도 마음에 들지 않았다. 어느 정도 마음이 들게 된 것은 주말여행을 하고 돌아와 가필을 하고서였다.

친척 모임

참으로 오랜만에 모임이 이루어진 것이다. 몇 번씩이나 결렬되고 미루어지고 하다가 한 사람이 빠지는 대로 모이기로 한 것이었다.

멀리 있으면 이웃만도 못하다는 말도 있지만 좌우간 떨어져 있으니 남만도 못하였다. 친척이래야 뭐 사촌도 아니고 팔촌도 아니고 열촌이 다 넘었다. 거기다가 사위들이라든가 고모의 딸들이라든가 또 그 아들이나 딸들인 경우도 있어 친인 서랑 모임이었다.

뭐 멀고 가깝다고 문제가 아니었다. 소맷자락이 한 번 스쳐도 인연이라고 하였는데 같은 핏줄이 닿았는데 그렇게 무심할 수가 있냐는 것이었다. 그러나 꼭 피를 가릴 것도 없이 얼굴에 정이 담뿍 담겨 있지 않은가.

그런데 같은 서울에 살면서 그저 남처럼 연락도 없이 지내오는 중에 하나 둘 자꾸만 추가되었다. 농사를 버리게 되어 올라오는 경우가 대부분이었지만 취직을 한다든가 장사를 한다든가 하는 이유로 한 귀퉁이에 발을 붙여서는 사돈의 팔촌까지 이웃으로 근처로 딸려 왔던 것이다. 그리고 꼭 그들 같은 시내에 살게 된 사람들뿐 아니고 고향에 남아서 착실히 농사를 짓고 있는 경우도 연락이 안 되기는 마찬가지였다.

정초에 세배를 다니는 것도 아니고 볼 일 없이 다닐 수도 없었다. 한 해 두 해도 아니고, 아니 10년 20년도 아니고 그렇게 지나다 보니 2세 3세가 불어나 그 얼굴이나 더구나 이름들을 기억하기가 힘들었다.

좌우간 이 당내간이라고 할까. 친척들이 가끔 얼굴을 같이 할 수 있는 기회는 누구 초상 때나 결혼 같은 것을 할 때였다. 그러나 결혼도 2세나 3세의 경우는 그저 가까운 몇몇만이 모이고 또 고향에서 같이 살던 아이라도 경사니까 꼭 안 가도 된다고 생각해서인지 부담 때문인지 모르지만 다 모이기가 힘들었다. 그리고 모인다 하더라도 식이 끝나면 악수나 한 번씩 하고 헤어지기가 일쑤였다. 바빠서 그렇기도 하고, 다 그게 도와주는 것이라고 생각을 하기도 하였던 것이다. 그래 둘이나 서넛이 어울리기도 하고 그러다가 발동이 걸려서는 집으로 끌고 가서 밤새도록 떠들어대며 마시기도 한다. 시골이 아니라도 잔치야 얼마든지 할 수 있고 짜장면이라도 한 그릇씩 하고 헤어지면 되리라고 생각하지만 그게 번번이 잘 안 된다. 그 계산도 계산이고 체면도 생각한다. 시골에 살던 때를 생각하여서인지 모른다.

누구 회갑이니 아이들 첫돌이니 하여 초대를 하는 때는 그런대로 푸짐한 음식이 장만 되고 비록 소주나마 실컷 취하여 흘러간 옛노래도 부르고 춤도 덩실덩실 추기도 한다. 그러나 역시 다 모이지를 못한다. 연락이 안 되기도 하고 또 연락이 되었다 하더라도 멀리 떨어져 있거나 또 촌수가 멀면 잘 오지를 않았고 그래서 초대를 삼가는 것이었다.

그런데 초상 때만은 그렇지가 않았다. 연락도 대부분 하였고 또 연락이 되면 대개 일손을 놓거나 밤차로라도 불원천리하고 가서는 밤을 새워 화투도 하고 크게 쫓기는 일이 없으면 산에까지 가서 또 하루 종일을 보낸다.

그러나 뭐 밤에 왔다 아침에 가기도 하고 잠깐 얼굴만 내밀고 가기도 하였다. 그러다가 엇갈려 또 못 만나기도 하지만 그래도 여러 친척들이 모여 얘기하는 기회가 된다. 그러나 이때는 상을 당하여 음울한 분위기인 것이었다. 그것이 호상이 아니고 악상이면 더 말할 것이 없었다.

좌우간 그래서 몇 번 제안이 빛을 못 보다가 지난번 옹이의 결혼식 때 꽤 여러 집이 모이게 되어 진전을 보게 된 것이었다. 복날을 택하여 개를 한 마리 잡자는 손 서방의 제안이 주효하여, 그럼 그렇게 하자고 한 것이었다. 조용한 강 상류 어디로 장소를 대략 정하고 회비도 얼마씩 내되 매달 계를 모아 큰 일을 돕고 그럴 때마다 다 참석하자고 하였다. 여자들도 의외로 호응을 많이 하여 얘기는 거의 구체적이 되었다.

그래서 날씨는 초복으로 하고 장소는 여러 군데 의견을 묻는데 몇이 사정이 있었다. 무슨 출장이다 놀지 않는 휴일이다 또는 술을 먹지 못할 사정이 생겨서 참석을 못 하겠다고도 하였다.

그래서 중복날로 미루었는데, 그날 역시 또 마찬가지였다. 피치 못할 사정으로 둘이 빠져야만 했다. 한 사람은 갑자기 볼 일이 생겨서 조금 늦게 갈 테니 먼저 시작을 하고 있으라고 하였지만 언제 올지 막연한 얘기였다. 더구나 그가 꼭 참석해 줬으면 한 처지여서 다시 말복으로 연기하였다.

이날은 이유 여하를 막론하고 우천도 관계없이 모이라고 제안자인 손 서방이 강력히 전달하였다. 전달이 아니고 통고였고 다른 사정을 듣지 않았다. 장소니 준비할 것이니 다른 여러 가지도 자꾸만 얘기가 길어져 손 서방의 복안대로 역시 떠맡겨 주었다.

개는 누가 구해 오고 밥은 누가 하고 술은 누가 사오고 회비는 얼마고 심지어는 사회는 누가 본다는 것까지 정하였다.

그런데 또 사정이 있었던 것이다. 세 번 내내 그렇게 일이 생긴 것이다. 그가 꼭 참석을 해야 한다고 두 번째도 연기한 것인데 하필이면 처음에 술을 못 먹는 사정이 생겼다고 핑계(그것은 사실이지만)를 댄 바람에 세 번째의 정말 피치 못할 사정을 얘기할 수가 없었다. 그의 목을 걸고 있는 데에서 하는 행사를 주선해야 하는 것이었다. 부책만 맡겨졌어도 빠지겠는데 하필이면 모든 책임을 그에게 맡기는 것이었다. 그래서 이번에는 아무 말 않고 못 나가거나 늦게 나가기 위해 손 서방에게서 온 전화에 그저 대답만 하였다.

이 일도 그가 모든 것을 주선해야 될 처지인데 타성인 사위되는 사람이 서두는 일에 보조를 못 맞춰 주게 되었으니 실은 무척 미안하였다. 하지만 일이 그렇게 되었으니 할 수가 없는 것이었다.

그런데 손 서방에게서 온 전화를 끊고 얼마 안 있어서 다시 전화가 왔다. 시외전화였다. 목소리가 개미 소리만하여 잘 들리지가 않았다. 한참 소리를 지르다가 우체국 교환이 대신 전해주는 내용은, 고향 아저씨가 돌아가셨다는 것이었다. 그리고 아는 대로 부고를 해 달라는 것이었다. 제일 고령의 마지막 아저씨였다. 가끔 앓는다는 얘긴 들었지만 갑작스런 소식에 멍청하여져서 맥이 없는 말로 여기저기 부음을 전하였다. 그리고 내려갈 시간 약속을 하였는데 이 사람 저 사람과 엇갈리게 하여 그 자신도 갈피를 잡을 수 없었다. 좌우간 세 번째로 연기된 모처럼 무르익은 친척 모임은 무기한 연기될 수밖에 없었다.

합승

밤 10시가 가까워지자 파티는 한산해지기 시작했다. 제각기 화장실 가는 척하고 슬슬 자리를 뜬 것이었다.

후래자 삼배라고 하여 이 사람 저 사람이 잔을 권하여 얼근하게 취한 그도 자리를 떠야겠다 생각하고 들고 있던 종이봉투를 찾았다. 그리고 문께로 나가다가 신 의원에게 들켰다.

"정형은 안 돼. 집도 먼 데 자고 가야지."

"가는 거 아냐, 화장실 가는 거야."

그는 비틀비틀하면서도 종이봉투를 뒤로 감추고 혀 꼬부라진 소리로 말했다. 그러자 신 의원은 가면 안 된다고 다시 당부를 하고 다른 손님을 또 붙들고 만류한다.

국회의원으로 당선된 신형이 대학 동기 동창들만 모아 연 자축 파티다.

들어올 때는 몰랐는데 집이 굉장히 크고 으리으리하다. 널찍한 대지에 석조로 지은 2층 건물, 정원도 운치가 있다.

행길에 나서자 방금 옆에서 떠들며 잔을 나누던 동문들 몇 사람이 언제 빠져 나와서 택시를 잡으려고 서성거리고 있다. 그러나 하나 둘씩 합승을 해 나가기도 하고 혼자 타고 가기도 한다.

그는 시계를 들여다보고 무엇을 탈까 망설이는데 빈 택시가 그들의 앞에 멎었고, 재빠르게 옆에 있던 세 친구가 올랐다. 그리고 그도 자의반 타의반으로 그 차에 편승을 하게 되었다.

앞에는 무역회사의 김 전무가 앉고 뒤에는 광산업을 한다는 최 사장과 중앙부처의 과장인 전 동문이 비대한 엉덩이를 그와 같이 비비고 앉았다.

다 친하던 한 과의 동문들이다. 어쩌면 굉장히 미미했던 친구들인지 모른다. 그가 성적은 제일 나았고 오늘의 주인공 신 의원이 둘째쯤. 그런데 그는 고시공부를 한답시고 10여 년 변변한 돈벌이도 못하고 있으면서 아직도 초지를 굽히지 못하고 있는 것이다.

좌우간 그는 아까 술자리서 가장 초라한 모습이면서도 큰 소리로 말하였다.

"자네들은 다 외도야, 알겠나. 법괄 나왔으면 법률을 해야지 않나?"

모두 술이 취하여 차 안은 굉장히 떠들썩했다.

"김 전무, 당신은 으리으리하게 저택을 지었다면서 집들이도 않고 뭐야?"

최 사장이 말하자 전 과장이 또 보탠다.

"호화 주택으로 걸릴까 봐 그런 건 아니겠지?"

"허허허, 무슨 모략이야?"

김 전무는 껄껄 웃는다. 그리고 최 사장에게 말한다.

"자넨 노다지가 쏟아져 나온다면서 차도 한 대 안 사고 뭔가?"

"아니, 글쎄 주문한 지가 석 달이나 되는데 도대체 안 나오는군! 매일 세를 내서 차를 탈래니 미칠 지경이야. 재미야 요즘 전 과장이 최고지. 이권부서가 돼서 재미를 톡톡히 볼 걸. 도무지 자리에 붙어 있질 않두만."

"허허허 재민 뭐……."

그러며 옆에 앉은 그를 돌아본다.

"정형은 요즘 어떠시오."

그는 그들의 비대한 엉덩이에 한쪽으로 잔뜩 쏠려 말도 제대로 할 수 없었다.

"그저 늘 그래."

차는 어느새 자동차의 홍수로 꽉 몰리는 시가지에 들어섰다. 차 안은 계속 호탕하게 웃어대고 그럴 때마다 그의 가슴이 꽉 결리도록 한쪽으로 끼게 되었다.

차가 종로 쪽으로 들어서서, 앞에 앉은 김 전무가 내렸다. 차비를 내려고 했지만 최 사장이 그냥 내리라고 하자 그냥 내렸다. 그리고 그를 앞자리로 가라고 했다. 그도 그만 내릴까 했지만 워낙 시간이 늦어 동대문 밖에서 다시 합승할 생각으로 앞자리로 갔다.

얼마 안 가서 전 과장이 내리며 돈을 내려는 것을 최 사장이 역시 그냥 내리랬다.

동대문 근처에서는 최 사장이 내렸다. 그런데 최사장은 잊어버린 것인지 그냥 내리고 말았다. 그는 최 사장을 불러 세우려다가 말았다. 운전사가 그러려는 것도 등을 두드리며 말렸다.

그는 적당히 가다가 갈아탈 생각이었지만 그냥 집까지 가기로 했다.

기어를 3단으로 갈아 넣고 운전기사는 하하하하 웃어댄다.

"아니 왜 그러세요?"

그가 물었다.

"하하하하, 아니에요. 그냥 우스워서요."

부정행위

혹시나 해서 전화를 걸어 보았다. 되려니 하는 생각은 전혀 없었지만 그래도 알 수가 없지 않을까 해서 건 것이다. 그런데 참으로 의외에도 그의 이름이 붙었으니 나와 보라는 것이 아닌가. 전혀 믿어지지 않았지만 그런대로 자꾸만 가슴이 설레었다. 지난번 상상하던 것들이 그의 현실로 되새겨지며 가슴이 뛰었다.

그럴 리가 없지, 그럴 리가 있나.

그는 술렁대는 마음을 억누르고 S공사로 향하였다. 임시 직원이긴 하지만 곧 정식으로 올라갈 수도 있는 국영 기업체의 채용 시험이었다.

그는 누구 밑에서 일을 하기가 싫었다. 뭐든지 그냥 되는 대로 살고 싶지 얽매어 사는 것이 딱 질색이었다. 그것은 7년간의 긴 군대 생활이 그런 성격을 갖게 해줬는지도 모른다. 그런데 아무리 해도 되지 않았다. 노점에 신문지를 깔고 닥치는 대로 장사도 해 보고, 리어카를 끌어도 보고, 지게도 져 보았다. 그런데 도무지 돈이 붙질 않았다. 갈수록 살기가 어려워졌다. 전세방에서 사글세방으로, 그것도 변두리로 나가게만 되었지만 거기서도 지탱할 수가 없었다. 그래서 한 번 인생관을 바꿔 본 것이다. 그것이 아내의 권고가 됐든 아이들의 권고가 됐든 자의보다는 타의에 의해 생심 生心을 해본 것이었다. 빌려주는 옷을 입고 구두에 시계까지 빌려서 차고 머리에 물도 좀 바르고 차비를 꾸어가지고 간 것이다. 시험장에 들어가기까지는 그 까마득한 건물, 온냉장치가 된 사무실, 그 안락하게 고안된 사무용품 집기 등 그 속에 자신을 넣어 보았다. 출퇴근을 하고 사무를 보고 출장을 가고, 보너스를 타고 바캉스를 가고……. 상상의 나래는 한없이 펼쳐져 갔다.

전혀 캄캄하다. 하나도 이거다 하고 자신있게 답을 기입할 수가 없었다. 학력 제한이 없다고는 하지만 시험 문제는 고졸 정도의 수준, 그것도 다 까먹은 사람으로서는 도저히 가망이 없는 정도였다. 몇 번 뒤적뒤적하다가 덮어두고 나오려 하는데 옆에서 열심히 무엇을 베껴쓰고 있었다. 아차, 그런 것이 있었지. 학교 시절에 더러 사용한 커닝이 무슨 구세주의 얼굴처럼 떠오르는 것이었다. 그거다 하는 생각이 되었다. 그와 동시에 시간아 날 살려라 하고 옆 사람 앞사람 뒷사람 것을 베껴 나갔다. 누가 바라보는 듯했지만 볼 테면 보라지 밑져 봤자 본전이 아니냐 싶었다. 그런데 뭐 그러고 말았다. 그것을 확인하고 답을 맞춰보고 그래서 야, 맞았구나! 아이쿠, 틀렸구나! 이렇게 감정을 사용하지도 않았다. 그저 좀 씁쓰레했다. 잘된 것 같기도 하고 불쾌하기도 했다. 그렇게 해서라도 운명이 좀 바뀌었으면 싶기도 하고, 그러나 그게 무슨 팔자냐 싶기도 했다. 그래서 소주 한 잔으로 소독이나 하듯이 속을 훑어 내리고는 잊어버렸다.

그런데 또 우연히 마음이 씌었던지 그 발표날이 기억되고 공연히 그날은 아침부터 마음이 설레었다.

"저어 여보세요. 합격자 발표되었지요?"

그는 떨리는 목소리로 물었다.

"빨리 번호나 대세요."

전화의 목소리는 무척 딱딱했다.

"저어……."

"몇 번이에요?"

"189번인데요……."

"없습니다."

너무도 빨리 대답해 버리는 것이 불안하여 그는 목소리를 붙들었다.

"여보세요, 좀 자세히 봐 보세요."

"가만 189번이라 했지요?"

"있습니까?"

"예, 있습니다. 당신 이름이 붙었으니까 나와 보세요."

"붙었어요?"

그러나 전화는 벌써 끊겨 버렸다. 그는 전화를 한 번 더 걸어볼까 하다가, 그것도 밑져봤자 본전이 아니냐고 생각하여 서둘러 발표장으로 달려가 보았다. 그런데 역시 그의 이름은 없었다. 48, 97, 175, 179, 281……. 아무런 공식도 없이 번호가 뛰어넘고 있었지만 번호 차례대로 적혀 있다는 것을 알 수 있었다. 그리고 뒤에는 괄호 속에 이름을 써넣었다. 그래서 좌우간 너무도 터무니없이 그의 번호는 휙 지나가 버렸다. 10대 1도 넘는 것을 바라는 것이 잘못이었다. 그것도 어디 정상이기나 한 방법이었던가.

그런 생각을 하며 발길을 돌리는데 *표시를 해놓은 뒤로 몇 개의 번호가 다시 적혀 있었다. 그런데 거기에 그의 것이 들어 있지 않은가. 분명히 그의 번호와 이름이었다. 하지만 그것은 정말 지나친 것이 훨씬 나을 뻔했다. 거기에는 이렇게 씌어 있었다.

이 사람들은 부정행위자이므로 총무과로 즉시 출두하시압

참 갈 데로 다 가버린 것이다. 그는 출두라는 말이 갖는 형사적
인 의미를 짜증스럽게 생각하고 있는데, 옆에서 그를 대신해서 애
길 해 준다.

"아니 출두는 무슨 출두야, 접주는 건가."

"하하하……. 혼겁을 집어먹고 달아나라는 게지. 떨어진 건 그보
다 나을까."

떨어진 사람이었다. 그는 천천히 발표장을 걸어 나왔다. 나을
것도 못할 것도 없는 그저 씁쓰레한 심정이었다.

"제엔장! 안 되는 놈은 뒤로 자빠져도 코가 깨진다더니……."

좌우간 밀져봤자 본전이 아니었다.

보리 베던 무렵

온통 누우런 보리밭이다.

시속 100킬로로 달리는 고속도로 양쪽으로 질펀하게 펼쳐지는 들판이다.

동료인 ㅅ은 운전을 참으로 편안하게 했다. 안락한 시트의 쿠션도 좋다. 뜨거운 온천물에 목욕을 하고 한숨 푹 자고 오는 길이라 ㅅ도 그렇지만 그는 여간 몸이 가볍지 않았다. 몸이 가벼우니 자연 마음도 가뿐하다. 그런 오후의 노을이 또 유난히 짙어 길 양 옆으로 펼쳐지는 흐드러진 보리는 온통 금계의 빛이다.

"햐아아!"

"허어 참!"

ㅅ과 그는 연방 그렇게 감탄을 하고 있었다. 고개를 돌리지 않아도 다 들어오는 길 양편 황금의 맥추麥秋풍경을 감상하고 있었다. 그런데 두 사람이 차창 밖의 풍경을 보는 관점은 전혀 달랐다.

가령 ㅅ이 색채의 아름다움이라든지 지평선 저쪽까지 시야에 펼쳐지는 무한대의 구도에 대해서 감탄을 하는 것이라면, 그는 황금색 보리의 낟알과 그 흐드러지게 널려 있는 보릿대에 대한 감탄이었다. 보리 풋바심, 질컥한 꽁보리밥으로 시작되는 이 계절의 먼

시간 저쪽, 주마등처럼 스쳐가는 보리밭에 얽힌 감회였다.

그러니까 몇십 년 전이던가 초등학교 5학년이던가…… 그는 어머니와 새천가-그의 마을 들판 이름이다-너 마지기 논에서 조금 시기가 지난 보리를 베고 있었다. 아버지와 형들은 뭘 하기에 두 사람이 뙤약볕 아래서 보리를 베게 되었던지 지금으로서는 전혀 기억되지 않았다. 다만, 그때 그 마을 형편으로서는 중학의 진학이 여간 어렵지 않았을 뿐 아니라 초등학교 졸업만 해도 상당한 학력이 될 수 있었는데, 왜 그런지 그는 1년 여 남겨 놓은 초등학교를 자진해서 그만두고 싶었던 것이다.

그 이유도 지금은 기억이 잘 되지 않았지만 돈 때문도 아니고 그렇게 공부가 빠져서도 아니었던 것 같다. 권태라고 할까, 다른 여러 아이들과 겨루며 높은 사다리를 타고 끝까지 올라갈 자신이 없었다고 할까, 분명히 갈 길을 알면서도 해찰을 하듯 쉽게 편하게 살고 싶은 생각이 들었던지 모른다. 어려운 공부를 하는 것보다 일찌감치 농사를 짓는 것이 좋을 것같이 생각되었던 것이다. 그러는 것이 자신의 위치를 뚜렷이 할 것같이 생각되었던 것이다. 그런데 그런 얘기는 아버지나 형에게는 도저히 겁이 나서 할 수가 없었고 가장 만만한 어머니에게만은 할 수 있을 것 같았다. 그러나 막상 얘길 꺼내려니 그렇게 솔직하게는 안 되었고 결국 학교를 그만두었으면 좋겠다고 하였다.

"아니, 뭐시 어째여?"

어머니가 그렇게 무서워 본 적이 없었다. 그 부릅뜬 눈하며 옆 다랭이의 농부들도 다 돌아볼 정도의 큰소리로 호통을 치는 데는 어안이 막히었다.

"육신이 멀쩡해 가지고 왜 학교를 그만둔단 말이여? 도대체 정신이 나간 놈 아녀?"

"그런 게 아니고요."

"그런 게 아니라면 도대체 뭐란 말이여?"

여전히 큰소리로 보리 베던 낫을 땅에 던져버리고 따지는 것이었다.

그 무렵 그는 멀쩡한 고무신을 낫으로 베어서 운동화를 사달라고 하였다가 매를 맞는 바람에 시쩬양반이라고 주인집 셋째아들인 그를 머슴들이 추켜올려 주던 권위가 땅에 떨어져 있을 때이기도 했다. 1년을 신어도 바닥이 나지 않던 까만 고무신에 대하여 싫증을 느꼈다기보다 도무지 자신의 존재를 인정받을 수 없었던 그로서는 새 운동화 같은 것을 신음으로써 그의 위치를 부각시키고 싶었던지 모른다. 그러나 밥풀 하나 버리는 것을 하늘이 볼까봐 무섭다고 쉬쉬하던 마을에서는 그런 어린아이의 마음을 알아줄 사람은 아무도 없었다.

"저어 이렇게 어머니나 도와드리고 집안일이나 하고 싶어요."

그는 그러지 않으려다가 그렇게 솔직히 얘기하였다. 가만히 있으면 단순히 공부가 하기 싫어서 그런다고 더욱 혼이 날 것 같이 생각되었던 것이다.

"못된 놈 같이! 그래 보리나 베고 똥장군이나 지는 것이 그리도 좋으냐? 못된 생각도 하고 있다!"

어머니의 눈은 불이 튀고 있었고 거기에다 응석을 부릴 생각은 조금도 할 수가 없었다.

그래 그는 하는 수 없이 잘못했다고 사죄를 하고 아버지한테는 그런 얘길 말아 달라고 사정을 하였다. 그리고 그 보리밭에 어머니만 남겨 놓고 느지막이 학교로 가야 했다. 내일 가겠다고 하자 당장 가라고 어머니는 호통을 쳤던 것이다.

그의 뇌리에는 그런 생각이 벌판에 연결되어 숱한 세월의 시공을 오락가락하고 있었다.

'그때 거기서 그냥 그만뒀더라면……'

그는 그런 생각을 하였다. 그렇게 되었더라면 어떻게 되었을까,
올해도 지금쯤 보리밭에서 보리를 베고 있을지도 모른다. 지금이
라고 별 중뿔난 것은 하나도 없지만 현재의 위치와는 아주 거리가
먼 존재가 되었을 것이다.

한없이 넓은 들판이 계속 펼쳐진다. 그리고 여기저기 울긋불긋
한 옷차림으로 보리를 베고 있는 모습들이 스크린처럼 차장에 잡
히어 들어온다. 맥고모자를 쓰고 허리를 굽혀 낫질을 하는 남자,
허리를 펴기 위해선지 일어서서 사방을 둘러보는 여자…… 그 속
에서 그는 언젠가부터 보리밭골에서 치마끈을 매며 나오는 여인의
모습을 추적해가고 있었다. 그게 누구더라……. 실실 웃으며 마구
달아나던 흐트러진 뒷모습, 그 머리를 땋아 늘인 처녀의 모습이
떠오를 듯 떠오를 듯하면서 멀어진다. 누구더라……. 잘 아는 사
람이었는데…….

"아니 뭘 그렇게 생각하시오?"

ㅅ이 그를 돌아보면서 퉁명스럽게 말한다.

"아, 네! 허허허……. 보리가 익은 들판을 보니까 옛날 생각이
나는군요."

그는 뭘 훔쳐 먹다 들킨 것처럼 겸연쩍게 웃으며 말한다.

"이 선생은 농사를 지었었지요?"

"그랬었지요. 지금은 한 뙈기도 없지만……."

ㅅ은 한동안 또 차를 몰다가 엉뚱한 소리를 한다.

"땅을 몇 마지기나 가지면 편안히 살 수 있을까요?"

농사를 지은 일이 있는 그에게 그렇게 묻는다.

"두어 섬지기 정도면 되겠지요."

"그 정도면 값이 얼마나 될까?"

ㅅ이 정말로 관심이 있는지 혼잣말처럼 묻는 것이었다. 그래 그는 아주 알기 쉽게 얘기해 주었다.

"아마 지금 사시는 집하고, 이 차하고 다 팔면 되지 않을까요?"

"그 정도예요?"

ㅅ은 의외라는 듯이 아쉬운 어조로 말하고, 들판을 휘둘러본다.

"그러나 돈이 문제가 아닐 거예요. 이 뙤약볕 아래서 그렇게 보리를 베고 모를 심고 다 버리고 가서 그렇게 살 수 있겠어요?"

"다 버려야 될까요?"

ㅅ은 실은 아까부터 그의 질문을 대신하고 것이었다. 그래서 그는 역시 자신에게 말하듯이 대답했다.

"그럼요, 다 버려야지요. 계속 농사를 짓고 있는 농부들과 같이 겨룰려면……."

"그렇겠지요"

ㅅ도 그것을 수긍했다. 그런데 사실 다 버린다는 것은 그렇게 쉬운 일이 아니었다. 이리저리 사방 걸려 있는 뿌리내린 신경들을 다 끊어가지고 내려간다는 것도 어렵겠지만 정신적인 상태가 문제일 것 같았다. 지금 그들이 다녀오는 곳은 어디인가. 권태와 피로를 푼다는 명목이긴 했지만 생활권과는 멀찍이 떨어진 곳에 가서 가출한 시골 처녀와 목욕을 하고 오는 길이 아닌가. 보리 한 가마값 이상씩을 지불하면서. 승진 소식을 미리 알려준 ㅅ에게 대접을 한 것이었다. 어쩌면 다 버리고 가면 그리고 그 공해가 없는 땅으로 가면 권태마저 다 떨어버리게 될지 모르지만.

그는 다시 저 들판 끝으로 달려가고 있는 그 머리 땋은 뒷모습을 추적해가며 시트에 푹 빠졌다. 들판은 더욱 짙은 황금색으로 가슴에 와 안기었다. 차가 속력을 낼수록 들녘은 점점 넓어져갔다.

파경破鏡

차는 어느새 시가지를 벗어나 보리가 한 뼘씩이나 자라 바람에 일렁이는 들판을 달리고 있다.

복순은 집을 뛰쳐나오긴 했지만 갈 곳이라곤 그녀의 친정집 밖에는 없다.

남편이 싫어 나온 것도 아니었다. 시어머니가 싫은 것도 아니었다. 무척 운이 없는 남편, 취직은 몇 번씩 해도 월급 한번 변변히 못 받고, 부둣가에서 생선 장수를 하는 어머니에게 매일 용돈을 얻어가지고 나갔다가 술만 잔뜩 마시고 들어오는 남편이다. 그리고 생계를 이어가다시피 하는 어머니를 한방에 거처한다고, 또 생선 비린내가 난다고 탓할 처지가 못 되었다.

남편은 거의 매일 술에 취해 들어왔고, 그럴 때마다 그녀를 술집 작부로 착각한 건지 대고 입을 맞추고 상도 물리지 않고 자자고 끌어안고 수선을 피우는 것이었다. 어제 저녁도 옆에는 아직 시어머니의 담배 빠는 소리가 뻑뻑 나고 있는데 복순이 잔뜩 움켜쥐고 있는 팬티를 벗기다 못해 쪽 찢는 것이었다.

"아니, 이거 왜 이러세요?"

"왜 이러긴 뭘 왜 이래."

복순은 한사코 거절했지만 남편은 집요하게 파고들다가 이윽고 벌컥 화를 내는 것이었다.

"이년이, 이거 정말 왜 이러는 거야?"

복순이도 발끈해서 쏘아붙였다.

"누가 뭘 어째요?"

어머니는 슬그머니 마루로 나가고 남편은 벌떡 일어나 그녀의 머리채를 쥐었다. 베개가 나르고 바느질 그릇이 차 던져지고 물그릇이 쏟아지고 그것이 이리 떨어지고 저리 떨어지고 한다.

"이년아, 이 더러운 년아! 뭣 때문에 유세야? 살기 싫으면 나가란 말야. 나가면 될 것 아냐."

남편은 고래고래 소리를 지른다. 그리고 닥치는 대로 방안 살림을 집어 던진다. 그러다가는 또 자신이 입은 옷을 마구 이로 물어 뜯기도 하고.

"이놈아 날 죽여라. 바닷물에 처 넣어. 나 하나 없으면 재미있게 살 텐데 그 노릇을 왜 못해?"

마루에서 한숨을 쉬고 앉았던 어머니가 말하자 남편은 문짝에다 발길질을 냅다 하여 문을 뚝 떼어버린다.

"이이가 미쳤나. 정말 왜 남의 집을 부수고 야단이에요? 자기 집이나 돼요?"

"나가라는데 왜 쫑알거리고만 있어, 네가 해온 거 다 가지고 가란 말야, 이것아."

남편은 복순의 머리채를 다시 끌어 쥐고 '이것아' 소리를 지를 때 그녀가 해 온 의장께로 확 밀어붙여 쨍그렁 하고 그 큰 유리가 박살이 나는 것이었다.

복순은 그 거울만 깨뜨리지 않았어도 참고 견디었을는지 모른다. 그 큰 장의 거울, 매일 그 앞에서 얼굴을 만지며 자위하고 희망을 가져 보던 그것이 박살나는 순간 모든 것이 깨어져 버리고 끝나는 것으로 생각되었던 것이다.

친정 마을에 들어서자 모두들 반가이 맞아주었다. 아이를 가졌느냐는 둥, 얼굴이 고와졌냐는 둥 하며 그녀의 옷 핸드백 구두까지 부러워하였다.

그러나 늙은 아버지와 어머니는 어떻게 혼자 왔느냐고 따지기부터 하는 것이었다. 복순은 그냥 다니러 왔다고 얼버무렸지만 그들은 하나도 반가운 기색이 없었다.

남동생은 군에 가고 혼자된 언니는 세 아이와 함께 구박을 받으며 부엌일을 해주느라고 얼굴이 까맣게 찌들었다.

친구들이 찾아왔다. 서른이 넘도록 아직 시집을 못 간 친구, 한 동네로 시집가서 두 아이의 어머니가 된 친구, 그들은 중매를 해 달라기도 하고 일자릴 구해 달라기도 하며 '복순이는 이름대로 참 복이 있다' 고 부러워하였다. 그리고 그들은 누구는 시집을 잘 갔는데 연탄가스를 먹어 죽고, 누구는 쉰두 살 먹은 대머리 사장의 첩이 되었고 얘기한다는 것이 하나같이 측은하기만 하였다.

"아무 일 없이 왔거든 어서 올라가거라."

복순은 아버지의 말을 들어서가 아니라 스스로 거기 있고 싶지 않았다. 빨리 가서 남편을 위로해 주고 그녀도 뭐든 이를 악물고 하고 싶었다. 그녀 자신은 그 친구들보다 훨씬 행복한 조건을 갖고 있는 것 같았다. 그리고 그것을 놓쳐서는 안 된다고 생각했다.

어머니는 이왕 왔으니 며칠 푹 쉬었다 가라는 것이었지만 복순은 저녁을 먹는 둥 마는 둥 하고 일어섰다. 시간이 늦었지만 될 수 있는 대로 날을 넘기지 않고 집엘 들어가기 위해서 버스를 두 번 세 번 갈아탔고 버스길에서 한참 진창길을 걸어야 하는 집까지 왔을 때는 막 통금이 지나고 있었다.

126

복순은 단숨에 방문 앞까지 달려오긴 했지만 얼른 문고리를 잡을 수가 없었다. 그녀가 인기척을 내며 한참 머뭇머뭇하고 있는데 시어머니가 땅이 꺼질 듯한 한숨을 내쉬며 말하는 것이었다.

"들어와 어서 자자. 부둣가에서 오락가락하기에 난 죽은 줄로만 알았구나! 그저 그런 대로 사는 게지. 그런 팔잘 타고났으니 할 수 있어? 하긴 뭐 그년만 나무랄 수도 없어. 돈을 벌어와. 돈만 있으면 집도 있고 계집도 있는 법이지"

그 소리를 듣고 있던 복순은 목구멍까지 무엇이 꽉 차올라 아무 말도 못하고 망부석이 되어 차가운 달빛만 멍청히 바라보았다.

가을비

가을비가 올 때마다 생각나는 이야기이다.

T는 한 대여섯 번째나 열렬한 사랑을 하였다. 사랑이라고 할까 연애라고 할까, 아니 로맨스라고 할까. 용어가 적당치 않지만 좌우간 다른 사람의 다섯 배 여섯 배 生을 산 셈이다. 그것도 번번이 물이 잔뜩 올라 터지려고 하는 무렵의 여성들만으로 연결되니 말이다.

T의 사랑에 대해서 한 번도 부러워한 일은 없지만 번번이 거기에 끼어들게 되었다.

첫 번째-그가 T와 알고부터의 얘기니까 그것이 첫 번째 로맨스인지는 잘 모른다-여인은 공교롭게도 그와 라이벌이 되었다. 그 뒤 그녀는 그와도 이루어지지 않았지만 결국 며칠 동안의 열병만 앓고 무위로 끝나버렸다. 그것을 극복하기 위하여 그녀의 언니와 접근을 하였고 그것은 결국 T의 두 번째 여인으로 손을 꼽게 되었지만 그 언니와도 성공을 하지는 못하였다. 꼭 그런 이유에선지는 몰라도 T는 그해 겨울 방학에 우리들 중 가장 빨리 그것도 전격적으로 고향에서 결혼을 하여 가지고 올라왔다.

그리고 졸업을 하고 군엘 갔다 오고 하는 오랜 시간이 지난 뒤에 T와 그와는 같이 시를 쓰려고 한다는 관계로 자주 만나고 대포도 자주 하였는데 하루는 불쑥 한 여대생을 데리고 그의 집으로 왔다. 기찻간에서 만나게 되었다고 하면서 틈틈이 어떠냐고 물었다. 그는 그저 글쎄, 다시 물을 때도 글쎄, 하고 대답하였다.

"원 지랄 안 하나? 내가 뭐 글쎄 받으러 온 줄 아나?"

T는 화가 났던지 경상도 사투리로 불만을 표시하였다.

그녀와는 얼마나 열애熱愛를 계속하였던지 T의 부인이 입원 소동을 벌인 끝에 일단락이 되었던 것 같다.

그리고 그가 근무하는 잡지사의 인쇄소에 나가 교정을 보고 있는데 아주 해말쑥한 소녀를 데리고 와서 인사를 시켰다. 제자라던가 뭐라던가 기억이 확실치 않지만 무척 앳되고 가냘프게 생겼는데 뒤에 누구에게 들으니 어디를 앓고 있다고 하였다. 좌우간 그날 그는 바빠서 차 한 잔도 못하고 헤어졌는데 또 한동안 열애가 계속되었던 것이다. T의 집에까지 찾아가서 부인과 담판을 지으려고도 하고 또 서로는 여러 가지 문제를 일으켰다. 그러나 그녀와도 어떤 계기론가 헤어지고 또 새로운 사랑이 시작되었다. T와 같이 근무하는 사람이었다. 그녀는 T와 같이 만난 것이 아니고 그 혼자 그것도 거의 헤어질 무렵에 만나게 되었다. 그에게 어떻게 했으면 좋겠느냐고 묻는 것이었다.

일요일날인데 한가한 다방에서 그는 여러 각도로 두 사람의 사랑에 대한 얘기를 듣고 또 얘기하였다. 결론은 그가 내리게 되었는데 좌우간 잘 생각해서 하라고 했다. 어느 여자보다도 그녀는 매력을 지니고 있었다든지 세련되어 있었다는 이유인지 모르지만 그들 사랑에 대하여 그는 어떤 결정을 내리고 싶지가 않았던 것이다. 좌우간 T와 그녀는 서로 자리를 옮기는 것으로 끝이 났다. T는 늘 그 사랑의 시를 가지고 와 그의 잡지에 발표를 해달라고 하였지만 그는 다른 것만 골라서 실었다. T의 시는 그 무렵 상당히 많이 쓰고 있었는데 사랑의 노래 아니면 실연의 노래였던 것이다.

그리고 얼마 후인가 그에게 선을 보였을 뿐 아니라 막걸리까지 같이 하게 된 여인, 그녀는 도수 높은 안경을 쓰고 있는 키가 자그마한 사람이었다.

그 외에도 또 누가 있는지 잘 모르긴 하지만 어떻든 그가 알고 있는 사람을 열거하면 그러하다. 그런데 하나같이 T는 왜 그를 만나게 했던지 모른다. 어떤 현시욕이 있었던 것인지 아니면 다른 목적이 있었던지도 모른다.

그런데 그는 T의 그 사랑의 편력-아마 이렇게 표현하면 어느 한쪽에서는 무척 화를 낼지도 모르지만-에 계속 끼어들게 되었고 이제 와서는 헤어나지 못하는 T에 대하여 그냥 보고만 있을 수는 없었다. 언젠가처럼 그저 잘 알아서 하라고 할 수도 없었다. 왜냐하면 이제 서로가 인생을 반쯤은 살았으니까 공론空論만 펼 수가 없었던 것이다. 그래서 가끔 브레이크를 거는 그에게 T는 큰소리로 나무란다.

"글쎄 너처럼 살면 자기 계단을 착착 쌓아 올라가기야 하겠지, 그러나 인생은 그런 게 아니란 말이다."

"그럼 인생이란 사랑이란 말이냐."

"사랑이지, 이렇게 감정이 없는 자가 뭘 쓴단 말이야?"

T는 두 잔만 먹으면 벌겋게 되는 얼굴을 더욱 붉히며 떠들어댄다.

이날도 방금 그 여자와 헤어지고 오는 길이라고 하는 T는 무척 피로해 보이긴 했지만 조금도 양보는 하지 않았다.

"그래, 진정으로 그녀를 사랑하고 있는 거냐."

"물론이지."

"지난 모든 여자들도 다?"

"물론이지."

"그런데 왜 헤어졌지?"

"사랑하기 때문이야."

"참 사랑은 편리하군. 그러면 부인도 물론 사랑하겠지?"

"그야 물론."

T는 약간 웃으면서 말했다.

"불만이 없도록?"

그가 꼬집었다. 그러나 T는 이번에는 펄쩍 화를 낸다.

"야, 임마 네 걱정이나 해. 그렇게 별것을 다 따질려면 세상에
나오질 말지."

그러며 T는 술값도 안 내고 달아나 버린다.

어느새 밖에는 가을비가 주룩주룩 내리고 있었다. 그는 비닐우
산을 하나 사 쓰고 터덜터덜 걷는데 저 앞에서 찬비를 그냥 맞으
며 걸어가는 남녀가 있었다. T와 그녀였다.

그는 만원버스에 겨우 몸을 싣고 이리저리 흔들려 가며 옹졸하
고 도식적인 그의 생을 되새겨 보았다. 글쎄, 글쎄.

비는 점점 세차게 쏟아졌다.

어느 8.15

이날따라 일찍 잠이 깨었다. 손님과 같이 밤늦도록 이야기를 하다가 잤는데 같이 해수욕을 가기로 되어서 마음이 쓰였던가 보다. 어디 여행을 간다든가 피서를 간다든가 좌우간 어디를 떠날 때는 그렇게 일찍 눈이 떠지는 것이다. 밤에 다 채비를 해 놓아 그냥 떠나기만 하면 되는 것이지만 그렇게 마음이 불안하고 일찍 서둘러지는 것이었다.

좌우간 그런데 이제 6시니 너무 일찍 일어난 것이다. 도로 눈을 붙일까 하다가 옆을 돌아보자 노 선생도 부스스 눈을 뜨는 것이었다.

"푹 자아."

그가 미안한 듯이 말하였다.

"글쎄 잠이 안 오네."

노 선생은 이쪽으로 돌아누우며 말한다.

"노 선생은 오랜만에 고국에 오니 수학여행이라도 온 것 같은가 보지?"

"흥흥, 글쎄 말이야."

노 선생은 빙그레 웃으며 일어난다.

여기 살 때 그와 같이 교편을 잡고 있었기 때문에 노 선생이라고 불렀다.

　"잠도 안 오고 슬슬 바람이나 쏘일까?"

　혼잣말처럼 말하고 노 선생은 밖으로 나갈 채비를 차린다.

　그래 그도 설설 일어나서 밖으로 나와 정원의 벤치에 앉았다. 그러는데 대문간에서는 굴 주스가 방금 배달되고 있었다. 그는 오늘 손님이 왔으니 두 병을 더 달래서 받아 놓고 우선 두 병을 벤치로 가져갔다.

　"어젯밤 술을 많이 하여 속이 쓰릴 테니 이것 좀 들어봐."

　"아니 이게 뭐지? 우유도 아니고."

　노 선생이 받으며 고개를 갸우뚱한다.

　"굴 주스야. 바다의 우유지."

　"굴?"

　노 선생은 그가 따라주는 대로 맛을 본다.

　"야. 그 참 맛있는데. 그래 이것을 모두들 아침마다 마시나?"

　"그럼, 집집마다 식구대로 마시지."

　"그 대단한데……."

　"뭐가?"

　"생산도 대단하지만……."

　모든 사람이 굴 주스를 배달하여 먹을 수 있다는 것인가 보다.

　"내가 떠날 때는 우유를 대어먹는 사람도 많지 않았는데……."

　그도 고개를 끄떡였다. 그의 감회를 이해할 것 같아서였다.

　"그러니까, 몇 년만이지?"

　"햇수로 10년이야."

　노 선생은 굴 주스를 맛있게 음미하며 마시었다.

　미국으로 이민을 간 지 10년 만에 처음으로 고국을 다니러 어젯밤 내외가 온 것이다.

그동안 그로 하여금 무척 고국을 그립게 만들었다. 이왕이면 8.15를 기해서 고국을 찾은 것이 그것을 잘 말해 주는 것이었다. 그동안 그는 열심히 돈을 벌었다고 한다. 가서 교편을 잡은 것이 아니고 주유소에서 기름 넣는 일도 하고 햄버거집도 하고 흑인가 黑人街에서 술장사도 하고 이리저리 다니며 오로지 돈을 모으기에 전력투구를 하여 이제 살만큼 돈을 벌어 고국을 한번 찾게 된 것이라고 한다. 흑인가에서는 목숨을 걸고 돈을 번 것이라고 하였다. 수 틀리면 권총을 빼들고 설치는 바람에 여러 번 감수를 하였다고 하였다.

그가 태극기를 꽂자 노 선생은 일어서서 정중하게 예를 갖추고 묵도를 드리듯이 한동안 서 있는 것이었다.

"참 광복절에 오길 잘 한 것 같애. 그동안 조국을 등지고 있었던 것을 사죄라도 하는 심정일세."

너무도 숙연하게 말하는 노 선생을 그는 똑바로 볼 수가 없었다.

"그런데 아침에 보니 참 집도 좋고 정원이 좋으네."

노 선생은 30여 평 되는 잔디밭과 등나무 넝쿨에 덮인 2층 베란다와 마당 귀퉁이에 세워 놓은 승용차 등을 두리번거리다가 말한다.

"자네 과외 수업을 하는 모양이구먼 사는 형편을 보니."

"허허허……. 과외 수업은 옛날 자기가 했었지."

두 사람은 웃었다.

아침 식사는 노 선생 내외와 그의 가족 다섯 식구가 식탁에 앉았다. 회반찬과 굴전 조개탕 등 수산물이 많이 차려져 화제가 수산물에 대한 것이 되었다.

특히 회 종류는 노 선생이 옛날부터 좋아하던 것이었다. 같이 술을 먹을 때 회를 너무 많이 먹어 눈총을 사던 10년 전 기억이 났다.

"자, 이렇게 좋은 안주가 있으니 밥이 먹히지 않는군!"

아직 한국말이 그렇게 서툴러진 건 아닌데 반찬을 안주라고 하여 아침상에 술을 내오게 되었고 조개알 말린 짭쪼름한 마른안주도 내왔다.

"아닌 게 아니라, 해장을 해야지."

그렇게 시작이 되어 그와 노 선생 그리고 그들 내외는 맥주를 권커니 잣커니 하는 바람에 아이들은 다 밖으로 나가고 식사는 한없이 길어졌다.

"매일 이렇게 해산물을 많이 먹는 건가? 참 푸짐하군……."

노 선생이 묻자 안경을 쓴 그의 부인이 맞장구를 친다.

"그러게 말이에요."

"우리나라가 올해(1981년) 수산물 수출이 세계에서 1위야. 바다를 농토처럼 개간도 하고 미역 다시마 씨를 뿌려 경작을 하고 있어 바다는 이젠 농장일세. 그래서 지금 우리나라는 단백질을 수산물에서 섭취하고 있지."

그의 말에 노 선생 부부는 크게 감탄을 하며 고개를 끄덕인다. 그리고 노 선생은 눈을 지그시 감고 무슨 생각에 잠긴다.

"그런데 이럴 것이 아니고 빨리 서둘러야지. 오후에 약속을 하잖았나? 바다에 가서 먹으면 더욱 맛이 나니까 차에 실으라고"

그가 누구에게랄 것도 없이 그렇게 말하자, 초조한 빛을 보이던 노 선생의 부인이 말한다.

"그러시지요. 여러 사람들을 만나보고 가야 하니까 말이에요."

그런데 그때까지 눈을 감고 생각에 잠긴 듯하던 노 선생이 자기의 잔을 만지작거리며 말한다.

"고맙네, 그러나 천천히 가세."

그리고 노 선생은 결연히 말한다.

"나 고국으로 돌아오기로 했네. 돈 버는 것이 목적이었는데 돈을 벌었으니, 고국으로 와야 하지 않겠나? 맛있는 회도 실컷 먹고 우리 냄새를 맡고 먹으면서 살아야지. 돌아와서 모두들 만날 테니 천천히 갔다 오세."

"당신은 지금 무슨 소릴 하는 거예요?"

노 선생의 부인이 안경을 벗으면서 묻자 노 선생은 더욱 큰소리로 말한다.

"나는 이미 결정을 했소."

미국 생활 10년을 해도 노 선생의 파쇼는 여전했다.

그날 두 가족은 느지막이 강릉으로 출발하여 대관령을 넘어 경포해변의 찬물에서 느긋하게 하루를 보냈다.

두메 처녀

그는 시골 여성을 원했다.

고른다고 보면 무척 고른 셈이었다. 재기도 요모조모로 많이 재었다. 그러느라고 나이가 서른다섯을 넘어 사십을 바라보았다. 남자야 나이가 그렇게 문제되랴 하였지만 서른 전과 후의 주가가 영 달랐다.

노총각 소리를 듣는 것 정도는 매력으로 받아들여졌었다. 그러나 이제 '노' 자를 붙여서라도 총각 칭호를 붙이지는 않았다. 설혹 사정을 아는 사람이 미혼이니, 총각이니 소리를 한다 해도 왜 그런지 무능력한 총각이요, 결혼을 못하는 사람의 대명사로 들려서 따분하게 들리는 것이었다. 짜증스럽고 불쾌하게 들리기까지 하였다. 만나는 사람마다 인사가 그것이었다.

"어떻게 된 건가, 이 사람아! 국수를 안 주는 건가 못 주는 건가?"

"너무 고르면 못 쓰느니, 별 사람 있다던가, 여자란 결국 마음에 맞는 떡이면 되는 거야. 조각 작품도 아니고 TV 탤렌트도 아니고 말야."

"결혼을 하면 후회할 것이다. 그러나 안 하면 더욱 후회할 것이다. 누구의 말이던가…….”

그러나 또 그렇게 얘기할 때만 해도 듣기 싫기까지는 않았었다.

“이 새끼는 어디가 병신인가, 정말 왜 이렇게 낚지를 못하는지 알다가도 모르겠어.”

이렇게 나오는 데는 그만 대꾸할 입맛이 뚝 떨어져 버리고 마는 것이었다. 그리고 그럴수록 결혼에 대해서 신중을 기하려는 생각이 발동하는 것이었다.

그런데 그의 마음에 드는 여자가 도무지 나타나질 않았다. 날이 갈수록 그 정도가 희박해져만 갈 뿐이었다.

인물이 있는 여자도 있었다. 재력이 있는 여자도 있었다. 외국 유학까지 한 사람도 있고……. 그런데 나이가 많거나 키가 작거나 딱딱하게 생겼거나, 골반이 이미 굳은 여자거나 해서 마음에 차지를 않았다. 어떤 여자는 술이 그보다 훨씬 세어서 도무지 같이 살 자신이 없을 것 같기도 했다.

또 중요한 이유의 하나는 도무지 그 순결을 믿을 수가 없었다. 또 고지식하게 처녀성 같은 것을 주장한다기보다, 한참 사귀다가 보면 그 여자와 같이 잤다느니 바다 여행을 갔었다느니 하는 사람이 나타나는 데는 정이 뚝 떨어지고 마는 것이었다.

웬놈의 조건이 또 그렇게 많이 따라다니는지. 도대체 맏이면 어떻고 지차면 어떤가. 월급이 좀 적으면 어떻고 지위가 좀 낮으면 어떻단 말인가.

그가 시골 여성을 택한 것은 대체로 그런 이유에서였던 것이다. 순수한 때 묻지 않은 시골 여성, 된장국을 맛있게 끓일 줄 알고 월급을 얼마를 타 가든 그것으로 맞출 줄 알고 또 더러 어디서 자고 온다 하더라도 그것으로 불화를 자아내지 않는 여자를 택한 것이다. 실컷 술을 먹고 들어가도 아무 말 않는 ‘술 권하는 사회’의

여주인공과 같은 순종형 말이다.

순옥은 생글생글 웃으며 그의 얘기를 재미있게 듣고 있다. 그가 고르고 골라서 결혼을 하게 된 신부다. 파란 저고리에 **빨간** 치마를 입고 방금 목욕을 하고 와서 신부 화장을 한 것이 다 지워지고 얼굴과 머리에서 김이 무럭무럭 난다.

그러나 그가 농촌 그것도 두메에 사는 순옥을 택한 것은 비단 그런 전근대적인 학대를 마음 놓고 하겠다든가 그런 편리를 누리 겠다는 계산에서만은 물론 아니었다.

그 자신 농촌 출신이라 그런지 미니스커트보다는 긴 한복 치마를 입은 것을, 머리를 보글보글 볶고 지진 것보다는 자연스럽게 늘어뜨리거나 가지런히 갈라서 빗은 동양적인 여성상을 좋아한다. 비녀를 꽂은 여인이라면 더욱 좋을 것 같다. 비녀를 꽂고 있는 것은 속옷의 끈을 단단히 움켜쥐고 있는 모습같이 보이는 것이었다.

생글생글 웃으면서 얘기를 듣고 있던 순옥은 언젠가부터 시무룩한 표정이 되어 있다.

그는 신부를 애무하였다. 아직 자리에 들긴 이른 시간일까. 아래층 식당에서 정식에다 맥주 두 병을 마셔 약간 얼근하다.

순옥도 두 잔을 가득 마셨다. 그녀도 예상외로 술에 익숙했다. 그러나 술을 너무 먹으면 초야에 실수를 할 것도 같고 또 첫날부터 술이 과한 남편에 대한 실망을 주지 않기 위해서 삼가한 것이다. 그는 시간을 끌기 위해 얘기를 계속한다.

"여자에게 제일 중요한 게 순결, 정숙이지. 다른 건 바라지 않아. 순옥을 구혼 광고를 내어 천여 명 가운데 골라낸 것은 바로 그 정숙한 아내를 맞이하고 싶었던 때문이야."

그는 어쩌면 결혼하기도 전부터 의처증 환자가 된 듯했다.

"자 이제 옷을 벗어야지."

그런데 순옥은 무척 딱딱하다. 옷을 벗을 생각도 하지 않을 뿐 아니라 끌어안자 마구 떠민다.

그는 불을 끄지 않은 때문인가 했지만 이제는 마구 흐느껴 우는 것이 아닌가.

"아니, 왜 그래?"

"사실 전 처녀가 아니에유?"

순옥은 더욱 큰소리로 울음을 터뜨리며 말한다.

"뭐가 어쨌어? 무슨 소릴 하는 거야?"

그는 도무지 무슨 말인지 알아들을 수가 없었다. 그러나 순옥은 대답 대신 일어나서 가겠다고 한다.

"도대체 왜 어째서 그렇단 말야. 속시원히 말이나 해봐."

그는 도무지 분통이 터져서 견딜 수가 없었다.

순옥이는 실은 무작정 상경을 하여 영등포역 근처에서 유괴되어 동정을 잃고 매음굴에서 풀려나질 못하다가 자살을 기도하여 시골로 탈출을 하였던 것이라고 야불거리는 것이었다.

그는 표정이 굳어지고 말았다.

그러나 얼마 후 백을 챙겨 빠져나가려는 순옥을 마구 쳤다. 등이고 엉덩이고 얼굴이고 닥치는 대로 주먹질을 하였다.

"왜 진작 말을 못해, 왜 말을 못하냔 말야."

순옥은 쓰러진 채 마구 운다.

"진작 얘길 하고 싶었지만……, 저를 너무 좋아하셔서 그럴 수가 없었어유. 오늘도 얘길 안 할라고 했었어유. 그러나…….”

순옥과 같이 그도 마구 울음을 터뜨렸다.

그가 다시 순옥을 끌어안은 것은 새벽녘이었다. 아무래도 이 여인은 그가 구출을 해 주어야 할 것 같았다. 그리고 어쩌면 앞으로는 누구보다도 순결하고 정숙한 여인이 될 거라는 생각이 든 것이었다. 도대체 그런 논리가 성립할 수 있을까.

어떻든 노총각, 아니 병신 때를 이렇게라도 벗겠다는 생각이 작용했던 것은 아니었다. 순옥은 줄곧 흐느껴 울기만 한다.

조기 수술

  그는 몇 번이나 망설이다가 역시 그렇게 하기로 했다. 친구들이 뭐라고 하든 그는 그 불안의 씨를 제거하기로 결심했다. 친구들의 의견을 종잡을 수가 없었다. 공연히 불러오는 액이라는 둥, 돈 있으면 한 번 생각해 볼 수 일이라는 둥, 이왕이면 좀 잘 먹고 피와 살을 보한 다음 해야잖느냐는 둥…… .

  남의 의견이란 것은 의견으로 그치는 것이지 그것이 곧 의견이 될 수는 없는 것이었다. 결론은 내가 내리는 것이 아닌가.

  그는 그런 생각을 하며 연방 간판을 쳐다보았다. 붉은색 푸른색 녹색 그리고 핑크색의 네온사인들이 번쩍거렸다. 현란한 간판들 그리고 감각적인 쇼윈도들……. 따지고 보면 한결같이 돈을 매혹하는 수단들이다.

  "돈!"

  그는 어린애처럼 씩 웃었다. 그는 요즘 돈 생각만 하면 그렇게 애매한 웃음을 흘리는 것이었다.

  그는 요즘 친구들도 함부로 만나지 않고 착실히 믿는 몇 친구만 만나는데 오늘 저녁도 그저 간단히 술을 사고 헤어졌다. 실은 조금도 긴장을 풀지 않고 있는데 돈 생각만 하면 자꾸만 웃음이 새어 나오는 것을 어쩔 수 없었다.

그는 한동안 간판을 바라보며 걷다가 또 하나의 외과병원 앞에서 주춤주춤 하다가 다시 발길을 떼어 놓았다. 아까 들른 병원에서만도 들을 말은 충분히 들은 것 같았다.

"조기수술早期手術하는 게 제일 좋습니다. 마치 뱃속에 수류탄을 하나 넣고 다니는 거나 마찬가지지요 언제 어느 때 무슨 일로 터질지도 모르니까요."

의사는 정중하게 말했다. 그는 목이 잠겨 무슨 말을 할 수가 없었다. 아니, 절실히 그 말에 동의하고 있었다.

"서구에서는 아이를 낳으면 맹장수술부터 먼저 하잖아요? 맹장보다도 맹장에 붙어 있는 지렁이 모양의 충양돌기蟲樣突起란 놈은 백해무익한 말썽꾸러기예요……."

의사는 그림을 그려가면서 설명했다. 바로 그것이었다. 그가 수술하려는 이유는, 그는 가끔 아랫배가 살살 아프고 구역질이 나서 맹장염이라도 걸린 것인가 하고 마음에도 없는 걱정을 하지만 의사의 말은 누구에게나 해당되는 말인 것이다. 그는 그 불안을 수술한다는 생각을 완전히 굳혀버리고 다시 한 번 씩 웃었다. 돈을 생각하고서이다.

그에게는 정말 생각지 않았던 거액이 굴러 떨어진 것이었다. 5년 동안 끌어오던 소송이 끝난 것이다. 시내 요지인 그의 소유 대지가 잘못 분할되어 매도나 건축을 못하고 5년간이나 끌어오던 중 그가 변호사와 결탁한 보람이 있어 금방 승소가 된 것이었다. 정말 마음 흐뭇한 일이었다. 아버지가 생존해 있다면 얼마나 기뻐할까 생각하면 가슴이 메이기도 했지만 실상 그 소송이 그렇게 오래 끌었던 것은 돈 한 푼 쓰지 않으려던 아버지의 고집 때문이었다. 그것은 돈을 아껴서가 아니라 돈을 써야 일이 된다는 데 대한 반발심이지만, 그는 아버지의 대상을 물리고 변호사에게 찾아가 이 사건을 승소시켜 주면 3분의 1을 떼어 주겠다고 언질을 준 지 한 달도 못 되어 승소 판결이 난 것이었다. 얼마동안 그는 유산을 물려준 아버지에게 불효스러움을 느꼈지만 돈의 위력을 새삼스럽게 절감하였다.

그는 그 대지에 건축할 능력도 없었지만 같이 아울러 빌딩을 짓는 것도 내키지 않아 매도했는데 돈이 쥐어지는 대로 우선 목욕 이발부터 했다. 막상 돈을 쥐고 보니 양복을 맞춘다든가 하는 씀씀이는 내키지가 않아졌다.

무엇을 할까.

두 번째로 한 일이 충치를 뽑고 치료한 것이었다. 이를 뽑을 적에 그는 말했다.

"돈을 좀 낫게 드릴 테니 안 아프게 뽑아 주세요."

이는 감쪽같이 뽑혔다. 그는 돈을 은행에 넣고 쥐꼬리만한 월급의 회사에도 사표를 냈다. 금리가 현실화되어 이자만 해도 월급의 몇 배가 되고 또 얼마 후 돈을 써서라도 취직할 수 있는 일이기 때문에 한동안 쉬고 싶어서였는데 거기서도 그가 상상한 이상으로 퇴직금이 나왔다. 그렇지만 그는 조금도 돈을 허투루 쓰지 않았다. 택시도 탔지만 전차도 타고 거지에게도 인심을 쓰지 않았다.

무엇을 할까.

여행을 휭하니 한번 다녀오는 것도 의미 있을 것 같은데 그것도 대단히 내키지는 않고 글쎄 뭘 할까. 그러다 그는 맹장수술을 생각했다. 언제 어디서 위급한 사태를 초래할지도 모르는 불안을 제거하는 일 그것은 참으로 현명한 일인 것 같았다. 그런 생각이 들자 한시가 급하게 느껴졌다. 조금이라도 빨리 그 불안을 제거하는 홍역을 치르고 싶었다. 정말 그것만 제거하면 아무런 걱정이 없을 것 같았다. 그리고 모든 것이 제대로 되는 것 같았다.

눈이 올 것 같은 날씨다. 그는 바바리코트 깃을 세우고 가로수 낙엽을 밟고 걸으며 다시 한 번 씩 웃었다.

며칠 뒤 그는 일주일 동안 입원할 채비를 하여 저명한 의학박사의 이름으로 된 외과병원 간판을 찾아 수술 절차를 밟았다. 그는 아직 대학에서 퇴근하지 않은 원장을 기다려서 수술에 임했다.

"선생님 잘 부탁합니다. 후한 사례를 할 테니 잘해 주십시오."

그는 치과의사에게보다 몇 배나 더 간곡한 부탁을 했다.

"염려마세요. 담배 한 대 피울 동안이면 거뜬히 돼요."

원장은 마스크를 쓰고 말했다.

그러나 그는 갑자기 불안이 엄습해 와 목이 조이는 것 같았다. 친구의 말처럼 액을 불러오는 것 같기도 하고 좀 몸을 보해서 수술하는 것만 못하다고 생각되었다. 며칠 전 이를 뽑을 적에 피를 많이 흘린 것도 불길하게 연상되었다. 그래 그는 그만둘까 생각했다. 그가 한 마디만 하면 원장은 마스크를 벗을 것이었다. 그러나 그가 그런 생각을 하는 동안 오른쪽 아랫배에 주사바늘이 꽂혔다. 아직도 늦진 않다고 생각하다가 그는 생각을 고쳐 수술 후의 흐뭇한 상상을 했다.

'조금만 참자, 담배 한 대 피울 동안만 참으면 평생의 불안을 제거하는 것이 아닌가.'

이윽고 오른쪽 아랫배가 섬뜩하고 뱃속이 허전하게 느껴졌다. 메스를 댄 것이다. 국부 마취가 돼서 그는 시계 소리까지 들을 수 있었고 아까 하던 생각들이 생생했다. 그래 그는 연방 헛소리처럼 이야기했다.

"잘 부탁합니다."

"후히 사례하겠습니다."

원장은 알았다고 하기도 하고 또 염려 말라기도 했고 간호부는 그의 이야기를 제지했다.

　그런데 얼마나 시간이 흘렀을까. 실내는 살벌한 기운이 감돌고 원장은 말을 않았다. 그리고 얼마 후 그는 통증을 느끼고 아프다고 말했다. 다시 주사를 놓은 모양이었다. 그리고도 또 얼마나 시간이 흘렀을까. 원장은 손을 씻고 담배를 피워 물었다. 그가 다 됐느냐고 묻자 그렇다고 했다. 그런데 원장의 이마에는 땀이 흘러내리고 연방 고개를 갸우뚱거렸다.

　그는 너무 경악한 나머지 의식을 잃었다. 의식을 회복했을 때 원장은 맹장이 속으로 흘러들어갔나 하고 아무리 찾아보아도 없더라고 말했다. 그리고 맹장이 속으로 흘러들어가기도 하며 인간이 진화되어 맹장을 폐기하는 과정에 있다는 설도 있다고 덧붙였다. 그러면서 이렇게 제의했다.

　"원하신다면 한 번 더 수술해 드리겠습니다. 좀 더 깊숙이 찾아봐 드리지요."

　그는 멀거니 원장을 바라볼 뿐이었다.

　퇴원할 때 그는 입원할 적과 똑같은 불안을 안고 병원문을 나서면서 아무래도 한 번 더 수술해서 확인을 해야겠다고 생각했다.

벽

겨울의 들판은 어디나 황량하기만 하다.

한 평의 땅도 소유하지 않는 사람에겐 누런 들판을 볼 때나 텅 빈 들판을 볼 때나 그저 허탈하기만 한 마음은 어쩔 수 없다.

김삿갓은 천하를 자기의 영지처럼 여겨 울타리가 왜 필요하며 논두렁이 왜 있어야 하느냐고 호탕하게 술만 마시며 방랑하고 다녔다고 하지만 그는 아무리 그렇지 않으려고 애를 써도 안 된다. 인색하여서인지 이기적이어서인지…….

그는 모처럼 시골길을 걷고 싶어서 F에 내려갔다. 쉽게 시골의 체취에 젖을 수 있는 곳이다. 그러나 거기 역시 그저 답답한 모습들이다.

서글픈 대화들, 들판 방앗간, 시골집들 그리고 차갑게 흐르는 시내가 하나같이 스산스럽다. 웃음을 잃어버린 것일까.

그는 해가 넘어가기 전에 마을을 떠났다. 한 정거장쯤 걸어보려던 감상感傷도 이 허탈한 마음으로 하여 곧장 차를 탔다. 차장으로 보는 들판은 또 그저 향수 같은 것을 자아낼 뿐이다. 언젠가 어느 땐가 포근한 시골집에 살았던 그리고 실감나지는 않지만 언젠가는 또 살게 될 것이라는 막연한 의지-그것은 참으로 막연하기만 하지만 어쩐지 그의 마음을 설레게 하고 을씨년스럽게 한다. 물이 담긴 논 딱딱하게 말라붙은 논(어느 곳이나 벼를 벤 끄트러기가 남아 있다) 한없이 넓은 논배미, 올망졸망한 다랭이 그리고 높은 논 낮은 논 새중간에 긴 밭다랭이-경부선 철로변만 해도 농지 개량을 해야 할 땅들이 많다. 이런 농지 풍경이 오히려 한국적이고 향토미가 있다고 할까.

저쪽 하늘 끝에선 뿌연 눈이 내리고 있는지 날이 어둠침침하다. 이런 날은 그저 아무것도 생각지 않고 일을 하든지 무엇에 열중할 것이지 여행을 할 것이 못 된다.

하기야 차 안에는 그처럼 땅을 가지지 않는 사람 말고 넓은 토지에 땀을 흘린 보람으로 거창하게 추수동장秋收冬藏하여 놓고 대견스럽게 들판을 훑어보는 사람도 있을 것이다. 그와 그들과의 차이 그것은 무엇일까. 단순히 땅을 가진 것과 가지지 않는 것-그것일까. 글쎄 거기엔 무엇인가 더 먼 거리가 있는 것 같다. 현실의 언어로써는 표현할 수 없는, 그리고 그는 이런 생각을 하기도 한다. 그들은 자기 인생에 대하여 만족을, 행복을 느끼고 있는 것인가 하고, 그에게도 현실의 만족 말고 무엇인가 지난 우수에 젖어 있는 것은 아닌지. 그는 왜 이렇게 흠집을 만들고 싶은지 모른다. 행복이라든가, 또는 제 규격에 짜인 것에 친할 수가 없으니 아무래도 생리가 비뚤어진 것 같기도 하다.

그런 것일까. 시골도 그렇고 도시에 들어서면 우리들을 슬프게 하는 것들이 정말 너무도 많다. 적어도 1968년 세모의 윤리관으로서는 손톱도 안 들어갈 비참한 일들이 무상배급을 타는 행렬처럼 늘어서 있다.

돈을 달라는 사람, 담배꽁초를 줍는 사람, 목쉰 행상들 등등. 이들은 모두 서울의 인도에서 서성거리고 있다. 연말연시의 대목을 노리는 네온사인들이 고달픈 행인의 상혼商魂을 불러일으키고 있는데 그리고 그것보다 상점들에서는 고요한 밤 거룩한 밤 하고 크리스마스 캐럴이 흘러나오고 있는데 이들은 그렇듯 지긋스럽게 서성거리고 있는 것이다.

그 중에서도 아주 보는 사람의 가슴을 아프게 하는 장면이 있다. 눈이 오는 날, 비까지 오는 날, 또는 0도 이하로 기온이 내려가는 날 서울의 아스팔트 위에는 머리를 땅에 대고 손을 하늘로 향하여 엎드린 모양을 흔하게 볼 수 있다. 마치 기도라도 하고 있는 듯한 그 장면-그것이 하나의 연기라면 그들을 위해서나 또 우리의 현실을 위해서나 얼마나 행복한 일일 것인가. 그러나 이것은 연기가 아니라 어쩔 수 없는 현실이다. 그들은 어쩌면 기도를 하고 있는지도 모른다. 하늘에 신이 있고 신에게는 저주받았다고 생각하는 그들이기 때문에 땅을 향하여 기도를 하고 있는지 모른다. 나에게 행복을 달라고, 아니 적어도 하루만 편안히 살 수 있는 돈을 달라고 말이다. 어떤 때는 그런 소원이 이루어진 때가 있었는지도 모른다. 그리고 언젠가는 그런 소원이 이루어질지도 모른다. 그런 기도를 하루 종일 하고 있는 풍경을 목격하고 가슴이 아픈 사람은 돈을 던진다. 대개가 동전이고 때가 묻지 않은 사람은 지폐를 한 장 던지기도 한다.

하지만 웬만한 사람이면 돈을 던지지 않는다. 그도 그러는 사람 중의 하나인데 그럴 때마다 자신의 인색을 자인하는 대신 쇼펜하우어의 '걸인을 도와주지 말라' 는 얘기를 생각하는 것이다. 그러니까 내가 인색한 것이 아니라 그들의 내일을 위하여 참는 동정심인지도 모른다. 다른 사람도 그와 같은 인내의 동정심을 가지고 그런 땅을 향해 기도하는 사람들을 지나치는지 모르지만.

눈이 펑펑 쏟아지는 날 그리고 소나기가 주룩주룩 쏟아지는 날 그대로 그것을 다 맞고 있는 그들의 생활 수단 그 차가운 겨울 날씨에 웃통을 벗고 얼음장 같은 콘크리트 바닥에 꿇어 앉아 기도를 하는 상혼(?)……

그날도 눈이 펑펑 쏟아지고 있는 날이었다. 어쩌면 그날은 첫눈이 오던 날인지 몰랐다. 눈이 탐스럽게 내리니까 모두들 말은 않지만 좀 색다른 감흥에 젖어 길을 걷고 있는 것 같았다.

금방 어깨 위에 머리 위에 수북이 쌓이는 눈을 털며 그도 눈이 오는 겨울의 현실을 느끼기에 앞서 뒤늦은 계절의 감각을 느꼈다. 그렇게 터덜터덜 길을 걷다가 그는 그 땅을 위한 기도자를 하나 목격하였다. 큰 빌딩 벽 밑에서였다. 매일 보는 것이라 그는 대단하게 여기지 않고 그저 슬쩍 지나치는데 케이크점에서 십팔구세의 소녀들이 나오면서 환성을 울리는 것이었다.

"야아 신난다. 아이 멋있어."

눈을 찬미하는 그 소녀들과 눈을 저주하는 이 소년, 참으로 엄청난 대조였다. 땅을 향해 엎드렸던 소년은 살며시 몸을 일으켜 그들 시시덕거리는 소녀들을 지켜보았다. 그러나 그 소녀들과 눈이 마주치자 소년은 휘딱 시선을 빌딩 위 옥상난간 쪽으로 바라보는 것이었다. 그 소년은 그 쪽으로 시선을 피하는 것에 불과한지 모르지만 그에게는 이상한 연상이 되어지는 것이었다.

고층빌딩의 옥상, 그리고 이 언 땅에 웃통을 벗은 채 눈을 맞고 있는 소년, 왜 그런 생각이 들었는지 몰라도 그 소년이 그 옥상에서 떨어진 것 같은 착각을 느꼈던 것이다.

그러나 그것은 어디까지나 착각이다. 이렇게 동결된 몸일망정 그 소년은 결코 투신하지는 않는다. 그런 생각은 아예 하지도 않는다. 이 죽음을 쉽게 해결할 수 있는 빌딩의 벽 밑 언 땅에 엎드려 돈을 위해 기도를 하고 있는 이유는 살고 싶은 욕망에서인 것이다. 그저 막연히 살고 싶은 그 끈질긴 욕망은 참으로 순결한 것인지도 모른다. 내일의 찬란한 희망, 미래의 화려한 꿈이 그 소년의 머릿속에 도사리고 있을 것을 생각해 본다. 그리고 소년은 그런 미래의 꿈 속에 현실을 잊은 것은 아닌가 그는 생각해 본다.

하지만 그들이 이 겨울을 나기는 장마진 내를 건너기보다 어려운 것 같다. 기온은 하루하루 하강하는데 이렇게 오늘도 눈은 펑펑 내리는데 어쩔 것인가? 정말 어쩔 것인가?

어쩔 것인가? 이들이 행복할 수 있는 조건-그것은 돈이라는 괴물이다. 가진 자와 가지지 않는 자의 차이를 선명히 갈라놓는 것도 이 물건이다. 그러나 그는 또 이런 자위를 해 본다. 이거 한 보따리면 모든 것이 해결될 것인가 하고, 이들이 행복하고 그리고 시골 F가 행복하고 차창을 통해 만족스럽게 들판을 훑어보는 사람이 행복할 수 있는 조건이란 과연 그것인가 하고 아무래도 아닌 것 같다. 무엇인가 더 근본적인 무엇이 있는 것 같다. 옥상에서 투신하는 자와 땅바닥에 엎드려 기도하는 자의 차이는 이것으로 다리 놓을 수 없는 거리가 있는 것 같다.

이 밤, 많이 깊었는데 가냘픈 소리가 바람결에 멀어졌다 가까워졌다 한다.

"야아악식이나 찹싸알떠어억 야아악식이나……."

촌놈

그는 가끔 촌놈이라는 것을 확인하게 된다. 양복 옆주머니에는 그래도 괜찮은 책을 넣고 다니고, 어디 조금이라도 틈이 있으면 꺼내 들고 읽는다.

아침의 첫 출입인 작은 집 行에도 꼭 조간신문을 들고 들어가서 다 읽어야 일어난다. 그리고 바보상자라고 하는 TV 연속물이나 쇼를 보는 대신 술친구들과 독설을 노닥거리며 산다. 또 걸핏하면 택시를 타고 어디가 조금만 아파도 이런 약 저런 약 다 사먹는다. 주사는 싫어하며 웬만하면 병원엘 잘 안 가고 하지만, 아무리 종로 바닥에서 태어난 사람이라 하더라도 꼭 찌르는 것을 좋아하는 사람이 있을까. 좌우간 또 뭐가 있나. 뭐 번쩍거리는 것을 좋아한다든가 절정거리는 것을 좋아한다는 것도 아니고 외제용품 사는 것을 자랑으로 여기지도 않고, 국산 영화보다는 외화를 보고자 하고, 활극보다는 좀 심각한 것을 보고 싶은 것이었다.

글쎄 뭐 여러 가지가 있겠지만 이만하면 그가 아무리 두메산골 출신이라 하더라도 충분히 촌티를 벗을 수가 있을 것이라고 생각되는데 때때로 아니 꽤 자주 그의 촌스러운 마각이 드러나곤 한다. 우선 제일 대표적인 것이 책방 같은데 들어가면 우선 소변이 마려워 견딜 수가 없는 것이다. 그래서 볼일을 보고 나야 책을 보든가 사든가 할 수가 있다. 또 어떤 중대한 볼일을 보러 가자면 꼭 그 생리가 발동을 한다.

또 큰 빌딩이나 처음 가보는 낯선 거리에 닿으면 으레 꼭 촌티를 내고 만다. 그것이 작은 것이면 또 덜한데 큰 볼일이면 가방에다가 코트까지 걸쳤을 때 참 난감한 일이다. 마음을 푹 놓는 소탈한 자리면 그렇지도 않은데 긴장되고 불안이 따르면 그 정도가 더하였다. 20년 도시 생활을 해도 체질은 바뀌지 않기 때문인가.

"이것도 무슨 병이 아닐까."

그는 친한 친구에게 그렇게 물어보았다. 그 친구는 뻔질나게 약방을 드나드는 대신 한 대의 주사로 거뜬히 해결하는 편이다.

"병이지, 알레르기 체질인 모양이군."

"그게 뭔데?"

"일종의 과민반응 현상이라고 볼 수 있지. 자네 두드러기 일어나지?"

"그걸 어떻게 아나?"

"맞았어, 바로 자네는 알레르기성 소질을 갖고 있어."

"그런데 이건 무슨 음식물 같은 것에 의한 것이 아니고 서점에 들른다든가 높은 사람을 만날 때……."

"그러니까 촌놈성性이라고나 할까, 시골성 알레르기 질환이야."

친구는 그의 말을 가로채고는 새로운 의학 용어를 만들어낸다.

"뭐야?"

"하하하……."

그런데 그는 그런 것을 가지고 의사에게 물어볼 만큼 심각하게 생각하지는 않았다. 그리고 또 한 친구, 그 친구는 첫째 뜸, 둘째 침, 셋째 약이라는 이론을 갖고 있으면서 아무것에도 신세를 지지 않고 일요일마다 산으로 불러내는데 이렇게 퉁을 준다.

"그런 것에 대해 자꾸 생각하는 것이 병이야. 뭐 신경 쓸 게 있어? 먹고 싶으면 먹고 내보내고 싶으면 내보내면 되는 거지. 안 그래?"

"글쎄 말이야."

딴은 그 친구의 말도 옳은 것 같았다. 그런데 더욱 촌스러운 일은 그 중대사 직전에 발동하는 생리 그것이 소변일 경우, 처리를 하고 가면 일이 잘 안 된다는 미신을 가지고 있었다. 그래서 정말 중요한 일일 경우 그 생리적 욕구를 참는 수밖에 없었다.

'김이 새나가서 그런가?'

그러나 그런 얘기는 아무리 친해도 하지 않는다. 물론 아내에게도 그렇다. 그거야말로 진짜 촌놈 소리를 들을 얘기 같아서이다.

그런데 좌우간 그러던 중 기어이 일이 발생하고 말았다.

K도서관, 여기는 일반인의 출입이 잘 안 되는 특수 도서관이다.

거기에서 책을 하나 복사하기 위해 이 사람 저 사람 소개를 받아가지고 가는 길인데, 아니나 다를까 예의 생리작용이 발동을 하는 것이었다. 일이란 대개 그렇지만 처음에 삐끗하면 잘 안 되는 것이었다. 그리고 여기서 보려는 책을 보지 못하면 다른 데서는 구해볼 수가 없는 것이었다. 그것은 뭐 꼭 그가 연구하는 데에 얼마나 플러스가 되는 일이라기보다 그 자신 여러 해 찾아다닌 중요성에 비추어 꾹 참고 소개장을 가지고 세 군데를 찾아다녔다. 두 번째까지 성과가 없어서이다. 그러나 세 번째인 열람과장 앞에 가서는 말을 다 마치기도 전에 뒷걸음질을 쳐서 나오지 않으면 안 되었다. 너무나 다급했던 것이다. 뭐 작은 것 큰 것이 한꺼번에 위세를 부리는 것이었다. 초현대적 공법에 의한 웅장한 건물 구조에 꽉 들어차 있는 책의 압력 때문인가.

그런데 도무지 그의 상식으로는 그가 필요한 장소가 찾아지지 않아 한참 허둥대었던 것이다. 좌우간 죽으라는 법은 없는지 그리 해서 팬티 하나만 벗으면 되었던 것이고, 그곳에 마침 종이가 있어서 그것을 잘 싸가지고 나와 다시 신문을 한 장 사서 모양있게 쌀 수도 있었다. 그리고 마침 앞을 지나는 택시를 잡아 탔다. 그것을 들고 만원 버스를 탈 용기가 없었다. 그는 몇 해를 찾던 자료를 눈앞에 두고 보지 못한 아쉬움보다 일이 이 정도로 끝날 수 있게 해준 운명의 신에게 감사하는 마음으로 멍청히 앉아 있다가 적당한 곳에서 갈아타려고 차를 내린 것인데, 그만 그 보물 보따리를 놓고 내린 것이었다.

K도서관, 그 신성한 아니 잔뜩 위압감을 주는 구내에는 도저히 버릴 수가 없었고 적당히 가다가 버리려고 하였는데……. 그는 마치 시체를 유기한 것이거나 한 것처럼 불안해지는 것이었다. 그는 가까이 있는 그 두 친구를 불러내어 한 잔 사며 자문을 받고 싶었다.

"지문이 묻어 있지 않겠어?"

"왜 피는 안 묻었던가?"

"털도 하나쯤은……."

모두들 따라 웃었다. 그러자 등산을 하자고 불러내는 친구가 한참 너털거리다가 결론을 짓는다.

"원, 정말 촌놈 다 봤네, 내일 집에 있으면 잡힐 테니 수리산에나 같이 가자고."

그는 그렇게 하기로 약속을 했다. 그러나 일은 그것으로 일단락된 것이 아니고 잔뜩 취해 들어가 아내에게 수작을 걸다가 팬티의 행방을 추궁하는 바람에 다시 한 번 곤욕을 치러야 했다.

연휴

열차가 서서히 움직이기 시작했다. 서울의 풍경들이 뒤로 뒤로 미끄러져 나갔다.

명수는 차창을 닦았다. 아침 햇살을 받은 수도 서울의 시가지가 한 눈에 다 들어오지 않는다. 꼬리에 꼬리를 문 자동차 행렬, 하늘 높은 줄 모르고 치솟은 빌딩의 숲들, 높은 지대의 다닥다닥 붙은 집들 그리고 공중에 떠 있는 애드벌룬…… 한강을 건너도록 시야에 다 들어와지지 않는다. 참으로 넓은 바닥이라고 새삼스럽게 생각된다. 서너 시간 달려가서 내릴 그의 향리가 떠오르고, 이 수도의 일각에서 월급생활을 하고 있는 자신이 대견스럽게 생각된다. 그러면서 집에 내려와 같이 농사를 짓자고 하던 아버지의 흙빛 얼굴이 떠오른다.

그는 등을 기대고 눈을 붙인다. 아버지의 육성이 들린다.

"위독하니 속히 내려오너라. 부."

일말의 불안이 머리를 들었지만 그러나 그는 그런 걱정을 하고 있지는 않았다. 아버지는 그에게 여러 차례 혼사문제로 편지를 했었고 또 우연인지 연휴에 맞춰 날아온 전보이기 때문이었다.

차는 넓은 들판을 가로 질러 달리기 시작한다. 어느 덧 봄날의 아침햇살이 차창을 쏘아 뜨겁게 느껴진다. 명수는 햇빛가리개를 내리고 의자등에 뒤통수를 기대고 다시 눈을 감는다. 생각하면 혼사문제도 걱정이 안 되는 것은 아니었다. 그는 철가치 이음매 지나가는 소리를 들으며 아버지가 선을 봐 놨다는 여자의 모습을 상상해본다. 그가 아는 모든 여성의 모습들을 떠올려 보기도 하고 아버지가 위독한 것이 아니고 혼사 문제일 경우 무슨 말부터 해야 할까 생각해 보았다.

시골역에 내렸을 때는 삼십 분쯤 연착을 하여 두 시였다. 거기서 십여리 산길을 걸어야 한다. 그는 좀 시장한대로 길을 재촉하여 그의 향리 마을을 향했다.

흰 와이셔츠에 곤색 넥타이 그리고 밤색 바바리코트에 간단한 여행용 가방, 거기에는 골고루 한 가지씩 선물을 사 넣었다. 2년 만에 찾아가는 향리이다. 그동안 많은 것이 변한 것 같다. 일이 바쁘다는 핑계로 귀성을 설로 미루고 추석으로 미루고 하였던 것이다. 정말 아버지가 위독한 것은 아닌가 불안하여 왔다.

그의 집에 이르렀을 때 아버지는 보이지 않았다. 들에 나갔다고 하였다. 그는 곧장 들로 갔다. 아버지는 일꾼들과 함께 비탈밭을 매고 있었다.

"아버님 찾아뵙지 못해 죄송합니다."

명수는 아버지 곁으로 가서 푹 엎드려 절을 했다.

"놀라게 해서 안 됐다."

늘 너절한 차림의 아버지는 정말 미안한 듯이 웃으며 말하는 것이었다.

"죄송합니다. 아버님."

그의 심정은 그저 죄송스럽기만 하였다. 대학을 다니느라고 여러 마지기의 농토를 팔아올린 그가 몇 년 만에 취직이라고 하였지만 아버지를 흐뭇하게 해 주는 아들이 되지 못하고 있다.

그가 고개를 수그리고 있는데 어설렁어설렁 밭이랑을 걸어 나오는 낯 익은 사람이 있었다. 한 마을에 사는 동창 재원이었다. 그의 집 일을 자주 한다고 하였다.

"그래 서울 재미가 어때여?"

"아, 난 누구라고 수고 많이 하는구먼."

명수는 흙 묻은 재원의 손에 덥석 악수를 했다. 초등학교 때, 앞에서 서너째쯤 섰던 것으로 기억되는 재원은 그 자신보다 훨씬 건장하고 말소리가 굵다.

아버지는 재원이를 남겨 두고 그를 집으로 데리고 왔다. 그리고 컴컴한 안방에 들어가 한 장의 규수 사진을 놓고 혼사 문제로 시달림을 받았다. 그러나 그는 그 사진이 전혀 마음에 들지 않았으므로 그저 죄송하다는 말만 되풀이하였다. 아버지는 사뭇 못마땅한 표정으로 나무랐지만 명수는 결혼이라는 것이 조금도 실감이 없었다.

그날 저녁은 명수의 의견으로 재원이와 겸상을 차리게 했다. 마침 막걸리도 한 주전자 들여와 서로 반주를 하며 식사를 하였다.

재원은 무척 송구스럽게 그리고 고맙게 생각하였다. 그리고 술기가 오른 재원은 일꾼 또는 놉의 위치를 거두고 동창으로서 터놓고 대하는 것이었다.

"자넨 참 말할 수 없이 출셀 했네. 배우기도 많이 배웠지만 참 재주가 놀라워."

"출셀 무슨 출세여. 빌빌하고 있는 걸!"

"참 괜히 그라지 마. 출셀 거기서 더 하나. 참 잠깐이여. 같이 공부할 땐 이렇게 큰 차이가 날 줄을 몰랐는데……."

재원은 '참' 소리를 자꾸 하며 정말 부러운 듯이 그리고 부끄러운 듯이 말하고 잔을 따라주는 것이었다.

"장갈 가야지, 웬만한 여자는 눈에 안 차겠지?"

재원은 또 불쑥 그런 말을 하는 것이었다.

"원, 그럴 리가 있나. 이제 장가를 가야지."

명수는 아버지의 당부를 생각하며 말했다. 사실 그가 재원의 말처럼 눈이 높아서 아까 그 사진도 마음에 들지 않는 것인가. 술로 속이 찌르르 하는 가슴으로 생각해 보았지만 얼른 결론이 얻어지지 않는다. 그는 재원에게 물었다.

"자네는 물론 장가갔겠지?"

"헤헤……."

재원인 그렇게 웃는 것으로 대답하는 것이었다.

"하하하……."

명수도 따라 웃었다.

한참 식사를 하고 있는데 조그만 단발머리의 소녀가 방문을 연다. 꾀죄죄하게 때가 묻은 저고리엔 명찰을 달았다.

"아버지, 엄니가유, 저녁 집에 와서 잡수시래유."

그렇게 말한 소녀는 낯선 신사를 보고 달아난다.

명수가 멍청하니 바라보고 있는데 재원이 다시 헤헤헤…… 웃는다. 그리고 자기 앞의 술잔을 비운다.

"학부형이군 그래!"

명수는 벌겋게 술기가 오른 재원을 바라보며 학부형이 된 재원이에 비해 아직도 결혼의사가 없는 자신은 무척 철 없고 인생이 뒤늦은 것같이 생각되는 것이었다.

재원이 그에게 술을 따른다.

"헤헤헤…… 잠깐이여."

명수는 이번에는 이렇게 따라 웃었다.

"허허허……."

그날 저녁 그는 정하지도 않은 혼인을 당장 하라는 아버지의 다짐을 받느라고 밤늦도록 시달리었고 잠도 이루지 못하였다.

중중

그날은 모처럼 일찍 퇴근을 하였다. 일찍이래야 이삼십 분이지만, 쾌청한 날씨라 유난히 이른 것 같았다. 토요일 오후와 같은 느낌이었다.

그는 몇 가지 볼 일이 있었지만 집으로 직행을 하기로 했다. 요즘 계속해서 밤 12시나 되어야 대문을 두드리곤 하여 체면 회복을 위해서라도 해가 아직 남아있을 때 집엘 들어가리라 생각했다.

통닭이나 한 마리 사가지고 가서 맥주를 한 병 사달래자.

참으로 실속있는 계산이다. 밤 열한 시 넘어까지 딱딱한 나무 의자에 엉덩이를 붙이고 목구멍을 쏘는 소주를 마시며 열을 올리다가 허둥지둥 택시 합승을 하고 오는 것보다야 얼마나 신선놀음인가.

모처럼 일찍 들어가면 그렇게 반가워할 수가 없었다.

"아니, 어쩐 일이에요? 해가 서쪽에서 뜨겠어요."

여러 해만에 해후를 하는 사람처럼 반가워 날뛴다. 아이들이 우르르 달려와 목에 매달리며, 아빠! 아빠! 하고 환성을 지른다.

어디 그뿐인가, 저녁상부터가 아주 딴판으로 대접이 달랐다. 사근사근하고, 핑크 무드까지 조성된다.

그런데 도무지 그는 그렇게 하지를 못하고 있다. 집의 재미를 잃고 있는 것도 아니요 딴 생각을 하고 있는 것도 아니었다. 적어도 그의 목표는 가정이 아니라는 것이다. 가정에 충실한 아내에게 환영을 받고 아이들에게 기쁨을 주고 부모에게 흐뭇한 마음을 갖게 하는, 그리고 같이 구경을 간다거나 불러내서 저녁을 같이 한다거나 뭐 여러 가지 방법이 있다. 어떻든 그런 것을 이상으로 삼을 수가 없었다. 그것이 아내의 불행인지 모르지만 그의 행복인 것이다. 그런 가정이라는 울타리보다는 그가 전공하고 여태까지 기반을 구축한 세계, 사귀어온 친구들 선배들 후배들, 그리고 많이 아는 사람들…… 그는 그 어느 부분도 버릴 수가 없는 것이다. 그랬봤자 실상 아무것도 이뤄 놓은 것이 없고 그저 한 말단 월급쟁이로서의 구실밖에 못하고 있지만 아니 그것도 제대로 못하고 있지만 그저 최선을 다할 뿐인 것이다. 가정뿐이 아니라 직장에서도 어디서도 그렇게 환영을 받는 인물이 되지를 못한다. 체조도 할 줄 모르지만 항상 구석 자릴 좋아한다. 저 안 구석에 틀어 박혀 틈만 있으면 자기 생각에 사로잡혀 있는 것이다. 술을 같이 하는 일도 거의 없다. 동료의 송별회와 같은 공석에 잠깐 앉았다 나오는 게 고작이었다. 늘 그런 날 꼭 약속이 있게 되었다.

좌우간 그래봐야 결국 된 것은 아무것도 없다. 한 학회의 회원일 뿐이고 업적도 별로 갖지 못한 존재 없는 존재였다. 그러나 그 길에는 적극적으로 뛰어 들고 있느냐 하면 그런 것도 아니다. 그저 그는 어디서나 그의 본성대로 가장 솔직하고 욕먹고 싶지 않은 것이었다. 그리고 도무지 취할 수밖에 없는 것이었다. 커피 한 잔 가지고는 그의 그 아무것도 아닌 존재가 설명되지 않으며 냉면 한 그릇 가지고는 시원히 속을 주지 않는 것이었다. 도무지 성한 정신 가지고는 얘기가 안 되는 것이었다. 불쾌하고 짜증나는 일의 연속이었다. 왜 그가 그렇게 죽어야 하나. 왜 그가 나와야 하나. 그리고 그가 왜 그렇게 껍적대고 다니는가. 그런 비생산성 불감증을 치료하는 주사는 캄플이 아니라 알코올이었고 의외에도 중증이었다.

어떻든 매일같이 취해서 들어가고 자정이 임박하여 대문을 두드린다. 그리고는 옷을 아무렇게나 휙휙 벗어 던지고는 되는대로 나동그라져 잔다. 몇 번이나 찌개를 데워다 두었던 저녁상과 화가 난 아내의 얼굴은 아랑곳이 없는 것이다. 얘기는 아침에라야 되는 것이다. 지레 차린 아침상의 숟갈을 놓기가 바쁘게 달아나려는 남편에게 아내는 짜증스럽게 말한다.

"제발 좀 일찍 들어오세요. 일찍 들어오시는 거지요, 오늘은?"

이게 인사인 것이다. 아이들도 그렇게 인사를 했다.

"아빠 일찍 와요."

"그럴까?"

그는 용돈을 주면서 대답을 얼버무린다.

"정말이야?"

그는 아내에게는 거짓말을 해도 아이들에게는 할 수가 없는 것이다. 그는 대답 대신 한 장씩 더 얹어준다. 그러면 두 아이는 통과된다. 이튿날 아침에 왜 거짓말을 했느냐고 따지지도 않고.

언필칭 그는 얘기한다.

"아니 내가 뭐 시계바늘인가?"

어떻게 그렇게 정확한 시간에, 가령 여섯 시나 일곱 시에 딱 대어서 올 수가 있느냐는 것이었다. 여덟 시나 아홉 시래도 마찬가지가 아니냐. 그러나 그는 다시 되잡히고 만다.

"말 잘 했어요. 허구한 날 열두 시 땡 칠 때 들어오는 건 뭐 시계 바늘이 아니면 시계불알인가요?"

"그건 내가 맞추는 게 아니고 저쪽 사정이 그렇게 되었던 거라고."

"이쪽이든 저쪽이든, 제발 사람 좀 살자구요."

아이들 생일이나 마누라 생일은 그만두고 자기 생일날도 잊어버리고 제삿날도 잊어버리고 그러고 다니는 것이다. 결혼한 지 10년이 되도록 한 번도 아내의 생일을 기억하여 하다못해 분 한 갑이라도 사다 준 적이 없다. 양력에는 음력으로 미루고 그것도 지나면 내년에는 세상없어도 지키겠다고 하지만 그때 가면 또 음력 핑계를 댔다. 그 점에서는 양력 음력이 있는 것이 참으로 편리했다. 그러나 그는 10년이 되는 날은 틀림없이 기억을 하겠다고 공언을 했고, 그래서 그것으로 그동안 쌓인 미안함을 다 때우려고 오래 전부터 달력에다 동그라미까지 그려 놓았다.

스스로 생각해도 별로 대견하지 못하여 오늘은 그만두어야겠다고 하지만 번번이 일이 생기곤 하였다. 전혀 타의에 의해 사정이 달라지는 것이었다. 몸도 부서질 것 같았다. 그러나 술이 몇 잔 걸쳐지면 그런대로 또 열을 내게 되고 소리를 지르게 되고 그러다 또 흠뻑 취하게 된다. 따지고 보면 꼭 술만 마시는 건 아니다. 경조사도 있고 회합도 있고 정말 긴한 볼 일이 생기기도 하였다. 좋은 자료가 있다고 하여 찾아가 보기도 하고, 동양화 감상도 하고 문화영화를 구경하기도 하지만.

이날도 한두 가지 볼 일이 있었지만 내일로 미루고 연락도 하지 않았다. 전화를 하면 일이 자꾸 복잡해지는 것이었다. 조금 신용을 잃으면 되는 것이다. 자신은 수없이 그런 경우를 당하는 것이다. 조금 욕을 할 테지, 어쩌면 자식이 그럴 놈이 아닌데 무슨 불가피한 사정이 있나 보다고 생각할지 모른다.

한길에 나와서 택시를 탈까 하다가 뭐 그럴 필요까지야 있는가

해서 버스를 타려고 했다. 그런데 그때였다. 대학의 은사인 정 선생이 바바리코트에 까만 가방을 들고 피로한 기색으로 버스를 기다리고 있었다.

"선생님께서 웬일이십니까?"

"어, 오래간만이군! 집에 가는 길이야."

강의를 마치고 집으로 가는 길이라는 것이다. 정 선생은 무척 피로하고 약간 두통이 있는 듯이 음울한 표정이었다.

"차나 한 잔 하실까요, 선생님."

그가 묻자 정 선생은 마지못해 응하는 듯이 따라 나선다.

"다른 볼 일이 없으십니까?"

"글쎄 좌우간 차를 한 잔 하자구."

그래서 두 사람은 근처 다방으로 갔다. 정 선생은 그와 가장 가까운 전공의 지도교수였고 여러 모로 그에게 가르침을 주고 있는 스승인 것이다. 그러나 한 번 차를 한 잔 대접할 기회도 마련하질 못했던 것이다.

근처 다방에 들러 차를 한 잔 시켰다. 다방이 어떻게 시끄러운지 무슨 얘길 할 수가 없었다. 한 마디를 얘기해도 정 선생은 귓바퀴에 손바닥을 대고 허리를 이쪽으로 구부리는 것이었다. 그는 공연히 정 선생을 다방으로 모시고 와서 더 피로하게만 하는 것 같아 면구스러워 어쩔 줄을 몰랐다. 그래서 저녁식사나 하면 어떨까 하고 무슨 일이 없느냐고 다시 한 번 물어보았다.

"어디 가서 간단히 대포나 한 잔 할까?"

정 선생은 그의 의중을 알고 미리 일어날 채비를 하는 것이었다. 술집은 그가 안내하였다. 가끔 가는 집이었다. 정 선생은 자신이 자꾸만 술을 사겠다고 했지만 그러지 말라고 제지하여 그가 적당히 시켰다. 외상도 가능한 집이기 때문에 맥주에다 여러 가지 안주를 시켰다.

몇 잔 안 마셔 자리는 아주 화기애애하게 되었다. 학교 다니던 때 얘기, 학문에 대한 얘기로 시작되어 가정 얘기, 어릴 때 얘기, 연애 걸던 얘기까지 늘어놓게 되어 빈 술병이 여러 병 방바닥에 세워 지게 되었다. 그러고도 자꾸만 술과 안주를 시켰다. 그러다 두 사람은 결국 거나하게 취하였다. 취하기 전부터 그는 미안합니다 죄송합니다 소리를 계속하자 정 선생은 이제 짜증을 내는 것이었다.

"여보게, 그런 소릴 뭐 자꾸만 되풀이하나? 그런 걸 위해서 이런 술이 있는게 아닌가? 말은 필요 없어. 말은 가끔 너무 자기정당화를 시키려고만 든단 말이야."

그는 대꾸 대신 그가 마신 잔을 정 선생 앞에 내밀었다. 그러나 정 선생도 잔을 비워 그의 앞에 갖다 놓는다. 그는 술을 따랐다.

"죄송합니다, 선생님!"

"허허허……."

정 선생은 다시 짜증스럽게 그를 응시한다.

"이번에는 제가 그런 걸 미처 몰라 죄송하다는 것입니다."

정 선생은 그의 잔에 술을 채웠다.

"사람이란 게 빚이 없으면 매력이 없는 거야. 알겠나? 우리에게 부채가 있으므로 해서 의욕이 생기고 발전이 있는 거야. 완결된 상태, 완전무결한 상태, 그런 게 있을 수도 없지만 그런 것은 매력이 없지 않아?"

정 선생은 소매를 팔뚝까지 걷어 올리고 약간 혀가 꼬부라진 소리로 열변을 토하는 것이었다.

그는 이번에는 숫제 아무 말도 않고 술을 마시고 또 따랐다. 이럭저럭 상당히 취하였다. 그는 또 술을 시켰다. 그렇게 되어 그날도 일찍 들어가려는 계획은 수포로 들어가고 말았다. 그뿐만이 아니었다. 다시 2차를 하게 된 것이다. 정 선생이 술값을 내겠다고 고집하는 것을 그가 억지로 계산을 하고 나가는데 정 선생은 어느새 택시를 잡아타고는 무조건 타라고 했다. 아무리 빠져 달아나려 했지만 그럴 수가 없었다.

2차로 간 곳은 급이 다른 집이었다. 이층의 층층대가 운치가 있고 방마다 저명 화가의 시원스런 그림이 걸려 있고 앳된 아가씨 둘이 옆에 와서 짙은 화장 냄새를 풍기는 약간 겁을 주는 집이었다.

정 선생은 두 아가씨에게 가위 바위 보를 시켰다. 그리고 정 선생은 그와도 가위 바위 보를 하자고 해서 아가씨의 소속을 결정했다. 무조건 이기고 진 사람끼리 편이 되는 것이었다. 그리고 다시 술을 마시고 노래를 부르고 또 술을 시켰다. 정 선생의 그 피로에 쌓였던 모습 그리고 그의 몸이 부서질 것 같던 상태는 어느 사이다 간 곳이 없어지고 집도 잊어버리고 직도 잊어버리고 흘러간 노래에 그동안 쌓인 울분과 불쾌와 곤비를 씻어내고 헹궈내고 해서 말끔한 새 오장을 만들어 버렸다. 정 선생의 말대로 죄송하고 미안하고 그런 말은 없었다. 술과 노래와 웃음과 배설의 반복으로 시간까지 잊어버렸다. 아홉 시 전까지만 해도, 아직까지 저녁을 먹지 않고 기다릴 텐데 하는 생각이 들어 자꾸만 시계를 들여다보았지만 열 시가 지나자 시간 감각이 마비되었다.

정 선생이 일어날 채비를 차릴 때는 어느 새 열한 시가 획 지나 있었다. 정 선생은 현금으로 팁을 지불하고 아까 1차보다는 훨씬 많은 술값을 사인하였다. 참으로 미안하고 면목 없는 일이었다. 그러나 그런 말을 할 수는 없었다. 정 선생을 짜증스럽게 작별하고 싶지가 않기도 했지만 그 시간에는 제대로 인사를 차릴 수가 없는 상황이었다.

두 사람은 허둥지둥 손을 흔들어 인사를 하고 택시 합승을 두 번 세 번 하여 열두 시가 지나서야 집에 겨우 골인하였다. 그런데 이날은 도무지 아무렇게나 나동그라져 잘만한 상태가 되어 있지 않았다.

아내는 전에 없이 밝고 화사한 옷을 걸치고 있었지만 그와 반비례하여 말할 수 없이 딱딱하고 차가운 표정이었다. 그는 이상한 예감이 들어 달력을 쳐다보았다. 동그라미를 쳐 놓은 날, 그날이 바로 오늘인 것이었다. 아니 벌써 어제가 된 것이다.

"아차, 어쩐지 오늘 일찍 오고 싶었어. 미안하다, 미안해."

그는 미안하다는 말이 걸리며 정 선생의 모습이 떠올랐지만 이런 상태에서는 어쩌는가.

"미안한 것도 하루 이틀이지, 도대체 뭐예요?"

아내는 머리끝까지 화가 치올라 있었다.

"정말 미안하다. 또 음력이 있잖아? 우리 그날 제주도로 여행이나 가자구. 자, 그리고 내 선물을 받아."

"뭐요?"

정수리로 쏟아져 나오려던 화를 약간 누그러뜨린 듯한 아내가 그를 노려본다. 눈이 빠지게 기다리던 선물이란 말에 귀가 솔깃했던 것인가. 아니 희떠운 남편의 말에 더욱 신경질이 났던 것인지도 모른다.

그는 그런 아내를 와락 끌어안았다. 그리고 전광석화처럼 입을 맞추었다. 하지만 어느 사이 아내는 획 토라져서 그의 생일선물 키스는 뒷덜미에다 할 수밖에 없었다. 이날따라 아내는 유난히 짙게 화장을 하여 목덜미까지 미끌미끌하였다.

제3부

항변

미귀

첫사랑

변모

고향 사람

거래

향촌 삽화

산마을 사람들

항변

사람은 닥쳐오는 역경에 휩싸이기보다는 그것을 극복하고 개선한다. 약해진 순간에서도 그 자신의 생명을 던지지 않는다. 불합리한 생을 합리적으로 끝마치기는 싫기 때문이다.

1

석순의 편지가 안 오기 시작한 지 벌써 오래 되었다. 일요일에만 비가 오는 것이 성욱에게는 괴로운 일의 하나이다. 군에 입대한 지 3년이 되는 그는 1주일에 한 번씩 휘가로 다방에서 '회상'을 감상하는 것이 유일한 취미이기도 하다. 슈베르트의 묘지를 멀리서 보며 작곡하였다는 이 곡을 자기 과거 시절에 대치시켜서 감상하는-전축에서 '회상'이 흘러나오는 동안 과거로 속속들이 갔다오는-것을 즐겼다. 예술에 대한 불손함을 느끼면서도 그는 그래야만 했다. 언제부터 그랬는지 레지에게 차값을 연애편지처럼 접어서 선불하게 되면 으레 그 곡이 흘러나오게 마련이다. 눈을 감고 과거의 세계에서 헤메일 때 차는 와서 놓여지고 그리고 식어버리는 것이었다. 일요일은 언제나 비가 왔으므로 그의 과거는 더욱 구성지고 서글프기만 했다. 그런데 한쪽 구석에 퍽 낯익은 장교 하나가 같이 듣고 있는 것을 여러 번 경험으로 알 수 있었다. 소 위였다. 한번 슬쩍 지나친 듯한 그런 인상이 아니라 아주 한집 식 구처럼 마음속까지 환하게 들여다보일 듯한 인상이었다. 그러나 누구인지 몰라 퍽 고통스러웠다. 깎긴 했지만 구레나룻을 보면 얼 핏 연상되는 것이 초등학교 때 담임 권 선생이다. 그러나 졸업 후 서울 모 중학교에 있다는 소식을 들었고, 그리고 체육시간에 유명 하게 느릿느릿하던 권 선생이 저렇게 사기가 왕성한 장교가 되었 다는 것은 도무지 믿어지지 않는 일이다. 오늘도 비옷을 벗어들고 다방의 층계를 올라올 때, 뒤에 오는 장교가 틀림없이 그 소위라 는 것을 감각으로 인식할 수 있었다. 예상한 바와 같았다. 구석과 창가의 자리와 거리가 전과 같았다. '회상' 이 끝났을 때, 성욱은 구석을 의식적으로 바라보았다. 그 소위도 역시 성욱을 바라보고 있더니 갑자기 일어서서 그의 옆으로 걸어오는 것이었다.

성욱은 가슴이 덜컹 내려앉았다. 어떤 불길한 예감이 직감적으 로 스치고 간다. 어느새 그 소위는 성욱의 맞은편 의자에 앉는 것 이었다.

"수고하십니다."

성욱은 모자도 없는 머리에 부동자세를 취하고 거수경례를 하였 다. 고개로만 답례를 한 장교는 외면을 하는 것이었다. 성욱은 불 만스러웠다. 일어서려고 할 때다.

"어디 있지?"

부드럽게 장교가 물었다.

"교육단 정훈실에 있습니다."

"고향은?"

"Y입니다."

"혹시 M학교에 다니잖았나?"

틀림없는 권 선생이었다. 말소리부터가 초등학생을 다루는 식이었다.

"권선생님!"

성욱은 환희에 찬 눈을 번쩍이며 말했다. 권 선생은 외면으로는 놀라는 표정을 지으면서도 얼른 누군가 못 알아보는 눈치이다.

"저, 심성욱입니다."

권 선생은 손을 내밀었다. 졸업할 때 울면서 고루고루 나누어 주던 그 악수가 재현된 것이다. 졸업의 눈물과 해후의 그것은 엄청나게도 차이가 있는 것이었다. 성욱은 권 선생을 따라 나왔다. 영화 구경을 하였다. 외국 영화였다.

"아아, 내일 생각하자. 내일은 또 내일의 태양이 솟을 것이다."

스칼렛의 말은 조금 후의 일이지만 성욱 자신의 심정을 그대로 토로한 말이 되었다. 비는 그치고 황혼에 싸여 어둠이 내리고 있었다.

"심군!"

성욱은 권 선생의 눈을 쳐다보았다.

"한 잔 할까?"

전에도 그랬지만 상대방의 의사를 묻는 것이 아니라 강요하는 것이었다. 성욱은 권 선생을 따라갔다. 전등불이 휘황하게 비치는 요정이었다.

"자넨 왜 그리 우울한가? 나처럼 이렇게 활기가 없고……."

술을 몇 잔 마신 뒤에 권 선생은 옷을 훨훨 벗으며 뽐내는 것이었다.

"선생님, 체조 시간 생각 안 나세요?"

그렇게 느릿느릿하던 권 선생이 이런 말을 할 수 있는 사람이 되었는가가 믿어지지 않아서 그는 이렇게 물어 보았다.

"하하하……, 왜 안 나겠나. 하하하……, 전쟁이 준 선물이야."

성욱에게 술을 부어주면서 호탕하게 웃는 것이다. 귀영歸營시간
인 10시가 가까워서 그들은 그곳을 나왔다. 권 선생이 조용히 말
하는 것이다.

"심군 자네 순이 알지?"

"석순이 말이지요?"

"맞았네, 자네하고 지독하게 싸웠었지……. 지난겨울에 결혼했
네."

"네? 누구하고요?"

"세월이란 참 이상한 것이더군."

성욱은 권 선생이 언제나 석순을 칭찬하고 귀여워하던 기억을
떠올렸다. 어쩌면 그때도 권 선생은 석순을 사랑하였는지도 몰랐
다. 그러나 그것은 오래전에 잊어버린 세월이었다. 세월이란 참으
로 이상한 것이었는가.

2

석순은 초등학교 동창이다. '돌순' 이란 별명을 바로 성욱이가 붙
여 주어 눈총을 말로 받고 어떤 때는 서로 옷을 찢으며 싸우고 하
던 사이다.

"네가 아무리 잘났다고 하지만 계집엔 별 수 없어."

"피이 어디 두고 보지. 너 따윈 다스로 줘도 안 받는다. 흥."

이런 것이 평상시의 언쟁이었다. 성욱은 언제나 친구들과 같이
석순을 놀려주고 그녀의 놀이를 훼방하고 휘저었으나 석순은 그럴
때마다 혼자서 대항하였고, 다른 누구의 힘도 빌리기를 원하지 않

았다. 그렇다고 성욱에게 조소를 하지는 않았다. 성욱 자신이 비겁함을 느꼈고 그것은 늘 자신을 불쾌하게 하였다. 졸업식 때 석순이가 답사를 낭독할 적에 성욱은 눈물을 감추지 못하였다. 그렇게 밉던 석순, 아니 돌순이가 선녀같이 화사한 옷차림과 아름다운 몸맵시로 읽고 있는 것이었다. 보로통한 모습이었다. 그를 향한 편지 같았다. 그 자신의 모순의 상처를 위로해 주고 있었는지 몰랐다. 싸움은 이미 끝났었다.

그날 오후였다. 뿔뿔이 교문을 나서는 학생들의 발걸음은 무거웠다. 망망대해에의 항해사가 되기에는 너무나 어렸던지 모른다. 성욱은 석순과 나란히 플라타너스 밑을 걸었다. 성체배수聖體拜受式 후의 긴 침묵처럼 꽤 오래 침묵이 계속되었다. 문득 성욱은 심각한 표정을 지었다.

"왜 진학 안 하세요?"

침묵을 깨뜨리고 경어로 이렇게 물었다.

"어머, 세요가 뭐여. 쑥스럽게."

새초롬하니 눈을 흘겨본다. 그러나 그것은 전처럼 악의 있는—실은 그런 것을 악의라고 할 순 없었으나 그때는 그렇게만 생각되었었다—시선은 아니었다.

"진학은 남자나 할 것이지. 난 그만둘란다. 쭉 해야 계집엔 별수 없다면서?"

"그랬었지. 나는 그것을 오늘 다 사과하고 싶다. 다음엔 기회가 없을 것 같아서."

"오늘은 심경이 복잡해."

석순은 신경질적으로 손을 이마에 갖다 대며 말하였다. 그리고 가버린다.

성욱은 멀리 황혼에 싸인 모퉁이로 사라지는 석순을 보고 돌아

174

섰다.

그 후 오랜 세월이 흘렀다. 성욱이 입대할 때 석순은 성욱 앞에 나타나서 눈물까지 보이며 송별해 주었다. 그 눈물이 답사를 낭독할 때 보로통하던 그 모습을 연상시킬 때 성욱의 행복감은 산화될 것만 같았다. 입대한 후로도 자주 편지를 보내 주었는데 그 내용은 초등학교 시절의 어리석었던 일을 회고 정리하는 것이었고, 그리고 성욱이가 이해하기 곤란할 정도로 인생관이니, 세계관이니를 논하는 것이었다. 성욱이 철학 서적을 보느냐고 편지하였을 때, 파스칼을 좋아하긴 하지만 그런 책을 볼 정신적 환경은 못 된다고 하였다. 그러던 중 작년 여름에 휴가 갔을 때는 거의 석순과 같이 시간을 보냈다.

"모든 것이 참 빨라요. 행복했어요."

석순의 말과 같이 참으로 행복한 1주일 동안의 여름 휴가는 정말 잊을 수 없는 시간이었다.

3

성욱은 권 선생과 갈라진 후 맥이 다 풀려서 내무실 문을 열었다. 밤새도록 석순의 생각에 잠을 이루지 못하였다.

"아아, 내일 생각하자. 내일은 또…….."

스칼렛은 성욱의 고통을 격려해 주는 것 같았다.

겨울이 되었다. 권 소위에게서 서해에 가 있다고 편지가 왔다. 눈이 많이 왔다고 하였고, 석순도 같이 와 있다고 하였다.

'오오, 이방의 여인이여!'

크리스마스가 가까울 무렵 성욱은 흰 봉투로 된 석순의 편지를 하나 받았다. 그런데 이 얼마나 조급한 운명의 장난인가. 권 소위가 차 사고로 사망했다는 내용이었다. 어지럽게 갈겨 놓은 석순의 필적을 보기만 해도 비참하였다.

성욱은 두 번째의 큰 정신적 충격을 받았다. 한번은 허무에 대한 것이었으나 이번은 무상에 대한 것이었다. 전자는 시간이 다소 해결할 수도 있었으나, 후자는 언제까지나 흉중과 뇌리에서 가실 수가 없었다.

성욱이가 제대할 때까지 석순의 편지는 여러 번 왔었다. 전원을 노래하는 시를 쓰겠다고 하며 매번 시를 보내왔다. 그녀는 이런 덧없는 세계는 흥미가 없다는 것이고, 신비한 시의 세계에서 자연과 더불어 살아가리라 하였다.

-심 선생님, 언제부터인가 이렇게 선생님이라고 불러야 되었습니다. 이처럼 심오하고 아름다운 대자연의 밤은 오늘도 막이 열리기 시작합니다. 바람은 촉촉이 젖어 있고, 열어젖힌 창문으로 달빛이 흘러듭니다. 별들도 유난히 반짝입니다. 카발라도시의 '별은 빛나건만' 이 제 자신의 노래처럼 되어 날아듭니다.

편지는 언제나 자연을 찬미하고 있었다. 아름답고 슬프게.

-비록 그것이 심오하고 아름답다 하지만 왜 우리가 거주하지 못할 세계에 대한 향수를 마음속에 깃들게 합니까.

성욱은 무아의 경지에서 헤매는 석순의 신변을 염려하여 위로의 답장을 썼다. 그러나 석순은 그 속에 살 수 있다고 하였다. 고독한 삶을 살아갈 수 있는 섬나라를 발견했다는 것이었다.

성욱이 제대하였을 때는 또 여름이었다. 낡은 백을 들고 촌 정거장에 내렸을 때, 의외에도 석순의 마중을 받았다.

"편지는 하였지만 이렇게 나와 주실 줄은 뜻밖입니다."

성욱은 눈물로 감사하였다.

석순은 상냥스럽게 웃어 보이며 말하였다.

"고생 많이 하셨어요."

그 날 단 한 번 웃음을 보였을 뿐이다.

옷차림은 말쑥하게 꾸미고 손톱을 손질하고 눈썹을 그렸으며, 머리는 기름기가 있고, 손질이 잘 되어 있었다.

주마래미 모롱이를 돌아설 때까지 그들은 아무 말도 없었다. H 역에서 내려 철교 밑 냇물을 따라 올라가는 응달길, 예부터 이곳을 주마래미라고 하였다. 어원을 잘 알 수가 없는 채로 그렇게 불러왔고 고향을 떠났던 사람에게 제일 먼저 사나운 바람으로 맞아주는 험한 산밑 바람골이다.

10년이면 강산도 변한다고 하지만 엊그제 같으면서 참으로 긴 동안이었다. 범이라도 나올 듯이 위협하던 산세는 하나도 무섭지 않고 시냇물은 형편없이 얕아져 있었다. 되는대로 꺾어서 피리를 만들어 불던 시냇가 버드나무는 높다랗게 자라 싱싱한 여름의 잎새를 자랑하고 있었다. 성욱의 기억은 보다 더 구체적인 형태를 갖추게 되었다. 한 걸음 한 걸음 옮겨 가는 발자국마다 이젠 옛날을 추억하는 것으로 가득차게 되었다.

"시냇물이 많이 얕아졌어요. 버드나무는 많이 자랐고요."

성욱은 감개가 무량하였다.

"그것들은 저희 둘의 생태를 잘 말해 주고 있어요."

석순은 나직이 말했다. 눈은 종시 시내 쪽에서 돌리지 않고 있었다.

"심 선생님은 버드나무예요. 저는……."

"시냇물이란 말이지요? 왜 그렇게 생각하세요?"

석순의 말을 가로채서 성욱이 물었다.

"일종의 비관일지는 모르지요. 그러나 심 선생님이 생각하시는 그러한 비관은 아닐 것입니다. 애상哀想이랄까요……. 마을사람들은 저를 과부라고 부르지요."

"……."

성욱은 대답할 수가 없었다. 버섯송이처럼 태양을 똑바로 못 보고 살아야 할 숙명의 감회…….

"세상은 모순 덩어리예요. 왜 이렇게도 불합리한 거지요. 저의 꿈은 언제나 소녀 시절을 헤매는데 현실은 너무도 비참해요. 몽유병 환자처럼. 비관하는 대신 경멸하고 조소하며 지내지요."

성욱은 어린 시절의 그녀를 생각지 않으려 했다. 그러나 언제나 함께 울고 웃던 석순의 웃음과 눈물을 젖혀 놓고 그들의 추억을 회상한다는 것은 불가능한 일이었다. 하늘을 가리키고 있는 손가락처럼 초라한 모습으로 석순은 냇가에서 눈을 돌리고 걸었다. 생각에 잠긴 심각한 그녀의 표정은 그가 이해할 수 없는 요원한 그 무엇을 구상하고 있는 것 같았다. 얼마 동안 둘은 아무도 입을 열지 않았다. 석순의 실망한 눈빛을 본다는 것은 고통스러운 일이었다. 무슨 말이든 성욱이 해야만 했다.

"그것으로 행복해질 수 있다면, 그러나 비극은 나에게만 있는 것은 아니지요. 권 선생님에 비하면 석순 씨는……."

그녀의 얼굴은 하얗게 변하였다.

"그러나 너무나 냉혹해요."

너 따윈 다스로 줘도 안 받아준다.

모든 것은 참 빨라요.

이런 말들이 성욱의 귓가에 울리고 있었다. 석순은 희망과 절망이 뒤섞인 분간할 수 없는 표정으로 성욱을 쳐다보았다. 성욱은 아무 말도 하지 않고 걷기만 했다. 뭐라고 말을 해야 했다. 그녀는 희망이 필요했다. 희망이 없이는 잠시도 살 수가 없는 것이다.

"그러나 저에게는 심오하고 아름다운 세계가 있어요. 밤으로의 긴 여로……."

멀리 측백나무가 둘러싸인 학교가 보이고, 마을의 여기저기 농가들에서는 저녁연기가 피어오르고 있었다.

"행복은 구하는 것이 아니라, 누리는 것이라 했어요. 허망의 세계에 대하여 항변함으로써 행복을 엔조이해요."

비관의 반대말을 그렇게 하고 있었다. 그녀가 사는 방법이었다.

행복은 또 과거나 미래에 있고 현재에는 없다고도 하였다. 누구의 말이라고 하였다. 비통한 행복의 포말을 영롱하게 그리고 있었다. 추상화였다. 그런 그림 속의 여인을 현실의 무대로 끌어낼 것인가.

M초등학교 정문 앞을 지날 때까지 성욱은 결정하지 못하였다.

미귀 未歸

긴 여름의 해가 서산에 걸리고 일각일각 땅거미가 걸어온다. 시간이 성큼성큼 걸어가고 있는 것 같다.

해가 꼴딱 자취를 감추자 석은 더욱 초조해진다.

"저, 어쩌면 아주 늦게 들어올런지도 모르잖아요?"

석은 구멍가게 주인에게 따지듯이 물어본다. 웬일일까요-어딜 갔을까요-라고만 물었지 그렇게 물어보진 않았었다.

"글쎄 그러기야 할려고요? 그러나 알 순 없지요. 어디 가서 술이나 한잔 하면…."

흰 수염이 턱에 터실터실 난 가게 주인 영감은 여전히 담담하게 말할 뿐이다.

석은 피우던 담배를 땅에 뱉어버린다. 땅바닥엔 그가 버린 꽁초가 너스므레하게 밟힌다.

"하참! 그러니 이걸 어떡하지. 큰일인데!"

속이 터져 죽을 지경이다. 석은 다시 시계를 본다. 시계를 들여다본 지 1분도 안 된다. 8시 5분 전이다. 이거 정말 큰일이다. 그냥 내버려두고 갈 수도 없고 그렇다고 여기서 무작정 기다릴 수도 없는 일이 아닌가. 벌써 몇 시간을 이렇게 기다린 것이다. 참 어처구니 없는 일이었다. 곧 오겠지, 조금만 더 기다리지, 그렇게 기다린 것이다. 참으로 초조한 초와 분으로 점철된 시간이다.

석은 이것이 정말 현실인가, 꿈이 아닌가, 내가 제 정신인가, 도무지 믿어지지 않는다. 갑자기 피로가 엄습해오고 머릿골이 지근거린다.

"나, 참 나!"

그는 구멍가게 주인 영감이 앉은 길쭉한 나무의자에 걸터앉는다. 다시 담배를 꺼내 문다. 영감에게도 권한다. 처음에는 저쪽 구석에 가서 담배를 피우고 오던 그였지만 네 시간 동안 그는 영감 등 뒤에서 줄곧 담배를 피워대기만 한 것이다.

담배에 불을 붙인다. 시외버스들이 간간이 지나고 지프와 트럭들이 팽팽 질주하는 한길 가 외딴 가겟집이다. '에덴 수녀원 입구'라는 나무 팻말이 비스듬히 서 있는 것이 저만큼 바라보이고 그 입구를 따라 한동안 들판이 펼쳐져 있다. 그리고 끝간 데서부터 숲길이 뻗어 있다. 거기엔 아까까지만 해도 뉘엿뉘엿 넘어가는 황혼 빛이 진붉게 서려 있었는데 어느 사이 꺼먼 어둠이 덮어 싸고 있다.

무거운 수녀복 차림으로 터덜터덜 그 숲길을 걸어 올라가던 연의 모습이 선히 떠오른다. 그리고 벌써 몇 시간 전부터 문간에 나서 기다리고 있을 아내의 자태가 머릿속을 쥐어뜯는다.

"후우우."

석은 한숨을 쉬며 담배를 뻑뻑 빤다. 그리고 줄곧 담배연기를 내뿜는다.

"참, 보기도 딱합니다 그려."

영감이 입맛을 다시며 그를 위로해 준다. 과자 부스러기에 사이다병 소주병들을 자질구레하게 놓고 파리채로 파리를 날리고 있는

영감이다. 그동안 그가 사이다를 두 병 팔아주긴 했지만 과자를
사는 아이들과 몇 잔의 잔소주가 팔렸을 뿐 무료히 앉아 있다.

"아니 그런데 뭐가 들어 있는 보따리지요?"

"옷이에요."

석은 귀찮아서 아무렇게나 말한다.

"허허, 참 딱하단 말야."

출장을 갔다 오는 길이다. P지사를 3일 동안 다녀오는 길이었
다. 가는데 하루 오는데 하루 그리고 볼일을 하루로 넉넉하게 잡
은 것이다. 때가 한 더위라 항구인 P로 출장을 간다는 것은 괜찮
은 일이었다. 따분한 맴돌이 생활권을 벗어나 열차를 타고 최남단
까지 여행을 한다는 것, 또 웬만큼 여유만 있으면 바다에 한번 텀
병 몸을 담갔다 올 수 있는 것이다. 일요일도 한 달에 한 번 정도
놀고 번번이 여름휴가도 주지 않는 그의 회사 실정에서는 특별히
생각해서 휴가 겸해 보내는 출장이었다. 석에게는 이번 출장에 또
하나의 기대를 갖고 있었다. 그가 결혼하기 전 오랫동안 사귀어
오던 어쩌면 아내가 될 뻔한 연을 한 번 만날 수 있다는 것이다.
기차로 몇 시간이면 갈 수 있는 곳이지만 결혼한 지 5년이 지나
도록 한 번도 갈 엄두를 내지 못한 터다. 일요일이나 공휴일이나
뭐 전혀 시간이 없는 것은 아니었지만 그의 아내는 그를 해방시켜
주지 않았다. 저녁에는 꼭 시계 바늘처럼 도착되길 바라고 예고
없이 술에 떨어져 들어갈 때면 수난이 말할 수 없었다. 특히 외박
을 하고 올 때, 참 그런 때는 혼하지는 않은 일이긴 하지만, 어디
서 자고 왔느냐고 따지기 전에 J를 갔다 왔지요? 그렇지요? 마치
검사가 심문을 하듯이 따지고 들었고 끝내 알리바이를 찾아내고야
마는 것이었다. 아내가 그렇듯 남편을 독점하려는 노력은 참으로
기특하면 했지 나무랄 일은 아닌지 모른다. 그렇지만 결혼을 하고

182

는 매일 개미 쳇바퀴 도는 듯한 회사 출퇴근, 한 달에 한 번 정도의 극장 구경 또는 외식, 신정 연휴 때의 큰댁 방문 그런 되풀이를 하는 동안 구름이라도 잡을 듯하던 그의 이상은 가정이라는 우물 안의 개구리로 전락하고 만 것이다.

그런 것을 느낄 때마다 그는 J의 연을 생각했다. 서로 아무 계산 없이 무턱대고 좋아했다. 1주일에도 몇 번씩 편지를 하고 먼 거리에서도 자주 기차로 오르내렸다. J까지 기차로 바라다 주고 오기까지 하고. 그러던 것이 결혼 단계에 이르러 시답지 않은 이유로 양가에서 미적미적하고 있는데 현재의 아내가 상당히 현실적 무게를 가지고 나타났던 것이다.

연은 지금 수녀가 되어 있다. 천주교에 나가던 연은 석과 결혼이 이루어지지 않으면 수녀가 된다고 했지만 설마 그러기야 하겠느냐고 생각했는데 정말 수녀가 된 것이다. 수녀가 되었다는 풍문을 듣고 3년이나 세월이 흐르도록 한 번도 소식을 전하지 않은 채로 있는 터였다.

그런데 정말 이거 야단이다. 언제까지 이러고 있어야 한단 말인가. 주위는 어느새 짙은 어둠이 덮이기 시작한다. 오늘 중으로 서울까지 갈려면 지금 빨리 가도 될지 말지. 남은 교통은 택시가 있을 뿐이다. 그러나 택시야 합승이나 하면 몰라도 엄두도 낼 수 없는 일이고 그러나 저러나 방의 주인이 와야 할 텐데 큰일이다. 오늘 밤 집으로 가지 못한다면 아내는 분명 연을 만나고 온다고 단정할 것이고 밤새 이 남편의 행적을 저주할 것이다. 아내는 떠날 때도 몇 번씩이나 당부하였다.

"저, J에 들러 오면 안 돼요. 들러 오기만 해보세요."

"들러 오면 어떡할 테야?"

석이 웃으며 넌지시 떠보자 아내는 발끈해가지고 퍼부어대는 것이었다.

"아니 그래 뭣 땜에 거길 갑니까? 도대체 가서 뭘 어쩌겠다는 거예요. 이제 아이가 둘씩 딸렸는데 정신 차리세요. 좌우간 갔다만 와 보세요. 모든 건 끝장일 테니까요. 아시겠어요?"

"그래 그래, 누가 간다고 했나, 왜 이래?"

아내는 역에까지 나와서 당부했다.

"제 부탁 잊지 마세요. 제발 소원이에요. 그 사람도 그렇지 당신 같이 가정에 틀어박힌 사람을 기다리고 달갑게 여기겠어요? 안 그래요?"

떠날 때의 부탁은 전에 없이 부드러웠다. 그저 남편의 양심만 믿을 수밖에 없다는 듯이 간곡하게 말했다.

"그래 알았다니까, 당신은 날 그렇게 못 믿어?"

"정말이지요?"

"정말이 아니면."

"그렇담 저 정말 행복한 여자예요."

아내의 눈에선 눈물이 반짝 비치고 다음 말은 울먹이기만 했다.

"일요일 날 일찍 오세요. 저녁 해놓고 기다리겠어요."

차가 떠날 때는 이렇게 못 박아두는 것도 아내는 잊지 않았다. 그리고 열차의 꼬리가 사라질 때까지 홈에 서서 손을 흔들어 주었다.

석은 가물가물 사라지는 아내를 바라보면서 정말 그런 것이 행복인가, 연을 만나지 말까, P의 바다에 들어가는 대신 곧장 집으로 달려가서 아내와 나머지 시간을 보낼까도 생각하였고 그리고 아내를 데리고 P에 가서 하루를 보낼 수도 있는 일이라고 생각하였지만 올라올 때는 생각이 달라졌다. 그는 출장 업무를 마치고 남은 여비로 아내의 환심을 살 수 있는 멋쟁이 수영복과 잠옷, 아이들을 위해 기린, 물개, 하마 등의 매머드 장난감을 한 아름 사서 포장해 들었다. 그리고 J까지 표를 끊었다.

잠간 그저 한번 만나서 미안하다는 말만 하고 그리고 가급적이면 결혼을 하라고 권하고 싶었다. 원하면 자신이 중매를 서 주고 싶기도 했다.

수녀원은 J시내에서 교외로 시외버스를 타고 한참 가야 하는 곳에 있었고 버스를 내려서도 얼마동안 걸어가는 숲속이었다. 그는 아내의 수영복, 잠옷, 아이들의 장난감이 든 보따리를 들고 연을 만나기가 뭣해서 수녀원 입구인 이 가겟집에다 맡기고 간 것이다. 실은 그 가게는 길에 나앉은 데다가 소잡하였기 때문에 가게 옆에 있는 방에다 맡겼는데 그 사람은 하숙을 하는 사람이고 석이 들어갔다 나오는 동안 문을 잠그고 외출을 한 것이다.

주위는 완전히 어둠에 휩싸여 있다. 석은 다시 시계를 보았다. 8시 반이 지났다. 반까지만 기다려보자던 것인데…… 그는 더 참을 수 없어 벌떡 일어났다.

"저어 영감님, 더 기다릴 수가 없는데 어떡하지요?"

"글쎄 말입니다. 이 사람이 저녁 먹으러 안 오고 어딜 다닌단 말이야. 분명 친구들끼리 어울린 게야. 극장 구경이라도 갔는지 모르지. 참 답답한지고."

그러는데 아주머니가 저녁상을 차려 놨다고 알린다. 석은 아무 소리도 못 들은 사람처럼 얘길 계속했다.

"저 영감님, 이런 말씀은 드리기가 뭣합니다만 저 이러면 어떨까요?"

"어떻게요?"

"저, 영감님이나 아주머님 입회하에 장도리로 문을 좀 딸 수 없을까요?"

아까부터 하고 싶은 말인데 차마 그런 말을 할 수가 없었지만 하는 수가 없었다. 그런데 주인 내외는 아무 말이 없이 서로 바라만 볼 뿐이다.

"조그만 더 기다려 보시지요. 저녁때가 됐으니 오겠지요 뭐."

이번엔 아주머니가 말한다.

"지금 아홉 시가 다 돼 가는데 정말 더는 기다릴 수가 없어요. 지금쯤은 나가야 택시로라도 서울을 갈 수 있단 말예요."

석은 속이 터질 것 같은 것을 억지로 참고 말한다. 그리고 주인이 서둘러 주지 않으면 자신이 연장을 찾아서 문을 딸 수밖에 없다고 생각한다. 선물도 선물이지만 출장 서류를 그냥 두고 갈 수는 없는 것이었다. 그런데 영감은 이제야 뚱딴지같이 혹 비슷한 열쇠가 있는지 찾아보라고 아주머니에게 시킨다. 그러나 그와 비슷한 열쇠는 나오지 않고 옛날의 농 열쇠, 설합 열쇠 같은 것 밖에 찾아내지 못하였다.

이제 더 물어볼 것도 없이 눈에 띄는 송곳을 주워 들고 문 있는 데로 갔다. 그런데 알고 보니 자물통만 잠겼지 문고리는 잠긴 것이 아니고 건성으로 붙여져 있는 것이었다.

참 어처구니가 없는 일이었다. 석은 인사도 변변히 차리지 않고 달음박질 쳐 가다가 택시를 만나 잡아타고 역으로 달렸다. 그러나 오늘 서울 도착할 수 있는 모든 차는 이미 다 떠나고 11시 반에 떠나 내일 4시에 도착하는 심야 열차가 가장 빨리 가는 것이었다. 몇 번이고 시간표를 훑어보다가 역 광장으로 나가 택시를 잡아 보았다. 택시도 내일 새벽 일찍 간다는 것밖에는 없고 더 이상 아무런 교통수단이 없었다.

석은 금일중으로 그의 아내에게 가는 것은 포기할 수밖에 없었다. 그는 맥이 풀려 역의 시간표를 다시 확인하고 어디 좀 걸터

앉으려는데 그가 엉덩이를 걸칠 만한 자리는 아무 데도 없다. 밤차 시간을 기다리는 여객들도 많았지만 의복에서 악취를 물씬물씬 풍기는 걸인 노숙자들이 앉기도 하고 들어 눕기도 하여 대부분의 자리를 차지하고 있어 그들 사이엔 조금 틈이 있어도 비집고 앉을 생각이 나지 않았다. 그런데 한쪽 구석에서는 걸인 부부가 얼굴을 맞대고 아니 얼굴이라기보다 입과 입을 맞추고 단잠을 자고 있어서 사람들의 시선을 끌었다.

사랑이란 무엇일까. 행복이란 무엇일까. 석은 너덜너덜한 옷에 전신에 때가 더덕더덕 붙어 있고 부스럼투성이인 걸인 부부를 바라보며 그의 집 폭신한 이부자리를 깔고 저녁 화장을 하고 기다릴 아내를 떠올린다. 아내의 말마따나 참으로 행복할 것을 괜한 그의 동요로 아니 반란으로 하여 불행을 자초한 것이다. 사실 연은 안 만나는 것이 나았을는지 모른다. 그가 미안하다고 하자 연은 정색을 하며 그를 나무랐다.

"제가 선생님 때문에 수녀가 되었다고 생각하지 마세요. 저는 제가 가고 싶은 길을 가는 것이니까요. 가물가물하게 다 잊혀져 가는 기억을 이렇게 오셔가지고 일깨워주시는군요."

흰 수녀복에 노출된 얼굴과 목과 손과 그리고 전신이 정결하고 성별聖別된 성처녀임이 느껴지는 연의 모습은 차기만 했다.

"제가 공연히 왔군요."

"한 번 꼭 보고 싶긴 했어요. 이렇게 오시는 것 말고 먼발치로 말예요. 괜찮으시다면 한 번만 더 오세요."

연은 무척 서글프게 말했다. 석은 그런 연을 정면으로 바라보지 못했다.

"언제 올까요?"

"저의 장례식 때요."

석은 부르르 몸서리를 치며 시계를 본다. 아직 차 시간은 한동 안 남았다. 그는 갑자기 공복감을 느껴 역전에 나가 요기를 하고 보따리를 챙겨 들고 대합실을 나서는데 뻠프들이 몰려온다. 쉬었 다 가세요. 놀다 가세요. 그 속을 뚫고 나와 석은 마음속으로 뇌 인다. 내일 네 시에 서울역에서 택시를 타면 곧 집에까지 갈 수 있다. 그때쯤 그를 기다리다 늦게 눈을 붙인 아내는 한밤중일 테 지. 아내를 껴안고 늦잠을 자야지. 그런 아내를 위하여 하루쯤 지 각을 하면 어떤가 말이다.

그리고 석은 차에 올라 자리를 잡으면 병술을 한 병 사서 마셔 두자고 생각한다.

이윽고 개찰이 시작되고 멀리서 졸리는 듯한 긴 열차의 경적소 리가 들린다.

첫사랑

그날 뜻밖에도 면의 전화를 받고 나는 성혜의 모습이 먼저 떠오르는 것을 어쩔 수 없었다. 그 오만하고 방자하던 그런가 하면 매혹적이고 뇌쇄적인 그 눈길, 그리고 마지막으로 본 해사한 얼굴의 엷은 미소가 떠오르고 그런 연막 저쪽에서 키가 후리후리하고 콧날이 날카로운 면이 눈웃음을 치고 있는 것이었다. 나는 두 사람을 한동안 잊고 있는 터였다. 대학 동창인 면은 졸업 후 자기 향리에서 취직을 하여 2, 3년에 한 번씩 주소도 없이 이름만 박은 연하장을 보내오다가 2년 전인가 청첩장을 보내오고는 소식이 끊긴 채이고 성혜는 얼마 전 먼 길을 떠나 버린 것이다.

"아니, 언제 올라왔나? 지금 어디 있어? 무슨 일로 왔지?"

나는 반갑기도 하고 궁금하기도 해서 한꺼번에 물어 대었다.

그는 온 지 두어 달 된다는 것이었다. 전근을 온 것인데 아직 이사도 못 와서 하숙을 하고 있다고 했다.

그런데 왜 인제 연락을 하는 거냐? 아이가 몇이냐? 무슨 일을 하고 있냐? 나는 되는 대로 물어 대다가 저녁에 만나자고 약속을 하였다.

면이 근무하는 회사 빌딩의 지하 다방에 둘 다 비슷한 시간에 당도하였다. 서로 다방 안을 두리번두리번하다가 만났다. 10여 년 만에 만나는 것이지만 서로 얼른 알아차릴 수 있었다. 두 사람은 손을 불끈 잡고 한동안 흔들어대느라고 앉을 줄도 몰랐다.

레지의 권유로 자리를 잡고 앉아서도 면이 손을 내밀어 악수를 더욱 힘껏 하였다.

"이놈아, 너 결혼할 땐 내가 불원천리하고 찾아왔었는데 형님 결혼 때는 축전 한 장으로 때우기냐?"

면은 그렇게 서운했던지 만나자 바람으로 따지는 것이었다.

"왜, 긴 편지도 한 장 했지."

"뭐가 어째?"

면은 나의 멱살이라도 잡을 듯이 대어들다가 시무룩하여 말한다.

"하긴 그 편지 고마웠다. 내가 받아본 편지 중에서 제일 부피가 큰 것이었다. 웬만한 소설 한 편 분량은 될 걸. 처음엔 그 편지 때문에 와이프하고 다투기까지 했지만 따지고 보면 언젠가는 털어놓아야 할 것을 내 눌변으로 얘기하는 것보다 네가 미끈한 문장으로 내 부질없는 장난들을 미화시켜 놔서 멋진 과거를 가지게 되었지. 넌 나를 너무 과대평가했어."

"그랬었던가? 다행이군! 그래 결혼 생활이 재미있나?"

내가 화제를 바꾸었다.

"재미? 글쎄, 재미가 있으나 없으나 할 수 없는 거지 뭐."

"무슨 대답이 그래"

"넌 재미 좋으니?"

"나? 나도 뭐 그래."

두 사람은 이구동성으로 소리내어 웃었다. 그리고 동창들의 이름을 기억나는 대로 주워대며 누구는 뭘 하고 누군 언제 만났었고, 얘기를 했다. 대학교수, 회사 사장, 중앙관서의 국장급, 정치를 하겠다고 출마한 친구도 있었다. 그리고 나처럼 박봉에 허덕이는 친구도 적지 않고 무엇을 하는지 전혀 소식이 두절된 친구들도 많았다.

"저어 정수 소식 들었나?"

정수는 한 해 후배인데 무척 따르던 친구다.

"모르겠는데, 월남 갔다는 소식이 있었는데."

"월남을 가?"

"오래 전 얘기야, 왜 그래?"

"그 친구가 시골 나 있는 데서 1년 넘어 고생을 했잖아. 내가 좀 봐줄 수도 없는 처지고, 밤낮 술이나 사줬었는데 간다 온다 소식도 없잖아? 어떻게 미안한지, 조그만 참았으면 내가 좀 편하게 있게 해 줄 수가 있었었는데……."

못내 아쉬운 표정을 지으며 면은 지금 계장으로 있는데 곧 궐석인 과장 자리에 앉게 될 것이라고 한다. 그는 조그만 출판사에서 일하는 나보다 훨씬 많은 월급을 받으면서도 죽을 지경이라고 한다.

"그러나저러나 너 참 많이 변했다. 목소리도 변하고 말투도 변하고 몸도 나아졌다."

면은 나를 아래위로 훑어보며 말한다.

"변했지, 그 좋아하던 술도 끊고, 뒷골목 출입도 금하고 편지하는 것도 잊어버렸지, 인생관도 많이 달라졌어."

"어따, 이거 왜 이렇게 없던 엄살이 나오나, 정말 달라졌는데."

"엄살이 아니야."

"여러 소리 말고 일어서, 돈은 내게 있으니까 존 데로 안내나 해."

면은 레지에게 차 값을 미리 쥐어주며 나를 끌어 일으킨다.

"아냐, 그런 게 아니고 정말 술은 끊었어. 어디 가서 저녁이나 하자."

"하아, 이 친구 형편없이 되었는데, 그래 가지고 무슨 시를 쓰고 인생관을 들먹거리고 하나?"

면은 버럭 화까지 내며 말하는 것이었다.

나는 좀 겸연쩍은 듯이 씩 웃고는 시도 별로 쓰고 싶지 않아서 안 쓴다고 했다. 나는 건강상의 이유 경제적인 것 그리고 시답잖은 여러 가지 이유로 하여 술을 절제해 왔고 최근엔 거의 안 했다. 그러나 면과 같이 오랜만에 만나는 앞에서는 발을 뺄 수가 없는 것이다. 그런데 이왕 갈 것이면 직장에서 거래하는 집으로 데려가려 했지만 그는 그렇게도 못하게 했다. 좋은 집이 있다면서 어스므레한 명동의 골목길을 몇 바퀴나 뺑뺑 돌면서 찾다가 네온 간판이 휘황하게 번득이는 맥주 집으로 끌고 들어가는 것이었다.

입구부터가 밴드 소리가 굉장히 시끄럽고 양탄자가 깔린 길목에는 대여섯 명의 정장을 한 안내원이 굽신굽신 절을 하며 맞아들인다. 장내는 캄보밴드가 온통 흔들어 대고 앳된 여가수가 목쉰 소리로 춤을 추면서 목청껏 소리를 질러댄다.

면은 생각보다 무척 술값이 싼 곳이라면서 어느 사이 사귀어 둔 아가씨를 찾아 술을 따르게 한다. 그리고 실은 그도 옛날처럼 그렇게 마시지는 못한다고 솔직히 말하는 것이었다.

나는 별로 마시고 싶지 않은 술이었고 객지 생활이나 다름없는 면에게 끌려 와서 얻어먹게 되어 통 받지를 않았다. 술값이나 적으면 끌려왔더라도 나갈 때 한 발 앞질러 값을 치르면 되지만 아예 그런 엄두는 낼 수도 없을 것 같다. 전에도 늘 그랬다. 언제나 돈을 내는 쪽은 면이었다. 그럴 때마다 앞으로는 내가 살 때도 있을 거라고 생각을 했었다. 그렇게 생각하고 하나도 미안함을 가지지 않았다. 어쩌면 그것은 그에게 보여진 나의 성격인지도 모른다. 실컷 술을 얻어마시고도 갈 때는 차비 좀 달라고 태연히 손을 내밀고 이튿날보다 다음날도 아무 일도 없었던 것처럼 전날의 얘기를 끄집어 내지 않는, 그런 것을 면은 또 좋아한다고 했다. 실례를 했다느니 결례를 했다느니 실언을 많이 하지 않았느냐느니, 그뻔한 얘기를 물어서 무얼 하고 알아서 무얼 하느냐는 얘기였다.

나는 여전히 같은 입장인 것을 생각하고 서글프기보다 미안하게 생각했다. 그러나 그런 말을 했다간 그의 타박을 맞거나 빈축을 살 것이 틀림없으므로 참았다.

술이 몇 잔 돌자 면은 그때를 기다리기나 했던 것이 성혜를 묻는 것이었다.

"걔는 요즘 어떻게 지내지?"

성혜는 많은 클래스메이트들이 쫓아다녔지만 그중에서도 면이 가장 열렬히 접근하여 결국 깨어진 터인 것이다.

나는 예상 않은 것은 아니지만 가슴이 섬뜩하여지며 그에게 잔을 건네주었다. 아가씨가 냉큼 술을 따른다.

"소식 못 들었나?"

나는 그의 의중을 떠보느라고 물었다.

"전혀."

그는 아주 냉담했다. 정말 아무것도 모르는 눈치다.

"결혼한 건 알지?"

"그거야 알지. 나도 그때 갔었는걸!"

"그래? 내가 못 본 것 같은데⋯⋯."

"멀찌감치 서 있었지. 훠리 화이브를 차고."

"그랬어? 그렇지, 그때가 군에 있을 때였지! 그런데?"

밴드 소리가 몹시 시끄러워 서로는 큰소리로 말하여야 했다. 나는 그의 침울한 표정을 파보며 물었다.

"뭐 얘기하고 싶지 않아."

면은 시무룩하게 앉아서는 술만 마신다. 나도 따라서 술을 몇 모금 마셨다. 그리고 두 사람은 몸을 비틀며 노래를 부르고 있는 남자 가수를 바라보았다. 가수는 핫팬티를 입고 무용을 하는 여러 아가씨들에 둘러싸여 영어와 우리말이 섞인 가사의 노래를 부르는 것이었다.

한참 그 장단에 발을 구르던 면은 나에게 잔을 건네준다. 희미한 불빛 아래서 두 시선이 마주쳤다. 나도 그에게 잔을 건네었다.

"쏘지 못한 것을 후회하나?"

"후회는 뭘."

나는 고개를 끄떡였다.

"결혼 생활이 행복한 모양이군!"

"행복하긴."

"결혼을 하니까 다 잊혀지잖아?"

그는 술을 단숨에 들이마시고는 나에게 또 내민다. 새로 날라져온 병에서 아가씨가 따라준다.

면은 눈을 감고 몸을 흔들흔들하면서 말한다.

처음 얼마 동안 그는 결혼 같은 건 생각도 않았지만 정말 기적과 같이 성혜와 비슷한—실은 성혜보다 훨씬 예쁜—얼굴의 여인을 발견하여 갑자기 결혼을 한 것이고 시골에서 눌러 살며 서울 왕래를 끊었다는 것이다. 그리고 그녀의 얼굴과 몸 전체에 성혜의 환영을 덮어서 살았고, 또 그렇게 살 것이라고 한다.

이 무렵 밴드가 자리잡고 있는 무대 앞부분에서는 속이 다 비치는 핑크 드레스를 입고 나온 글래머의 여인이 춤을 추다가 이윽고 드레스를 벗어 던지고 알몸이 되어 밴드에 맞춰 몸을 비틀면서 숨

가쁜 춤을 추는 것이었다. 온 장내의 시선이 쏠리는 그 곳을 두 사람도 넋을 잃고 바라보다가 잔을 들었다.

나는 두세 잔만 하려고 했는데 벌써 여러 잔 하여 꽤 오르는 것이었다. 그래 혀 꼬부라진 소리로 말했다.

"아직도 성혜를 잊지 못하고 있군!"

"저주하고 있지."

"저주하는 것은 사랑하는 거야. 잊어야 해. 무관심해야지."

면은 그 말에 동감인지 아무 말 않고 술을 한 잔 더 들이키더니 또 나에게 잔을 주며 빙그레 웃는다.

"왜 사랑을 하면 안 되나?"

그 소리는 볼륨을 잔뜩 높인 연주소리 때문에 들릴락말락하였다.

"첫사랑은 그것으로 끝나야 해. 첫사랑이 매일 바가지를 긁는다고 생각해 봐. 그것처럼 진절머리 나는 사랑이 어디 있겠나? 그렇게 생각하면 성혜가 너의 첫사랑으로 끝난 것은 더할 수 없이 행복한 거야."

"역시 시인이라 다르군!"

그러자 옆에 서서 술을 따르던 아가씨가 눈을 반짝 빛내며, 아, 시인이시냐고 어쩐지 좀 다르다 했다면서 이름을 물어댄다. 면은 나의 이름을 대어 주려다 내가 눈살을 찌푸리자 말을 바꾼다.

"그럴는지도 모르지. 하지만 잊혀지지가 않은 걸. 몇 년째 서울 발령을 사양하다가 이번엔 받아들였어. 성혜가 보고 싶었는지도 몰라. 그러나 아직은 안 돼. 이런 상태로 만나고 싶진 않아. 그런데 내가 두 달 동안 꽤 돌아다녔는데 아는 사람이라곤 하나도 못 만났어. 성혜와 마주치는 건 싫지만 먼발치라도 한 번 보고 싶었는데 도무지 치마꼬리도 구경할 수 없더군! 서울 바닥은 정말 넓은 곳이야. 참 아이는 낳았나?"

면은 한참 얘기하다가 갑자기 생각난 듯이 물었다.

"낳을 뻔했지."

나는 무슨 말을 하려다 역시 접는다.

"좌우간 그 아이가 문제였어."

"나와 얘기할 때도 늘 아이는 갖기 싫다고 했었는데……."

"그러는 것이 좋을 뻔했어."

"뭐가 그렇게 미지근해. 좀 자세히 얘기해 줄 수 없겠나?"

나는 고개를 저었다. 이 시끄러운 곳에선 그만 얘길 하고 다음 언제 조용한 곳에서 계속 하자고 했다.

면은 너무 흥분한 모습을 보이기가 싫어서인지 그것도 좋다고 조르지 않는다. 대신 술을 권한다. 그렇게 또 몇 잔 더 마시고 두 사람은 일어섰다. 그리고 차 타는 곳에서 자주 만나자고 만날 때처럼 굳게 악수를 하고 헤어졌다.

나는 잔뜩 취해서 텅 빈 버스에 흔들려 집으로 향하면서 다음에 만나서도 성혜 얘긴 해주지 않으리라 생각한다. 그의 첫사랑에 검은 테를 씌워줄 필요가 없기 때문인 것이다. 면은 어쩌면 두 달 동안 이 서울 바닥에서 아무도 아는 사람을 만나지 못한 것처럼 아이를 낳다가 죽은 성혜의 소식을 20년 동안이라도 못 듣고마는, 그런 기대가 들어맞을지도 모른다는 생각이 드는 것이었다. 아주 오랜 뒤에까지 그것을 모르고 있다면 그때 나는 풀이 수북한 그녀의 무덤으로 데리고 가리라. 그리고 그때쯤 나도 마음속으로 그녀를 무척 사랑했었다는 얘기를 털어놓아도 좋으리라고 생각하였다.

그런 구름 속 같은 환상에 사로잡혀 나는 정말 오랜만에 시를 한편 쓰고 싶은 충동을 느꼈다.

변모

차의 홍수, 사람의 바다다. 오후의 러시아워다. 그 많은 사람들은 어떤 극장이 파해 우우 쏟아져 나온 듯이 와글와글 웅성웅성 이리 몰리고 저리 쏠리고 한다. 마구 부딪치고 밟히고 밀리고 그리고 뚝 막히기도 하고, 태현은 그 인파 속에서 연방 시계를 들여다보며 걸음을 재촉하였다. 6시 약속시간이 20분이나 지났고 아직도 길을 두 개나 더 건너야 하는 것이다. 택시를 탔으면 되는 것인데 그리고 조금만 더 일찍 출발을 했으면 되는 것인데 정각에 도착되게 출발을 한 것이 길이 막혀서 그렇게 되질 못하였다.

오늘 서울에 있는 동창들이 모이기로 된 것이고 그가 그 연락을 취했다. 서울 시내만 있는 것이 아니라 하나는 인천에 있고 하나는 의정부에 있는데 그들도 다 오라고 엽서를 하여 다 모이면 예닐곱이 되는 것이다. 태현은 그 동창들의 모습을 하나하나 그려보며 마구 사람들 사이를 비집고 나갔다. 마음은 뛰고 있는데 도무지 몸이 빠지질 않는다. 한 10분 전이나 그보다 좀 더 일찍 나가서 기다렸어야 할 텐데 그들에게 정말 미안하게 생각되었다. 누구보다도 그가 한가한 편이어서 주선을 한 것인데 이렇게 늦었으니 참으로 면목이 없게 되었다.

마구 헐떡거리며 약속한 다방 문턱에 들어간 것은 6시 25분이 지나서였다. 태현은 이마에 흐른 땀을 훔치며 넓은 다방 안을 두리번두리번 찾았다. 돌아앉은 사람도 있고 신문을 보는 사람도 있고 얼굴을 맞대고 이야기하는 사람도 있고 해서 얼른 찾아낼 수가 없었다. 몇 바퀴고 빙빙 돌면서 찾았지만 낯익은 얼굴을 발견하지 못했다.

그런데 그동안 몇 번 만난 친구도 있지만 인규는 20년 동안 한 번도 못 만났으니 알아볼 수 있을지 모르겠다. 그동안 강산이 두 번이나 변하는 세월에 얼마나 변모했는지 알 수가 없는 것이었다. 굉장히 뚱뚱보가 되어 있을 것도 같고 형편없이 말라깽이가 되어 있을 것 같기도 했다. 그래서 태현은 안규의 옛 모습을 더듬어서 조금이라도 비슷한 것 같으면 가서 물어보았다.

"혹시 박인규 씨 아니신가요?"

그러나 모두들 고개를 흔들었다. 그는 구석구석까지 두 번 세 번 뒤지고는 후우 한숨을 쉬며 자리를 잡고 있었다. 빈자리도 없어서 다른 사람이 앉은 앞자리에 양해를 구해서 앉은 다음 시계를 들여다보았다. 6시 반이 넘었다.

이거 어떻게 된 건가.

벌써 모여서 어디로 간 건가, 생각이 들기도 했다. 그래서 벌떡 일어나 메모판에 가서 자기 이름을 훑어보기도 했다. 그런 것도 없었다.

그래서 그는 운식이에게 전화를 걸어보았다. 이 모임은 사실 운식이가 발의를 한 것이고 이 다방은 그가 근무하는 ××부 청사 바로 옆에다 정한 것이다.

운식이는 전화를 받았다.

"미안하다. 어떻게 많이 왔어?"

태현은 다 왔다고 했다.

그러자 운식은 누구누구 왔느냐고 묻는다.

"너만 안 오고 다 왔어."

"거짓말 말아. 안규는 일이 밀려서 7시나 돼야 나온다고 전화를 했던데. 나도 아직 한참 있어야 끝나겠어. 조금 기다려. 그런데 정말 누구 누구 왔어?"

"다 왔다니까 다른 사람은. 병수도 오고 한석이, 성범이, 택구, 다 왔어."

"그래? 내 빨리 가도록 할 테니께 조금만 기다려."

"빨리 와."

태현은 이번에는 비닐 도매상을 하고 있는 택구에게 전화를 걸었다. 그도 역시 아직 자리에 앉아 있었다. '사장님 전화 받으세요.' 하고 바꿔 준다.

"아니 뭘 하고 있어 빨리 안 오고."

태현은 화를 버럭 내었다. 그러자 택구는 정말 바빠서 도저히 빠져 나갈 수가 없다고 하며 전화 오길 기다리고 있었다고 한다. 어디 가는 곳을 얘기하면 그리로 오겠다고 했다.

태현은 다시 전화하겠다고 하고 끊었다. 맥없이 자리로 가서 앉았다.

충청도 산골에서 초등학교를 나온 그들이 한 서울에 살고 있는 것을 얼마 전까지만 해도 서로 모르고 있었다가 일전 운식이가 시골에 다녀오는 길에 연락처를 알아서 오늘 그들을 한자리에 모이도록 연락을 한 것이다. 운식이, 택구 그리고 성북구의 C동회에 근무하는 안규, 인천에서 무슨 유리회사에 다닌다는 병수, 의정부에서 미군 부대에 근무한다는 학선이, 영등포에서 장사를 하는 성범이……. 태현은 다른 사람은 5년 전에도 만난 적이 있고 10년 전에도 만나고 1년에 몇 번씩 만나는 친구도 있지만 안규는 초등학교를 나오고 한 번도 만난 적이 없었다.

그런데 7시가 지나도록 아무도 오지 않았다. 태현은 운식이에게 전화를 다시 걸었다. 운식은 정말로 이제 곧 간다는 것이었다. 잡지사의 기자로 근무하는 태현도 바쁘긴 하지만 퇴근 시간은 크게 구애받지 않는데 무척들 일이 바쁜 모양이다.

운식은 그러고도 한참 지나서 왔고 조금 후에 안규가 두리번거리며 들어왔다. 수염도 깎지 않아 구레나룻이 거무스레하고 철이 지난 텁텁한 잠바를 걸치고 있는 안규는 얼른 알아차릴 수 있었다. 그래서 태현이 먼저 알아차리고 일어서서 손짓을 했다.

서로 커피를 하여 많이 변했다느니 하나도 안 변했다느니 얘기를 하고 요즘 참 일이 많아 죽을 지경이란 얘길 했다. 그런데 8시까지 얘기를 하며 기다렸지만 다른 친구는 오지 않았다.

"자 안 오는 모양인데 일어서서 대포나 한 잔 해야지."

운식이 일어나며 말한다. 원래는 회비를 얼마씩 받기로 했지만 이렇게 되니 그런 기분이 되질 않았다. 혹시나 해서 가는 곳을 메모지에 써서 꽂아 두고 택구에게 그곳으로 오라고 전화를 걸었다. 그리고 찻값은 태현이 내었다.

대폿집은 다방에서 얼마 떨어지지 않은 곳에 있었다. 거기도 사람이 꽉 들어차 있다. 한참 서서 서성거려서야 네 사람의 자리를 얻어걸리었다.

운식이가 이것저것 안주를 시키고 술을 가져오라고 하여 입에 착 들어붙는 청주를 내왔다. 두어 순배 돌자 혀가 착 꼬부라지는 것이었다. 그리고 얼마 안 되어 택구가 택시를 잡아타고 달려 왔다. 그 산골 초등학교 동기동창 가운데 대학을 나온 사람이 이 넷 밖에 없는 것이었다. 그래서 각각 다른 대학을 나오긴 했지만 동창이나 같은 생각을 갖고 있었다.

두 반 백 여 아이들 가운데 그들만이 대학을 나온 데는 공부도 잘했고 살기도 괜찮았다. 뭐 꼭 그런 것도 아니던가. 태현은 그렇게 잘 살지도 않았고 운식은 공부가 시원찮았었다.

그중에서도 안규가 제일 잘살았고 공부도 늘 수위 그룹이었다.

술이 여러 잔 돌자 그들은 초등학교 때(중·고등학교는 서로 뿔뿔이 헤어져 다녔다.) 누가 공부를 잘했고 누가 더 가을운동회 때 잘 뛰었고 6학년 때나 5학년 때 담임과 누가 더 친했었다고 얘길 해대었다. 그리고 서로 좋은 대학을 나왔다고 자랑을 해대었다. 중학교 고등학교 얘기를 끄집어내어 자랑을 하기도 하고 서로 잘했다는 것이었고 좋았다는 것이었다. 그리고 각자 다 잘한 것 같고 그렇지 않더라도 그것이 그렇게 불쾌하지 않아 웃고 떠들고 하였다.

그러다 직장얘기가 나왔다. 그리고 ××부에 과장으로 근무하는 운식은 기고만장이었다. 뭐니뭐니해도 자기 출신 면에서 가장 지위가 괜찮다는 것이다. 그리고 아무도 그 얘기에는 쌍지팡이를 짚고 나서지를 않았다.

특히 안규는 풀이 팍 죽어서 멀거니 술잔만 내려다보고 있었다. 그는 고시 공부를 한다고 대학 나온 후 십여 년 동안 계속 절에서 책만 들여다봤었다. 중. 고. 대학 다니느라고 그 택택한 살림이 기울게 되었고 그 10년 동안에 또 많이 축을 내었다. 부모까지 상을 당한 금년에야 그는 절에서 나와 서울로 올라왔고 5급 공무원 시험을 쳐서 발령을 받은 것이다. 자신이 벌어서 공부를 하겠다는 결심에서였다. 그런데 초등학교 때 아무 존재도 없었던 운식이가 까마득한 자리에 앉아 있다고 생각하자 공연히 공무원 시험을 쳤다 싶은 것이었다. 운식이에게 처음 전화가 걸려왔을 때 그렇게 느꼈고 두 번째도 그런 생각이 드는 것이었다.

하지만 그는 사법 시험만 패스하면 누구보다도 앞설 수 있다고 입술을 깨물며 잔을 들었다.

"술 먹고 싶으면 전화 걸어. 내 좋은 술은 못 사도 이런 술은 얼마든지 사줄 수 있어."

운식은 안규에게 말한다.

"그래 그래."

안규는 안주를 한 입 우물거리며 대답했다.

"자 오늘 실컷 한 번 사 봐라."

태현이 안규에게 잔을 건네며 말했다. 그런데 이번엔 택구가 자기 사업 자랑을 한참 늘어놓다가 오늘 세금을 꼭 180만원을 냈다는 것이었다. 그 세금을 깎느라고 그렇게 늦었다고 하면서 그리고 그는 이제 자기가 살 테니 일어서자고 한다.

"세금을 다 긁어주느라고 현찰은 없어. 내가 긋는 데로 갈 테니까, 팁은 각자 책임져야 해."

그들은 좋다고 일어섰다.

다른 친구들은 안 오는 모양이었다. 안 오는 것이 아니라 못 오는 것인지 몰랐다.

운식은 제일 뒤에 나오면서 술값을 치렀다.

택구의 안내로 간 곳은 문부터가 자동으로 스스로 열리고 층층대에 붉은 양탄자가 쫙 깔려 있는 그리고 내부가 궁전같이 으리으리한 맥줏집이었다.

그들이 자리를 잡자 또 공주같이 예쁜 여인들이 팬티보다 짧은 스커트를 입고 마치 새가 날아와 앉듯이 그들의 옆에 와서 앉았다.

술이 푸짐히 날려져 오고 안주가 시켜졌다. 그들은 한참 술잔을

202

기울였다. 그러다 얼마 후 택구는 맘껏 시키라는 말을 남기고 자기 옆의 여자를 데리고 앞으로 나가 춤을 추었다. 밴드석 앞으로 많은 남녀가 끌어안고 춤을 추고 있었다. 이어 운식이도 자기 여자를 데리고 나가고 태현도 출 줄 모르는 춤을 추었다. 그러나 안규는 도무지 자신이 없는지 그냥 앉아서 밴드 소리에 발을 구르기만 하고 있었다. 더러 주위를 두리번거리기도 하고 시계를 들여다보기도 하고 그들은 한참 춤을 추다가 와서 술을 마시다가 화장실엘 여자랑 같이 들랑날랑하다가 다시 춤을 추고 또 마시고 하였다.

"그래 요즘 어때?"

택구가 태현의 앞에 앉으며 묻는다.

"뭐 매일 그래."

"월급이 좀 올랐지?"

그와는 가끔 대포를 하여 서로의 사정을 잘 알았다.

"뭐 오르기야 오르지. 그런데 난 택구가 세금 내는 만큼도 못 버니 어디 살겠어?"

"왜 또 엄살이여? 큰소리만 텅텅 치더니."

"뭐 달라고 안 할팅께 염려 붙들어 놔."

술이 들어가자 시골 사투리가 나왔다. 아니 고향 친구들을 만나니까 그런 모양이다.

"고 깐죽거리는 건 여전하단 말여."

"신(흰) 개꼬리 10년이 되면 검어지는가베."

"10년이 아니고 20년이여……."

다른 친구들도 한 마디씩 거들었다. 사실 뭐 태현은 엄살을 부리는 것도 아니고 깐죽거리는 것도 아니었다. 그저 돈도 못 벌고 좋은 집에도 못 살고 지위도 하나 가진 것도 없는 잡지사의 평기

자이지만 한 번도 택구를 부러워한 적이 없고 운식을 부러워한 적
도 없었다. 돈이나 재력을 부러워하지 않는다는 것이 아니라 가끔
자랑처럼 하는 취리取利의 방법에 대해서 동의를 하지 않는다고
할까, 호감을 갖지 못하는 것이었다.

그래서 만나서 술을 해도 같이 내고자 하고 한 번 얻어먹으면
한 번 사고 물론 그 규모는 어떨지 모르지만, 그런 면으로 밀지고
싶지 않았다.

"자 맘놓고 들어."

택구가 잔을 태현에게 준다. 아가씨가 술을 따른다.

"뭐 하루 장사 안 한 셈 대면 되니께, 맘껏들 처잡솨봐여."

"하하하하……."

"호호호호……."

일제히 폭소를 터뜨렸다.

그런데 뭐 꼭 돈이라든지 하는 것보다 무언가 여유가 있고 호기
가 있는 모습이 스타임을 자처하고 또 그것을 누구나 인정을 하였
다.

택구는 다시 그의 아가씨를 데리고 화장실엘 가고 나가서 춤을
춘다.

태현은 안규에게 같이 나가 춤을 추자고 했다. 그러나 안규는
안주를 열심히 집어먹으면서 고개를 흔든다.

"난 술 마시며 구경하는 게 더 좋아. 어서 나가서 춰 봐."

그러며 그는 웃음을 흘린다.

태현은 그에게 술을 자작 가득 따라 주었다. 그러자 그는 또 자
신의 잔을 태현에게 따랐다.

태현은 조금 전부터 안규의 얼굴을 빤히 파보고 있었다. '스타'
와 '구경'이 연결시켜 주는 기억이 떠오를 듯 말 듯 하여 그것을

잡으려는 직업의식이 발동을 한 것일까. 좌우간 그가 주머니 속에 넣고 있던 몇 장의 극장표-취재부에 있는 그에게 가끔 시사회 초대권이 부쳐져 오는 것이다-생각이 나서 그것을 꺼내어 안규에게 줌으로 해서 발전이 되었다.

"자, 시간 있으면 가서 구경이나 해. 부인과 아이들이랑 같이."

태현은 아이가 몇이냐고 묻는 대신 서너 장 든 봉투 채로 안규를 주었다. 그 표를 옆에 있는 그의 아가씨에게 두 장을 **빼앗겼지**만, 안규는 참으로 귀한 선물처럼 고맙다고 하며 받는 것이었다.

"극장 구경이야 안규가 선수지."

옆에 있던 운식이가 말하며 술을 권한다.

그러자 세 사람은 다시 웃음을 터뜨렸다. 사실이 그랬던 것이다.

태현은 극장 구경이 아니고 영화 구경이라고 혀 꼬부라진 소리로 정정을 하다가 다시 그에게 술을 따랐다.

"맞았어, 연애 대장이었지!"

그는 까까머리로 극장엘 여러 번 가서 걸리었고 그것도 번번이 여학생과의 동반이어서 몇 번 정학을 맞았고 학교를 다니느냐 못 다니느냐 하는 심각한 문제에 이르기도 했다. 그러나 여드름이 터실터실 난 연애 대장 안규를 부러워하지 않는 사람은 없었다. 그는 풍운의 스타였던 것이다.

운식이도 어느새 나가 춤을 추느라고 정신이 없다.

"그런데 정말 그 때 어떻게 됐던가?"

서로 학교가 달랐고 오래 되어 기억이 없었다.

안규는 수줍은 듯이 웃기만 하다가 쥐고 있던 봉투를 주머니 속에 넣으며 말한다.

"좌우간 학교가 덜썩덜썩 했지. 학교를 택할 것이냐 연애를 택할 것이냐고 그러데? 그래 무엇을 택했을 것 같애?"

"그야 후자였겠지."

"그런데 집에서 통과가 돼야지."

"될 리가 있나?"

"경계가 삼엄했고 강제로 조혼을 해야 했고 우격다짐으로 법과를 갔고……. 그래 가지고 고시 공부를 했으니 뭐가 되겠어?"

"아마 연애에 꼴인이 됐더라면 더 안 되었을 거여."

"그럴까?"

"하하하하……."

"하하하하……."

서로 웃었다.

태현도 곧 그의 아가씨에 끌려 나가고 자리에는 왕년의 연애 대장이었던 안규만이 정말 그들이 춤추는 것을 구경하며 술을 마시었다.

이윽고 파할 시간이 되어 장내가 수런수런해졌다. 그들도 다 술이 취할 만큼 취해서 가자고 하였다.

택구는 자기 여자 보고 돈이 없다고 다음에 준다고 하며 상당히 많은 액수가 적힌 계산서에 찍찍 갈겨 사인을 하였다. 그러자 운식은 적어서 미안하다고 하면서 그와 춤을 추던 아가씨에게 지폐를 몇 장을 꺼내 준다. 아가씨가 적다고 투덜대어 조금 더 준다.

태현은 아무래도 불안하고 위협이 느껴져 한 발 앞서 조금 줘서 다른 자리로 보냈던 것이다.

그런데 안규도 얼만지 꺼내서 그의 여자에게 이것밖에 없다고 하며 주자, 여자는 뭐 이런 남자가 있느냐고 눈을 잔뜩 흘겨댄다. 어리둥절한 안규는 그의 여자를 데리고 저쪽 구석으로 간다. 그리고 얼마 있다 돌아왔다.

"어떻게 해결됐어? 모자라면 말해."

운식이가 걱정스레 물었다.

"됐어 염려 마."

안규는 씁쓰레한 웃음을 지으며 말했다.

그들은 일어섰다. 한 달에 한 번 정도 만나자고 하면서 차 타는 곳에 와서 서로 비틀거리며 악수들을 나누었다.

"갈 수 있겠어?"

태현은 안규에게 물어보았다. 그리고 운식이도 걱정이 돼서 물었다.

"차비 있어?"

"아 글쎄 내 걱정 말아. 염려 없어."

그러면서 그는 태현의 손목을 끌어당겨 시계를 쓱 훔쳐보는 것이었다.

기자인 태현은 얼른 그가 왜 그러는가를 알아 차렸다. 그리고 오늘 제일 적게 돈을 쓴 그는 택시를 하나 잡아서 싫다고 빠져 달아나려는 안규를 밀어넣고 갈 만큼 차비를 주었다. 그리고 그러다 보니 자신도 차비가 달랑거려 버스를 타기 위해 터덜터덜 걸어가야 했다.

고향 사람

 여름날은 해가 모자라 못 버는 것이 아니라 피로에 지쳐서 파장을 하는 것이다. 오랫동안 가뭄이 계속되어 숨이 막힌다.

 통 넓은 바지, 땀이 배어 후줄그레한 남방에 전투모 같은 모자를 뒤로 벌렁 제껴 쓴 성갑의 얼굴은 먼지와 땀으로 짓이겨져 있다.

 비탈길을 오를 때마다 쉰을 바라보는 나이가 말한다. 다리가 후들거리고 진땀이 좔좔 흐른다. 그러나 이렇게 가슴이 울렁거리는 것은 아무래도 아까 돌려 세운 순팔이 때문인 것 같다. 그는 주머니 속의 수입을 따져 본다. 마수걸이 때부터 한 행보에 얼마씩 받은 돈을 두 손으로 꼽아가며 계산해 보았다. 그리고 지출인 점심값 담뱃값……. 막걸리 한 잔, 두 잔 또 한 잔……. 몇 번 곱새겨 생각해 보지만 안심이 안 되어 돈을 꺼내서 세어 본다. 역시 계산이 틀린다. 한 장이 빈다.

 한참 후에야 그의 목발에 달린 굴비 생각을 해낸다.

 "하, 젠장!"

 생각할수록 자신의 소행이 개운치가 않다. 여러 고향 사람을 외면하고 사는 성갑이지만 순팔이만은 못내 걸리고 아쉽다.

얼마 전 그러니까 서너 시간 전 출찰구로 꾸역꾸역 나오는 사람들을 지켜보고 있다가 첫눈에 순팔이를 알아차렸다. 코가 뭉툭하고 눈이 큼직한 것이 조금도 변함이 없는 모습이었다. 모시 노타이 생사 바지에 흰 고무신을 신은 순팔이를 먼발치서 멍청히 바라보고 있는데 누군가가 '지게' 하고 부르는 바람에 얼른 소리나는 곳으로 달려가 버린 것이었다.

성갑은 순팔이와 같이 고향 마을 시골서 살았다. 산이 둘러싸인 아득한 마을, 그 길 떠난 지 어언 십 년이 넘었다. 대대로 물려받은 땅을 버리지 않으려고, 좀 잘 해보려고 야금야금 줄여간 것이서 마지기가 남게 되어 이럭저럭 다섯 식구가 되고만 그의 가계는 해가 갈수록 쪼들리고 빚을 졌다. 아이들 교육은 고사하고 제대로 식생활도 해 나갈 수가 없었다.

살아갈수록 줄기만 하는 곳에서 아이들에게 각각 무엇을 상속시켜 줄 것인가. 물려줄 것이 무엇인가. 생각할수록 막막했다. 상처 喪妻까지 하게 된 그는 적잖이 얻어 쓴 장리쌀로 해서 순팔이에게 크게 목돈도 받지 못하고 넘겨주었다. 그리하여 하루아침에 이 서울로 온 것이다. 처음에는 큼지막한 방을 전세로 들고 무엇을 해보겠다고 백방으로 뛰어 다녔지만 가지고 있던 돈을 곶감꽂이 빼먹듯이 다 빼먹고 전세가 사글세로 그리고 사글세는 점점 줄어 들게 되었다. 그리고 직업도 이것저것 전전하다가 가장 만만한 지게벌이로 나서게 되었다. 그는 몇 번이나 자기를 찾아온 고향 사람들을 외면함으로써 돌려보냈다. 직업이 그렇다 보니 으레 역전에서 만나는 수가 많은데 그럴 때마다 성갑은 냉담하게 피하곤 했다. 그리고 그들이 성갑을 맞닥뜨려 본다고 해도, 설사 인사를 한다고 해도 알아내기가 힘든 몰골이긴 하지만.

그들이 그의 집 주소를 들고 허탕치고 가는 것을 보고도 성갑은 눈물을 흘리며 외면했다. 그가 서울 와서 발을 붙이게 된 이 남산 밑 Y동 일대는 전부 한 번지가 되어 통반이 없으면 찾을 길이 없는 것인데 그는 일부러 통반을 쓰지 않고 누구 방方이라고 쓰는 법이 없었다. 그는 이사 갈 때마다 통반장 대신 우체부를 찾아가 담배를 한 갑 사주어 Y동 산 84번지 최성갑만 가지고도 편지가 잘 들어오게 했다. 그러니까 그는 고향 사람들을 항상 편지로 만나고 이야기하는 것이었다. 고향 사람들에게 지질하게 사는 꼴을 보여 주고 싶지 않아서였다. 그것은 그의 생각이기도 하지만 그의 새 아내의 짜증스런 희원이기도 했다. 고만고만한 다섯 명의 아이와 불통만한 방에서 볶대기 치는 생활을 자랑이라고 하겠냐는 것이다. 그 아내도 지금은 어디론가 가버리고 없지만…….

그러나 순팔이라면…….

그는 순팔이를 외면하고는 곧 후회를 했다. 하루 종일 순팔이 일이 머릿속에서 떠나지 않아 몇 번이나 교통사고를 당할 뻔하였다.

비탈길을 오르면서 성갑은 늘 하는 대로 모자를 푹 눌러 썼다. 한참 비탈길을 올라서 숨을 돌리다가 그는 갑자기 말뚝이 되고 말았다.

그의 시야에 그의 집 주위를 서성거리고 있는 순팔이 들어온 것이다. 주소를 적은 쪽지에다 눈을 주다가는 문패들을 훑어보기도 하고 고개를 기웃거리며 왔다갔다하는 것이 아닌가.

성갑은 아까의 생각과는 달리 맥이 탁 풀렸다. 멍청히 그쪽을 바라보고 있던 성갑은 그러나 용기를 내어 소리를 질렀다.

"여보게. 여보게."

순팔은 이쪽을 한 번 돌아보다가 다시 기웃기웃한다.

"여보게."

성갑은 손짓을 하면서 연방 소리를 질렀다.

그제야 순팔이 의아한 눈빛을 하고 성갑에게로 다가왔다.

"여보게. 날쎄. 자네가 찾고 있는 성갑일쎄."

"이거 누구여."

순팔이 벌린 입을 다물 줄 모르고 서서 성갑을 노려보는 것이었다.

성갑은 순팔을 그의 집으로 끌고 들어갔다. 여러 가구가 어울려 사는 단칸방이다. 처마가 낮은 부엌을 통해서 들어가는 창도 없는 조그만 방인 것이다.

"이거 어떻게 된 거여?"

"앉게. 앉아서 말하세."

성갑은 밖에 나가 모자를 벗고 먼지를 툭툭 털며 들어온다. 그리고 아이들을 밖으로 내보내고 담배를 권했다.

"정말 자네가……."

순팔은 말을 잇지 못한다. 어쩌다 이렇게 되었느냐는 이야기를 물을 수가 없는 것이다. 앉지도 않고 서서 서성거렸다.

"좌우간 얘기는 간단하네. 억지로 안 되더군."

"……."

"왜, 도루 갈랑가? 앉게. 얼른 저녁 해 올 테니."

성갑은 순팔을 앉혀 놓고 밥을 짓는다고 쌀을 꺼내서 씻기 시작했다.

"좋은 데로 장가갔다더니……."

순팔이 부엌을 내다보며 역시 끝을 흐리는 말을 한다.

"응, 그래었던가? 아니여……."

그도 말끝을 흐렸다. 열세 살 먹은 딸이 있으나 자기가 하는 것만 못하다고 했다.

성갑은 밥을 먼저 해 놓고 굴비의 비늘을 툴툴 털어서 석쇠에 구웠다. 그래도 이것을 혹시 해서 산 것이다.

"자넨 요즘 그래 어떤가?"

성갑은 부엌 바닥에 퍼질고 앉아서 부채질을 하며 말을 던졌다.

"나야 만날 그렇지. 그런데 올 농산 지금 비 안 오면 다 글렀어."

"참, 날이 어쩔려고 그러는지 모르겠어."

성갑은 잠깐 바람을 쏘이는 척하더니 사홉들이 소주를 한 병 사 온다. 저녁상에는 술이 따라져서 두 사람은 제법 달아올랐다. 그 들이 술과 이야기를 나누느라고 늦어져서 아이들이 이리저리 나동 그라져 잤다.

"먼저 내려올 때도 이 집에서였던가?"

순팔이 물었다. 지난 겨울 양복을 빌려 입고 구두를 번쩍번쩍하 게 닦아 신고 그리고 머릿기름을 반지르르하게 바르고 바람을 쏘 이려 내려갔던 때 말이다.

"응."

"그 전에 내려왔을 때도?"

"그땐 저쪽 건너에 살았었지."

성갑은 열어젖힌 문 쪽으로 손가락질을 했다. 성갑은 이렇게 된 마당에서 무엇을 속이거나 위장하고 싶지 않았다. 성갑은 슬며시 나가 술을 한 병 더 사왔고 사양하는 순팔에게 계속 따랐다. 김치 와 고추장이 안주였다.

순팔은 꽤 오르는지 허벅다리까지 바짓가랑이를 걷어 올렸다. 그는 가끔 양복을 뻬 입고 오는 성갑이 부러웠다. 시계를 차고 넥 타이를 매고 필터가 달린 긴 담배를 피우는 성갑, 그에게 땅을 넘 겨주고 간 성갑이 무척 선망스러웠던 것이다. 최근 몇 년은 번번 이 흉작이어서 도회로 뜨고 싶은 생각이 간절하였는데 성갑은 그런 순팔에게 풀무질을 해 놓은 것이다. 순팔은 실은, 이번 걸음에 어디 자리를 하나 잡아 보고자 한 것이다. 그리고 그냥 넘겨가지고만 있는 땅을 성갑에게 통고를 하고 팔아 버릴 심산인 것이었다. 그러나 그런 말을 꺼내고 싶은 의욕은 성갑을 만나던 순간부터 싹 가셔져 버렸다. 오히려 성갑일 내려가자고 권하고 싶었다.

"저, 시골은 살기 좋아졌어. 내려가지 않으려나?"

"나? 이래 가지고 갈 수 있나? 돈을 벌어야 가지."

"여태 벌어도 못 버는 돈이 언제 벌리겠나?"

아까는 말끝을 흐렸지만 술이 거나한 순팔이 스스럼없이 말하였다.

"아, 될 걸세. 될 거여. 서울 와서 10년만 하면 일어선다는데, 따져보니 올해가 꼭 10년째여. 될 거여. 그래도 최성갑이가 말여, 정말 이렇게 죽을 수가 없는 것이지. 그럴 수야 없지……."

성갑은 마구 떠들어대는 것이었다. 순팔은 성갑이 취해 있는 것을 알고 이젠 자기가 술을 따르며 말한다.

"허허, 글쎄 되면야, 좋은 일이지만 그게 어디 쉽겠나 말여."

"하, 되네. 되면야가 아니여. 된다고. 근사한 문화주택을 하나 지어 놓고 그리고 대절 택시를 타고 떠억 내려간다 이 말일세. 어떤가. 그만하면 아쉬운 대로 되지 않겠나?"

성갑은 금방 그렇게 다 된 듯 희색이 만연하여 말하는 것이었다. 거기서 어떤 가식된 기미나 서글픈 빛은 조금도 찾아볼 수가 없었다.

순팔은 그런 성갑의 마음을 건드려 주고 싶지 않으려 했었지만 그도 어느새 취해 있어서 웃음소리가 허거프게 나왔다.

"허허허……. 그만하면 호화판일세. 어서 빨리 해보게나. 허허허……. 자, 술 들고 잡세."

그러자 성갑은 순팔의 표정을 못마땅한 듯이 찌푸려 보다가 말했다.

"흥, 자네가 내 말이 믿어지지 않는 모양인데 내 보여주지."

그러며 성갑은 주머니 속에서 무엇인가를 잔뜩 내놓는다. 지폐보다 조금 작은 크기의 쪽지들이었다.

"이게 뭔 줄 아나? 이건 말일세, 복권이라는 것인데 말일세. 당첨되면 집도 생기고 택시도 생기고 학자금 가구 테레비 뭐 일습을 구비하는 걸세. 이제 알겠나? 알겠지!"

성갑은 상당히 많은 장수의 복권을 한 장 한 장 보여 주는 것이었다.

그리고 이번엔 성갑이 술을 따른다.

"하하하하. 어떤가 어떤가, 말을 해 보게 순팔이."

"뭐라고? 하하하……. 이 사람아 돈 있으면 처녀 X랄인들 없겠나? 하하하……."

성갑은 마구 웃어대다가 술을 다 들지도 못하고 상도 그대로 늘어놓은 채 쓰러져 코를 골았다.

순팔은 그 좁은 방에 등을 댈 수가 없어서 두어 쪽 되는 마루로 나와 팔을 베고 눕는다.

하늘은 비구름을 잔뜩 몰고 와서 별 한 점 보이지 않고 산 너머 먼 곳에서 천둥소리가 희미하게 들릴 듯 들리는 듯…….

거래

　"이봐, 빨리 잔을 내라구, 뭘 그리 늦잡지고 있어?"

　애꾸는 질뚝이에게 말하고는 그 명물스런 자신의 왼쪽 의안義眼을 썸벅썸벅 한다.

　"그래 그래, 이거 4차지?"

　질뚝이는 술을 쩰끔 들이마시고는 말한다. 그는 3차만이라도 좋으니 한없이 늑장을 부리고 싶다. 이렇게 내린 비가 질척댈 때면 전신이 녹작지근한 것이 도무지 옴짝을 하기가 싫다. 그저 따뜨므레하게 자신의 체온이 묻은 나무 의자에 앉아 얼큰하게, 이 쓸쓸한 정거장 같은 밤을 보내고 싶은 것이었다.

　"이봐, 빨리 들구 5찰 가자구. 이거 원, 따분해서……."

　애꾸는 여전히 눈을 썸벅거리며 말한다. 그러자 목로판 너머에서 독작獨酌을 하던 개기름이 번드르르 흐르는 두꺼운 낯가죽의 배뚱뚱이 주인은 호홍, 코웃음을 친다.

　"오라질, 뭐 그리 따분하누."

　그 때 저쪽 건너 패거리가 와악 웃음을 터뜨린다. 젊은 운전사 차림의 노동자패, 월급쟁이 때가 묻은 몇 친구들… 저마다 일그적거리는 탁자 위에 소갈머리들을 홀랑 뒤집어 놓고 떠들어댄다. 정,

술이란 물건은 좋댄다. 빈과 부의 가면을 말끔히 술가해 버리니 말이란다.

애꾸는 다 들이킨 대폿잔을 들고 쭉쭉 찌꺼기를 핥는다. 그리곤 빈들빈들 쓴 웃음을 짓고 있는 배뚱뚱이 주인에게 애원한다.

"여보 주인장, 한 잔씩만 더 주소 그려. 이거 어디 따분해서 ……."

그러자 질뚝이도 덩달아서 한 마디 한다.

"좀 봐주슈. 이거 어디 되겠습니까?"

그러자 의안인 애꾸의 왼쪽 눈알이 기묘하게 비잉 돌아 들어가서 눈알은 금시 푸르죽죽한 것이 썩은 생선 눈알같이 된다.

"어이 눈깔 고쳐."

질뚝이는 반들거리는 그의 지팡이로 삿대질을 하며 말한다. 그러자 애꾸는 깜짝 놀라며, 뭉턱한 손가락에 침을 발라 눈알을 요리저리 돌려 동자가 한가운데 자리잡게 하고는 확인한다.

"됐나? 됐지?"

"그래 그래, 젠엔장."

"친구들 인제 일들어나지……. 술이란 알맞추 먹어야지!"

배뚱뚱이는 빈들거리며 그들 앞에 지켜서서 서성거린다.

질뚝이는 어기뚱거리며 왔다 갔다 하는 배뚱뚱이를 떼밀며 말한다.

"이거 왜 이러슈, 한 잔씩만 더 줘요. 잘 나가다가 이러신단 말이야."

그리곤 또 쬐끔 술을 입술에 댄다.

"쳇!"

배뚱뚱이는 역시 코웃음만 치며 서성거릴 뿐이다.

"주인장……. 살아간다는 거 말이요. 참 기가 막히는 일입니다.

저기 말이지요…….”

　　“이봐, 5차나 가세.”

　애꾸는 질뚝이의 말을 가로챈다. 그는 밤낮 뇌까리는 그 기막히는 얘기를 빈 잔으로 듣기가 싫었던 것이다.

　　“5차나 가잔 말야, 어서.”

　　“흥, 그만들 해두지. 5찬 가서 뭘 한다는 게야. 그만 해두 얼큰한 모양인데.”

　배뚱뚱이가 이번엔 소릴 내어 너털거린다. 그리고 옆에서도 와하하하 하고 웃어댄다.

　　“부라보…….”

　노동자도 셀러리맨도 값싼 분냄새를 피우며 술을 퍼나르던 여인도 한데 어울려 웃어댄다.

　애꾸는 그들을 침통하게 바라보다가 툴툴 털고 일어선다.

　　“5찰 가잔 말야. 5차…….”

　그러자 질뚝이도 남은 술을 쪽 훑아 마시고는 일어선다. 그는 언제나 술을 다시 부을 때나 일어설 때 잔을 완전히 내는 것이다.

　질뚝이는 지팡이를 주워 짚으며 질뚝질뚝 애꾸의 뒤를 따라나선다. 어둠이 칠흑같이 휩싸인 밖은 여전히 비가 질척거리고 있다. 참 지긋지긋하게 질척대는 날씨다. 길바닥은 온통 곤죽이 되었고 옷은 꿉꿉한 것이 인제 진저리가 쳐지는 비다.

　　“제엔장, 언제나 날이 든다지.”

　질뚝이는 비틀비틀하면서도 맨숭맨숭한 티를 내느라고 연방 큰 기침을 해 가며 걷는다. 제법 취기가 돈다. 무엇인가 이렇듯 가슴이 짜릿하도록 술이 받는 날이면 공연히 마음이 설렌다. 어렴풋한 옛이야기 같은 그 푸른 벌판에서 벌망아지처럼 뛰놀던 계절. 자신의 오늘이 실오라기만큼도 상상되어지지 않던 지난날이 느닷없이

떠오르기도 하고

"어이."

질뚝이는 저만큼 앞서가는 애꾸를 불렀다.

"이렇게 올해도 맹타령으로 봄을 맞는 모양이야. 제엔장!"

"그래, 그게 어쨌다는 거야?"

애꾸는 길바닥에다 소피를 보며 칵 가래침을 뱉는다.

"시골엔 벌써 보리가 많이 커 올라 왔겠군!"

질뚝이도 전염이라도 된 듯 아무데나 소피를 보며 말한다.

"봄이면 말이지 왜 그렇게 심란하고 마음이 들뜨던지 모르겠어. 어이 듣나?"

"이거 맘 상하게 왜 이래?"

애꾸는 천천히 앞장서 걸으며 말한다. 질뚝이도 곤죽이 된 진창길을 철벅거리며 애꾸의 뒤를 따른다. 그러며 다시 말을 꺼낸다.

"봄 들판엔 말야. 파란 치마 분홍치마가 많이 펄렁거리지. 고게 아주 사람을 파김치로 만들어 버리거든. 그런데 그건 참 묘오한 거야. 두 번이나 장가를 가고 사내질을 숱해 해본 나지만 그 사람을 호리던 포근한 치맛바람을 정복해 보지는 못했어. 알아듣겠나?"

"이봐, 4차에서 이렇게 얼면 쓰나?"

애꾸는 점잖게 나무란다. 그리고 한참 숨을 헐떡이며 걸어오는 질뚝이를 기다렸다 같이 걸으며 말한다.

"자, 5차를 가야지. 이번엔 어디 관으로 갈까?"

"관엔 가 뭘해. 관에 가서 재미본 적 있어? 또 목로집으로 가. 참 묘오한 거야. 아마 언제까지나 잡히지 않는 것인지도 모르지."

"제엔장, 왜 이래 이거. 청승맞게."

애꾸는 버럭 화를 낸다. 그리고 사뭇 두리번거리며 술집을 찾다가 그들 앞에 있는 중화 요릿집 진열장에 눈독을 들인다. 만두와 공갈빵을 잔뜩 쌓아 놓은 옆으로 주먹덩이만한 식빵이 배가 툭 갈라진 채 진열되어 있었다.

"저 새끼들 웬 빵을 저 따위로 크게 만든담. 빌어먹을!"

애꾸가 침을 꿀꺽 삼키며 말하자 질뚝이는 좋은 생각이 났다는 듯이 제의한다.

"우리 말야, 빼갈루 한 잔씩 짬뽕을 하면 어떨까?"

그러자 애꾸는 손뼉을 탁 치며 말한다.

"거 좋지! 빼갈 크으……."

그러는데 그의 의안이 빙그르르 돌아 들어간다.

"어이 누깔……."

질뚝이가 말하자 애꾸는 주춤하고 서서 눈알을 바로 돌리곤 중화요리집 문을 열고 들어선다. 그리고 둘이는 저 안쪽 자리를 하나 잡고 앉는다. 자리마다 손님들이 들어 차 있다. 저마다 기름기를 퍼 넣으면서 그들을 훔쳐본다.

이윽고 계산대에서 주판알을 튀기던 훌렁 대머리가 벗어진 주인이 직접 그들에게로 온다.

"짱꿰, 빼갈 한 잔씩만……."

애꾸가 말하고는 얼른 외면을 한다. 그러자 대머리는 타이르듯이 말한다.

"빼갈 어, 내일 와 내일."

"자, 그러지 말고 한 잔씩만 가져오라구요."

질뚝이도 사정조로 말한다.

"취했구만 뭘 그래, 내일 와. 내일은 날 아니야?"

"내일은 내일이고 오늘은 오늘 아니야. 빨리 한 잔씩만 자, 어서."

이번엔 애꾸가 좀 격하게 말한다. 섣불리 사정을 하다간 술차미를 못할 것 같아서 외눈을 부라렸다.

"정말 이럴 내기야?"

애꾸의 한쪽 눈알에 불을 켜대면 가뜩이나 좁은 그의 이마는 머리에 바짝 달라붙는다.

"취했는데 뭘, 그럼 한 잔씩이야?"

대머리는 그제서야 보이에게 눈짓을 한다. 이내 배갈이 한 잔씩 그들 앞에 따라지고 단무지가 날라져 온다. 질뚝이도 여기서는 늦잡지지 않고 40도의 알코올을 훌짝 들어 마시고 단무지를 한 쪽 손으로 집어넣고는 이내 6차로 향한다.

둘이는 곤죽이 된 골목을 한참 철벅거리며 걷다가 허름한 목로 집의 펄럭이는 포장을 발견하고 그리로 간다. 포장을 들치고 들어갔다. 왈가닥 할머니 집이다.

"여보 주인장, 대포 한 잔씩만 주슈……."

애꾸는 거만스런 주인 할머니를 향해 격한 소리로 말한다.

"벌써 얼었구만들, 웬만큼씩 해야지! 자, 내일 와요."

할머니는 애교를 부려 사정을 하지만, 방금 떠밀어 낼 기세다.

"술이란 말야. 얼큰 할 때가 제일 존 거라구!"

그러나 둘이는 목로판 앞에 자리를 잡고 앉는다.

저 안쪽에서는 너댓 중년의 잠바 친구들이 헉헉거리고 웃으며 술푸념을 하고 있었다.

"내일 오라구, 술이 바닥이 났단 말이야. 술단질 한번 들여다보라구."

노파는 짜증스레 말한다.

"이거 왜 이러슈, 단골손님을 이러기요? 자, 한 잔씩만 더 하면 그야말로 얼큰하게 된다 말이요."

애꾸는 눈을 부라리다 다시 애원조로 말했지만 노파는 막무가내다.

"자꾸 이러지를 말라우. 벌써 열한 시가 넘었는데……."

그리고는 노파는 다시 좀 누그러져서 사정을 한다.

"당신은 벌써 눈알이 발간데 뭘 그래."

그러자 또 애꾸의 눈알이 빙그르르 돌아서 푸르죽죽한 면을 노출시킨다.

"어이 누깔 고쳐."

애꾸는 질뚝이의 말이 끝나기도 전에 뭉턱한 손으로 눈알을 본자리로 돌려놓고는 주인 노파를 썸벅거리고 본다.

노파는 어처구니가 없다는 듯이 헉헉 돌아서서 웃더니만 술을 한 잔씩 찰름이 따라준다.

"빨리 들고 가요. 술이란 건 한이 없는 거야……."

그 말이 끝나기도 전에 애꾸는 쭈욱 보기 좋게 들이키어 잔을 비운다.

"크으윽."

그리고는 언제나처럼 강주다. 안주라곤 아무것도 입을 다시지 않는 것이 한 입에 잔을 내는 것처럼 그의 장기長技다.

질뚝이는 쬐끔 술을 빨아 마시고는 주인 노파를 향해 말을 건다. 은근히 속을 떠보고 이 왈가닥 노파를 함락시킬 심산이다.

"할머니도 고향이 저쪽이시군?"

"고향이요? 고향을 잊어버린 지가 언제이기에?"

노파는 네깐놈들 어림없다는 투로 정에 끌려 들어가지 않고 샐쭉해진다.

"사는 데가 고향 아니요?"

"여보시요. 그러지 말고 고향 얘기 좀 합세다. 나는 따라지외다."

질뚝이는 고향을 들먹거릴 때면 일쑤 사투리를 섞는다.

"흥! 잘들 해보시구려, 인제 시간두 늦구 했으니 자리에 가 누워서 해 보시는 게 좋겠구만."

이쯤 되면 완전한 실패를 자인하지 않을 수 없는 질뚝이다. 그는 술을 또 쬐끔 마신다. 술이 꿀맛이다. 이 통금이 가까워 오는 시각쯤 아니 5~6차 거친 때쯤은 그저 노곤하고 서글프고 설레이고 하여 마냥 늦잡지고 싶은 것이다. 쩰끔쩰끔 아까운 술에 입을 축이며.

애꾸의 입장에서 보면 이런 때일수록 술을 단숨에 마셔 버려 짜릿하게 고조되어 오는 술기운을 누리고 있는 것이지만, 그리고 그것으로 모든 것을 잊으려 하는 터이다.

좌우간 오늘은 1차에서부터 수난이다. 아직 해가 있을 때 들린 개구리집에서는 어떻게나 만원인지 발 들여놓을 자리가 없었다. 폭소와 기성과 방탕하게 불러대는 노래 속에서 엉덩이를 제대로 틀지도 못하는 봄빈 틈바구니에서 애꾸와 질뚝이는 비비적거리다가 싸움 싸움으로 술을 한 잔씩 걸쳤다. 제 2차로 들른 대궐집에서도 여간 붐비지 않아 억지로 한 대포씩 마셨다. 대궐집은 여염집처럼 꾸며 놓은 간판도 없는 골목집이다. 3차에는 '홀'로 갔었다. 몇 번 들른 적이 있는 비어홀이었다. 거기도 빈자리라곤 없이 만원이어서 정종을 맥주 글라스에 한 잔씩밖에 차미하지 못했다. 그래서 4차에서는 아주 허름한 집을 갔던 것인데 거기도 마찬가지였다. 아마 오늘이 토요일인가 몰랐다. 초저녁부터 그렇게 붐빈 것을 보면 하긴 너무 한가해도 재미가 적긴 하지만.

그러나 재미가 적거나 많거나 간에 통금이 가까울 무렵이 되면 얼큰하게 되기 마련이고 그런 기분은 한껏 취하고 싶은 생각에 사로잡힌다. 너무도 짧은 꿈을 깨야 할 줄 알면서도, 이날도 예외가

222

아니다. 질뚝이는 노파에게 제 2탄을 던진다.

"사는 게 덤이라고 생각을 안 쐬까?"

그러나 노파는 참 귀찮다는 듯이 화를 버럭 내며 말한다.

"흥……. 사는 게 왜 덤이란 말이요?"

"제가 서부 전선에서 포로로 잡힐 임시외다."

질뚝이는 마치 적절한 대답이 생각났다는 듯이 흥을 돋워 이야기를 꺼낸다. 노파는 그것을 제지하려고 했지만 질뚝이는 막무가내로 늘어놓는다.

"앞에서는 마구 총격을 해대고 수류탄을 까서 던지는 판세인데 뒤에서는 대장 녀석이 권총을 겨눠 들고 뒷걸음치는 놈을 갈겼었어요. 그래 무턱 앞만 쳐다보고 따발총을 쏴대는데 발등에 수류탄이 하나 떨어져 굴르는 게 아니외까?"

"저런!"

노파는 듣지 않으려고 했지만 어느새 이야기에 끌려 조바심을 느낀다.

"어떡합니까? 주워서 던졌디요. 그런데 또 하나가 날라오는 게 아니갔이오? 또 던졌디요. 또 날라오고 또 던지고 몇 번을 그렇게 했는지, 그런데 알고 보니 이게 뭡니까? 불발탄이에요, 불발탄……."

질뚝이는 목청을 높여 말한다. 그러나 그 얘기가 덤이라는 결론을 맺고 있다는데 흥미를 잃는다.

"그만들 하고 일어서요."

노파는 질뚝이의 말을 가로챈다. 그리고 마구 떠밀어 보낼 기세다.

"밤이 오랜데 인제 문을 닫아야지."

"이봐, 빨리 잔을 내고 일어서 7찰 가야지."

애꾸는 일이 틀려진 것을 알고 일어서며 말한다.

"7차는 가 뭘하누, 그만 가서 자지."

노파가 또 한 마디 던지자 저 안쪽에서 열심히 술을 마시던 잠바 친구들이 와그르르 웃음을 터트린다.

질뚝이는 할 수 없다는 듯이 깰딱깰딱 술을 마시고는 잔을 낸다. 그리곤 일어서서 비틀거리지 않으려고 조심조심 지팡이질을 하며 문 쪽으로 걸어간다.

그들은 담배 연기 자욱한 문턱을 넘어 나와 7차를 향한다.

비는 여전히 질척거리고 길바닥은 온통 곤죽이다. 질뚝이는 어둡고 비틀거리고 하여 애꾸의 한 팔을 잡고 철벅철벅 걷는다. 이윽고 그들은 허름한 목로집 앞에 다다랐다. 애꾸가 먼저 문을 밀고 들어선다. 여긴 경상도 아주머니 집이다.

"안녕하신기요?"

질뚝이가 인사를 깍듯이 하고 들어간다. 아직 저쪽 구석에 두어 사람이 열을 내어 주사酒邪를 늘어놓고 있었다.

그들이 초입에 자리를 잡고 앉으려 하는데 눈이 옆으로 찢어진 경상도 아주머니가 '시마이' 했다고 떠밀어낸다.

"내일 오이소 내일……."

"한 잔씩만 주소 인제 우리도 그만 시마이 할라요"

질뚝이가 버티자 주인 아주머니는 칼날 같은 소리를 지른다.

"내일 오라 안 카요."

그리고는 사뭇 소매를 둥둥 걷고 떠밀어낸다.

하는 수 없이 그들은 그 집을 나온다. 그리고 진창을 철벅철벅 걷는다.

"빨리 걸어. 7찰 가야지."

애꾸가 힘없이 말한다.

질뚝이는 웬일인지 대고 비틀거려 빨리 걸을 수가 없다. 그는 헐떡헐떡 숨을 들이쉬고 내쉬고 하며 애꾸를 따라 진창을 걷는다.

애꾸는 질뚝이를 부축한다.

"정말로 얼은 거야?"

"글쎄, 어째 이상하군. 짬뽕을 해서 그런가."

얼마나 더 걷다가 그들은 또 하나의 목로집을 발견한다.

"한 잔씩만 더 하자구."

애꾸가 술집 근처에 다다라서 말한다.

"글쎄."

질뚝이는 왠지 내키지 않는다. 술을 먹고 싶지 않아서가 아니다. 취해서도 아니다. 그도 술을 딱 한 잔씩만 더 하고 싶다. 그런데 그의 뇌리에는 폭소와 야유가 떠나지 않으며 도무지 내키지 않아 머뭇머뭇하고 있을 뿐이다.

"왜 이래? 가자구, 빨리."

애꾸가 재촉했지만 질뚝이는 아랑곳없이 머뭇거린다. 뒷봉창에 손을 넣는다.

"어이."

한동안 머뭇거리다가 질뚝이는 애꾸를 부른다. 그리고 중대 선언이라도 하듯이 말한다.

"우리 말야, 돈 내고 한 잔 할까?"

"뭐?"

"돈을 내고 의젓하게 7찰 가잔 말야."

"돈?"

애꾸는 발을 뚝 멈추고 서서 반문한다.

참으로 멍청한 물음이다.

"여기 딱 대포 두 잔 값이 있단 말야."

질뚝이는 뒷봉창에 손을 넣었다 빼며 말하는 것이었다.

그러자 이번엔 애꾸가 시무룩하여 머뭇거린다. 갑자기 그들의 거래去來가 흥미가 없게 느껴지며 한없이 버티고 있는 내일들이 밀물하여 그의 가슴을 압박하는 것이다.

"빨리 가자구. 한 잔씩 먹고 덤을 좀 달래볼 심산이니까."

애꾸는 질뚝이가 끄는 대로 발을 떼어 놓다가 심각하게 제의를 한다.

"어이, 우리 그럴 것 없어 말여."

"더 존 생각이 떠올랐나?"

질뚝이는 여전히 끌면서 묻는다.

"저, 오늘은 이걸로 시마이하고 말야, 그 돈 차나 타고 가지, 버스 차장하고 싱갱이하지 말고 말야."

이런 애꾸의 제의를 질뚝이는 받아들일 것인가. 어쩔 것인가. 비가 질척대는 잔뜩 찌푸린 하늘을 쳐다보며 입맛을 쩝쩝 다신다.

그때, 뚜우우 하고 뱃고동이 울려 퍼진다. 아니 뱃고동처럼 둔중하지가 않고 날카로운 금속성이다. 통금을 알리는 사이렌 그것은 이 순간부터 내일이라는 신호다.

향촌 삽화

귀환

지난여름 휴가에 그는 장조카를 데리고 고향엘 갔었다. 마침 집 안 아저씨의 소상小祥이기도 했지만 조카에게 할아버지의 고향이나 선영에 대해서 관심을 갖도록 하기 위해서 일부러 내려간 것이다. 아닌 게 아니라 조카는 이번에도 이 핑계 저 핑계를 대어 억지로 데리고 갔다오는 길이었다.

차시간을 얼마 남겨놓지 않고 친구의 집을 찾아갔다. 20년도 넘은 골목길이지만 전혀 낯설지만은 않았다. 다리를 건너서 조금 내려가다가 둥구나무로 나가는 길 초입에 재우의 집이 있었다. 한두 번 물어보긴 했지만 거기쯤이라는 것이 어렴풋이 짐작이 되었다. 그래서 방금 일어나 들에 나가려고 기지개를 켜고 있는 재우를 나지막한 담 너머로 보고 인사를 하였다.

집을 찾은 것은 오래 되었지만 재우는 더러 만났다. 신작로가에서 만나기도 하고 또 지난봄에는 매년 행해지고 있는 동창 야유회에서 처음으로 참석을 하기도 했고…….

"아이, 어짠 일이라?"

재우는 그러며 그와, 일행인 조카를 안으로 끌고 올라가려 한다. 그러나 그러면 복잡해지고 늦을 것 같아서 그는 재우를 고샅으로 끌어내었다. 그런데 바로 맞은편 사립을 열고 나오는 내곤이와 만났다.

"아니, 여기가 아니었잖아?"

그가 어리둥절해서 물었다. 그는 저쪽 중간쯤에 살았었다고 기억되었다.

"이리로 이사온 지가 벌써 언제라고? 이렇게 일찍이……."

"저어 아저씨 제사라서 왔다가 가는 길이여. 그렇잖아도 만나고 가려 했는데 잘 됐네."

사실 그는 초등학교 동기동창회장이며 이장인 재우뿐 아니라 동창들을 만나서 막걸리라도 나누며 얘기를 하고 싶었는데 집안 제사에 온 터라 그럴 수가 없었다.

그 두 사람은 데리고 둥구나무 앞 주막으로 데리고 갔다. 식전인데다가 특히 내곤이는 면사무소에 근무하는 공무원이지만 입주라도 한 잔 나누지 않고는 헤어질 수가 없었다. 그도 표를 사놓은 고속버스를 10리 밖에 가서 타고 오전 중에 직에 임해야 하기 때문에 시간을 끌 수도 없었다.

그래서 이 사람 저 사람한테 들은 황간까지 가는 버스 시간을 생각하며 막걸리를 시켰다. 너무 일찍하여 안주도 별 것이 없고 뭘 만든다는 것이 연기만 피우지 도무지 내오질 못하였다.

"자아, 주욱 들고 또 한 잔 해야. 석 잔씩은 해야지."

그가 잔을 비워 내곤에게 권하자 그는 펄쩍 뛰며 겁을 낸다.

"야가 누굴 잡을라고 이래야."

"잘 생각해서 해야."

내곤의 말에 재우가 실실 웃으며 바라본다.

알고 보니 이 시골 면에도 마침 숙정 바람이 불어 모두들 긴장을 하고 있는 터였다. 그 소리를 듣고 그는 아닌 게 아니라 조금만 따랐다. 그 대신 재우에게 듬뿍 따라주었다.

그러는데 닭똥집을 구워서 내오는 것이어서 술을 다시 한 주전자 시키었고 이럭저럭 취기가 돌았다. 그래 가지고 이 얘기 저 얘기 하다가 버스를 놓치고 말았다.

표는 사 놓았지, 빨리 가기도 해야겠지만 그것을 놓치면 고생이 말이 아니었다.

택시를 부르기 위해 시외전화를 신청했지만 우선 전화부터 나오질 않았고 그러는 동안도 시간은 자꾸만 갔다.

내곤이는 전화를 기다리는 대신 얼마 떨어진 우체국으로 달려갔다가 집에 가서 사이드카를 타고 나왔다.

"두 사람이 못 탈 걸?"

재우가 걱정을 하고 있는데 어느 사이 득섭이가 또 사이드카를 부르릉거리며 타고 나온다. 내곤이는 같은 동창이며 농촌지도소장인 득섭에게 전화를 걸었던가 보다.

"어쩐 일이라?"

그는 그런 득섭의 인사에 대꾸를 하지 못하고 목이 메었다. 둘다 출근을 해야 하는 처지고 아침도 안 먹었을 텐데, 이거 도무지 인사가 아니었다.

그러나 사양을 할 사이도 없이 그들이 서둘러 조카는 내곤이 뒤에 그리고 그는 득섭이 뒤에 탔다.

한 5킬로 되는 황간까지는 7, 8분이 걸린다는 것이다. 그는 사이드카에 올라 앉아 10여 분 남은 시계를 보며 재우와 작별을 하였다.

마을을 떠난 두 대의 사이드카는 음푹짐푹한 자갈길을 마구 달려서 오히려 시간보다 앞당겨서 직접 승차장까지 데려다 주는 것이었다. 그런데 아까는 목이 메어서 인사를 못하였지만 이번에는 자갈길에 온통 몸이 들까불리어 말이 나오지를 않았다. 다만 그는 이런 걱정을 하였다.

"빨리 출근을 해야 할 텐데……. 아침도 못 먹고……. 특히 요즘 그렇다는데……. 미안해서 어쩌지?"

"미안하긴, 괜찮여."

"어서 들어가."

그들은 오히려 이쪽 걱정을 하며 괜찮다고 하였지만 땀도 닦지 않고 속력을 내어 되짚어 올라갔다.

그는 한동안 그들을 바라보고 섰다가 조카에게 이렇게 말하였다.

"너의 아버지 고향은 이런 곳이야. 알았어?"

그는 왜 그런지 눈물까지 글썽거리며 무엇인가를 다짐받으려 하였다.

서울 운동회기運動會記

시골 면사무소에 근무하는 초등학교(국민학교) 동창에게서 편지가 왔다. 행정 우편이라고 인쇄된 봉투에 기안용지를 뒤집어 쓴 사연은 가끔 초등학교 11회 동기동창회 정기총회 통보가 아니고 전혀 엉뚱한 것이었다.

후배들이 충청북도 대표로 뽑히어 내일 서울 효창구장에서 축구 경기를 하게 되니 다른 동창들도 연락해서 많이 참석해 달라는 내용이었다. 자기는 공무가 바빠 못 오고 대표로 누굴 하나 보낸다

230

고도 하였고 장한 후배들을 격려해 줘야 되지 않겠느냐는 의견을 붙이기도 하였다.

후배라면 그들이 나온 그 산골 초등학교의 학생들을 말하는 것이다. 몇 십년 후배였다. 그는 편지를 읽고 나서 혼자 한참 웃었다.

'아니 그 골짜기에서……'

도 대표로 뽑혀 올라 왔다는 것이 참으로 신기하기도 하고 대견스러웠다.

그는 늦게 들어와서 밤이 깊었지만 친구들에게 전화를 걸기 시작했다. 그런데 아직 모두들 안 들어왔다. 대포를 하고 있는 것임에 틀림이 없다. 그래 그는 들어오는 대로 전화를 해달라고 하기도 하고 또 내용을 얘기하고 다른 친구에게 연락을 좀 해 달라고도 하였다.

그런데 한두 집은 그쪽으로도 그렇게 편지가 왔다고 하고 연락이 왔다고도 하였다. 그래서 그런지 그것을 가지고 뭐 심야에 전화를 하는가 하는 투로 알았다고 하며 전화를 끊기도 했다. 아닌 게 아니라 자다 깨어 목이 잠긴 어조를 통해서 그 자신 무척 흥분한 것같이 생각이 되고 그래서 다른 친구들에게는 아침에 일찍 전화를 걸기로 하였다.

그런데 뒤에 안 일이지만 시골에서는 그의 동창들뿐 아니라, 여러 동창들 마을의 유지들이 서울에 살고 있는 그 산골 출신들에게 최대한으로 연락을 취하였던 것이다.

어떻게 생각하면 바쁘고 살기 힘든 판에 그것도 남북南北대결이나 아시아나 세계 축구 결승전도 아닌 것을 가지고 그렇게 법석을 부리는 게 이상할지 모른다. 그러나 그런 편지를 낸 사람들의 의도나 그것에 앞서서 아주 궁벽한 산골 초등학교에서 청주, 충주,

조치원, 영동, 옥천 등의 중도시 팀들을 다 물리치고 서울까지 올라왔다는 것이 기적같이 생각이 되었고, 또 사실 그런 일이 개교 이래 처음으로 있는 일이었던 것이다.

그리고 스포츠라고 할까 운동이라는 것이 그런 것인지 모르지만 마구 사람의 마음을 들뜨게 하는 것이었다.

올림피아 마치가 흘러나오고 만국기가 펄럭이는 가을 햇볕 아래 운동모를 쓰고 달리는 운동장이 떠올랐다. 삶은 밤과 삭힌 감, 측백나무 울타리 밑으로 김을 피우는 구수한 국말이밥 냄새 등의 기억이 담긴 운동회와 같이 어린 후배들이 서울까지 원정 온 경기장의 스탠드에서 온통 고향 사람들이 다 동원이 되었다.

시골서 올라온 초등학교의 교장, 면의 유지들 대의원 그리고 서울뿐 아니라 인천 수원 등지에서 살고 있는 사람들까지 집합이 되었다. 20대 전후의 젊은 사람들부터 중년 그리고 노인들도 여러 사람이 허연 수염을 날리며 경기를 지켜보고 응원을 했다. 그래봐야 넓은 스탠드의 한쪽을 겨우 채웠을 뿐이지만.

경기도 대표팀과 붙은 준결승전은 엎치락뒤치락하는 백중전을 벌이다가 결국 무승부로 끝이 났다. 그래서 이튿날 다시 서울 대표팀과 겨루게 되었다.

경기를 마치자 고향 사람들은 서로 인사를 나누고 장한 선수들과 악수를 나누었다. 그러다 선수들이 투숙하고 있는 여관으로 몰려갔다.

오랜만에 만난 사람들끼리 경기가 끝난 운동장이나 길바닥에서만 얘기를 할 수가 없었기 때문이다. 그러나 여관의 아이들 자는 방에도 그 많은 사람들이 다 들어갈 수가 없어 근처 술집으로 가서 이 사람 저 사람이 돌아가면서 시키는 술을 사서 술자리가 대단히 길어졌다.

그러는 사이 운동장으로 오지 못했던 친구들을 또 연락하여 술자리는 끝나지가 않았다. 와서 술만 사는 것이 아니라 봉투를 하나씩 내놓았다.

　"아이들 콜라라도 사줄라고 했는데……."

　"저어 이거 약소하지만……."

　마치 무슨 잔치에 부조하듯 교장에게 그리고 대의원의 옆주머니에 넣어 준다. 여자 동창도 꽤 많이 왔다. 신랑 구랑들과 같이 오기도 하고

　"어허 왜 이렇게들 걱정을 해요."

　곤색 양복을 입은 교장은 연방 땀을 닦으며 인사를 하고 이 사람 저 사람이 권하는 잔을 사양하지 않고 받았다.

　그리고 이 사람 저 사람 먼저 가기도 하였지만 중간에 또 자꾸 와서 술판은 끝날 줄을 몰랐다.

　"저어 우리 이렇게 만나기가 여간 힘들지 않은데 말이지요. 그냥 헤어질 것이 아니라……."

　대의원은 흰 깃을 밖으로 내놓은 양복 매무새를 고치고 일어서며 정치가답게 재경 향우회의 결성을 제의하는 것이었고 그것을 모두들 박수로 환영하였다.

　그느라고 밤이 늦어서 콜라를 몇 상자 사가지고 여관에 들렀을 때 선수 아이들은 다 잠이 들어 있었다.

　술이 취한 사람들은 아이들을 깨워서 악수들을 한 번 하고 가자고 하였지만 내일을 위해서 그러면 안 된다는 의견들에 따랐다.

　이튿날 서울 대표팀과의 경기 때는 더 많은 고향 사람들이 모이어 응원을 하였다. 경기는 결국 1점 차로 졌지만 그런 이유로 더 결판진 잔치가 벌어졌다.

돌과 잎사귀

이번 여행은 글쎄 여행이라고 하기에는 좀 곤란할 것 같았다. 늘 가는 팀대로 대장과 염시백, 그리고 얼치기로 따라다니는 그가 등산 준비를 해가지고 출발을 한 것이다. 준비래야 뭐 배낭 속에 버너와 코펠 등을 챙겨 넣는 것이었고 고기를 좀 사고 술을 좀 사고 한 것이었다. 평소와 달리 것은 안양 시외버스 정류소 앞에서 집결한 것이 아니고 대장의 근무지가 있는 오류동에서 집결하여 마이크로버스를 빌려 타고 가게 되었다.

따지고 보면 다른 것은 그것만이 아니었다. 늘 생각이 나면 서로 연락을 해가지고 가령 수리산이나 관악산 같은 데에 올라가 밥을 한끼 해 먹고 소주를 마시며 실컷 떠들다 오므로 해서 스트레스를 해소한다고 할까, 각다분한 박봉생활의 먼지를 좀 털고 오는 것이었을 뿐, 거기에 다른 아무것도 없었는데 이번 등산 아니 여행에는 좀 달랐다.

"돌 하나만 주워 오면 본전이 빠진다고."

대장의 설명이었다. 고집 대장이라고 할까 좌우간 고집이 세어서 그런 이름이 붙은 김 선생이 이번 일만 해도 혼자 결정을 해놓고 바빠서 죽겠는 그를 가자고 하면서 하는 설명이었다.

다른 때보다 회비가 좀 많았던 것이다. 버스의 기름값도 있고 전에 없이 먼 거리에다가 가는 곳이 대장의 친척이 있는 동네이기 때문에 뭘 좀 사가지고 가야 하였다. 물론 가서 그만한 신세를 질 것이라는 속셈이긴 하지만.

"돌 두 개만 가지고 오면 남겠구만."

그가 그렇게 말하자 대장은 벌써 전화 속의 음성이 격하여진다.

"이 사람아 농담이 아니야. 그것도 좋은 것만 고른다면 차비가 문제가 아니란 말이야. 그리고 그것뿐이 아니야."

"또 뭐가 있어?"

"글쎄 그런 게 있으니까. 여러 소리 말고 4시까지 그리로 와."

그리고 전화를 끊는다. 사실 등산에 관한 한 그는 항상 그렇게 끌려 다녔었다.

그것은 염시백도 마찬가지였다. 그런데 이번의 경우 염시백도 대장과 뜻이 맞았다.

"전부터 갈려고 하던 곳인데 잔말 말고 가자고."

어떻든 그렇게 해서 토요일 오후 4시에 세 집 내외와 아이들 그리고 운전기사의 가족 그렇게 10여 명이 널찍하게 자리를 하나씩 차지하고 앉아서 제천을 향해 떠났다. 우선 한동안 지하철 공사로 붐비는 남부순환도로를 지루하게 빠지고 조금 한가한 길을 달려서 성남을 벗어나자 정말 시원스럽게 달렸다. 속도도 빨랐지만 새로 터널이 뚫리고 포장이 된 후로 처음 가보는 길이고 또 대부분 초행이어서 아주 새로운 느낌이 들어 연방 야! 야! 탄성을 발하였다.

때마침 단풍이 짙게 물든 늦가을의 주말 오후여서 일기가 쾌적하고, 모처럼 지기知己와 그 내외까지 회동을 하니 참으로 흐뭇한 기분이었다. 거기에 빠질 수 없는 것이 있다. 물론 그런 준비도 충분히 되었고, 이 집 저 집 색다른 안주를 해와서 푸짐하였다. 어쩌면 그런 이유로 해서 흐뭇한 마음이 들었는지도 모른다.

"자아, 받아라. 너는 뭐 그렇게 밤낮 바쁘고 이유가 많으냐?"

대장은 그에게 플라스틱 잔에다 철철 넘치게 따라 주느라고 술을 쏟으며 따지는 것이었다.

"아아이, 그렇다고 옷에다 쏟으면 어떻게?"

그가 잔을 받고 웃으며 눈을 흘기자

"괜찮아 금방 마를 테니까."

염시백은 그러면서 자기도 술을 철철 넘치게 따라 준다.

"원 이거 참!"

그는 두 손에 잔을 들고 차의 진동에 쏟기지 않으려고 두 잔을 번갈아 마실 수밖에 없었다.

빠져나올 때는 힘들어도 이렇게 나오니 참으로 홀가분하고 좋았다. 그것을 시인하는 것은 대장에게 항복을 하는 것이 되기도 하지만.

어떻든 염소를 닮은 염시백의 즉흥시가 흘러나올 때쯤에는 어느새 석양이 뉘엿뉘엿 뒷걸음질 치고 추수를 해놓은 가을 들판이 스산하게 느껴졌지만 버스 안은 노래를 부를 정도로 만추의 흥에 취해 있었다. 그리고 아이들이 가을이라 가을 바람…… 하는 노래를 부르기 시작하자 차 안은 다 따라 노래를 부르기 시작했다.

그리고 대장이 뭐 딴 것이 있다고 하더니 여자들끼리 아까부터 쑥덕쑥덕 하던 것이 바로 그것이었다. 거기가 고춧골인데 오는 길에 고추와 마늘을 사가지고 오면 아주 실비로 김장을 할 수 있을 거라는 것이었다.

그러니까 이번 여행은 그런 여러 가지 다목적적이었다. 그러나 그것은 하나의 계산이고 돌을 줍는 것도 그런 성질이고 참으로 산이 아름답고 물이 좋은 곳이라는 것이었다. 이윽고 곧 어두워져서 충주를 지나서 털털거리는 자갈길을 따라 제천군 한수면 송계리에 당도한 것은 캄캄한 밤중.

대부대가 한꺼번에 시골집에 들이닥치니 온통 법석이었다. 두메 골짜기 마을까지 버스를 타고 밤중에 들이닥친 이 내방자들에 대해 그저 자다 깨어 얼떨떨하게 바라볼 뿐이었다.

대장의 친척이 되는 집만 해도 이 식구들을 한 집에 다 수용할 수도 없고 해서, 이 방 저 방을 비우고 옆집까지도 깨우고 또 한 머리서는 저녁 식사를 하느라고 야단이었다.

그런 틈에서 대장은 먼 형뻘 되는 이 집의 가장에게 이 사람 저 사람을 닥치는 대로 소개를 하였고 또 여러 번 다녀서 대장이 아는 마을 사람들에게도 소개를 시키었다. 이 사람은 시를 쓰는 아무개이고 이 사람은 뭘하고 이 사람은 어떤 사람이고…… 그것도 그냥 말로만 인사를 할 수가 없어, 그들이 사온 술을 대접하기 위해서 술상을 차리느라고 김치 내와라 젓갈 내와라 잔 내와라 정말 야단법석이었고, 여자들과 아이들은 세수를 한다 옷을 입는다 해서 더욱 부산을 떨었다.

이윽고 방금 띄운 청국장에 기름이 자르르 흐르는 햅쌀밥을 해 들여왔다.

실은 차 안에서 이렇게 늦을 것을 예상하여 요기들을 하였고 남자들은 술들도 취하였지만 이런 밥을 보고 사양하는 사람은 없었다. 안방의 아랫목과 윗목에 두 줄로 상을 차린 데에 잔뜩 둘러앉아 달게, 늦은 식사를 하였다.

배추김치도 특별히 맛이 있고 무우도 맛이 특이하고 고추장도 입에 짝짝 들러붙었다. 그리고 철분이 씹히는 숭늉도 그렇게 구수하고 구미에 당길 수가 없었다.

아침엔 일어나는 대로 모두들 개울가로 나갔다. 정말 아침의 개울은 밤중에 보는 것과는 딴판이었다. 온통 개울가가 아름다운 돌로 널려 있는데 특히 어떤 것이 좋고 어떤 것이 못하고가 없이 다 갖고 싶은 것들이었다.

"야, 참 좋네!"

"참, 말 그대로군!"

염시백과 그가 감탄을 하자,

"내가 언제 공수표를 뗐냐?"

대장은 큰소리를 탕 친다. 그리고 경험자연하게 경고를 한다.

"너무 욕심 부리지 말고 잘 골라서 한 손에 하나씩만 가져 가."

그러나 이렇게 탐이 나는 돌을 두 개씩만 갖는다는 것은 말도 안 되는 소리였다. 어떻든 다 가져갈 수는 없으니 좋은 것을 골라야 될 텐데, 좋은 것이 너무 많다.

그렇게 한참 돌을 골라 모으고 있는 데 밥 먹으라고 마을에서 불러댄다.

아침 식사는 돌 줍느라고 강변을 헤매어서 그런지 밥맛이 더욱 좋았다.

아침 식사 후에는 남자들은 다시 돌을 줍고 여자들은 고추나 마늘을 사 모았다.

물론 돈을 다 주고 사는 것이었지만 좋은 물건을 택할 수 있었다. 가령 고추를 건조실에 말린 것보다 햇볕에 말린 것을 산다든지 통이 굵은 마늘을 산다든지 좌우간 제 값을 주고 산다고 할까, 그런 계산으로 햇콩도 사고 감도 사서 사과 궤짝에다 넣었다.

그렇게 하여 버스는 사람이 앉을 자리도 없이 짐으로 꽉 찼다.

그는 주운 돌을 반은 포기하고 아름다운 색깔로 단풍이 든 감나무 잎을 한 줌 재어 담았다. 대장의 동생뻘이 되는 사람이 피나무로 만든 바둑판과 독사를 한 마리 병에 넣어서 물론 대장에게 준다.

"안녕히 가세유."

"잘 가유."

대장의 친척뿐 아니라 마을 사람들이 떠나는 버스를 그렇게 전송해 주었다.

"안녕히 계세요."

"안녀엉!"

여자들과 아이들이 손을 흔들며 그렇게 또 인사를 하였다.

버스 안에는 읍내로 가는 몇 사람이 편승을 하였다. 짐 때문에 한 자리에 세 사람씩 앉아야 했다. 거기서도 서로들 인사를 하고 얘기를 하며 가게 되었는데 내리받이 산골길 좌우에는 빨갛게 감이 잔뜩 달린 감나무들이 간간이 탄성을 발하게 하였지만 그 밑으로 이삭이 꼿꼿이 선 채 베지도 않은 벼들이 태반이었다.

그것을 보는 순간 다른 사람도 그랬지만 왜 그런지 같이 탄 마을 사람들을 보기가 미안하여 눈을 감았다. 뭘 좀 사기도 했고 점심엔 개울가에서 버너로 그들이 준비해 간 것을 야단스럽게 장만하여 대접을 하기도 했지만 그런 것 가지고는 도저히 상쇄될 수 없는 미안한 마음이었다.

그가 잠에서 깨었을 때는 다시 어둠이 깔린 도시의 매연 속이었고 집에 왔을 때는 힘겨운 이날의 짐을 끌러볼 기력조차 없이 피로에 지쳐 있었다.

이튿날 돌을 꾸린 것을 풀다가 그는 그 아름답던 감나무 잎사귀가 아주 보기 싫게 색깔이 바래 있는 것을 발견하고는 공연히 주워왔다는 생각을 하였다. 그리고 돌은 색깔은 변하지 않았지만 개울을 따라 그 내리받이 길을 따라 내려오던 기억이 자꾸만 되살아나게 하는 것이었다.

산마을 사람들

1

산지기라는 호칭을 사용하기가 언젠가부터 무척 조심스러워졌다. 안 듣는 데서는 아직도 그렇게 부를 수밖에 없지만 듣는 앞에서는 적당히 다른 호칭을 쓴다. 아니 적당한 호칭이 없어서 얼버무리는 수가 많다. 이름을 부르기도 그렇고 이씨 박씨 하기도 뭣하고 해서, 저 뭣이라 농사는 잘 됐어여? 사태는 안 났는가? 용건을 바로 얘기한다. 어투도 애매하다. 반말도 아니고 하게도 아니고 하소는 더구나 아니다.

시대가 많이 바뀐 것이다. 어제 오늘의 사정은 아니지만 누구에게 매여 사는 것 눌리는 것 그런 종속 관계가 차츰 바래져 갔던 것이다. 민중이 어떻고 할 것 없이 물이 흐르듯이 자연한 이치인지도 모른다. 그리고 여기서 하려는 얘기는 그런 시대니 민중이니 하는 그런 거창한 이야기도 아니고 몇 군데 산골 마을의 구석에 깔린 답답한 이야기일 뿐이다. 캐캐 묵은 어쩌면 귀신 씻나락 까먹는 객담이 될지도 모른다. 하지만 그는 몇 사람의 산지기에 대한 얘기를 그냥 산 속에 묻어버리고 싶지는 않았다.

240

그가 묘사를 다니기 시작한 것은 마흔이 넘어서였다. 그것도 아버지가 갑자기 타계하고부터이다. 조상에 대하여 특히 저 웃대 선조에 대하여 그렇게 관심을 갖지 않고 살았었는데 그들 조상을 만날 때가 가까워서인지 고향의 산속 마을로 발길이 닿은 것이었다. 우선 길을 알아두고 묘를 알아두자는 것이었는데 그것이 그렇게 쉬운 일이 아니었다.

골짜기가 하나 둘이 아니었다. 설부리미의 피밭자리, 장자올의 앞실, 안희실 뒷산(이 산골짜기의 이름은 잘 모른다), 용호리의 홈뒤[楡北], 복호동 악수골의 까막재, 그렇게 다섯 군데 여러 골짜기를 닷새 동안 다니면서 묘사를 지내는데 솔직히 말해서 그 중에 길을 반은 모르고 묘의 주인-몇 대 어느 할아버지인지-도 반수 이상 모르는 것이었다. 처음에는 녹음기 카메라를 메고 다니며 길의 코스를 세밀하게 말로 하여 녹음하기도 하고 사진을 찍어 두기도 하였지만 그것을 정리해 놓지도 못하였고 열의가 점점 식어갔던 것이다. 다시 말해서 한 마디로 그것이 그렇게 쉬운 일이 아니었다.

골짜기들이 서로 거리가 꽤 떨어져 있었다. 산꼭대기에서 보면 이쪽 골짝 저쪽 골짝에 해당하는 것이지만 바닥에서 볼 때는 상당히 돌아다녀야 하는 거리였다. 그런데 묘사를 지내는 사람이야 뭐 쉬엄쉬엄 음복을 해가며 이런저런 얘기도 해가며 다니는 것이지만 산지기는 앞장을 서서 제물을 끙끙 지고 다녀야 하는 것이었다. 물론 벌초를 말끔히 해놓고 묘지기를 겸하는 일이었다.

그들에게는 많지는 않은 대로 묘사답이 있고 산을 다 맡기었다. 서너 마지기 농사를 지어 쌀 한 가마니 정도 한 10분의 1을 제물과 그 비용으로 쓰는 것이다. 또 산의 재목을 통째로 베어 내지는 못한다 하더라도 땔나무를 마음대로 할 수 있고 힘닿는 대로 밭을 일구어 갈아먹을 수도 있고 표고 같은 것을 재배할 수도 있는 것이다.

그러나 그것을 옛날 호랑이 담배 먹던 때의 이야기이고 지금은 아무도 그 노릇을 할려고 하지를 않았다. 땅도 좋고 산도 좋다. 그런데 가꿀 인력이 없는 것이었다. 더구나 산골 비탈진 곳의 올망졸망한 삿갓 다랭이에 무엇을 심어서 나오는 소출을 가지고 어쩌고저쩌고 한다는 것이 도무지 계산에 닿지 않는 일이었다. 머슴이라는 집시와 같은 존재의 일꾼이 사라진 지는 오래이고 도무지 젊은 사람들 힘쓰는 인력이 마을에 없는 농촌인데 산촌인 경우는 그 정도가 더욱 심하였다.

더구나 요즘 산에서 나무를 해다 때는 경우는 어느 마을이나 어떤 오지奧地 산골이라 하더라도 극소수에 불과하고 그것도 가까운 지점에서 해결하지 깊은 골짜기까지 오르내리지를 않는 것이었다. 그러니 도무지 길이 없었다. 산의 길, 산길의 다른 용도도 있었겠지만 주로 나뭇길이었던 모양이다. 등산로라는 것은 참으로 사치한 이야기이고 그것도 이름도 없는 이런 골짜기에는 등산객의 발길이 닿지도 않았다. 산이란 산지기에게 아무 소용이 없는 존재가 되었다. 다른 사람들이 나무를 할 때 소리를 질러 못하게 하고 심한 경우는 해놓은 나무를 빼앗아 오는 일, 그런 위세마저 상실한 산지기에게는 오직 묘에 벌초를 하고 제물을 져나르기 위해 길 닦는 일만이 남아 있는 것이었다.

"일삼아 톱으로 잘라 내고 숫돌을 갖다 놓고 낫을 갈아가며 길을 냈어여. 안 그러만 여 댕기지도 못해여."

안희실의 새로 바뀐 산지기-원래 그는 산지기가 아니었다-가 제물을 끙끙 지고 올라가며 말하는 것이었다. 말투도 애매했다. 존대를 하는 것도 아니고 맞먹을려고 하는 것도 아니고 어정쩡하

242

게 나오는 것이었다. 그러나 그것을 탓할 수도 없었다. 그 사람 김씨-김영일 씨-는 원래 산지기가 아니고 꽤 택택하게 농사를 짓고 있는 양반이었던 것이다. 양반 얘기를 하자면 또 길지만 그 얘기는 접어두고 좌우간 김씨는 산지기를 하던 이씨의 옆집에 살던 사람으로 묘사를 갈 때마다 놀러 와서 산골 얘기를 구수하게 들려주던 처지였다. 묘사 전날 저녁에 도착하여 묘사답을 부치는 사람이 성의껏 차려 내는 술상을 앞에 놓고 친족들 간의 쌓인 이야기를 하는 자리가 되는데 주로 농사 짓는 얘기 매상 얘기 출하 문제 등을 가지고 정보 교환을 하고 격론을 벌이기도 하고 때로는 집안 문제를 가지고 의논을 하기도 하고 말하자면 세미나를 하는데 김씨는 새로운 종자 개발에 대하여 특수작물 재배기술에 대하여 솔깃한 얘기를 하여 모두들 감탄을 시키곤 하였던 것이다. 주로 산마을에 살면서 약초 재배를 실험해 본 경험담들이었다.

"제가 벼락부자 되는 방법 하나 알으켜 줄까요." 그렇게 시작을 한다든지, "이거 한 번 해보면 돈 끌어 모아여, 그만." 구미를 당기게 하는 얘기가 한이 없었고 또 그 얘기들 하나하나가 다들 무릎을 치게 하는 것들이었다. 그것이 한해 두해가 아니고 해마다 반복되고 실제로 부딪쳐 보고 온 터라 더욱 실감이 났던 것이다.

말하자면 김씨는 살기가 괜찮은 사람이었다. 떼돈을 벌고 대단히 잘 입고 잘 먹는 것은 없어도 누구한테 아쉬운 소리 안 하고 자기 고집대로 사는 택택하고 단단한 사람이었다. 그런데 그가 왜 이렇게 산지기 노릇을 하게 되었는가. 그것도 자원을 해서 말이다. 그 얘기는 간단하였다.

산지기를 하던 이씨가 야반도주를 하였던 것이다. 빚에 몰려 견디지 못하고 집도 비워둔 채로 옆집 사람들에게도 말 한 마디 없이 종적을 감추고 이날까지도 아무 소식이 없는 것이었다. 그런 것도 모르고 온 우리들에게 김씨는 제수를 준비해 놓고 기다리고 있었다.

양반이었다.

2

산지기 이씨가 마을을 떠난 사정은 설명을 듣지 않아도 잘 안다. 이 마을 사람들은 물론이고 다른 누구도 한 마디 얘기만 들으면 금방 안다. 오죽하면 정든 마을 정든 집을 그냥 버리고 갔을까. 말도 한 마디 없이. 말로 해서 얘기로 해서는 안 되기에 그냥 간 것이다. 그리고 오지도 못하는 것이다.

"헛 참 사람도!"

"참 사람하곤!"

"글쎄 말이라요……."

말을 듣는 쪽이나 하는 쪽이나 안쓰러울 뿐이다. 사람이 밉고 원망스럽다기보다 그런 지경으로 사람 꼴을 만들어 놓은 그 사정이라는 것이 참으로 안타까운 것이었다.

농촌을 떠난 지가 오래된 그도 그 사정을 대략 알 수 있을 것 같았다. 그래서 그냥 고개를 끄덕거리면서 산지기 이씨의 기억을 떠올려 보았다. 1년에 한 번 묘사 때 만나는 것인데 그나마 거르기도 해서 그저 몇 번 만난 셈이다.

키가 자그마하고 얼굴이 큼지막한 40대 중반의 농군인 이씨는 김씨와는 사뭇 다른 데가 있었다. 목이 약간 쉰 듯한 말소리였지만 어투부터가 고분고분하고 굽실 굽실하였다. 나이가 조금 아래인 그에게도 깍듯이 하오를 할 뿐 아니라 식사를 할 때도 밥그릇을 방바닥에 내려놓고 꿇어앉아서 하는 것이었다.

"술이 좋지 않은따나 좀 자시고 식사를 하시이소."

또 막걸리 주전자를 들고 술을 주욱 치는 것이었다. 나이 어린 사람에게까지 꿇어앉아 가지고 충북과 경북의 접경지대인데 경상도 사투리가 많았다.

"찬은 없은따나 많이 자시이소."

술을 권하다가 식사를 권하다가 또 술을 따랐다.

잔득 고춧가루를 털어넣고 돼지고기를 숭숭 썰어놓은 무국에 또 고춧가루더비기의 김치 깍두기 고춧잎 고들빼기 갖가지 산나물 그리고 제물로 차린 적과 떡을 상이 비좁도록 차린 식단은 도시 음식을 먹던 그에게 뿐 아니라 다른 시골 사람들에게도 특별한 대접이었다. 거기다가 저녁상을 물리고 소화가 채 되기도 전에 다시 술상을 차려가지고 들어왔고 아침에도 잔 자리에 술상부터 차려 들였다. 술국에 해장술이었다.

음식이 많고 적고 맛이 있고 없고가 문제가 아니고 그 마음과 성의가 대단하였다. 그런 정도가 옛날에 적어도 그의 아버지가 다닐 때만 해도 훨씬 더하였고 진하였던 것은 말할 것이 없다. 그 사실을 잘 알고 있는 다른 일행은, 나이 어린 조카들까지 이런 융숭한 대접들에 익숙해 있었다. 그래서 산 날망에까지 두 행보를 끙끙 져 올려 차려놓은 묘사의 제물에 대하여 이러니저러니 말을 하였다.

"산적이 없구만 그랴."

"포가 너무 해참하네."

그렇게 나무라기도 하고, 한 번은 탕을 빠뜨리고 왔다고 하여 내려 보내어 한 행보를 더 시키기도 했다.

이씨는 군소리 한 마디 없이 단숨에 달려갔다 오느라고 땀을 뻘뻘 흘리면서 백배 사죄를 하는 것이었다.

또 한번은 묘삿날 아침에 갑자기 속이 뒤틀려 참지를 못하고 소동을 피우다가 차를 불러 병원에 가느라고 아들이 대신 짐을 지고 가게 되었었는데, 위경련이라든가 주사를 한 대 맞고 되짚어 올라온 이씨가 다시 백배 사죄를 하는 것이었다.

그런 기억을 떠올리면서 그는 이씨의 야반도주에 대해서 그 나름대로 생각을 해보았다.

묘사답이 너 마지기이다. 묘사를 지내는 다른 곳보다 그래도 이곳 논다랭이가 제일 반반하고 바로 집 앞에 있었다. 말하자면 문전옥답이었다. 거기에다 집터에 딸린 텃밭이 좀 되었고 산 밑에 일군 밭떼기도 꽤 되었다. 그리고 이씨네가 원래 갖고 있던 논밭도 조금은 있었을 것이다. 또 김씨와 같이 그렇게 머리를 쓰고 부지런하게 거두지는 못한다 하더라도 양귀비만 빼놓고는 얼마든지 약초를 재배할 수도 있었고 산비탈에 표고버섯을 재배한다고 해도 상당한 수익을 올릴 수 있을 것이었다. 산은 산지기가 관리하는 것이었고 발매를 하는 것이 아니고 사태가 나지 않게 하는 정도라면 얼마든지 벌채도 가능한 일이었다. 아니, 꼭 그 산이 아니고 밭에다 재배를 하지 않더라도 마음만 먹으면 여기저기 아무 산이나 들에서 많은 약초를 캘 수도 있었다.

그런데 이씨는 어느 날 갑자기 손을 들어버린 것이다. 나이가 그렇게 많은 것도 아니고 건강이 그렇게 좋지 않은 것도 아니고 식구가 그렇게 많은 것도 아닌데 대대로 살아 내려온 고향과 정든 집을 버리고 잠적을 해버린 것이었다. 집만 버린 것이 아니라 손때 묻은 가구, 그것이 그렇게 값나가는 것은 아니라고 하더라도 아침저녁으로 편리하게 사용하던 가재도구들을 거의 다 고스란히 내버려두었고 장독이니 김칫독이니 하는 큰 그릇들은 물론 작은 그릇들도 그냥 둔 채였다. 그런 것들뿐 아니고 대부분의 살림살이를 그냥 두고 이불 옷가지들 좀 하고 당장 해먹을 솥단지, 식기, 수저만 가지고 몸만 빠져나간 것이었다. 차를 하나 대절한 것도 아니고 식구들끼리 그것도 밤중에 이웃에게도 알리지도 않고 이고 지고 갈려니 어쩔 수가 없었던 것인가.

어디로 간 것인지, 가서 무엇을 하고 있는 것인지, 전혀 알 길이 없는 것이다. 바로 옆에 사촌보다 더 가까이 살던 김씨에게도 얘기하지 않았을 뿐 아니라 김씨 자신도 전혀 감을 잡을 수가 없다는 것이다.

"몰라여. 뭐 어디를 갔는지 아무한테도 얘기한 사람이 없었으이 뭐 알 수가 없어여."

그러면서 김씨는 대구에 동생이 있고 부산에 누가 있고 서울에 누가 있고 하는 연고를 대어보았지만 그 쪽으로 갔는지 오히려 피해서 다른 데로 갔는지 종잡을 수가 없는 것이다.

"빚을 좀 지긴 졌어여. 하우스(비닐하우스)를 한다 경운기를 산다 해서 농협 빚도 쓰고 마을 돈도 쓰고 했는데 빚이야 살아가면서 갚으면 되는 것인데 어짠 택인지 모르겠어여."

김씨는 어제 저녁 늦게까지 하던 얘기를 틈만 있으면 잇고 있었다. 끙끙 짐을 지고 가면서. 그리고 지게를 바치고 쉬는 참에.

이런 이야기도 하였다.

"아이들 교육 문제로 늘 걱정을 하긴 했어여. 아들놈들에게는 이 짓을 넘겨주지 않아야 하는데 한 타령으로 떡을 치고 있으니 어짜만 좋으냐고 가을만 되만 한탄을 해쌌어여."

그것이었다. 그는 이씨가 그런 이유로 마을을 뜬 것이라고 단정을 하고 한참 혼자서 고개를 끄덕거리며 산을 올랐다.

그 땅에 농사를 알뜰하게 짓는다면 밥은 먹을 수가 있고 물론 묘사도 지낼 수가 있고 여러 가지 사람 노릇도 할 수 있을 것이다. 그러나 아이들 교육을 마음 먹은 대로 시킬 수는 없는 것이었다. 교육을 어디까지 시켜야 하느냐 하는 문제는 특히 농촌에서 잘 생각해 봐야 될 일이지만 누구에게나 욕망은 한이 없는 것이다. 그런데 이 마을에서는 고등학교까지는 몰라도 그 이상 대학 대학원을 보낸다는 것은 정말 특별한 경우가 아니고는 어려웠다. 땅이 대단히 많고 농사를 많이 지어서 매 학기 쌀을 100여 가마 씩 낸다든지 땅 팔고 소를 판다든지, 땅은 작지만 머리를 써서 수익을 많이 올린다든지, 또 공부를 정말 잘하여 장학금으로 다닐 수 있다든지, 그 어느 것도 쉬운 조건이 아니었다. 어떤 경우가 됐든지 이 골짜기에도 대학생이 하나 둘 늘어나긴 하지만 이씨와 같은 경우는 그 어디에도 해당이 되지 않았다.

그는 계속 혼자 고개를 끄덕거리다가 옆에 같이 걷고 있는 조카에게 그런 얘기를 하였다. 그런데 알고 보니 나이가 그보다 위인 조카는 아들을 얻기 위해 딸을 넷을 두었으며 그 아이들이 둘이나 고등학교를 나왔지만 대학을 보낼 생각을 못하고 있는 처지였다. 아들은 어떻게 해서라도 대학까지 가르쳐야 한다고 마음먹고 있겠지만.

"글쎄에……."

조카는 덤덤한 반응을 보인다.

그는 괜한 소리를 했다고 후회를 하였다. 그러나 조카는 다시 말한다.

"그러면 다 정리를 하고 갈 것이지. 그냥 이래 두고 가면 어쩌라는 기라."

조카는 웃으면서 말하고는 한 마디 더 덧붙인다.

"우리 마을에도 빈 집이 수두룩해야."

"그래애?"

그는 일관성이 없는 조카의 말을 듣다가 생각의 방향을 잃어버리고 말았다.

3

그러니까 비단 이 산마을만의 현실이 아니고 꼭 이씨만의 사정이 아닌지 모른다.

다만 참고 살 뿐인지 모른다. 어떤 기대를 가져서가 아니라 다른 방법이 없기 때문이다. 재주가 없기 때문이다. 어쩌면 재주를 피울 줄 모르기 때문인지도 몰랐다. 재주를 안 피울려고 하는지도 모르고 좌우간 그것이 중요한 것이 아니고 실상이 문제가 아닌가.

하여튼 그 이씨에 대한 이야기는 그때 시사가 끝날 때까지 모두들 마음속에 껄쭉하게 남아 있었다.

"참, 사람도!"

"원! 사람하곤!"

"그 사람도 참! 그렇게 재주가 없었나."

모두들 입을 다시었다. 술잔을 들 때도 그리고 담뱃불을 같이 당길 때도 못내 섭섭해 하고 아쉬워했다. 말끝마다 사람을 들먹거리긴 하였지만 그 사람이 미운 것이 아니라 그런 현실이 원망스러운 것이었다.

"아니여, 그 사람 재주를 부린 거여."

"글쎄 그런지도 모르겠네."

이렇게 냉담하게 산지기 이씨를 평가하기도 하였다. 그도 그 편에서 고개를 끄덕거리고 있었다. 뭐라고 말을 할 수는 없었지만 사람 재주에 대한 이 산마을의 척도를 조금 알 것도 같았다.

그 해 안희실 묘사에서는 그 일로 해서 다른 이야기는 나누지도 못했다. 제물에 대해 이러고저러고 할 처지도 물론 되지 못하였고 농사에 대한 것과 집안 문제들을 내놓고 이렇게 저렇게 의견을 나누며 술을 마시고 걸으며 이야기하는 세미나-심포지엄이래도 좋고-는 이루어지지 못한 셈이었다. 김씨가 늘어놓던 기발한 농사법 떼돈 버는 방법에 대한 정보 그리고 눈을 껌적껌적하며 시부적시부적하던 농담도 들을 수가 없었다. 술과 떡, 산적, 건어물 등 음식들에 대한 맛도 잃어버리고 그러면서 김씨에게 오히려 사정을 하다시피 하였다.

"잘 부탁해요."

"뭐 어짜는 기라요. 곧 돌아올지 모르잖아요."

"하마!"

이렇게 한 마디씩들 하였다.

"어쨌든지 잘 한다 못 한다 소리는 하지 말아여. 뭐 이웃에 사는 죄로 하는 데까지는 해보겠어여."

김씨는 눈을 껌벅껌벅하고 입맛을 쩝쩝 다셔가며 대답을 하였다.

그 말은 액면 그대로인지 모른다. 다만 이웃에 산다는 이유만으로 그렇듯 힘들고 거북한 짐을 자청한지도 모른다. 그는 그런 김씨의 사고를 그의 마음속에 대입시켜 보았다. 잃어버렸던 농경사고農耕思考가 희미하게 떠오른다. 그러나 그는 이번에는 고개를 젓고 있었다. 그로서는 너무나 먼 이야기로써 이해 가능하지 않은 사항이었던 것이다.

다음 묘사 차례는 설부리미의 피밭자리이다. 경상도(경북)와 충청도(충북)의 경계인 우두령을 넘어서 있는 곳이다. 여기 묘사는 같은 집안의 족질族姪이 차리고 있었다. 몇 년째 고사를 하고 있는 터였다. 집안인데도 안 하겠다는 것이다. 못 하겠다는 것이다. 참으로 깊은 산골이었다. 설에 집에 왔다가 눈에 갇혀 보름에나 간다고 하여 설부리미(설 보름)이다. 벼보다 피가 많아 피죽을 먹고 살았다는 것인지, 고증도 할 길이 없는 깊은 골짜기 하늘 아래 첫 동네 피밭자리. 팔밭(화전)을 일구어 살던 외딴집이었으나 지금은, 6. 25전쟁 후 공비들의 출몰 때문에 그런 독립 가옥들은 다 철수를 하고 조금 내려와 그래도 꽤 여러 가구 어울려 마을을 이루고 살았다. 그 동네의 제일 윗집을 지키고 사는 족질은 이미 회갑 진갑 다 지나 머리가 허옇고 아이들도 다 장성하였지만 지게를 면하지 못하고 있었다.

묘사답도 골짜기의 삿갓 다랭이 서너 마지기였다. 모를 다 심고 삿갓을 들자 그 속에 한 다랭이가 빠져 있었다고 할 정도로 형편 없이 작은 논들은 그나마 비가 오지 않으면 속을 태우다 메밀을 갈아야 하는 봉천지기 천수답이었다. 지금이야 메밀을 심지도 않을 뿐 아니라 높은 배미는 반은 묵히고 있는 처지였다.

그 땅에 대한 소출도 문제지만 족질의 나이가 많고 신양까지 있는데다가 떡짐을 지고 길도 없이 험한 산등성이를 몇 개씩 올라다니기가 여간 힘들지 않았던 것이다. 우두령 재를 넘어 악수골까지 직선 거리로도 6, 7킬로는 실히 되는 거리였다. 도계를 넘어 날등을 타고 내려갔다 올라갔다 하는 악수골 까막재에 있는 묘사 하루, 이쪽 피밭자리의 묘사 하루, 이렇게 이틀을 지나던 것을 어느 해부터 하루로 몰아서 하도록 하였는데도 도저히 못하겠다고 하는 것이었다.

아이들이 그것을 계승하려 하지 않기 때문이다. 하기야 대학까지 나왔으니 그런 아버지의 유산을 거둘 수가 있는가. 아무리 임학과를 나왔다 하더라도 말이다. 그 임학과 나온 아들이 임학에 대한 연구를 한다거나 산림의 생산적인 일에 종사한다면 또 모를 일이지만 공산품 외판을 하고 있었다. 그러자니 말끔히 양복에 넥타이를 착용하고 머리에 기름을 바르고 구두에 흙을 묻히려고 하지 않았다. 그런 차림으로 어떻게 지게를 질 수가 있었단 말인가. 자기가 지게를 질 수 없는 대신 아버지에게 자꾸 하지 말라고 만류하고 또 그것이 안 되자 아예 묘사 때는 오지 않았다.

족질은 계속 사양을 하다가 누구를 대신 주었었다. 그도 남이 아니었는데 이태를 못 넘기고 손을 드는 것이어서 족질이 다시 맡는 수밖에 없었다.

뭐 산지기 노릇 묘사 차리기가 어렵다는 것이 아니다. 농사 몇 마지기 가지고 살기가 참으로 어렵다는 이야기이다. 특히 산골 다랭이 논 가지고 말이다. 하루 이틀 수고하면 되는 일, 그저 10분의 1, 20분의 1만 바치면 되는 것이지만 그것을 희망하는 사람이 도무지 없었다.

족질은 하는 수 없이 이런 제안을 하는 것이었다.

"코크레인을 대가지고 말이라, 논을 한 다랭이나 두세 다랭이로 만들어줘 봐여. 내 산 도막에는 해볼 테니께. 누굴 맡겨도 그냥은 못 해여."

포크레인 얘기를 하는 모양인데, 족질도 누구한테 하는 말인지 어정쩡하였다.

그러나 뭐 말투가 문제가 아니었다. 그 비용을 들어보니 너무나 엄청났다.

"글쎄."

"글쎄에."

그러면서 모두들 그를 쳐다보는 것이었다.

그가 항렬이 높아서인가, 다른 뜻에서인가. 뒤에 안 일이지만 후자였다. 좌우간 그 정지 비용은 거의 사는 값이나 맞먹는 것이

252

었다.

땅에 대한 이야기, 묘사답 벌초답에 대한 이야기는 또 길다. 악수골 까막재, 용호리 홈뒤 골짜기의 묘들과 산지기 깎음에 대한 이야기는 다시 우두령 길마재를 넘어 경상도 쪽으로 자리 잡고 있는 것이었다.

거기서 만나본 산지기 그리고 들은 이야기는 더욱 어둡고 답답하였다.

4

이번 길은 발길이 무거웠다. 무슨 평계를 대고 빠질 수도 늦게 갈 수도 없었다.

그가 묘사에 따라다닌 지도 그럭저럭 10년이 훨씬 넘었다. 10월 10일부터 2일간-원래는 나흘 동안 지내던 것인데 줄여서 이틀이 된 것이지만-일정을 비워놓아야 했다. 음력으로 치기 때문에 달력을 보아야 짤 수 있는 스케줄이기도 하였다. 주말이 아니고 주중에 걸리면 참 몸을 빼기가 힘든 것인데 정 바쁘면 앞부분이나 뒷부분을 참례하기도 하고 그렇게 가다 보니 거의 매년 내려가게 되었다.

처음 내려갈 때는 묘사 전날 밤차를 타고 김천역에 새벽에 내려 역전에서 눈을 붙이고 아침에 올라가기도 하고 또 낮에 내려가서 저녁에 산마을로 올라가 여기저기서 묘사를 지내러 온 사람들과 합류하여 막걸리를 밤새 마시기도 하였다. 그럴 때는 하루가 더 소요되는 것이었지만.

술에 떡에 술국에, 술도 술이지만 오랜만에 만나서 나누는 얘기는 참으로 여유가 있었고 텁텁하였다. 밤뿐이 아니라 낮에도 산소

로 걸어 올라가면서 또 음복을 하고 다른 산소로 옮겨가면서 이
야기 저 얘기 묻어둔 이야기보따리를 끌러 놓는데 그것은 농사꾼
들의 동계 세미나인 셈이었다. 올 농사지은 것에 대한 보고도 있
고 농사 기술 정보에 대한 것도 있고 아이들 교육에 대한 것도 있
고 또 불평불만과 속이 상하는 얘기와 때에 따라서는 아들 장가보
내는 얘기, 딸 치우는 얘기, 부업으로 재미 본 얘기 등등 술을 걸
치면 억지소리를 하기도 하고 무릎을 치고 고개를 끄덕거리면서
흥분을 하기도 하였다.

그의 경우는 그들의 얘기를 들으면서 노트를 하기도 하고 녹음
을 하기도 하고 사진을 찍기도 하고 하였는데, 최근에는 그런 것
도 졸업을 하고 그들의 얘기 속에 끼어들어 짧은 지식을 털어놓기
도 하고 그들의 속상한 얘기를 대꾸 없이 듣고만 있기도 하였다.

"아니 그래 왜 해마두 매상은 값도 정하지 않고 하는지 모르겠
어. 어느 누가 값도 모르고 물건 파는 것 봤는가? 도대체 왜 일찌
감치 추곡수매가를 정하지를 못하느냐 말여."

"지금 국회가 돌아가지 않고 있잖아요."

"올해만 그런 게 아니고 매년 그런단 말여. 매년 도대체 국회의
원들은 어느 나라 백성인데 농민들을 이렇게 자빨트려 놓고 뭘 하
고 있단 말여 글쎄."

"그래 값도 모르고 팔았단 말인가요? 안 팔면 되잖아요?"

"하참! 답답하네. 안 팔면 그래 무슨 수로 돈 한 잎 만져본단
말여? 우리가 뭐 거미새끼여 수매가를 정해주지 않으니께 상인들
도 살 수가 없잖은가베."

"네에……."

그는 이날도 그저 고개만 끄덕끄덕하였다. 그가 속시원한 답변
을 할 주제도 못 되었지만 아무런 방법이 없는 현실에서 그런 불

평불만을 듣고만 있는 것이 방법이었던 것이다.

그리고 이날은 그런 세미나의 감상에 젖어 있을 수만은 없는 처지였다.

여러 해 묘사에 참례하는 동안 묘사 또는 친족 세미나의 분위기에 적응하기 시작할 무렵 그 술과 떡과 제수들이 아주 보잘것없는 묘사답墓祀畓에 의해서 힘겹게 치러지고 있다는 사실을 알게 되었었다. 적은 대로 소출된 곡식의 일부를 들여 장만한 떡이며 건어물이며 양조장에서 사온 싱거운 술이지만 젊은이들은 다 마을과 들판을 뜨고 골방골방하는 노인들이 바지게에다 술을 헐떡거리며 지고 올라오는 사실을 알게 되었을 때 술맛이 싹 가시었었고 그 술을 바지에다 부어대며 밤새 나누던 얘기가 운치보다는 삭막한 현실을 느끼게 했던 것이다.

그런데 그런 분위기도 알게 되어 사진 찍는 것이니 녹음하는 것이니 말수도 자제를 하던 작년 묘사 때 그는 그보다 더 서글픈 현실에 접하였던 것이다. 그래도 묘사답이 마련되어 있는 경우는 밤참도 나오고 아침에 해장술을 내오면서 "아무것도 자실 기 없으니 어째여?" 이런 헛인사라도 받았지만 용호리 복호동의 경우는 그렇지를 못하였다.

그 마을 뒤 홈뒤와 악수골 골짜기 있는 묘들은 궐사를 하고 있었던 것이다. 4대조까지 지내는 기제사가 끝나면 묘사를 모셔야 되는데 그냥 묵혀 두고 있는 것이다. 작년에는 처음 알아서 그랬다고 하지만 금년에는 뭐라고 할 것인가. 어떻게 할 것인가. 내려올 때부터 그런 걱정에 싸여 있었던 것이다. 그 얘길 꺼내야 되는데 답답하고 속상하는 얘기들만 하고 있는 것이었다.

아무런 대책이 없이 저물어서야 용호리를 갔다. 산 넘어 마을이지만 바닥으로 둘러 갈려니 오후 한나절이 걸리었다.

"이번에는 그냥 왔어요. 성묘나 하고 가려고요."

늙수그레한 산지기 오씨는 그거야 그쪽에서 알아서 할 일이 아니냐고 시큰둥한 표정으로 따라 나선다.

"지가 산 도막에는 묘는 알으켜 디려야지요."

오씨는 감을 따다 발을 다쳤다고 하면서 밑에서 이리 가라 저리 가라 이쪽이다 저쪽이다 원격조정으로 위치를 알으켜 주었지만 도무지 길이 없는 숲 속에 묘를 찾기가 힘들었다.

제4부

매화골 통신

매화골 통신

제1신
정월대보름 쇠기

매화나무의 꽃망울이 맺기 시작하였다. 마을에 어느새 봄이 와
있었다.

이름처럼 매화가 집집마다 흐드러지게 피어 있지는 않은 동네
다. 언젠가부터 이 집 저 집에서 매실 나무를 심기 시작하여 조금
있으면 다른 꽃과 같이 어우러져 꽃잔치를 벌이게 되지만. 매화
매梅자 골 곡谷자 매화골의 이름이 매화에서 유래된 것은 아닌 것
같다. 이 마을에서 나고 어린 시절과 도로 애가 되는 시기에 돌아
와 살고 있는 그도 정확히 잘 모르고 있다. 효자 매한손梅漢孫이
마을에 살았다는 데서 연유하는 것 같기도 했다. 손가락을 잘라
흐르는 피로 죽어가는 아버지를 살린 매효자에게 중종 14(1519)
년 충순위 벼슬을 내리고 이곳에 정문旌門을 세워 표창하였다. 마
을 사람들은 이 여각을 효자문이라 하여 들고 날 때마다 삶의 도
리를 생각하며 소중히 지키고 있다. 그 때 심었다는 노거수 느티
나무 그늘에 쉴 때마다 이 효자의 마을에 사는 기쁨을 느끼곤 한

다. 아, 얼마나 가슴 뭉클한 이야기인가.

경부선의 정 가운데 지점인 황간 역에는 무궁화호 기차가 하루 서너 번 서고 거기서 한 시간-통학시간에는 30분 정도-간격으로 홍덕리 물한리 고자리 천덕 등 네 골짜기로 가는 버스를 타면 10분도 안 걸려 세 아름은 되는 동구나무 아래에 내린다. 바쁜 일이 있거나 버스가 끊어지는 저녁 8시가 지나면 택시를 타야 한다. 6,000원 정도 되는데, 빈 차로 돌아가야 하지만 왕복 요금을 받지는 않는다.

면사무소가 있는 노천리를 택시 기사들은 소재지라고 한다. 상 중 하리 300호 정도 되었는데 지금은 그렇게는 안 된다. 노천리뿐 아니라 8개 동리 28개 마을에 빈 집이 많이 늘고 자꾸 이농을 하여 인구 2,000명 남짓한 매곡면은 황간 면과 합병이 되는 것을 면하기 위해 전전긍긍하고 있다. 아파트라든지 효도 상품들 핑계로 시골에 살면서 도시의 아들집에 주민등록을 올려놓은 노인들도 있었다. 되민증이 어떻고 하던 시대는 지났다.

그는 향리에 흙장을 찍어 옛날 집터에 집을 짓고 내려오면서 마을 이름을 따서 호도 새로 지었다. 살고 있는 노천 상리를 줄여서 부르는 노상으로 하였다. 발음상으로 다른 뜻이 있었다.

입춘이 지나면 봄인데 우수 경칩이 지나야 기지개들을 켜고 들로 나간다. 정월 대보름은 마지막으로 노는 명일이고 이제 내일부터 들로 나가 뭐가 됐든 일을 해야 한다. 열 나흘날 밤에는 늙은 동구나무에 금줄을 치고 동제를 지낸다. 제주는 마을 회장인 이종수 교장이다. 며칠 전 외지에 나가 사는 마을 유지 강춘식이 죽어 모두들 문상을 갈 때 이 교장은 가지 않고 몸을 삼갔다.

회관에 모여 밴쿠버 동계올림픽 경기를 보며 시간을 보내다가 밤 12시가 되어 동제를 지내러 나가는데 그도 따라 나가자 마을 사람들이 붙들었다. 안 된다는 것이다. 문상을 갔었기 때문에 부정한 사람들은 TV를 보며 기다려야 했다. 이 교장은 넥타이를 맨 위에 입은 두루마기를 벗어 놓고 와 앉으며 설 이후에는 고기를 먹지 않았다고 음복을 하며 보고하였다.

"다른 것도 잘했나 몰라."

두주를 불사하는 재우가 한약을 먹는다고 사이다를 마시며 말하자 모두들 까르르 웃었다.

"염려 말아여."

제를 지낸 돼지대가리를 썰어 제주를 나누어 마셨다. 백설기 떡도 하고 감 대추 밤도 있었다.

이튿날 저녁 때 스피커로 상리 회관으로 모이라고 해서 갔었다. 남녀로 갈라 윷놀이를 한다는 것이었다. 부녀회원들이 기름이 자르르 흐르는 오곡밥에다 무 콩나물국을 차려 내놓았다. 그리고 누구라든가 결혼을 하였는데 이바지 떡도 같이 상에 올라 있었다. 참으로 먹음직스럽고 군침이 돌았다.

막 수저를 들려고 하는데 전화가 왔다. 물한리에서 달집태우기 행사를 하는데 같이 가자는 것이었다. 군의 행사인데 오랜만에 달불 놓는 것을 보고 싶기도 했다. 마을 사람들과 한 자리에 있다가 미안한 대로 사정을 얘기하고 일어섰다.

"그냥 앉아여 그만."

"쌔기 먹고 가면 되지."

노인들 여럿이 그를 붙들어 앉히었다. 그러나 약속을 하였고 다리껄로 차를 몰고 오고 있으니 안 갈 수가 없었다. 그런데, 좋은 데가 있으면 가야지, 누가 그렇게도 말하였다. 군수가 오는 데로 가느냐고 들리었던 것이고 그 말이 걸리어 인사까지 하고 가다가 도로 주저앉았다.

좀 열적은 것이 나을 것 같았다. 무슨 말을 하는 것도 이상해서 그냥 오곡밥을 뜨기 시작했다.

어제 밤도 그랬고 오랜만에 보려던 전통적인 정월대보름 행사 참례는 내년으로 미루어야 했다. 아직 살 날이 많았다.

제2신
새로운 길

마을 길이 달라졌다. 골목 이름이 새로 생긴 것이다. 집집마다 번지 대신 큼지막하게 무슨 길의 몇 호라고 써 붙여지고 그것이 문패를 대신하였다. 문패는 그대로 옆에 고풍하게 붙어 있기도 하고 번지가 같이 씌어진 것도 있지만 이제 그런 것보다 숫자로 기억하고 관리되도록 한 것이다. 이 시골 지역도 주소 체계가 바뀐 것이다.

새로운 풍경이다. 그의 집은 노천2길 5-1이다. 영어로도 병기해 놓아 외국 사람도 알게 했다. 집집마다 1 2 3 4 또는 1-1 1-2 그런 고유번호가 있고 그것을 새뜻하게 디자인한 판에 크게 써붙여 놓은 것이다. 그것이 편리할 지 좋을지 모르지만 국가의 정책이니 따르는 것이고 한 참이 지나고 멀리는 한 세대가 지나면 그렇게 굳어지고 익숙해 질 것이다.

요즘도 노인들은 신작로新作路라고 부르는 큰길 49번 도로 옆으로는 민주지산길이다. 노천 2길 초입에는 민주지산길 3565라고 써붙여져 있다. 가로 길 이름이 있고 세로 길 이름이 있는데 민주지산 길은 세로 길인 것 같다. 길 이름 지명에 대하여 그는 나름대로 일가견이 있는 셈이다. 길 이름을 처음 제정할 때 그는 서울

강남구 지명위원이었다. 지금 주소는 바뀌어도 그것이 변동된 것은 아니고 일이 있을 때마다 의뢰가 온다. 얼마 전에도 다리 이름에 대한 자문을 받고자 연락이 왔었다. 아마 잘 모르긴 해도 그 제도를 최초로 도입하는 단계였다. 도무지 중구난방이고 원칙이 없는 자료들을 가지고 여러 달 씨름을 하였다. 그 결론을 내린 것에 대해 서명을 하기엔 너무나 양이 많고 도저히 책임을 질 수가 없었지만 공무원들은 시간 안에 처리하지 않으면 안 되었다. 지금 기억으로는 옛 지명을 되찾는 노력을 기울였고 그때 삔질나게 들랑거리던 미국의 길 이름을 정하는 룰을 적용하였다. L.A.에서는 동서로 뻗은 길을 스트릿street이라고 하고 남북으로 난 대로를 애비뉴avenue라고 하였다. 이 시골 고샅길에서 뜬금없이 그런 생각이 났다.

좌우간 민주지산길로 계속 올라가면 민주지산에 도달한다. 영동 무주로 가는 도마령을 넘어서이다. 그 중간에 궁촌리 홍덕리로 해서 우두령을 넘어 가는 길이 있고 물한리로 해서 삼도봉으로 가는 갈림길이 있다. 도마령을 넘어가면 민주지산을 지나 영동 용화면으로 해서 무주군 설천면으로 이어지는 전라도 땅이고 우두령을 넘어가면 금릉군 지례면이 되는 경상도 땅이다. 물한리로 해서 계속 산길을 따라 올라가면 삼도봉에 닿는다. 경북(김천시 부항면) 전북(무주군 설천면) 충북(영동군 상촌면) 삼도의 귀퉁이가 합쳐지는 삼도봉은 해발 1176미터로 1242미터인 민주지산 다음 봉우리이다. 덕유산 지리산으로 이어지는 백두대간 산줄기이다. 그 꼭대기 정상에는 제법 펀펀하여 매년 10월 10일 군수 교육장 면장 이장 주민 등 많은 관민이 합동으로 삼도 화합의 잔치를 벌이고 농악대에 맞추어 춤을 추기에 충분하다. 그런 기념비가 세워져 있다.

산골이고 오지이고 벽지이지만 요즘은 버스가 안 들어가는 곳이 없다. 가끔 그는 버스를 혼자 타고 갈 때가 있다. 마을 앞에서 다리를 건너 괘방령로, 강진리 용계촌을 지나 괘방령을 넘어 직지사 김천으로 가는 버스도 혼자 탈 때가 많았다. 자가용이었다. 적자 운행을 시군에서 보조해준다고 한다.

괘방령은 김천 황간으로 가는 추풍령 대신 넘는 고갯길이다. 짚신을 한 죽 짊어지고 한양으로 과거를 보러 갈 때 추풍령을 넘어가지 않고 뒷길인 괘방령을 넘어갔다는 것이다. 추풍 낙엽 신세가 되는 것을 피하기 위해서였다는데 한 사람 두 사람 그렇게 입소문이 나서 어느 사이 정설이 되어갔던 것이다. 그래서 지금의 국도 1번 도로로 가지 않고 이 길인 괘방령을 넘었고 장터(지금은 마을이 없는 수원리 앞 위치)로 해서 시누재를 넘어 영동으로 갔던 것이다. 그래서 그 코스를 일명 과거길이라고 하였다. 그때나 지금이나 시험-과거가 시험 아닌가-앞에서는 그지없이 나약하다. 교문에다 엿을 붙이고 찰떡을 먹고 미역국은 먹지 않는다. 그것이 부모의 마음이기도 하지만 전라도에서는 낙지국을 끓여먹지 않는다.

민주지산길로 올라가다가 노천 1길 25는 이재후 집이다. 나이가 조금 아래지만 같이 늙어가는 처지다. 집안 조카이다. 태풍 루사의 피해를 입어 모든 마을이 내려앉았을 때 새로 지은 집이다. 다시 있을지 모를 수해에 대비해 덩그렇게 높이 지은 벽돌집으로, 마당을 앞 길가 쪽으로 다 빼고 뒤 산 밑으로 집을 앉히었다. 그러고도 공간을 더 가지기 위해 지붕을 슬라브로 하였다. 마당 가로 장마 전에 있던 나지막한 창고가 있었는데 그 위로 높직하게 감타래의 지붕을 덮어놓아 미관을 해치고 있었지만 그런 것이 밥 먹여주는 것이 아니라고 생각하였다. 그런데 주인은 들에 나가고 없다. 눈만 뜨면 포도밭에 나가 산다.

"어짠 일이라."

밭으로 찾아간 그에게 포도나무 사이로 걸어나오며 터실터실한
손을 부빈다.

"벌써부터 뭘 하는 거지."

아직 바람이 쌀쌀하다. 꽃샘바람이다.

"껍데기를 벗기는 기라."

"그러면 나무가 죽지 않아?"

"너덜거리는 묵은 껍데기를 벗겨야 하는 거여. 그래야 새 살이
나오지."

"그래?"

그는 참으로 근엄한 강의를 듣는 듯하였다. 껍데기는 가라이다.
거무스레한 농투성이의 얼굴 대신 굵은 손마디를 바라보았다.

"사람 사는 이치가 같네. 정치를 하는 것도 그렇고"

"무슨 소릴 하는 기라?"

사회고 정치고 간에 너나 없이 너덜거리는 구각을 벗고 새 살을
내어 보이듯이 새로운 모습을 보여야 할 것이다.

큰길 여기 저기 나붙기 시작한 6월 지방선거 현수막을 보며 생
각하였다.

길이 새로워지듯이 마음이 새로워져야 마을도 나라도 새로워지
리라.

제3신
포도밭에서

웃뜸 중간뜸 아랫뜸을 상리 중리 하리, 2킬로 정도 떨어진 안골
은 내동이라고 하고 다 합쳐서 노천리이다. 늙을 노老자 내 천川자

노천인데 옛 이름은 '노래' 이다. 늙은 내라는 뜻의 '노내' 는 아닌 것 같고 노래한다는 '노래' 도 물론 아니고 무슨 뜻인지 모르지만 언제부턴가 이 마을이 생긴 때부터 그렇게 부르고 있었다. 노래라고 할 때는 안골까지 포함하지는 않는다.

한동안 의용소방대장을 지낸 이재후를 인계한 지 오래 되었는데도 모두들 소방대장이라고 부른다. 별명이라고 할까 경칭이다. 거실에는 제복을 입은 사진이 큼지막하게 걸려 있고 젊음과 힘의 상징인 그런 호칭이 별로 듣기 싫지 않은지 왜 그렇게 부르느냐 소리를 하지 않는다. 그것은 그런 장짜리 직함에 대한 매력이라기보다 그런 사명감 같은 것에 대한 애착이다. 소방대장은 한밤중에도 무슨 소리가 나면 몽유병자처럼 벌떡 일어나 뛰쳐나오는, 소방이든 수방이든 여전한 전천후 인력이다.

얼마 전에는 대동회장을 하기도 했는데 대동회장의 임무 중에 동제의 제주가 되는데 그러기 위해서는 몸을 정淨하게 하여야 하는 것이다. 싸움을 하고 체신이 없어서도 안 되고 술타령을 하며 길바닥을 쓸고 다녀도 안 된다. 그런 사람은 물론 추대되지도 않는다. 그 외에도 지킬 것이 많은데 앞에서도 조금 얘기하였다. 대동회장의 업적 중에 효자문을 중수하였는데 물론 군에서 2천만 원을 지원받은 것이다. 작은 규모인 대로 단청을 하고 현판을 다시 해 달았다. 무슨 일을 하면 자기 나름대로의 책임을 지고 여축없이 한다. 그래서 아이들 학교 기성회장도 하고 종중의 일도 맡아서 했다. 족보 만드는 일, 묘사 지내는 일, 벌초하는 일을 다 맡아서 한다. 다른 사람은 할 사람도 없었다.

"미만 맡기고 다 떠나고 없어여."

"수고가 많네."

"누군 깎고 누군 묵힐 수도 없고 도무지 어째야 되는 기라요?"

"깎아야지 무슨 소리라?"

"참 내!"

묘를 묵힐 수는 없는 일이지만 조상이 밥을 먹여주는 것도 아니다. 그러나 아직까지는 옛 소방대원들 놉을 얻어서라도 벌초를 하고 있어 불평을 하는 것이었다.

묘사 지내는 것은 돌아가면서 하자고 했지만 결국 그가 다 맡아서 하게 되었다. 묘사답도 벌초답도 다 버리고 묵었다. 칭찬을 하려는 것이 아니고 어릴 때부터-일제시대부터인지도 모른다-정말 마지메眞面目이었다. 진국이었다.

미장이 일을 맡아서 하면서 일꾼들을 몰고 다녔지만 아는 사람 차에 허리를 받히는 교통사고를 당하고부터는 센 일을 않고 농사에만 매달렸다. 전에도 농사를 안 지은 것도 아니고 농삿일이 그렇게 수월하고 힘이 안 드는 것도 아니지만 그래도 농사는 쉬엄쉬엄 할 수도 있는 것이었다.

벼 농사를 안 지은 지는 한 참 되었고 포도 농사를 짓는데 대략 잡아도 4배 정도 수익이 더 된다고 할 수 있다. 할머니 떡도 싸야 사 먹는다고 끙끙거리고 땀 흘리고 애써서 한 푼이라도 이득이 되는 쪽을 취하기 마련이다. 농의 정신이고 농자천하지대본農者天下之大本이 어떻고 하는 문자는 사라진지 오래고 마을과 농토를 건너 다니는 다리 난간에는 새 마을 깃발이 도열하여 꽂혀 있다. 그렇다고 깃발만 펄럭이지 새마을 운동을 하고 있는 것도 없었다.

좌우간 그래서 마을 농가 대부분이 포도 농사를 짓는다. 해동을 하고부터 한 5개월 동안 밭에 나가 산다. 묵은 껍질도 벗기고 지지대에서 이탈하지 않도록 끈으로 달아매기도 하고 밭을 갈고… 늘 해가 모자란다. 밭은 경운기로 간다. 밭을 갈거나 땅을 고르는 작업을 로터리를 친다고 한다. 소가 하던 갈기 흙부수기 땅고르기 등의 작업이다.

소방대장은 남의 땅까지 합하여 1,300평 정도 면적이다. 내외가 매일 아침에 나가 해질 때까지 고개가 떨어지게 매달려야 한다. 로터리 작업을 하고 나면 퇴비를 하고 부식포 비닐을 깔아 풀이 안 나도록 덮고 농약을 치고, 농약도 경운기로 동력을 이용하여 친다. 8월 20일 경 포도를 수확하게 되는데 2,000 내지 2,400 박스 정도 수확을 한다. 상차비 하차비 서울 등 구판장의 경매 구전 등을 제하면 계산하기 좋게 1만 원 정도 쳐서 2,000박스면 2,000만 원이다. 거기서 농약 비료 퇴비 인건비 그리고 박스 봉지 값을 빼야 한다. 그것이 한 해 농사의 결산이다.

그 외 포도주롤 담아 페트병으로 100병 정도 포도즙을 파우치에 담아 100상자 정도 만들면 몸으로 기름을 짜는 것이다. 지천으로 흐드러진 아카시아꽃, 밤꽃 꿀을 수확하는 벌 농사는 지을 손이 자라가지 않는다.

얼마 전 3월 중순에는 면민 등산대회를 하였는데 거기도 빠졌다. 작년에는 관내 평전리로 해서 개춘산을 올랐었고 이번에는 버스 10대로 백두대간 소백산을 갔다 왔다. 모두들 소방대장이 빠지면 어떡하느냐고 끌었지만 꾹 참고 들로 나갔다. 자라는 병아리에게 오뉴월 하룻볕이 어디냐고 하지만 묵은 뿌리를 캐내고 반은 새로 심은 포도나무가 금년도 수확을 얼마나 쏟아 내놓을지 불안하였다.

결코 하루라도 어영부영할 수가 없었다. 소백산이고 태백산이고가 문제가 아니고 백두산이래도 그런 마음을 움직이지 못하였다.

"아니 좀 쉬었다 하지 뭘 그렇게 죽기 살기로 그라?"

"죽을 새도 없시오."

"여러 소리 말고 막걸리나 한 잔 해야."

"저녁에 집으로 와요. 포도주가 맛이 들었어요. 한 병 드릴께."

"내가 한 잔 살라고 그랴."

"술 먹을 새가 어디 있어요. 논 코 뜰 새도 없구만은."

그는 방해만 하는 것 같아서 바쁜 농부에게 말을 시키지 않고 들판을 걸었다. 퇴비 냄새와 함께 흙내가 코를 찔렀다. 흙내는 박테리아가 썩는 냄새라는 말이 생각난다. 흙이 고마운 것은 아니 위대한 것이라고 했던가, 좌우간 거름으로 꽃을 피우고 달콤한 열매를 열게 하는 것이다.

썩어라. 푹푹 썩어라. 이제 곧 꽃이 피고 탐스런 포도송이가 주체 못하게 매달릴 것이다.

제4신
온유향

하루 한 번도 울리지 않는 종루가 두 개가 있다. 마을 가운데 자리한 매곡교회, 여기서 새벽 4시만 되면 어김없이 댕그렁댕그렁 종을 쳐서 농촌 마을을 깨웠다.

그것이 소음으로 들리는 사람들은 시끄럽다고 했고 곤히 자는 잠을 깨운다고 불평을 하여 언젠가부터 차임벨로 대신하였다. 새벽 기도 시간을 알리는 신호였다. 끈을 잡아당겨 종을 치던 종루는 사택 앞에 지붕보다 조금 높게 세워져 있고 차임벨은 교회의 첨탑 근처 어디에 높이 매달아놓은 것 같다. 종이나 벨은 두 번 간격으로 울리었다. 처음 울려서 잠을 깨우고 30분 후에 이제 나오라고 다시 울렸다. 한 번에 여러 번, 헤아려 보지 않아 횟수나 시간은 정확하지 않으나 한참 동안 울렸다. 그것을 맡은 사람도 꼭 같이 시간을 재거나 헤아려서 치고 울리는지 모르지만 대략 한 5분 정도가 되는 것 같았다.

그 소리는 새벽에 교회에 기도를 하러 오라는 시간을 알리는 것이지만 마을의 새벽을 알리고 잠을 깨웠다. 경우에 따라서 참으로 반갑고 기쁜 소식을 전하는 소리가 되기도 하고 시끄럽고 공해로 들리기도 하였다. 골목에는 날만 새면 고물을 팔라는 소리부터 과일 장수, 생선 장수, 백화점처럼 가짓수가 헤아릴 수 없이 많은 물건을 싣고 다니며 하나하나 품목들을 다 주워섬기는 소리…… 많은 행상들의 확성기로 반복하여 틀어대는 소리에 시달리는 농촌 골목이다.

그러나 언제부턴가 이제 교회에서 새벽을 깨우는 소리는 없다. 종 칠 일이 없으니 종지기도 있을 필요가 없다. 산사에서는 새벽을 알리는 그 둔탁한 효종이 지금도 울리는지 모르겠다. 비가 오나 눈이 오나 꼭두새벽에 시간을 맞추어 종을 울리던 종지기의 부지런하고 수고로운 모습이 아련하게 떠오른다.

새벽 종 얘기가 길었다. 교회가 있는 마을 풍경을 얘기하려는 것이다. 최근에 노래와 안골 사이에 새 교회가 하나 들어섰고 원래 강진리에 교회가 하나 있다. 매곡장로교회 교인 전체가 얼마인지는 모르겠으나 주일이면 100명 가까이 모인다. 대개는 나이가 많은 노인들이다. 할아버지보다는 할머니가 많다. 그래도 젊은 여인들이나 청년이 몇 명 되고 학생들도 여러 명 되었다. 주로 면 소재지인 노래 사람들이고 모른대 서음마(서원말) 유전리 옥전리 안골 장자울…… 물 건너와 골짜기에서 승용차 화물차 자전거 오토바이 등을 몰고 오기도 하고 같이 편승을 하기도 하고 타박타박 걸어오기도 한다. 교회 봉고차로 가서 데려오기도 한다. 장성일 장로가 운전을 하기도 하고 다른 장로나 집사가 할 때도 있다. 농촌에도 차가 많고 운전을 하는 사람들이 많이 있다.

최근엔 빔 프로젝트 같은 것도 설치하여 두툼한 성경책이나 찬송가는 가지고 다니지 않아도 다 찾아서 비춰준다. 얼마 전에는 피아노 칠 사람이 없어서 그냥 놀리고 있었지만 새로 젊은 전영근 목사가 오고부터는 사모-목사 부인을 일컫는 말이다-가 반주를 한다.

교회라는 것은 원래 그랬듯이 하나의 공동체이다. 어려운 일 힘든 일을 함께 하고 여러 기구에 의해서 협력한다. 대표적인 것이 장례이다. 죽음이란 끝이요 절망인데 교인들이 모두 가서, 요단강 건너가 만나리, 찬송가를 부르며 영생의 희망을 축원한다. 설교가 끝나고 교회 소식을 전하는 시간에 공식적인 것은 얘기하고 예배가 끝나고 식사들을 하는 시간에 얘기하기도 한다. 커피도 한 잔씩 하고 그 자리에서는 교회에 대한 얘기도 있지만 농사에 대한 정보와 의견들을 주고받기도 한다. 모를 언제 찌고 심는다느니 늦어서 큰일이라느니 또 콩을 언제 심어야겠다느니 하우스를 걷어냈다느니 뭘 어떻게 하면 어떠냐고 남자들은 남자들대로 여자들은 여자들대로 물어보기도 하고 방법을 얘기하기도 하고, 다들 농사를 짓는 사람들의 각론에 대한 토론의 장이 된다.

"꼬치(고추)하고 들깨 모종이 좀 남았는데 필요하면 가져들 가여."

"가지는 없어여?"

"말만 잘하면 있지."

서로 유익한 정보들이요 나눔이다.

천안함 얘기도 하고 6. 2선거 얘기도 나왔다. 누구는 되고 누구는 안 되고 여론이 형성되었다.

옆집은 상리 마을회관인데 거기서도 모이면 농사 얘기 시국 얘기들을 한다. 같이 국수나 무밥 콩나물밥을 해서 먹기도 하고 술을 한잔씩 하기도 하고 누구 잔치 음식 제사 음식을 가져와서 나눠먹기도 한다. 그러나 교회에서는 잔치는 있으나 제사는 없다. 술도 먹지 않는다. 성경에 무수히 나오는 포도주라고 하더라도 이 포도의 고장에서마저 금기사항이다. 돼지고기라든지 닭고기 같은 기름진 음식이 나올 때라도 다른 음료수로 대신한다. 교회에서 유일하게 술을 마실 수 있는 날은 1년에 한두 번 성찬식 때인데 포도주를 도토리 깍지만한 잔에다 1인 1배씩만 돌린다. 최후의 만찬 때 제자들에게 말한 대로 술이 아니라 피를 마시는 것이다. 간에 기별도 가지 않는 양이다.

교회 나가는 사람과 나가지 않는 사람의 구별은 믿는 자와 안 믿는 자의 2분법적 시각이다. 하늘의 나라 백성과 땅의 나라 백성들이라고 할까, 믿는다는 것은 예수를 믿는 것이지만 천국을 믿는 것이요 영원히 사는 것을 믿는 것이다. 그것을 믿지 않는 사람들은 죽은 다음에 어떻게 되든 이디로 가든 불지옥으로 간다고 하더라도 상관이 없다기보다 관심이 없는 것이다. 공자의 말과 같이 이 세상 일도 모르는데 저 세상 일을 어찌 알겠는가라는 생각인지 모른다. 불교 신자들도 있다. 토실에 금강사가 있고 앞산 황악산 너머 직지사로 가는 버스도 있고 그 산 줄기인 건천산 자락 강진리에 영축사 절이 있어 4월 초파일 전후에 많은 연등이 달린다. 물론 다른 교의 신자들도 있다. 매곡면 2,165명 인구 가운데 종교인이 몇 퍼센트를 차지하는 것일까. 그리고 그 나머지 사람들은 내세도 없고 같은 말인지 모르지만 희망도 없고 오늘에만 만족하고 사는 사람들인가. 무슨 삶의 논리가 따로 있는 것인가. 그 개개인에게 물어보아야 할 것이다.

온유한 자는 복이 있나니 그들이 땅을 기업으로 받을 것이라고 하였다. 여기 모두 따뜻하고 부드러운 사람들이 사는 온유향溫柔鄕인 것은 맞다. 그러나 언제나 진정한 행복의 종이 마을의 새벽을 깨울 것인가. 낡은 옛 종루를 보면서 생각해 본다.

제5신
시골 동문회 풍경

늘 이맘 때 마을의 축제가 열린다. 총동문 한마당 축제이다. 매곡초등학교 동문회인데 행사 내용은 주로 점심을 먹는 것과 하루 종일 술을 마시는 것 그리고 노래를 부르며 춤을 추는 것이다.

6월 13일 일요일, 날이 좋았다. 비가 오지 않았다는 얘기이다. 학교 마당에 천막을 치고 하는 행사이니 비가 오면 재미가 없다. 대개 이 무렵의 일요일을 택하여 날을 정하는 것은 여름이 시작되는 때이기도 하지만 잠간 동안의 농한기이다. 이때가 지나면 다른 농작물도 그렇지만 온 마을 면민 전체가 포도와 복숭아에 매달려야 한다. 어쩌면 이 때 쯤 해서 한번 충전을 하는 행사로서 마을 축제가 있다고도 볼 수 있다.

면민들이 다 매곡초등학교 동문인 것이다. 천덕초등학교가 있었지만 언제부턴가 이쪽으로 합치고 그 자리에서는 무슨 노동단체의 수련장이 되어 있었다. 지금이야 중고등학교가 의무교육이 되기도 했지만 안 가는 사람이 없고 대학교도 실력이 없어서 못 가지 형편이 안 되어 못 가는 경우는 별로 없는데 옛날-6.25사변 전후만 하더라도-초등학교에도 다 못 갔던 것이다. 그러나 웬만하면 다니게 되었고 동문이라고 하였지만 여기 동문회 마당에 졸업장을 가지고 참석하는 것도 아니었다. 중퇴라고 할까 졸업을 하지 않은 사람들도 많이 있는 것이다. 그때 형편을 생각해 보라. 좌우간 할머니, 할아버지, 심한 경우는 허리가 다 꼬부라지고 휠체어를 타고도 생각만 있고 기운만 있으면 이 한마당에 다 참석을 하는 것이다.

아침 10시에 면장 교장 동문회장을 비롯하여 임원들 주관을 하는 36회 동문들이 유니폼을 차려 입고 개회식을 하였다. 이번 총동문회장은 박우양 전 체육회장이다. 얼마 전 지방선거에 도의원으로 출마하여 떨어진 경력이 있다. 여당 공천을 받아 기호 1번을 달고 뛰었지만 여기 충청도에서는 세종시다 4대강이다 하여 야당이라고 할까 충청도 당의 바람이 거세었다. 그건 그렇고 대회사 격려사 축사 등의 의식적인 순서가 끝나면 바로 식당으로 몰려가서 이른 시간이지만 점심을 먹는다. 점심 때가 되면 자리가 없기 때문이다. 마당에서는 물론 프로그램대로 행사가 진행된다. 아직 운동장은 한산하고 썰렁하다.

대개의 동문들은 점심시간에 맞추어 와서 밥부터 먹고 한 잔씩 하며 잔뜩 돈을 들여 만든 무대 위에 펼치는 초청 가수 밴드 공연 등 눈요기를 하고 오랜만에 동창과 동기들의 얼굴을 만나 담소를 한다. 식사는 학교 건물 뒤편 식당에 준비되어 있었고 운동장 가에 삥 둘러 천막을 치고 같은 동기 횟수끼리 자리를 마련해 놓았다. 여러 번 축적된 경험에서인가 금년에는 식당에서 술은 않고 식사만 하도록 하였다. 술과 다른 음료는 천막에 와서 느긋하게 하도록 배려한 것이다. 그래야 그 많은 인원의 점심을 해결할 수 있었다.

식사를 하기 위해 줄을 서야 했다. 점심시간에 몰려 온 대 식구를 달리는 수용할 수가 없었던 것이다. 노인들 젊은이들 할 것 없이 주욱 늘어선 풍경이 보기 좋았다. 누구나 아무 특권이 없고 선후가 없이 오직 먼저 온 사람이 앞에 서는 것이었다.

"이거 뭐 아래 윗턱이 없네."

"자 그럼 내 앞으로 와여."

그래 봐야 한두 자리 양보를 받을 뿐이다.

"민주주의라는 것이 이런 거여."

"그런 거여?"

모두 웃고 얘기하는 동안에 차례가 왔다.

식사는 올갱이국밥이다. 여러 가지 반찬과 전 떡 과일 등은 셀프 서비스로 담아 와야 했다. 물도 셀프이고 차나 음료 술은 밖에 차려 놓았다. 뭐니 뭐니 해도 식사 시간이 제일 즐거웠다.

매곡초등학교 11회 동문들이 이제 제일 상석이었다. 거기서부터 앉는 순서가 되어 있었다. 그 앞 회기의 동문들은 본부석 옆에 자리가 마련되어 있고 몇 명 되지 않았다. 작년 재작년에 만나던 4회 6회 얼굴들이 많이 보이지 않았다. 유명을 달리 하기도 하였지만 아프기도 하고 귀찮아서 집에 있기도 하였다. 그는 11회이다. 전쟁이 나던 때에 졸업을 하였으니 벌써 60년이 되었다. 그래도 얼굴들은 잊어버리지 않았다.

"야는 참 형편없었어. 너 1번이었어. 2번인가."

"별명이 할마이 아이라?"

"너는 돼지나발이지?"

별명이 없었다는 것은 유명하지 않았던 것인지도 모른다. 이제는 하나의 웃음거리밖에 안 되지만 그 때는 참 심각하였다. 특활 시간에 팥죽 할마이 얘기를 한 것이 일약 별명이 되었지만 그것으로 그치는 것이 아니었다. 할마이 뭐가 스물다섯 개라는 것이고 그것이 자꾸 늘어났다. 싸움이 되고 얼굴에 상채기가 생기고…… 그런 것들이 다 녹화 되어 보존되어 있는 곳이 시골 동문회이다.

몇 십 년째 총무를 맡고 있는 박내곤은 결산보고를 그 특유한 글씨로 써서 복사한 것을 오는 사람마다 나눠 주며 술을 따라 준다. 소주와 맥주에 돼지고기 마른안주 등이 탁자에 그득하다. 모두들 맥주만은 맛이 없다고 소주를 타서 먹었다. 총무는 소주파다. 이제 술을 탐하는 사람은 없다. 밑 빠진 독인 유재우도 뒷전에 물러나 자꾸 손만 저었고 남득섭은 먼 길을 가고 안 보였다. 서울서 봉고차로 오던 여자 동문들도 금년에는 무슨 일이 있는지 안 왔다. 같이 냇가로 가서 2차 3차 하던 것도 이제 없다.

"내년에 또 봐."

그것이 제일 실감 나는 인사였다.

동문회 한마당에는 경품이 많았다. 자전거도 있고 휴지 뭉치도 있고 생활에 유용한 상품들을 무대 앞에 잔뜩 쌓아 놓고 연방 추첨을 하였다. 회비를 1만원씩 내고 모자를 하나씩 주어서 썼고 기념품도 받았다. 무대에서는 언제부턴가 노래 경연을 벌이고 있었다. 흘러간 옛노래도 많았지만 요즘 가수 뺨치는 끼가 난무하였다.

박수에 폭소에 축제 마당은 달아오르기 시작했다. 사회자가 걸물이어서 계속 웃기었고 청중을 주름잡았다. 노래도 마음대로 시켰고 경품도 마음대로 주었다.

"왜 내 맘이여."

경품을 주다가 빼앗아도 할 말이 없었다. 웃음이 터질 뿐이었다. 노래를 진행하며 이 사람 저 사람 명분을 붙여 유명 동문들을 불러 올려 경품 추첨을 시켰고 한 마디씩 하게 하였다. 솔직하고 소박한 몸짓들이 원색적으로 연출되었다. 한 마당 축제는 전날 밤 전야제부터 시작하여 노래와 춤의 마당을 이루었다. 춤 솜씨가 보통이 아니고 시골구석 사람들 같지 않았다. 남녀 동기끼리 나와서 춤을 추고 노래를 하는 자리는 시간과 공간을 초월한 별천지 같다. 아, 옛날이여!

제6신
벌초의 계절에

추석이 가까웠다.

우리나라 최대 명절 추석을 앞두고 벌초를 하러 가는 행렬로 주말 새벽부터 고속도로가 꽉 메인다. 큰 명절이 둘이 있다. 설과 추석이다. 떡국을 먹고 한 살을 더 먹고 세배를 하고 덕담을 하며 새해를 시작하는 정월 초하루, 새해 새 아침의 의미는 많이 있다. 음력이 더 과학적이라는 말을 한다. 농경사회가 아닌 지금도 설부터 시작하는 스케줄을 우리는 지키고 있다.

추석도 음력으로 팔월 보름이다. 그래서 팔월 추석이라고 한다. 설은 아침의 의미를 새기지만 추석은 글자대로 저녁의 의미를 새긴다. 한가위라고 하는 우리 고유의 말 이름도 있지만 맑은 가을 하늘 보름달이 휘영청 떠오른 저녁에 소원을 비는 한국 여인의 마음은 참으로 아름답다. 어디 여자의 마음뿐이겠는가.

다른 얘기지만 승용차가 제일 많이 팔리는 시기가 추석 때라고 한다. 중고차 매매를 포함해서이다. 그만큼 자가용을 타고 고향에 가고 싶은 사람들이 많다는 이야기이다. 옛날이야기인데 요즘도 그런지 모르겠다.

설에도 고향에를 가고 부모와 어른을 찾아뵙고 하지만 추석에는 한 가지가 더 있다. 조상을 찾아뵙고 성묘를 하는 것이다. 귀성행렬은 고속도로를 주차장으로 만든다. 민족의 대 이동이란 말을 쓰기도 한다. 기차 고속버스는 그 때 자리를 잡기가 하늘의 별따기이고 승용차는 길이 꽉 막힌다.

성묘나 귀성길만 막히는 것이 아니고 그 한 달 쯤 전부터 또 한 차례 고속도로는 몸살을 앓는다. 추석을 앞두고 조상의 묘에 1년 동안 자란 풀을 깎기 위해서이다. 벌초 행렬이다. 품삯을 주어 할 수도 있지만 자식이나 후손된 도리가 그런 것이 아니었다. 상당수의 사람들은 벌초와 성묘를 겸하고 있다. 벌초를 하고나서 성묘를 하고 오는 것이다. 벌초를 하고 묘 앞에 절을 한다. 풀을 깎는 것은 이발을 하는 것과 같은 것으로 단장을 한 후에 인사를 하는 것이다. 그러나 벌초는 벌초이고 성묘는 성묘이다.

추석에 성묘를 하는 것은 단순히 조상을 찾아뵙고 인사를 하는 것이 아니고 한 해 농사를 지어 그 수확물로 송편을 빚고 과일을 깎아 차려놓고 차례를 지내고 묘 앞에 가서 다시 인사를 하는 것이다. 추수감사절 수확제와도 그 자세가 다르다. 제사의 연장인 것이다. 그러나 각자의 사정이 있고 형편이 있고 거기에 따를 수밖에 없는 것이 현실이다.

그의 집안의 경우 서울 있는 조카들 사정에 맞추어 대개 추석 2주일 전 쯤 전의 주말을 택하여 놉을 얻고 몇 군데로 나누어 벌초를 한다. 일요일은 교회에 나가는 사람이 있어 피하고 5일제근무 이후 토요일로 날을 잡는다. 8월을 넘어서야 선선하기도 하고 날씨를 알 수 없으니 한 주일 쯤 여유를 두었다. 비가 오는 경우 한 주일 연기를 하려는 것이다. 그러나 그 때도 비가 다시 오면 우비를 입고라도 벌초를 해야 한다. 그럴 때는 옷이 다 젖어야 한다. 비를 맞으면서 작업을 하기도 하지만 길도 없는 묘를 이리 저리 찾아다니며 수중 작업을 하다보면 옷에서 물이 줄줄 흘렀다.

"미(묘)만 남겨 놓고 다들 오지도 않으니 어째야 되는 기라요?"

조카인 재후는 이때만 되면 울상이다. 포도 출하 작업이 막 끝나는 시기이긴 했다.

온 산이 묘로 덮여 있고 사람들을 다 떠나가고 없는 것이다. 물론 미역뱅이 선산을 애기하는 것이지만 솔직히 말하여 묘의 주인도 다 모른다. 같이 따라다니며 벌초를 하다가 하나 하나 마을을 떠나고 저 세상으로 떠나고 없는 것이다.

"딴 소리 말고 하던 대로 해야."

별 뾰족한 수가 없었다.

오는 사람은 오고 돈으로 붙이기도 하고 아무 연락이 없이 못 오기도 한다. 안 온다고 그 집 묘를 그냥 묵힐 수는 없고 누구 묘가 됐든 있는 대로 다 벌초를 한다. 무슨 장사를 하는 것이라고 외상값을 받을 수도 없는 노릇이다.

안 오고 못 오는 형편이 오죽 하랴. 그러나 그러면 아버지든 할아버지든 묘를 잃어버린다. 매년 묘를 찾아 벌초를 하고 성묘를 하지 않으면 그 위치라든지 누구의 묘인지를 알 수가 없는 것이다. 좀 더 정확히 말하면 몇 년 만에 한 번씩 가가지고는 숲 속 산길 풀에 묻힌 묘를 찾을 수가 없는 것이다. 매년 벌초를 하는 것은 조상의 묘를 잃어버리지 않게 하기 위한 방법이기도 한 것이다. 그런 사람들의 구실을 만들어 주기 위하여 풀은 무성히 자란다. 그것을 매년 깎지 않으면 묵고 쑥대밭이 되는 것이다.

이번 벌초 날은 9월 11일 토요일로 잡았다. 그 다음 토요일 18일은 추석 4일 전으로 촉박하기도 하고 또 비가 올 경우 연기하기 위해 비워둔 날짜이다. 그는 그날 볼 일이 있어 18일로 하자고 했지만 조카들은 자기들이 할 테니 볼 일을 보라고 하는 것이었다. 참으로 면목이 없이 되었다.

오리실 이상호(68)씨는 경우가 좀 다르다. 묘들이 밭 옆에 있기 때문에 항상 조상들과 같이 살고 있는 것이다. 전에는 담배를 재배하던 1,300평 정도 되는 복숭아밭 옆에 할아버지 할머니 아버지 묘가 있어 늘 그들이 지켜보고 있는 가운데 농사를 짓고 있는 것이다. 오리실에서는 내려다보이는 곳이고 느랕 유전리에서 사리 안 9직지사로 넘어가는 능말기 고개 마루에 밭과 묘가 있다. 아버지가 살던 화산리에서 보면 뒷산이다. 팔밭[火田]으로 일군 땅에 주먹만한 천중도가 주렁주렁 달렸다. 97세의 어머니도 세상을 뜨면 이 밭에 묘를 쓸 것이다.

"여기가 어떨까 하는데……."

그에게 복숭아 밭 가의 한 곳을 가리키며 묻는다. 큰 어머니와 합장을 한 아버지 묘와 거리를 둔 밭 가운데였다. 아무에게나 물어보는 것 같지는 않았다. 나이는 아래지만 한 항렬 위의 아저씨다

"좋구만."

그가 어정쩡하게 말하고 황악산 이쪽 천덕산을 바라보며 고개를 끄덕였다. 좌향을 볼 줄 알아서가 아니라 6. 25 전 아버지를 여의고 홀로 된 파란 많은 어머니에 대한 늙수그레한 아들의 효성이 느껴졌다.

묘자리를 잡아놓고 수의를 장만해 놓으면 오래 산다는 속설을 믿고 싶었다.

제7신
황악산 수채화

민주지산 등산을 하겠다고 한국문인산악회 회원들이 연락이 왔다. 백두대간 등산 코스이다. 비는 오는데 버스 한 대로 30여명이

온다고 안내도 좀 하라는 것이고 여기 농민문학기념관에서 세미나
를 하겠다는 것이다.

회장 오만환 총무 김운향 시인이 내려오면서 여러 번 연락이 왔
다. 9월 11일 토요일 서울 사당동 전철역에서 아침 8시 출발한
버스는 길이 많이 막혀 3시간도 더 걸려서 황간에 도착하였다.

관광버스로 오긴 했지만 경부선 황간역은 서울과 부산의 정중간
에 위치한 시골 기차역이다. 무궁화호가 하루 서너 번 서는 한적
한 정거장이지만 광장이 넓다. 옛날 목탄차로 쉴 새 없이 벌채한
나무를 실어다 쌓아놓던 곳이다.

비가 계속 오고 있었다. 역전 광장 앞에 있는 올뱅이국밥 집으
로 들어가 식사부터 하였다. 금강산도 식후경이었다. 선주후면이
라 하였던가. 매곡 양조장의 막걸리를 곁들여 속들이 찌르르 하자
식당을 다 차지한 문인 산악회 회원 작가들은 호떡집에 불이 난
듯이 떠들어대었다.

"우리는 산으로!"

"우리는 산으로!!"

아직 산에는 발도 들여놓지 않았는데 기고만장이었다.

알딸딸하게 반주를 곁들인 점심을 하고 다시 버스를 탔다. 오늘
일정은 농민문학관으로 가서 문인산악회 가을 세미나를 갖고 등산
을 하는 것으로 되어 있었다. 민주지산까지 종주는 아침부터 포기
하고 황악산 직지사 코스를 택하기로 하였는데 비가 오고 있어 등
산은 불투명했다.

황간에서 차로 5분 거리인 매곡의 농민문학관에 내려 거기 소
장하고 있는 작가들의 저서와 자료들을 훑어보았다. 농민 소설가
이무영 유승규 오유권 박경수 등과 향토적인 시인 김용호 구상 김
규동 그리고 민족 작가 한용운 안수길 등 작가들의 저서와 자료

작가상作家像들이 전시되어 있다. 이기영 조명희 이태준 홍명희 등의 소설들도 있다.

삐걱거리는 제3전시실에는 옥천 태생 흙의 작가 유승규 유품 전시를 하고 있었다. 원고 수첩 메모장 편액 상패 애장서 명함 전화기 등 모든 유품을 모아놓은 농민소설가 유승규 코너 외에 이무영 김용호의 서지 자료 등이 전시되어 있다. 〈조선문학〉 외의 북한의 자료, 단군 관련 저서들도 집합시켜 놓았다.

일정이 촉박하여 화부차를 마시며 귀경재歸耕齋에서 세미나를 진행하였다. 주제발표는 오양호 평론가(한국문협 평론분과회장, 인천대 교수)의 '만주로 떠난 시인', 백석白石의 수수께끼 생애에 대한 충격적인 내용이었다. 질문 토론 시간은 주지 않았다. 남은 일정이 촉박하였기 때문이었다.

마을 앞을 가로막고 서 있는 큰 산이 황악산이었다. 황학산이라고도 하고 건천산 천덕산이 같이 붙어 있었다. 그 너머에 직지사가 있었다. 문인산악회 나들이이므로 산을 올라야 되는데 비가 그치지 않아 등산은 생략하자는 사람들이 많이 있었지만 그럴 수가 있느냐고 우산을 받고라도 산에 오르자는 사람들도 적지 않았다. 그래서 희망자는 비를 맞으며 황악산을 넘기로 하였다.

충청북도와 경상북도의 경계이며 금강과 낙동강의 분수령인 쾌방령에서 계속 산등성이를 넘어가면 각호산 민주지산 삼도봉 석기봉이 된다. 종주를 하려면 서너 시간 좋이 걸리는 코스이다. 비도 오지만 고령자도 있고 이미 시간을 많이 소비하였다. 그래서 일부는 버스로 쾌방령을 넘어 직지사로 바로 가고 문인산악회의 체면을 유지하겠다는 사람들이 등산을 하였다. 엄한정 김운향 정유준 이경옥 시인 이재인 이영호 소설가 이신자 수필가 등이 마을의 박우양 동창회장의 짚차에 짐짝처럼 꾹꾹 눌러 타고 어촌리 마을 뒤로 갔다. 그도 안내를 위해서 그 팀에 붙었다. 풀섶이 우거져 길도 보이지 않는 곳을 마구 달려 산 밑으로 갔다. 거기 저수지 앞에서 어촌리 남한승 이장이 기다리고 있었다. 별로 다니는 사람이 없어 길이 묻혀 있었기 때문에 그가 특별히 부탁을 하여 안내를 해주기로 한 것이다.

그러지 않았더라면 길을 찾지 못하고 산 속에서 헤맬 뻔하였다. 참으로 고마웠다. 시골 인심을 느끼게 하였다. 괘방령 민주지산으로 오르내리는 산마루 갈림길에서 남한승 이장과는 헤어졌다.

"고마와요."

그는 악수를 하는 것으로 인사를 할 수밖에 없었다.

"뭘요."

"농사철이라 바쁘실 텐데……."

"억지로라도 좀 쉬는 기라요."

숨을 헐떡거리면서 쉬는 것이라고 하였다.

"정말 고마워요."

"정말 미안해요."

너무나 고맙고 미안하여 모두들 한 마디씩 하였다.

"쉬는 기라요?"

남 이장의 농담을 되새기며 산길을 내려왔다.

운수암까지 내리막 길을 반 시간 가까이 걸었고 거기서 직지사까지 평평한 길이지만 다시 반시간도 더 걸어야 했다.

등산팀들은 직지사 산문山門만 스치고 한국의 가장 오래된 절의 천불千佛도 못 보고 외곽으로 돌면서 종전박반가상사種田博飯家常事, 농사 지어 밥을 먹는 것이 공부를 깊이 해본 사람이 아는 진리라는 직지심경直指心經 구절(253) 독경 소리만 들었다. 불교는 팔만대장경으로 가르쳐도 말이 부족할 수가 있지만 손가락 하나만 들어서 가르쳐도 남을 때가 있다.

절 앞으로는 국제조각공원이 있고 그 옆으로 김소월 정지용…
한국 대표적 시인들의 시비가 총망라되어 있었다. 그리고 이곳 출
신 시조작가 백수(白水, 정완영 선생)문학관이 있다.

직지사에는 민영이 영동문인협회 회장이 포도를 한 상자 가지고
와서 기다리고 있었다. 주차장 근처에는 동동주를 파는 집이 즐비
하고 지짐이를 구수하게 구워놓고 손님을 끌었지만 고속도로 길이
막힌다고 서둘러 대었다. 올라갈 적에는 추풍령 IC로 해서 가려는
것이다.

직지사 주차장에서 손을 흔들어 배웅을 하는 마음이 편치 않았
다. 시골이란 대접할 게 경치밖에 없는데 계속 질척거렸다. 비는
사랑을 타고라는 영화가 있다. 달리 보면 한 폭의 수채화가 될 수
도 있다. 여기 인심과 직지의 마음을 담고 갔으면 좋겠다.

제8신
심봤다는 사람들

서리가 내리기 시작하면 농사는 끝이 난다. 24절기 중에 상강霜
降을 전후해서 서리가 내린다. 음력으로 되어 있는 절기들이 기상
대 예보보다 더 정확하다.

까만 콩 서리태는 서리가 내리고 벤다고 그렇게 이름이 붙은 것
같고 좌우간 이 무렵이면 무엇이 되었든 다 거두어야 한다.

산에서 산삼을 캐는 사람들도 사리가 내리면 휴면기로 들어간
다. 산삼도 가을이면 잎이 떨어지고 찾아 캘 수가 없는 것이다.

이 고을에도 인삼 약초를 재배를 하는 농가가 더러 있고 버섯

더덕 도라지 두릅 등을 재배하기도 하지만 그건 포도나 여러 과수 들과 같이 농사를 짓는 것이나 다름이 없다. 산삼은 아무 시설이 나 장비도 없이 곡괭이 한 가락만 있으면 된다. 허름한 배낭에 모 자를 푹 눌러쓰고 외롭게 산을 타는 것이다. 이 근처 곤천산–건 천산이라기도 한다– 황악산 민주지산 각호산 등으로도 가고 전라 도 강원도 경상도 어디 안 가는 데가 없이 심심산천을 안방 드나 들듯 한다.

산삼 캐는 사람들은 어느 마을에 누구 어느 마을에 누구, 많지 않은 대로 몇 년 묵은 산삼을 캐서 얼마를 받았다고 다 소문이 나 있다. 대체적으로 실제보다 많이 부풀려져 있는데 정작 본인은 허 풍을 떨지 않는다.

매곡건강원 간판을 걸고 염소 즙을 만드는 김성수 씨는 노천리 사람이 다 산삼 캐는 사람으로 알려져 있다.

"산삼 많이 캐보셨어요?"

그렇게 묻자 아니라고 큰 것을 캐지 못하였다고 하였다.

"아직 얼마 안 되었어여."

경력이 몇 년 안 되었다는 것이다. 특히 얼마짜리를 캤느냐에 대해서 얼마짜리 하지 못하였다고 하였다.

사야(새별)에서 13,000평 정도의 산울림농장 천덕농장을 경영하 는 김내영 씨는 이름난 심마니다. 풍기 영주 등 경상도로 전라도 로 전국을 누비었다. 산삼을 많이 캐기도 하지만 산삼을 재배하고 유기농으로 인삼 친환경 농산물 인증을 획득하고 홈페이지 까페 등 인터넷으로 전국적인 판매망을 구축하고 있기도 하였다. 거기 에 들어가면 산삼에 대한 지식과 가격 등을 볼 수 있다. 김내영 씨에게도 최고 얼마짜리를 캤느냐는 답은 듣지 못하였다.

물한리 이재홍 씨도 여러 해 동안 산삼을 찾아 이 산 저 산 많이 헤매었다. 요즘에는 농사에 주력하고 있지만 그래서 산삼 캐는 사람들을 대개 알고 산삼에 대하여 빠삭하다. 이재홍 씨가 불러내어 이웃 마을에 살고 있는 김지현 씨와 물한리 식당 평상에서 동동주를 하며 산삼 캐는 얘기를 많이 들었다. 같은 마을에 사는 최판용 씨는 감을 따야 한다면서 오지 않았다. 이 두 사람은 근방에서는 알아주는 심마니이다. 김지현 씨는 엄지손가락만한 산삼을 캔 것이 제일 큰 것이라고 하였다. 그보다 작은 것은 무수히 캤고 액수는 다 기억 못할 정도였다. 값을 매기는 것은 한국산삼학회도 있고 제천에 가야 제값을 받는다고 하였다. 나이 색깔 감별을 정확히 한다고 하였다.

"값이 많이 나가는 것은 얼마짜리가 있지요."

"큰 것은 무값이지요."

값이 없다고 하였다. 1억짜리도 있고 몇 십 억짜리도 있다고 하였다.

대개 산삼은 닭소리 개소리 안 들리는 깊은 산 속에 4대가 되어야 한다고 하였다. 가령 인삼 씨를 새가 물어 오거나 바람에 날려 와서 흙에 묻혀 꽃이 피고 그 씨가 땅에 떨어져 다시 나는 것이 2대다. 그 씨가 떨어져 나고 다시 한 대를 지나 최소한 4대가 되어야 옳은 산삼이 되는데 낙엽송 밑에 많이 있다고 한다. 씨앗이 땅에 묻히지 않으면 자랄 수가 없다는 것이다. 이파리가 2지 3지 4지 5지 6지까지 있다. 기른 산삼은 희고 잔털이 있고 뇌두가 없다.

그는 연방 묻고 대답을 하였다.

"큰 것을 캐는 날에는 무슨 꿈을 꾸세요?"

"그런 때가 많아요. 대통령을 만나본다든지. 큰 것을 캐고 나서 생각해보면 그런 것 같애요."

김지현 씨의 말에 이재홍 씨도 그렇다고 하였다.

"돌아가신 아버지 꿈을 꾸는 날이면 좋은 것을 캤어요."

"그래요? 하긴 군사부일체니까."

그가 신소리를 하자 같이 웃었다.

김지현 씨는 술을 끊었다고 해서 맨입으로 짬짬하게 얘기하는 대신 이재홍 씨는 얼굴이 불콰해서 작은 항아리에 떠 있는 조롱박으로 두 잔을 연방 채우곤 했다. 그로 해서 취조하는 듯한 서먹한 분위기는 가시고 얘기가 술술 나왔다.

산삼의 제1은 천종인데 인적이 없는 깊은 산속 아름드리 참나무가 많은 그야말로 심산유곡에서 자라는 산삼이다. 제2는 지종으로 그 다음이고 제3은 야생 산삼으로 사람이 심은 것을 말한다. 천종 지종은 씨앗을 새가 물어 나르거나 바람에 의해 날려가 뿌리 내려 자생하는 것이다. 제4는 장뇌삼인데 그것도 야생 산삼으로 산양산삼이라고도 한다. 인공으로 갖다 심은 것은 색깔이 희고 뇌두가 없거나 작다. 그러니까 장뇌삼이 산삼으로서는 제일 하질이라는 것으로 그의 지식을 바꿔놓았다.

"양달이 아닌 음달에 햇빛이 들어가고 배수가 잘 되는 땅, 깊은 산이 아니라도 그런 곳이 있지요."

이재홍 씨의 얘기였다.

"심봤는 말은 무슨 뜻이지요?"

그건 모르겠다고 하였다. 산삼의 싹을 찾는다는 심메를 무수히 보았지만 그 말뜻은 모르고 있었다. 산삼을 캐러 다니는 것을 업으로 하는 사람 심마니 또는 심메꾼 윗님의 의미도 물론 몰랐다. 심心에 여러 가지 뜻이 있는데 그 중의 하나인지 씨앗을 심고 뿌리를 심는다는 심의 어근에서 온 말인지 국어선생을 38년 한 그로서도 알 수 없었다.

"일확천금의 꿈을 꾸고 계시지요?"

끝으로 지나는 말처럼 김지현 씨에게 떠보았다.

"아니라요."

옛날에는 그랬는지 모르지만 지금은 아니라고 하였다. 50년이 넘는 심마니 경력의 75세지만 산삼을 먹어서인지 얼굴이 팽팽하였다.

이날 술값은 어느 새 이재홍 씨가 내어 그가 도로 주머니에 넣어주느라고 한참 실랑이를 하였다.

그가 건배사를 자청하였다.

"자 우리 오늘은 이렇게 합시다. 제가 선창을 할 테니 따라 하세요."

남은 동동주로 잔을 채우고 김지현 씨는 음료수 잔을 들었다.

"심봤다."

"심봤다."

목왕나무, 일명 녹갈나무 아래 평상에서 빽 소리를 지르자 모두들 돌아보았다

산으로 둘러싸인 물한리의 해가 일찍 넘어가고 있었다.

제9신
묘사를 지내며

벼를 다 베고 나면 집집마다 감을 딴다. 호두를 털고 난 후의 일정이다. 이 근동에는 집집마다 감나무 호두나무가 한 구 그루씩은 다 있다. 감을 따는 인력은 다른 품삯보다 두 배 세 배를 더 준다. 나무 위에 올라가 작업을 하는 것이어서 위험하기도 하지만

잘 따지 않으면 허실이 많고 우선 시간이 많이 더는 것이었다. 장대로 따기 전에 손으로 딸 수 있는 것을 다 따는 것이 빠르다. 하루 30만원씩 하는 포크레인을 들이대고 따기도 한다. 시골 농가에서도 결국 능률이라는 시간과 돈의 싸움을 하는 것이다.

자기네 나무에 달린 감을 따서 먹는 경우는 꼭 그렇지도 않지만 대개 밭에다 감나무를 많이 다른 곡식 대신 심어 따고 놉을 사서 깎아 곶감을 한다. 지붕에는 곶감 타래를 만들어 놓아 다시 하나의 농사가 시작된다. 곶감 타래 시설은 역시 돈이 꽤 들고 기계적으로 스위치를 누르면 드르륵 달아올리는 승강기도 만들어 놓았다. 그래서 한 접(100개) 두 접 하는 단위보다 한 동(100접) 두 동 하는 단위를 많이 듣게 된다. 남의 감을 사서 곶감으로 깎아다는 경우도 많이 있었다. 그 수입이 괜찮게 되기 때문이다.

빈 들판에는 트랙터로 벼를 베고 난 자리에 그루터기들만이 황금색 벼를 생산한 농토였음을 말해 주고 여기 저기 허연 비닐 등치들이 널려 있다. 농촌의 신풍경이다. 멀리서 보면 한 아름쯤 되는 것 같지만 가서 보면 두 아름도 넘는다. 혼자서는 들지도 못하는 짚동이다. 벼를 털고 난 짚을 싸서 묶어둔 것으로 역시 기계(트랙터)로 작업을 한 것이다. 알곡만은 못하지만 볏짚도 돈이 된다. 예전에는 이엉을 엮어 지붕을 이기 때문에 농가의 필수적인 존재였지만 지금도 소먹이 등 사료로도 쓰고 짚공예 등 여러 용도가 있다.

마을 앞 길 가에는 벼를 긴 그물 자리에 말리고 경운기로 방앗간으로 실어다 놓아 허름한 방앗간이 터져 나간다. 아무 표시를 하지 않아도 누구누구 것임을 잘 알아 순서대로 도정을 해 준다. 정미소는 햅쌀의 생산지였다.

금방 찧은 쌀은 밥맛이 좋고 영양가도 더 있다. 농촌에 어정거리는 노인들은 자식 손자들에게 그런 도움을 주는 보람을 느끼고 산다. 주는 즐거움이라고 할 수 있지만 농촌 농민들은 쌀이 되었든 고구마가 되었든 무 배추 시래기가 되었든 자꾸 주려 한다. 자식에게도 주고 손자에게도 주지만 다른 사람에게도 자꾸 싸 준다. 그것이 농민의 마음이고 한국인의 마음이다. 사랑이다. 흙에서 땀 흘려 가꾼 농산물은 공산품을 생산하는 경우와 다르다. 가령 과자 공장 빵공장을 한다고 했을 때 같은 먹는 것이지만 그렇게 줄 수 있을 것인지, 싸주고 있는지, 대답은 아닌 것 같다. 아니다. 그렇지 않다.

콩 타작을 하고 깨를 털고 김장을 하고 그리고 이것저것 꾸려 자녀들에게 택배로 보낸다. 한 박스에 4, 5천원이면 이튿날 서울 부산 어디고 다 집까지 배달해 준다.

늦가을이라고 할까 초겨울 풍경들이다.

추수가 끝나고 나면 또 하나의 행사가 기다린다. 시사時祀이다. 시제 시향 묘사라기도 하는데 음력 시월에 먼 조상의 무덤 앞에 지내는 제사다. 그의 집안의 경우 음력 10월 10일부터 4일간 지내던 것을 줄여서 2일간만 지낸다. 집에서 지내는 제사는 4대조까지이고 5대조부터는 묘 앞에서 산제를 지낸다. 그래서 묘사이다. 아버지 할아버지 증조할아버지 고조할아버지까지가 4대조이고 5대조부터는 이름이 없다. 6대조 7대조 10대조 하고 숫자를 붙여서 부른다. 다른 이름이 없기 때문이다.

제사를 지내야 하느냐 하는 것은 종교적인 문제가 아니고 인식의 문제인 것이다. 유교는 종교가 아니고 실천 도덕이다. 살아 있는 사람과는 달리 죽은 사람에게는 절을 하지 않는 것이 기독교이다. 우상 숭배라는 것이다. 그래서 절을 하지 않고 뻣뻣이 서서 기도를 하거나 아예 참여를 하지 않는다. 부모 조부모 묘에 성묘

를 하는 것과는 달리 제사를 지내고 더구나 먼 조상에게 시사를
지내는 것을 죄악시하고 있다.

"사람이 죽으면 신이 되는 건가?"

그리고 우상이 되는 것인가. 그는 얼른 납득이 가지 않았다.

"귀신이 되잖아요."

"그래? 그런 것은 아라고 보는데……."

아무래도 아닌 것 같았다.

"그러면 왜 신이라고 쓰는 거지요?"

"누가 써?"

"제사 지낼 때마다 써 붙이잖아요."

영호는 분명한 사실을 가지고 얘기하는 것이었다. 금년 처음 참
례하였지만 계속 절을 하지 않고 뒤에 서 있었던 것이다.

제사를 지낼 때 누구누구의 신위神位라고 지방을 쓰는 것을 말
하는 것이었다. 유세차…… 시사를 지낼 때 읽는 축祝에도 수 없
이 신이 등장한다. 가는 곳마다 산신축을 읽으며 토지신에게 먼저
고하고 제를 올리기 시작하는 것이었다. 이날도 여러 차 따라다니
며 보조를 한 영호다.

"너는 왜 절을 안 하느냐?"

그런 것을 탓하지도 않는다.

"여기 온 것만 해도 된 거여."

교수인 장조카도 아이들은 데리고 오지 않는다. 아이들이 다 의
사가 되어 있었다. 또 중형 조카는 농림부의 서기관이지만 교회에
나간다는 이유로 묘사에는 오지 않는다. 그 아이들도 마찬가지다.

왜 우리가 돌아가신 부모 조부모를 신이라고 부르는가. 그러니
유일신을 믿는 기독교 신자들은 다른 신을 우상으로 돌리고 절을
하지 않겠다는 것이다. 좌우간 절은 절이고 오래 전에 세상을 뜬

먼 조상들과의 핏줄을 어떡하란 말인가. 나와는 상관 없어도 되는 것이며 난 몰라라 해도 되는 것인가.

갈수록 시사에 참례하는 숫자가 줄어들고 또 죽어서 못 오기도 하였다. 음복을 하며 한 족형이 안을 내놓았다. 여러 묘에서 흙을 한 삽씩 떠다가 가까운 곳에 하나의 묘를 쓰고 비를 세우고 한 곳에서만 성묘를 하고 시사를 지내자는 것이었다. 또 한 족숙은 토요일에 하여야 많이 참례할 수 있으니 음력으로 11월 둘째 토요일에 하면 좋겠다고 하였다. 그러나 산상회의는 결론을 내지 못하고 변경된 것은 없었다. 길에까지 내려와 가는 사람들을 붙들고 이야기를 하였지만 간소안에 대한 합의는 얻지 못하였다. 일단 이대로 해보자는 것이었다.

이러한 우리 유교문화는 언제까지 갈 것인가. 특히 그의 마을 종중의 시사가 언제까지 지속될 것인가. 여러 가지 장례문화가 있다. 수목장이니 납골당이니 많이 간소화하고 있다. 그러나 그런 것이라 하더라도 계속 이어질 것인가.

정월 대보름부터 시작해서 농번기를 맞고 벌초를 하고 추석에서 설로 이어진다. 그것이 시골 1년 행사 일정이다.

제10신
마을회관에서

동지섣달 저녁 시골 사랑 화로 가에는 이야기가 많이 있었다. 이야기책을 읽기도 하고 외지에 다녀온 이야기도 있고 이런 저런 농사 얘기도 많았다. 이야기를 하다가 꾸뻑꾸뻑 졸기도 하지만 밤새도록 이야기는 끝이 없었다.

눈은 와 덮이고 그러지 않아도 겨울 농가에 할 일이 없다. 늦잠을 자도 상관이 없고 밤을 새워 이야기를 해도 안 될 것이 없었다. 막걸리에 배추뿌리에 동치미에 누룽지라도 있으면 좋고 듣기 좋은 이야기만 있으면 되었다. 이야기가 그리운 때였다.

지금 농촌 시골에는 마을회관이 마을마다 있지만 옛날 사랑방의 정취와는 사뭇 다르다. 새 소식은 TV 뉴스가 전하고 이야기책 대신 연속극이 채널마다 널려 있다. 요즘은 채널도 상당히 많아 입맛대로 리모컨을 누르기만 하면 국내외 프로들이 대령하고 있다. 드라마 영화도 있고 스포츠도 있고 예능-이름이 맞는지 모르지만 -이라는 프로가 사람들을 연방 웃기기도 한다. 옛날 이야기 책은 없고 더러 굴러다니던 무협지 같은 소설책이나 만화책이 있지만 그런 것을 읽는 사람은 없고 농사 정보가 실린 잡지 같은 것이 벽에 걸려 있어 그림 같은 것을 훑어본다. 그저 심심하면 뒤적거리지만 결국 TV 쪽으로 눈을 준다. 언젠가부터 라디오도 듣는 사람이 없어 무용지물이 되어 있었다.

저녁을 먹고 불이 환하게 켜 있는 마을 회관에 한 사람 두 사람 모이다 보면 여러 사람이 되고 웃음소리가 나기 시작한다. 어떤 때는 핏대를 올리고 언성을 높여 다툴 때도 있다. 그러다 보면 사람들이 더 모이고 마을 회관 두 방 거실까지 다 들어차 얘기가 중구난방이 된다.

서울 등 대도시는 동네 사람들이 같이 모이는 일은 별로 없고 앞집 옆집 사람과 인사도 안 하고 모르고 산다. 삭막하고 외로운 섬에 떨어져 살고 있는 것이 도시의 삶인지도 모른다.

집집마다 TV가 있고 가족이 있지만 마을 회관에 와서 이야기도 하고 모여 앉아 이야기를 한다. 군에서 쌀을 여러 포대 지원해 줘 그것으로 밥을 해서 먹기도 한다. 콩나물밥을 하여 양념장을 한

숟갈 떠넣고 비벼 먹기도 하고 무를 썰어넣고 무밥을 하기도 한다. 밀가루 반죽을 하여 콩가루를 많이 뿌려넣고 밀어서 칼국수를 하기도 하고 메밀과 도토리로 묵을 쑤어 묵밥을 하기도 한다. 좌우간 쌀값보다 반찬값이 더 드는데 여러 집에서 가져오기도 한다.

먹는 일은 무엇보다 즐겁다. 그 때는 모든 일을 잊고 웃으며 목운동도 한다. 술 말이다. 잘 먹는다기보다 갱식이 나물죽을 쑤어 먹으며 보릿고개를 넘기던 세대들이어서 뽕나무밭이 푸른 바다가 된 셈이다. 궁핍한 시기 절량기에 있었던 일화 한 토막. 손님이 오면 보리를 많이 섞었을망정 밥을 해서 대접을 하였고 손님은 밥을 조금 남기고 덜 먹음으로 체면을 차리었는데 그것을 기다리던 아이들은 손님이 밥에 물을 붓자 앙하고 울었다는 것이고 그러자 손님은 너희들 물 말아 줄려고 그랬다고 숟갈을 놓았다는 것이다. 슬픈 애기지만 오히려 그때가 좋았던 것도 같다. 없지만 체면이 있고 인정이 있었다. 「그리운 보리고개」라는 소설도 있다(강준희 작).

"어허, 많아여. 그만해야."

밥도 그렇지만 술도 탐하는 사람이 없다. 잘 밤에 음식을 많이 먹어봐야 안 좋다는 것을 늙은이들도 잘 안다. 술도 마찬가지다.

"아침에 못 일어나여."

술이라면 사양을 하지 않는 박윤근 장직상 씨도 자꾸 잔을 치켜든다.

"저녁엔 얼마든지 들어가지."

"암만, 들어가는 것은 얼마든지 들어가여."

"밑 빠진 독이지."

"밑은 빠진 지 오래 되었지만 아직은 한 되는 담을 수 있어여."

"한 되가 뭐여. 한 말은 될 걸."

"아니여. 말도 안 되는 소리지."

"어느 말이 맞는 것인지 헷갈리네."

"헌 섬에 많이 들어가여."

좌우간 전에는 정말 밑 빠진 독이고 끝이 없었는데 요즘은 두 잔 아니면 많아야 석잔, 넉잔도 잘 안한다.

안 된다고 큰일 난다고 엄살을 부리지만 그 재미로 또 자꾸 따른다.

"할 일도 없는데 한 잔 더 해야."

바깥에는 눈이 쌓여 있고 땅은 꽝꽝 얼어붙어 있는 엄동설한에 무엇을 할 것이 있단 말인가. 예전에는 새끼도 꼬고 짚신도 삼고 가마니도 치고 하였지만 요즘은 그런 것도 없고 만고 편한 팔자가 되어버렸다.

"까짓거 따라 봐. 삼수갑산엘 갈망정. 뭐 죽기밖에 더 하겠나."

"죽기는 왜 발써 죽어. 구구팔팔 해야지."

"아니여, 120까지 산대야."

"여자들 얘기여."

여자들도 거들었다.

그것은 사실이었다. 여자의 평균수명이 더 길었다. 여자는 88세 남자는 79세로 되어 있었다. 농촌 시골에 사는 사람의 수명이 더 긴 것은 말할 것도 없었다.

밥을 먹고 나도 술은 계속되었다. 먹지는 않고 들고만 있기도 하였다. 그것이 다른 음식과 다른 것이기도 했다. 김치와 다른 반찬 한 가지를 그냥 놔두면 되었다.

끼리끼리 이야기가 계속되었다. 양파를 서로 나눠 심은 사람들이 한 군데 모여 머리를 맞대고 얼마나 자랐고 어떻게 관리하고 판로가 어떻고 이야기를 하고 이장은 퇴비를 더 신청할 사람 이름을 적었다. 부녀회장은 탁아소 봉사할 사람을 추천하라고 하였다.

한 머리서는 TV 아홉시 뉴스를 듣고 있었고 술잔을 놓지 않고 있는 사람들이 서해안 한미군사훈련에 대하여 이렇게 저렇게 마치 전문가들이나 되는 듯이 큰소리로 말하였다.

북의 군사시설 요충지에 대하여 미국이 다 조준하여 놓았는데 10분 내로 다 박살을 낼 수 있다고 하였다. 그러면 전쟁은 끝난다고 하였다. 믿거나 말거나였다. 그런데 왜 그러는지 아느냐고 하였다.

"왜 그라는데?"

"말도 안 되는 소리 하고 자빠졌네."

그러자 이야길 꺼낸 친구는 뜸을 들이고 있다가 호기 있게 말하는 것이었다. 그러나 그럴 수 없는 것이 2, 3분 동안 북한에서 발포한 것으로 이쪽의 인명 살상이 50만 정도 된다는 것이다.

시골 촌 구석 마을 회관이지만 나라 요로의 심장을 건드리고 있었다. 요로원 야화였다. 줄곧 술잔만 들고 있던 그가 한 마디 하였다. 이번 달 어느 잡지에 쓴 기사인데, 북한이 사이버 공격시 15분만에 남한 주요시설이 초토화된다고 하였다. 지방 방송은 다 끄고 모두들 그 쪽으로 귀를 모으고 시선이 집중되었다. 고개를 끄덕거리기도 하였다.

"그러나 말이지요. 여기까진 안 오니까 염려들 마세요. 여러분들 복인 줄 아세요."

"정말이여."

"책임질 수 있는 말이여."

그러자 남기태 이장이 책임진다고 하였다.

그러면 술을 한 잔씩 더 하자고 하였다.

제11신
신역을 하며 산다

마을 사람들 여럿을 만나서 사는 얘기 농사짓는 이야기를 들어
보았다. 의외로 농촌에 사는 자부심을 갖고 살고 있었다. 여유가
있고 도시 사람들이 가지고 있지 않은 것을 많이 갖고 있었다.

어떤 것이 잘 사는 것이냐 어떻게 하는 것이 웰빙이냐, 언젠가
부터 우리는 삶의 질을 따지고 있는데 농촌 삶 농업사고도 하나의
방법이 될 것이다. 포도 덩굴 낡은 껍질을 벗겨내며 복숭아 봉지
를 싸며 묘등의 풀을 깎으며 들려준 이야기들은 우리가 어떻게 살
아야 하느냐를 말해 주고 있었다.

시골 농촌에도 있을 것은 다 있었다. 자동차도 있고 냉장고도
있고 다 보일러로 난방을 하고 있었고 아들을 대학에 보내고 있었
다. 보일러도 기름보일러 가스보일러 장작 보일러에다 대부분 심
야전기 보일러를 사용하였고 연탄보일러는 웬만한 집은 사용하지
않았다. 그 대신 돈을 아끼기 위해 전기장판 물장판을 사용하기도
하였다. 취사도 프로판 가스로 했다. 화장실도 수세식이었다.

옛날에는 돈이 없어 공부를 못 시키었다. 맏이나 제일 머리가
좋고 똑똑한 아들을 골라 학교를 보내고 공부를 시켰고 나머지는
농사를 짓게 했다. 농사를 짓는 아들은 공부도 시키지 않았다. 식
자우환識字憂患이라는 말도 있지만 농사를 짓는 데는 힘만 쓰면 되
었지 머리는 쓸 필요가 없고 공부를 할 필요가 없다고 생각한 것
이다. 그러나 요즘은 실력이 없거나 갈 수가 없어서 못 가지 갈
수만 있다면 다 학교를 보냈고 대학을 보냈다. 그리고 초등학교뿐
만이 아니고 중학교도 의무교육이 되어 있었다. 도시락을 싸 갈
필요도 없이 점심도 학교에서 그냥 주었다.

임산에서 약방을 하고 있으면서 이것저것 농사도 많이 짓고 있는 강석호 씨는 군의원을 지내서 강의원으로 통했다. 시도 쓰는 시인이고 서예도 하며 군이나 면 행사에 얼굴을 빠지지 않고 내미는 유지이다. 그의 초등학교 동창이기도 하다. 강의원이 중학교에 들어간 이야기는 참으로 눈물겨웠다. 아버지에게, 원이나 없게 한번 시험만 쳐 보고 싶다고 애원하여 시험을 쳤다. 물론 합격을 해도 학교에는 다니지 않겠다는 전제하에서였다. 강의원의 아버지는 시험에 떨어지길 바랐고 그래서 합격 한 것을 못마땅하게 생각했다. 그리고 강의원이 어찌어찌하여 입학을 하였는데(그 대목은 들었는데 잊어버렸다) 아버지는 여전히 일이나 하라고 나무랐다. 그러나 강의원은 아버지의 말을 거역하고 학교를 졸업하였고 그렇게 함으로써 농투사니로만 머물지 않은 것이었다. 지금 생각하면 도저히 이해가 안 가는 이야기지만 강의원은 아버지를 참으로 흐뭇한 추억으로 회상하고 있었다.

마을 사람들의 수입도 꽤 되었다. 1년 농사에 포도나 복숭아의 경우 몇 천 만원은 보통이고 억을 넘는 사람도 많았다. 감에다 호두에다 고추 양파 고구마 콩 깨…… 다 쏠쏠하였다. 쌀도 물론 돈이 되었다. 먹는 것은 다 자급되고 따지고 보면 돈 들 곳이 없다. 오히려 도시에 나가 있는 자식들이 실직을 하였다 뭐가 어떻다 하며 축을 내었고 그렇지 않고는 목돈을 쓸 일이 없다. 장비다 시설이다 투자를 하지만 매년 들어가는 것은 아니다.

들, 논과 밭은 그들에게 있어서 활동공간으로 하나의 운동장이며 놀이마당이다. 그냥 가만히 방 안에 있거나 골목에 어정거리고 있으면 운동 부족이 된다. 풀도 뽑고 거름도 하고 갈아엎기도 하고, 그런 일을 하는데 있어서 남자고 여자고 따로 없었다. 돈이 문제가 아니고 품이 문제가 아니고 신역身役을 하여야 하는 것이다. 들에서 꿈적거릴 때까지 꿈적거리다가 주저앉으면 산으로 가면 된다.

시골구석에 사는 농사꾼이라고는 하지만 할 말은 다 하고 산다. 설을 앞두고 눈이 오는 날 스피커에서 방송이 되었다. 오후 2시 면사무소에서 하수도 시설 정화조 관계로 설명회가 있다고 하였다. 전날 밤에는 상 중 하구 마을회관에서 그 관계로 회의를 하였다. 집집마다 정화조가 있었는데 하수도 시설을 다시 하고 종말처리장을 만들고 하는 공사를 하고 있었고 앞으로 무용지물이 되는 정화조에 대한 대책 회의였다.

시간이 되자 면사무소 2층에 마을 사람들이 꽤 많이 모였다. 한국환경공단 그리고 공사를 맡은 무슨 건설회사에서 만든 설명 자료를 나눠주어 모두들 그것을 들여다보고 있었다. 상구 남기태 이장이 공사관계자들 5, 6명을 소개하고 그 중 한 사람이 나와 설명을 하였다. 대청댐 상류 하수도 시설 공사였다. 하수 주관선관거와 하수처리장 공사는 지난 해 연말 완료하였고 배수 설비와 처리장 시운전은 2월과 3월에 하여 9월까지 준공한다는 것이다.

설명이 채 끝나지도 않아서 마을 사람들은, 도대체 환경공단이 무얼 하는 곳이냐, 누가 공사를 해 달라고 하였느냐, 왜 하수처리장 옆에 공원을 만들어준다고 약속하고 지키지 않느냐, 약속부터 지키고 설명회를 다시 열어라, 마구 항의성 질문을 하고 따졌다. 핵심사항은 기존의 정화조를 폐쇄하는 것이고 거기에 모래라도 채워달라고 요구한 것인데, 정화조는 개인의 사유재산으로 이에 대한 처리는 개인이 부담해야 된다고 하였다. 말이 안 되었다. 그것을 그냥 내버려둔다는 것도 말이 안 되고 파내고 메꾸는데 드는 비용을 각자가 부담 하라는 것도 말이 안 되었다. 그것은 오히려 환경을 오염시키는 일이다. 100만 원씩 들여 설치해놓은 정화조를 옆에 뻗혀 놓고 다시 하수도 시설을 하였으면 그것을 없애주기라도 해야 되지 않느냐. 어떻게 이것은 정부 시책이고 그것은 개인적인 것이고 사유재산이냐. 여러 사람이 한꺼번에 일어나 따지었다. 재산은 무슨 똥덩어리만큼도 가치가 없는 콘크리트 폐기물이 뭐 말라비틀어진 사유재산이냐.

"시골 무지랭이라고 그렇게 만만하게 보면 안 돼야."

"이 청정지역에 와서 뭣들 하는 거여?"

"답변할 위치에 있지 않다면 가서 답변할 수 있는 사람을 보내세요. 이 추운 날씨에 여기 할 일 없이 나온 사람들이 아니라고요."

이 사람 저 사람 공사 관계자가 일어나 설명을 하였지만 마을 사람들은 답변을 들으러 왔지 설명을 들으러 오지 않았다고 하였다. 그러나 이들은 공사를 맡아 하는 사람들이고 문제는 정부예산에 반영되지 않았다는 것이다.

"우린 급할 것이 없으니께 대책을 세워가지고 공사를 마무리하세요. 긴 얘기 할 것 없어요."

이종수 대동회 회장이 일어나 한 마디 하자 모두들 조용하였다. 그러나 역시 대책은 없었다.

결론이 없는 설명회였다.

제12신
대동회 동제

더러 얘기하였지만 이 시골 산골 마을에 볼 것이라고는 맑은 공기밖에 없다. 청정하다고 할까 향기롭다고 할까 오염되지 않은 공기를 숨쉬고 산다는 것은 큰 복이라고 할 수 있다.

이 마을 사람들이 대도시에 오면, 가령 서울역에 내려 버스를 타기 전에 벌써 숨이 막힌다. 목이 따갑고 눈이 아프다. 한참 있으면 면역이 되지만 처음에는 견디기가 무척 힘들다. 마치 구들이 꺼져 방 안에 연기가 꽉 찬 것 같다. 공기만 먹고 사는 것은 아니지만 시골 사람들에게 매연을 뿜어대는 대도시는 마치 굴뚝 속과 같다.

그 청정한 지역에 언제부턴가 괴물이 등장하였다. 수원리 건너편 더구리[德古里]에 이상한 시설을 해 놓은 것이다. 마을도 다 이전시켰다. 더구리는 마을이 송두리째 없어졌다. 집과 땅에 대하여 다 보상을 받기는 했다고 하지만 대대로 살던 마을을 떠나 여기저기 흩어져 살아야 했다. 묘도 파 옮겼다. 나라에서 하는 일이니 마음에 안 들어도 할 수가 없다. 그 마을 살던 박윤근(77)씨는 노천리 상부 그의 이웃에 와서 포도와 논농사를 짓고 있다.

마을을 다 내보내고 군부대가 들어와 산꼭대기까지 길을 내고 삥삥 둘러 보안등을 설치하고 밤낮주야로 보안견을 앞세우고 초병이 경비를 하는 데다가 그것도 밤에만 지붕을 씌운 추럭이 무엇을 잔뜩 싣고 들락날락 붕붕거리는 것이어서 대단히 불안하였다. 누구한테 물어도 답변을 해주는 사람이 없고 군사기밀이라기도 하고 쉬쉬하였다.

참는 것도 한계가 있었다. 이 마을 사람만이 아니고 이 지역 전체가 공포를 느끼고 있었다. 아무리 촌구석 농사꾼들이라고 하지만 따지지 못하는 것이 아니었다. 면장한테 몰려가 따지고 군수에게 항의하며 물어보고 하였지만 모른다는 것이고 그러면 어디 누구에게 물어봐야 되느냐고 했을 때 물어봐야 소용이 없다고 하였다. 역시 무슨 기밀이고 뭐가 어떻고 하며 그냥 돌아가 가만히 농사나 지으라고 하는 것이었다.

땅파기였다. 답답하고 속만 상하였다. 이상한 예감이 들고 점점 더 불안해졌다. 무슨 화학탄이라기도 하고 핵무기라기도 하여 별 생각이 다 들었다. 얼마나 대단한 것이어서 그렇게 야단스럽게 경비를 하고 밤에만 설치느냐는 것이다. 그것이 정말 이상한 것이라면 사람을 어떻게 보고 하는 수작이냐는 것이다. 정부고 국방부고 미국이고 그런 것이 눈에 보이지 않았다. 도대체 시골 농민을 뭘로 보느냐는 것이다.

그래서 부대 앞에 가서 데모를 하고 서울 국방부 앞으로 관광버스를 몇 대를 대절하여 몰려가가지고 농민들 불안에 떨게 하는 괴시설을 없애달라고 목이 터져라고 부르짖었다.

시위도 여러 번 하고 항의도 무수히 하였다. 그러나 아무 소용이 없었다. 군 당국이나 행정관서에서는 코도 들썩이지 않았다. 민주주의 국가니 시위를 막지는 않았다. 그렇게 몇 년을 속을 태우고 지쳐 나자빠지기를 기다려서야 반응이 나왔다. 막대한 비용을 들여 해 놓은 군사시설을 옮길 수는 없고 마을에 유용한 것을 건설해주겠다는 것이었다. 저온 창고를 지어준다든지 길을 포장해준다든지 또 다른 필요한 것이 있으면 요구하라는 것이다. 물론 그런 것이 필요하긴 하다. 그러나 이건 아니다.

"그런 거 다 필요 없어요. 만금을 줘도 필요 없으닝께 원상복구해 놔요."

"왜 하필이면 여기냐 말이요?"

"우리를 물로 알아요?"

"안 돼요. 절대로 안 돼요."

그런 얘기도 다 소용이 없었다. 아무리 인상을 쓰고 험악하게 말해도 소용 없는 것이 이미 이장회의에서 받아들이기로 했다는 것이다. 이런 정신 나간 놈들! 또 거기다 대고 호통을 쳐 보지만, 입만 아팠다. 계란으로 바위치기라는 것이다. 참 한심한 사람들이다. 한심한 일이다. 결국 자의 반 타의 반 좋으나 싫으나 이 마을 저 마을에 저온창고 물류창고를 짓고 산골짜기 고갯길까지 아스팔트 포장을 하였다. 그 길로 외지 승용차들이 연락부절로 드라이브를 하며 매연을 뿜어대었다.

또 얼마 전부터는 화학무기가 아니고 고폭탄을 해체하는 작업을 민간업자 S화학이 그 작업을 추진하고 있다고 하였다. 불안하고 마음에 안 들기는 마찬가지였다. 좌우간 그와 관련하여 얼마 전부터 면사무소 앞에 대기오염 측정판을 거창하게 매달아 놓았다. 오존의 측정치를 ppm으로 나타내는 계기판이라는 것이다. 작업장 공장 굴뚝 끝에 붙여놓은 센서가 이 측정판에 연결되어 있다는 것이고 거기에 기준치 허용치를 비교하여 볼 수 있도록 하여 그것을 보면 얼마만큼 대기의 오염이 되었는지 여부를 알 수가 있다고 하였다. 얼마가 허용치이고 얼마를 벗어나면 위험한 것인지를 가리킨다는 것이다. 이 청정한 곳의 공기를 오염시킨다고 항의를 하자 그렇지 않다는 것을 보여주기 위해서 만들어 놓은 것이다. 만일 아황산가스 이산화탄소 등이 허용치를 초과하면 그 때 따지라는 것이다. 다시 말해서 그 괴시설로 하여 대기오염이 되지 않는다는 것을 나타내기 위한 것이다.

그런데 그 측정판에는 그런 것은 써 있지가 않고 다른 것만 적색 녹색 글자로 내보내고 있었다. '환경오염 행위 / 신고는 / 국번 없이 128' '자동차 공회전 / 3분 이내로 / 자동차 배출가스 / 줄입시다' '안전한 / 친환경 농산물 / 믿을 수 있는 우리 농산물' 등등의 홍보였다.

고폭탄반대대책위원회 간사를 맡고 있는 옥전리의 안병익(45)

302

씨는 영동군을 상대로, 폐기물관리법 위반으로 행정소송을 하였는데 대법원까지 가서 패소를 하였다는 것이고 이제 더 어떻게 할 수도 없다고 하였다. 화학무기는 2008년도에 끝나고 고폭탄 해체 작업을 하는 것인데 가격 비용을 협상 중이며 그래서 지금 공사를 하고 있지 않다고 했다.

마을마다 연초에 대동회를 열고 동제를 지난다. 노천리 마을 가운데에는 600년 수령의 괴목槐木 동구나무가 수호신으로 서 있고 세 아름이나 되는 그 나무 허리에는 일년 내내 동제를 지낼 때 친 금줄이 그대로 있다. 지난 2월 5일 노천리 상 중 하리 마을 사람들은 대동회의를 열어 마을 대소사를 논의하고 이종수 대동회장을 유임시키었다. 거기에 따라 16일(음력 2월 14일)저녁 자정 무렵 제주인 대동회장은 눈 섞인 비가 오는 가운데 동제를 올렸다. 헌 주獻酒 독축讀祝 소지燒紙를 하고 음복飮福은 생활관에서 기다리고 있는 회관의 마을 유지들과 같이 했다. 자정이 지났으므로 정월 대보름 새벽이다. 귀밝이술이 되었다. 제에 올린 과일로 부름도 깨었다. 복을 빌고 마을의 수호 안녕 풍요 그리고 모든 액이 물러 가기를 기원하며.

제13신
봄의 기지개

봄이 되면 마을 사람들은 기지개나 켜듯 함께 산행을 한다. 마을 소유의 산을 한 번 둘러보기 위해 같이 가는 것이다.

번지로는 황간면 서송원리 산 41 43-1 47의 639,013㎡ 193,301평 6정2단8묘의 임야이다. 마을 공동 소유의 산이다. 집집마다 쌀 2되씩을 거출하여 공동연료채취림으로 매입한 것인데 엉뚱한 사람 명의로 되어 있어 되찾은 것이다. 이 마을 강춘식 대표의 집요한 노력과 혈기로 쟁취한 것이다. 마을 가운데에는 그 공적을 기록한 열성비가 오석으로 큼지막하게 세워져 있다.

산이라고 해야 세금만 나오지 별 수익은 없다. 그리고 개인적으로 뭐가 돌아오는 것도 아니었다. 그래도 마을의 산이 생기고 그것을 영원히 잃어버릴 뻔하였다가 다시 찾은 것이 참으로 대견스러웠다.

49번 도로로 상촌 쪽으로 가다가 수원리를 지나서 영동으로 가는 고개-시누재 넘어에서 올라가면 되는 곳에 위치한 산이었다. 신탄리 가기 전에 황간 소계리 방향으로 올라가는 골짜기이다. 제일 높은 곳이 석지양지石碣이다. 그 정상에 오르면 황간 추풍령이 바로 아래로 내려다보인다. 6.25한국전쟁 때 거기에 박격포를 황간철교 부근 강변으로 쏘아대었던 요충지다. 어느 쪽인지 아마 국군인 것으로 알고 있는데 포를 설치한 구덩이가 여러 곳이 지금도 있다.

거기에는 또 그의 집안 묘가 있어 교대로 벌초를 하러 가는 곳이다. 솔직히 성묘는 한 번도 가지 못했다. 상당히 외지다고 할까 험한 산골짜기이다.

시누재 너머 과수원이 있고 언젠가부터 거기 산 밑에 외딴집을 짓고 사는 사람이 있었는데 그 진입로를 조금 떼어서 팔라고 하였지만 그럴 수는 없고 임대를 해 주었다. 돈을 받기 위해서가 아니고 인정상 그렇게 한 것이다.

집을 조립식으로 잘 지었다. 사는 사람 입장에서는 앞이고 뒤고 온 산이 전부 마당이고 뒤란이었다. 그럴 일이 별로 없었지만 산도 지켜주었다. 난방도 기름으로 하니까 나무도 해 땔 것이 없고 그런데 그 집이 거점이 되어 중요한 역할을 하였다. 연중행사로 산을 한 번 둘러볼 때 모이기도 이 집에서 하였다.

금년은 지난 2월 28일로 날을 잡았다. 오전 10시에 그 집에 집결하기로 하였다. 대개 이때 아직 농사 일은 시작이 안 되었고 집이나 마을회관에서 뒹굴뒹굴하고 겨우내 놀던 끝이라 심심하고 뭐가 궁금하고 온 몸이 근질근질한 때이다. 바쁜 때 같으면 이런 인원들이 모일 수가 없었다. 상 중 하리 이장들 전 이장들 마을 대표들 말깨나 하고 방구깨나 뀌는 사람들이 다 모였다.

삼삼오오 승용차를 같이 타고 시간이 되자 일제히 몰려왔다. 화물차를 끌고 혼자 오기도 하고 봉고차에 두 세 명이 타고 오기도 하고 차들도 여러 대 동원되었다. 시골 사람들도 여기 3, 4키로 되는 거리를 다 타고 온 것이다. 차가 있으니 이리 저리 묻어온 것이다.

집이 넓었다. 큼지막한 소파에 넓은 탁자도 있고, 주인이 썼는지 이름난 글귀를 여러 점 걸어 놓았다. 화분 석부작도 많이 있었다. 부인이 차를 한 잔씩 내왔다. 커피에다 무슨 약재의 차가 두 가지 있었는데 종이컵에 담아 여러 번 날라야 했다. 대부분 커피를 달라고 하였다.

올 사람이 다 온 것 같아 회의를 시작하였다. 이종수 대동회장이 인사말을 하고 육기영 총무가 경과를 얘기하였다. 물을 낙차를 두어 계단식으로 내려오게 하는 사방공사를 한다는 것이다. 물론 군에서 추진하는 것이고 특별히 반대할 이유도 없어 이미 얘기하여 아는 대로 승낙을 하였다고 하고 지금 측량이 끝나고 해동이 되면 공사를 시작한다고 하였다. 그리고 조금 있다가 가서 그 현장을 한 번 둘러보고 의견이 있으면 얘기하라고 하였다. 이 사람 저 사람 질문을 받아가며 그런 얘기를 하고 있는데 이번에는 머리가 허연 이 집 주인 남자가 과일을 깎아서 여러 접시 썰어 가지고 왔다. 배와 사과였다. 산 주인인 마을 사람들은 과일을 두 쪽 세 쪽 씩 먹으며 왜 이런 걱정을 하느냐고 한 마디씩 하였다.

얘기를 대략 마치고 밖으로 나와 신탄리 쪽으로 조금 이동하였다. 석지양지 올라가는 골짜기 어구에 차들을 세워놓고 산자락을 오르기 시작했다. 조금 가자 공사 예정지가 되었다. 거기에 군에서 나온 직원이 기사들과 그들이 오기를 기다리고 있었다. 그렇게 연락이 된 것이다.

도면을 보면서 눈이 녹아 물이 쫄쫄 흐르는 골짜기 여기 저기 지점을 손가락으로 가르치며 공정을 설명을 하였다. 마을 사람들은 그저 고개를 끄덕끄덕할 뿐이었다. 공사를 하여 산에 해가 가는 것도 없고 그렇다고 득이 되는 것도 없었다. 사방 차원에서 그렇게 해야 한다니까 협조하는 것이고 그들 모두가 산주이니 같이 입회를 한 것이다.

브리핑을 듣고 산을 조금 오르다가 내려오는 길에 그가 메기를 잡았다. 멀쩡한 곳에 발이 빠지고 양말이 다 젖은 것이다.

"역시 표가 나는구만!"

면 산업계에 있던 친구 박내곤이 얘기하자 모두들 보고 웃었다.

"할 말 없네."

그러나 견딜 만하였다. 역시 봄이었다. 몸을 움츠리고 있었지만 모양이 그래서 그렇지 산골 물은 차지 않았다.

다시 차를 타고 황간으로 나가 순댓국에 소주를 한 잔씩 하는 것으로 화기를 돋우었다. 점심은 회장이 쏘았다.

이튿날 3월1일은 3.1절로서 마을에서 기념행사를 하였다. 기념행사는 어디나 있지만 이 마을은 좀 특이하다. 면 중에서도 제일 작다고 할까 인구가 자꾸 줄어들어 옆 황간 면과 합칠 위기에 있는데 3.1절 행사는 여기 매곡초등학교 강당인 매곡관에서 하여 군수 교육장 경찰서장 문화원장이 다 참석하였다. 3.1절 행사는 이 마을이 중심이었다. 여기서 가장 극렬하게 기미만세운동을 하였고 그 때 감옥에 가고 허리가 부러지고 한 사람들에 대한 건국훈장 애족장 대통령 표창 등 열 한 분의 애국지사에 대한 숭모비가 세워져 있기 때문이다.

금년은 구제역으로 3.1절 기념식은 취소가 되고 숭모비 앞에서 추앙제례를 지내기로 하였는데 또 비가 와서 매곡관 실내에서 행하였다. 초헌관은 정구복 영동군수 아헌관은 정창용 군의회의장 종헌관은 이문세 유족대표이다. 집례는 황간 향교, 사준 봉작 전작은 숭모회에서 봉행하였다. 전통 복식을 갖춘 유교식이다.

이른 봄, 늘 그때를 생각하며 만세삼창을 목청껏 부르며 일 시작을 한다.

제14신
종친들의 만남

꽃피는 새봄과 함께 하는 행사가 또 하나 있다. 화수회花樹會이다.

종친들이 한 자리 모여 얼굴도 보고 인사도 하고 소식도 전하고 들으면서 피는 물보다 진함을 가슴 뭉클하게 느끼는 것이다.

날이 따뜻해지고 외투도 벗고 가벼운 옷차림으로 나들이를 하는 것이다. 너무 춥고 너무 더운 계절을 피하여 늘 이맘때 만나는 종친들이지만 참으로 반갑다. 머리가 허옇고 비실비실하는 사람들이 골짜기마다 기어 나와 얼굴을 맞대고 악수를 하며 한참 동안 안부를 묻는다. 꼭 다 그런 것은 아니지만 안 죽고 살아서 다시 만난다는 생각을 한다. 말로도 한다.

"살아 있구만."

"정말 반갑네."

"그리여."

시간이 되기 전부터 한 사람 두 사람 모여 들었다. 허리가 구부러지고 지팡이를 짚은 노구도 있고 부축을 하고 나온 부자 고부도 있다. 4월 16일 토요일 11시, 영동 시장 앞 지전예식장 3층이다. 이날은 결혼하는 사람이 없는지 2층 식당과 3층 예식장을 다 차지하여 행사를 하는 것이다.

넥타이를 매고 정장을 한 임원들 그리고 도 화수회 임원들 옥천 보은 등 인근 화수회 회장들이 내빈석에 도열하고 서로 반갑게 악수를 한참씩 한 후 앉아서 담소를 한다. 대부분 70을 넘은 노인들이다.

매곡 상촌에서는 내오곡의 상호 남양리의 재주가 버스로 왔고 노천리의 이웃한 아주머니-박우용 형수 재후는 상촌의 재홍이 끌고 온 화물차를 타고 왔다. 재홍은 늘 그러는 대로 내외 왔다. 종친회에서는 성은 빼고 이름이나 아호만 부른다. 그도 모처럼-처음이다-아내와 같이 갔다. 앞으로는 어떻게 되었든 이제 살 날도 그렇게 많지 않아 종친회에 한 번 참석을 하는 것도 도리일 것 같아 사정을 하였던 것이다.

이날은 청와대에서 초청하는 사람에게 주는 선물을 준다고 하여서인지 많이 참석하였다. 식장이 꽉 찼다. 회의 시작 시간이 지나도록 악수들만 하고 있다가 연주 회장이 단상으로 올라가 인사말을 하였다. 그동안 종친회 활동에 대해 일일이 그 사례들을 들어가며 얘기하는 것이었다. 전국화수회회장이 같은 종친인 대통령의 선물을 받아서 내려 보내게 한 것도 포함되었다. 경주이씨 종친으

308

로 정계의 제1인자인 대통령과 무슨 무슨 장관 재계에서는 또 제 1인자인 건희 회장을 비롯해서 굵직 굵직한 인사들이 많았다. 각 계의 1인자들만 해도 열 손가락에 따 꼽지 못하였다. 말하는 사람 의 어깨에도 힘이 들어 있었고 듣는 사람들 특히 촌로들에게는 흐 뭇하게 들렸다. 어떻게 보면 자화자찬 같지만 그렇게 얘기할 필요 가 있었던 것이다. 회장은 늘 빠지지 않고 참석하는 종친인 이 지 역 국회의원이 지금 오고 있다고 하였다.

인사말을 길게 한 회장은 내빈석에 있는 임원들 앞으로 가서 축 사를 해 달라고 하였다. 고문 청년회장 이사가 나와서 축사를 하 였다. 언변이 있어 재미있는 얘기를 섞어 훌륭한 종친들에 대한 자랑도 하였고 시국 현안에 대해서도 실감 있게 얘기하였다. 1부 는 개회식으로 인사말과 축사 2부에 감사보고 예산결산보고 사업 보고 같은 요식행사가 있는데 계속 축사를 부탁하고 있었고 대개 사양들을 하였다. 그러나 그냥 기다릴 수는 없어 종내에는 그에게 까지 와서 무슨 말이든 좀 하라는 것이다. 그도 사양을 하였지만 시간을 조금만 더 끌어달라고 하여 나갔다.

"삼국유사에 신라초기 육촌六村의 하나인 알천 양산촌의 촌장 알평謁平 시조의 기록이 나옵니다. 하늘에서 강림하여 경주 표암 봉에 내려온 우리의 뿌리입니다. 지금은 촌이 시골이지만 그 때는 중심 도시였습니다. 우리나라 이씨는 중국에서 귀화한 몇몇을 빼 고는 거의 이알평의 후손에서 분관한 것이고 이씨조선 왕족이었던 전주이씨도 중간에 파가 갈려 나간 것입니다."

그도 우선 자랑거리를 들추다가 이 얘기 저 얘기 주어 섬겼다.

"어릴 때 마을에 여러 집의 일가가 있었는데 설과 추석에는 돌 아가면서 차례를 지냈어요."

그의 집의 순서가 제일 먼저여서 설에는 다 그의 집으로 먼저 와서 세배를 하고 차례를 지냈다. 음복을 하고 떡국을 먹고는 다음 집으로 가고 또 그 다음 집으로 가고 그렇게 다섯 집을 다녔다. 떡국은 여러 번 먹을 수가 없었고 어른들은 번번히 음복을 하며 산적이나 탕으로 안주를 하였다. 아이들은 밤이나 곶감 호두 다식 같은 것을 집어 먹었고 단술 같은 것을 먹었다. 그렇게 다섯 집을 돌고 나면 한 나절이 되었다.

"그런데 지금은 다 도시로 나가고 한 집이 남아 있는데 여기 같이 왔습니다만 제가 낙향한 후에도 차례는 같이 지내게 되지 않아 그 때 옛날이 그립습니다. 지금 생각해 보니 이런 화수회가 일가들이 만나는 사랑(사랑방)입니다. 영동뿐이 아니고 여기 충청북도 화수회 회장님도 와 계시고 전국 화수회 회장님의 선물도 와 있고, 이렇게 볼 때 한 마을 몇 집의 일가들만이 아니고 전국의 일가 친족들이 다 같이 만나는 사랑인 것입니다."

그런 얘기를 하고 있는데 기다리던 종친이 들어오고 있었다.

축사가 다 끝나자 12시가 넘었고 2부 회의는 빨리빨리 진행이 되었다. 결산자료에 의문이 있으면 얘기하라고 하자 모두들 박수를 쳤다. 1년 동안 지출한 회의비 통신비 장소 대여비 식사대 등에 대하여 적은 것이다. 예산과 사업 보고도 마찬가지였다. 다른 사항에 대하여 무슨 질문이 있느냐고 하자 상촌 임산의 종현이 왜 이사회는 한 번도 하지 않느냐고 하였다. 회장이 여러분들의 요구가 있으면 하겠다고 하였다. 그러자 좌중은 이사회는 해서 뭘 하냐고 하며 빨리 끝내고 밥 먹으러 가자고 하였다. 모두들 박수를 쳤다.

그렇게 1, 2부 회의를 마치고 3부라고 할 수 있는 회식을 하였다. 떡과 술 과일과 함께 부글부글 끓는 불고기 전골이 기다리고 있었다. 이것이 진짜 종친회였다. 동네끼리 친한 사람끼리 네 사

310

람씩 앉아서 권커니 자커니 술이 들어가자 웃음이 쏟아져 나왔다.

맥주 소주 두어 가지 음료가 있어 식성대로 주량대로 자유롭게 따라 마셨다. 옛날과 달라 억지로 권하지도 않고 기를 쓰고 마시려고도 하지 않았다. 뭐가 됐든 잔에다 가득 따르고는 건배를 하였다.

"건강을 위하여!"

"내년에 또 만나여."

갈 적에는 약속대로 묵직한 선물 상자를 들려 주었다. 내외 은 수저와 반상기였다. 무엇보다도 먹는 것은 즐거웠다.

제15신
이제 모심기는 잔치가 아니다

모심기가 한창이다. 이미 모를 심은 데도 많이 있고 아랫녘 윗녘 보름 전후 차이가 있는데 5월 중순 이곳에서는 여기 저기 들판에서 모를 내고 있다.

농사일은 벌써 한참 전에 시작이 되었다. 여러 작물의 파종도 했고 모종을 하기도 했다. 벌써 많이 자란 풀을 매기도 하고 제초제를 뿌리기도 하고 새로 씨를 넣을 밭을 장만해 놓기도 하였다. 포도니 복숭아니 여러 과수들에 매달려 있기도 했다.

그렇지만 뭐니 뭐니 해도 한 해 농사는 모심기로부터 출발을 한다. 여기 이 근방 충북의 남부 3군 옥천 보은 영동만 해도 다들 벼농사의 4배가 넘는 포도농사를 짓고 있었고 복숭아 사과 배 외에 여러 가지 유실수를 재배하는 것으로 농가 소득을 올리고 있다. 그래도 벼 재배가 농사의 상징적인 존재이다. 모심기가 큰일이었고 타작이 큰일이었다. 큰 행사였고 그날은 온 동네 잔칫날이었다. 좌우간 모심기는 힘이 들기도 했지만 신경이 많이 쓰였고 그것을 해놓지 않으면 다른 계획이 서지 않고 일손이 잡히지 않았다.

그런데 요즘 모심기는 옛날처럼 여러 사람들이 동원되지 않고 한 사람의 이앙기 기사가 다 하였다. 물론 주인이 옆에 따라다니며 보조를 하여야 하고 단도리를 하여야 했다.

전에는 못자리를 만들고 때가 되면 모를 쪄서 한 웅큼씩 묶어 써려 놓은 논바닥 여기 저기 적당한 간격으로 휙 휙 던져 놓고 그것을 뜯어서 심는 것이다. 줄을 맞춰야 하므로 양쪽에서 못줄을 맨 막대기를 꽂고 서서 다 심기를 기다려 옮겨 꽂고 또 옮겨 꽂고 하였다. 주욱 늘어서서 모를 심는 사람들은 줄에 간격을 표시한 눈금에 맞추어 열심히 심는다. 한 번 두 번 한 해 두 해 하는 것이 아니므로 눈금을 안 보고도 빨리 빨리 심을 수 있다. 못줄을 금방 옮겨 꽂지만 왜 이렇게 느리냐고 야단을 친다. 농이고 우스개 소리로 하는 것이지만 실제로 빨리 모를 못 심어서 하는 불평일 때도 있다. 질라이-능숙하게 일을 하는 달인, 여기 말이다-들이 하는 얘기이고 또 때로는 돈내기-청부-로 맡아서 하는 사람들이 하는 말이다. 대개 못줄을 옮겨 꽂는 것은 서툰 사람이거나 아이들을 시키기 때문이다. 더러는 주인이 못줄을 잡기도 하는데 그럴 때는 더 야단들이다.

"아니 못줄 잡는 사람 어디 갔나?"

"졸고 있는 개비여."

"간밤에 이불 등에 덮고 잔 거 아녀?"

누가 말을 꺼내기가 무섭다.

"새참 가질러 갔어."

"막걸리부터 가져 와야지."

"알았으닝께 그런 염려는 붙들어매고 빨리 심기나 해야."

주인이 고분고분하지 않으면 능률이 떨어진다. 모두들 품앗이로 하는 일이고 자기 집에서는 주인들이다.

이윽고 저쪽에서 술주전자를 앞세워 참이 오는 것이 보인다. 참이 떴다 하면 어깨가 들썩거리고 마구 손놀림이 천방지축 신이 들린다. 한 머리서는 모심기 때 부르는 격양가를 멋들어지게 불러제치고 한 머리서는 회심곡을 부르며 어긋네방아를 놓는다.

모심기의 압권은 오전 참에 있다. 점심이 있고 오후의 참이 있고 또 일을 마치고도 뭐가 있지만 처음 나오는 참에 성의가 들어 있다. 밥은 점심에 나오는 것이고 참에는 가벼운 국수라든지 묵채 같은 간식이 나오고 여러 가지 싱거운 찬들이 열 가지도 넘고 다 입에 짝짝 붙는 것들이었다. 물김치만 해도 다 찹쌀풀을 쑤어 넣고 꿀이 들어간 것들로 자꾸만 숟갈이 가게 하였다. 술이 들어가면 웃음이 터져 나오고 소리들이 커진다.

"오늘 일찍 끝내서는 안 되겠어."

"술은 또 가져오면 돼야. 슬슬 놀아가면서 해야."

"하 이거 참, 이러니 이거 어떡하지."

"어떡하긴 뭘 어떡해야. 빨리 논에 들어가."

좌우간 기분들이 좋고, 좋다는 데 대해서야 뭐라고 토를 달 필요가 없었다. 연방 웃음이 터져 나왔다.

그러나 그것은 다 옛날 얘기이고 요즘은 이앙기 기사가 모든 일을 혼자 다 하여 그런 옛날 풍물은 찾아볼 수 없다. 어떻게든 빨리 이 집 것을 해치우고 다른 집 논으로 가고 또 거기서도 빨리 해치우고 다른 집 논으로 이동해 하는 것이었다. 대개 하루 서너 집 모를 심어야 하기 때문에 잠시도 시간을 지체할 수가 없다. 예정된 일정을 맞추지 않으면 연쇄적으로 차질이 발생하는 것이었다. 농을 할 시간도 없고 할 상대도 없었다. 주인 눈치를 보는 것이 아니고 자기가 주인이다. 식사나 참도 빵이나 우유로 해결하고 짜장면을 시켜 먹기도 한다. 논 가운데서 핸드폰으로 전화 한 통화만 하면 금방 배달해 주는 것이었다. 술은 가급적이면 작업을 마치고 하든지 안 한다. 작업 중 술은 음주운전이 되는 것이다. 정취가 없고 여유가 없다고 탓할 것인가.

노천리 상구 박전무―농협에서 전무로 퇴직한 박희선 씨를 마을에서는 아직도 그렇게 부른다―는 예년과 같이 여섯 마지기 1,200평의 논에 모를 심었다. 포도 농사는 안 하고 감나무를 많이 심어 이제 열리기 시작하였다. 5월 20일 모심는 날 시간에 맞추어 장화를 신은 채 사이드카를 타고 농로로 내린 박전무는 벌써부터 작업이 시작된 논에 들어가 이미 다 단도리해 놓은 모판을 매만지며 첨벙첨벙 논 가장자리를 왔다 갔다 하였다. 일은 기사가 다 하지만 신경이 쓰이고 잠도 오지 않았다. 이날을 기다리며 모판에 정성을 다 쏟았다. 아직 추울 때 육묘상자에 황토흙을 체로 쳐서 앉히고 볍씨를 심어 만든 여러 개의 모판이었다. 마을 여러 집이 실패를 하여 모판을 버렸다. 앞집의 이재영 씨네도 실패를 하여 사서 모를 심었다. 한 평에 2,500원씩이다. 그것으로 10평을 심는다. 가령 1,200평이면 30만 원이다.

기계 품값은 평당 200원씩이다. 논을 가는 데 200원 써리는 데 200원 모를 심는 데도 200원이다. 6마지기 모를 심는데 24만 원이 든다. 3시간 남짓이면 다 심는 삯이다. 콤바인으로 베고 타작을 하는 데도 평당 200원씩이다.

지난 4월 26일 비가 오는 날 아침 노천리 상구 마을회관 스피커에서 방송을 하였다. 11시까지 이문세 씨 집 앞으로 나오라는 것이다. 어제 저녁에도 방송을 하였는데 황간 토종식육식당에 가서 점심을 한다는 것이다.

시간이 되자 모두들 나와서 승용차 봉고차 화물차에 되는대로 나눠타고 이동을 하였다. 할아버지 할머니 노인들이 대부분이었지만 젊은 부부도 많이 있었다. 강은식 중대장 정승기 이장-전직인데 역시 요즘도 그렇게 부른다-8순이었다. 돌아가신 중형과 동창이며 동갑인 이들의 행사에 그도 참석을 하였다.

제16신
매실을 따고

매실을 땄다. 한 7, 80키로 될까, 내외가 이틀을 두고 땄다.

텃밭에 10여 그루 집안 여기 저기 대여섯 그루 심은 것이 2, 3년 전부터 열매가 달리기 시작하여 작년에는 꽤 많이 땄다.

금년에는 수확이 좋지 않았다. 지난겨울 너무 추웠고 봄 가뭄이 심하였다. 그래서 그런지 농약을 안 쳐서 그런지 때깔이 안 좋고 허실이 많았다. 작년의 반도 안 되었다. 나무 가지도 더러 허옇게 지실이 들고 이파리도 꺼먼 점이 잔뜩 덮여 있었다. 농약은 한 방울도 치지 않겠다는 생각을 고집하여 왔는데 이러다 다 큰 나무가 병들어 죽는 것이 아닌가 걱정이었다. 나무뿐 아니라 바닥에 무섭게 자라는 풀도 힘 자라는 대로 뽑을 뿐 제초제는 치지 않았다. 농사를 짓는다고 볼 수는 없지만 유기농인 것이다.

매화나무와 매실나무를 아직도 정확하게 구별하지 못하고 있다. 어떻든 눈이 녹은 이른 봄에 아직 아무 꽃도 피지 않은 때에 온 집안을 환하게 해 준다. 푸른 빛을 띠며 흰 것은 청매실이고 분홍은 홍매실이다. 흐드러지게 피는 꽃을 보면 됐지 뭐 열매까지 바라는 것은 욕심인지 모른다.

가시가 있고 손이 자라가지 않는 것은 따기가 쉽지 않았다. 팔뚝과 얼굴이 긁히고 찔리고, 높은 가지에 달린 매실은 사다리를 대고 올라가 따야 한다. 끝까지에 한두 알 달린 것까지 따기 위해서는 곡예를 해야 한다. 품을 살 경우 다른 밭일을 하는 것보다 많이 주어야 한다.

요즘 사다리는 알루미늄으로 만들어 가볍고 발이 하나 더 있어 높이 바쳐놓고 올라가 설 수 있다. 농가에는 필요한 것이 하나 둘이 아니다. 다 갖추려면 한이 없다. 그래서 마소를 기르는 집은 입찬말을 못한다는 말이 있다. 언젠가 아쉬운 소리를 해야 될 때가 있을 수 있기 때문이다. 사다리와 물을 뿌리기 위한 긴 호스는 옆집 아주머니에게 빌려다 쓴다. 그 집에서는 우리 조로를 갖다 쓴다.

매실을 따서 좀 나눠 주었다. 우체국에 가서 조그만 박스를 몇 개 사왔다. 4, 5키로 들어가는 박스값이 420원 송료는 3천 여원 하였다. 이 마을에는 하루 한 번 오후 4시에 우편차가 온다. 그 시간을 놓치면 영동으로 들고 나가든가 다음날 붙여야 한다. 별 것은 아니지만 농약을 치지 않은 것이며 방금 딴 것이다. 갈색 설탕을 1 : 1로 재고 100일 동안 두면 매실청이 된다. 물에 타서 마시면 몸에 좋은 음료가 되는 원액이다. 남은 알맹이에 술을 부으면 매실주가 되고 장아찌를 담기도 한다.

이웃에도 몇 집 매실 나무가 없는 집에 주었다. 주면 그냥 또 있지를 않는다. 앞집에서는 담 너머로 불러 뭘 받으라고 한다. 뭐냐고 물으니 아무것도 아니라고 한다. 아무리 사양을 해도 안 되었다. 꼭 매실을 준 것 때문이 아니고 정으로 주는 것이라고 하였다. 정처럼 들기름이라고 쓴 병에 기름이 끈적하게 발려 있었다. 옆집에서는 설탕을 좀 사주겠다고 하는 것을 극구 사양하였더니 해질 무렵에 무엇을 가지고 왔다. 그가 나머지 매실을 따다가 와 보라고 해서 갔더니 올뱅이라고 하였다. 앞 냇물에서 잡아왔다는 것이다. 올갱이라기도 하고 파리올뱅이라기도 하는 것으로 자잘한 민물 다슬기다. 큰 냄비에 반은 넘었다. 새끼손가락보다 가는 올 뱅이를 해가 지도록 미끄러운 물속에서 엎드려 잡은 것이다.

"아니, 이것을 다 직접 잡으신 거라요?"

눈물이 나왔다.

옆집 할머니는 그 말에는 대답도 않고 아내에게 묻는다.

"어떻게 하는지 알아요?"

"먹어는 봤는데……."

해 먹는 방법은 몰랐다.

물에 담갔다가 혀를 내밀고 있을 때 삶아서 속을 빼내고 그 껍질을 삶은 국물에 배추나 아욱이나 정구지(부추)를 넣고 된장국을 끓인다. 물론 올뱅이 속알맹이도 같이 넣는다. 그것이 올뱅이국 올갱이국이다. 이 지역의 특미이다. 뒷집 할머니가 배추를 준 것이 있었다.

되로 주고 말로 받았다. 이 마을뿐 아니고 농촌 마을엔 정이 넘친다. 정이 뚝뚝 흐른다.

농번기가 오기 전 연례행사로 치르는 초등학교 동문 체육대회가 6월 12일 일요일에 있었다. 다 이 매곡 초등학교 출신이므로 면민 체육대회가 되었다. 전날 저녁 전야제부터 온 마을이 다 들리게 확성기를 틀어놓고 노래도 부르고 축제를 벌였다. 냉장고 TV 자전거 등 경품도 푸짐하였다.

점심은 국수였고 떡에 고기에 과일에 술이 지천이었다. 동기별

로 천막으로 해를 가리고 주안상을 차려 놓고 흥청거렸다. 체육대
회라고 하지만 노래가 주를 이루었고 남녀 동기별로 만나 회포를
푸는 것이었다.

1950년 6.25 전쟁이 나던 해 졸업한 그의 동기는 반은 죽었고
두 반이었는데 20여 명이 모였다. 서울서 봉고차로 한 차 오기도
했다. 그런데 금년이 졸업한 지 61년이 되니 회갑이 아니냐고 했
다. 따지고 보면 만 60년이 회갑이므로 진갑인 것이다. 모두 한바
탕 웃으며 그러면 잔치를 해야 되는 것 아니냐고 하였고 동기인
박연근 전 동창회장이 저녁을 샀다. 하루 종일 술을 마셨지만 그
래도 한 잔 더 했다.

"위하여!"

모두들 잔을 들고-빈 잔을 드는 사람도 있었다-건배를 하였다.

"아니, 뭘 위하여가 있어야지."

누가 웃자고 한마디 한다.

"살아 있는 것을 위하여"

그가 말하였다. 살아 있으므로 만나는 것이었다. 살아 있다는
것은 그 지체가 축복이었다.

"회갑 잔치면은 노래가 있어야 할 것 아녀?"

그가 다시 말하였다. 그리고 일어났다.

"타향 살이 몇 해던가 손 꼽아 헤어보니……."

그가 돼지 목 따는 소리를 하고 노래를 잘 하는 정순실에게 지
명을 하였다. 순실은 면서기로 재직하였던 아버지가 작사 작곡했
다는 노천리가를 불러 같이 합창을 하였다.

뒷동산은 높이 솟아 뒤를 가리고 / 앞 시내는 맑게 흘러 금강에
가네 / 평야는 넓이 뻗혀 논밭이 되고 / 한가하고 평화로운 우리
노천리 // 산에서는 여러 가지 재목이 나고 / 들에서는 여러 가지

곡식이 나네 / 부지런히 일을 하여 장래 준비에 / 우리들도 이렇다는 자랑하려네

다음은 유재우를 지명하였다. 동기회 회장이다. 한참 빼다가, 오늘도 걷는다마는……을 불렀다. 계속 노래만 하고 있을 수가 없었다. 서울에서 온 여자 동문들이 길이 막힌다고 깝치었기 때문이다.

내년에 이만큼 다시 모일까 모르겠다.

"건강해야."

"그래야. 건강이 제일이라."

제17신
무슨 말이 필요한가

농촌 마을에는 정이 넘치고 낭만적인 이야기만 있는 것은 아니다. 억울하고 처참한 이야기도 많다. 어디나 사람 사는 곳은 다 그렇지만 참 말도 안 되는 일들이 쌓여 있다.

이 마을 매곡 노천리로 말할 것 같으면 빨치산들이 들끓던 상촌 물한리 삼도봉으로 가는 길목이다. 6. 25전쟁 이후 공비토벌을 하기 위해 군경이 마을 앞 신작로로 무수히 들락거렸다. 마치 무기전시회를 하듯이 탱크 장갑차가 있는 대로 다 올라가고 또 내려왔다. 이 길로 피란을 가고 또 돌아왔다. 피란도 한 두 번이며 어디 피란뿐인가.

그 이전의 얘기였다. 보도연맹사건은, 좀 색다른 아니 너무 끔찍한 이야기이다.

지난 7월 5일 상촌 상도대리 선화티 골짜기에서는 한국전쟁 전후 민간인 집단 희생자 합동위령제가 열렸다. 유족들 도와 군의

인사들 국회의원 학자들 음악(국악)인 무용가 작가 등 많은 저명 무명 인사사람들이 검은 양복을 입거나 소복을 입고 진행자들이 달아주는 검은 리본을 차고 있었다. 장마 끝에 불볕이 내리 쬐고 있는 오후 2시 최고로 더운 날 최고로 더운 시간이었다.

별을 가리기 위해 쳐 놓은 두 세 개의 천막이 있지만 뒤의 나무 그늘만 못하여 검은 정장을 한 사람들은 식이 시작될 때까지 나무 밑에서 나눠준 책자로 부채질을 하고 있었다.

이 골짜기 아니 이 마을에 이렇게 많은 인사들이 모인 적이 없었다. 6.25전쟁 때 그러니까 1950년 7월 20일 전후에 영동경찰서 경찰에게 인계된 보도연맹원들이 군 트럭을 타고 이 골짜기 숯가마에서 총살시킨 지 61년 만에 처음으로 위령제를 올리는 것이다. 영동의 어서실에서 이런 위령제를 올린 적이 있고 그도 거기에 갔었다. 충북지역 또는 전국 각 지역에서 유해 발굴 조사보고 등이 이루어지고 몇 년 전부터 위령제 행사를 하고 있었다.

당시의 상황을 적어놓은 표지판 앞 비탈에 제단을 마련하였다. 검은 판에 흰 글씨로 희생자 805명의 이름을 써놓은 대형 위패를 걸어놓고 그 앞에 제물을 차리고 있었다. 시간이 지났는데 저 아래 차가 닿는 데까지 실어다 놓은 것을 땀을 뻘뻘 흘리며 들어올려다 차리는데 시간이 걸렸다. 돼지머리 전에다 나물에다 과일 술 등 제물을 다 진설하고 시작된 식은 상당히 늦었다.

식전에 대금 연주를 하였고 전통제례를 올렸다. 초헌 아헌 종헌 그리고 유족들이 전부 나와 위패 앞에 엎드려 절을 두 번씩 하며 울음을 터뜨렸다. 이어서 황룡사 주지 종림스님의 종교의례가 있었고 희생자에 대한 묵념이 있어 참석자는 일제히 머리를 숙였다.

먼저 장경섭 유족회장이 나와, 그동안 굴절된 역사 속에서 빨갱이 가족이라는 굴레를 쓰고 신음해온 우리 유족들은 이 위령제로 하여금 가신 님들의 명예가 회복되어 저승에서나마 위안이 되시길 바라며 이승에 남아 있는 유족들에게 고통의 터널을 빠져나와 햇빛 속에서 자유로워지길 바라는 마음 간절하다고 인사말을 하였다.

사회자 박만순 충북역사문화연대 운영위원장은 경과보고에서, 한국전쟁이 발발하자 정부는 보도연맹원들을 보호하고 대피시키기보다는 처형하였는데, 그 명분은 보도연맹원들이 북한과 적을 도와 정부를 공격할 수 있다는 판단에서였고, 이는 막연한 추측에 의한 일종의 예방학살로 법치주의 국가에서 결코 있을 수 없는 반문명적 반인권적 범죄행위였다고 하였다.

영동군에서 제일 먼저 처형한 곳이 여기였다. 현판이 그것을 말해주고 있었다. 여기 상도대리 고자리에서의 학살은 보도연맹원만이 아니고 경찰에서 예비검속된 사람들까지 포함되어 있었다.

1950년 7월 초순 경부터 7월 30일까지 시기를 달리 하며 여기 상도대리 선화티 명박골 잿골, 고자리 산제당골, 영동의 어서실 석쟁이재 등 3개 지역 6개 지점에서 정부와 치안국 충북도경의 지시를 받은 특무대 영동분견대 영동경찰서 경찰과 군인들이 처형한 것이다. 처형이란 형을 집행하는 것인데 무슨 죄가 있는 것도 아니고 재판을 받은 것도 아니었다.

지난 6월 30일 대법원이 울산보도연맹사건에 대해 전쟁범죄 소멸시효를 진실규명 시점부터 적용하라는 판결을 내렸다. 이는 실체적 진실에 한 발짝 다가서는 역사적 심판이었다.

국회의원과 영동군수 의회의원의 추모사 그리고 추모시 추모공연이 끝나고 뒤풀이로 이어졌다. 음복을 한 제물도 있었지만 유족들이 즉석에서 전을 붙이고 양념을 해 온 고기를 구운 안주에다 벌컥벌컥 막걸리를 마시면서 경건하던 분위기가 흐트러졌다. 유족들의 언성이 높아졌다. 그동안 살아온 것이 생지옥이었다고 말하였다. 도대체 이런 놈의 세상이 어디 있느냐고 하였다. 그도 열심히 사진을 찍다가 막걸리를 한잔 받아들고 그들의 얘기를 들었다.

양강면 죽촌리 한 마을에 오월성과 이월성이 살았는데 경찰이 와서 월성이를 찾고 있었다. 보도연맹원 최후 소집을 하고 있었던 것이다. 오월성이 가만 있었으면 되는 것인데 자기는 오월성이라고 하여 헷갈린 경찰이 데리고 갔고 그것이 저승길이 되었다.

이미 70이 넘은 아들 오운영 씨의 말이다. 지금은 웃으면서 말하였다. 참으로 웃지 못할 사건이었다.

"성을 똑바로 대며 내가 아니라고 했더라면 그런 일이 없었을 텐데……."

그런 가정법이 61년이 지난 지금 무슨 소용이 있는가.

매곡면 수원리 안병민은 7월 5일 연행되어 3일간 매곡지서에 구금되었다가 7월 8일 영동경찰서로 이송되었다. 84세 피해자의 처 정분화 씨는 영동경찰서로 면회를 갔으나 남편은 거기 없었다. 돌아오는 길 매곡 신작로에서 보도연맹원을 태운 트럭 2 3대가 상촌으로 가는 것을 보았다. 트럭 네 귀퉁이에 경찰들이 있었고 그 안에 보도연맹원들이 머리를 숙인채로 있었다.

증언을 청취 기록한 박 위원장이 말하였다. 80여명이 여기서 희생되었다고도 하였다.

소설가이며 영동문협 회장인 민영이 씨도 유족이었다. 리본을 달아주며 진행을 맡고 있었다.

"막걸리나 드세요. 그런 얘기 다 할려면 소설이 몇 권이 될지 몰라요."

그녀는 소설 「밤으로의 긴 여로」에서 아버지 그리고 홀로 산 어머니에 대한 얘기를 썼다.

그는 고개를 끄덕이며 종이컵의 막걸리를 마셨다. 술이 썼다.

제18신
치유의 숲길 걷기

매곡면 소재지 노천리 앞길 49번 도로에는 민주지산길 몇 호 몇 호라는 길번호가 써 붙여져 있다. 새 주소가 언제부터인가 그렇게 매겨져 있는 것이다.

아직 생소하지만 길 찾기 집 찾기의 편리함을 위해서 전국적으로 새로 만든 행정 제도이다. 사실 시골에서야 길 찾기가 어려운 것이 하나도 없지만 이 길로 수 없이 왕래하는 자동차들이 대부분 네비게이션을 달고 다니고 주소만 눌러 놓으면 어디든 다 찾아가도록 해 주고 있으므로 그런 것을 위해서라도 체계적인 주소라고 할까 번지가 필요하다고 할 수 있다.

번지란 땅을 조각조각 갈라서 매긴 번호이다. 번호가 매겨진 땅 이름 집이름이다. 대지든 농지든 체계는 같다. 땅은 사정에 따라 또는 편리한 대로 쪼개고 합치고 하게 된다. 번지수가 자꾸 추가되어 한 번지 내에 수없이 많은 번지, 가령 1-1, 1-2, 1-3 등과 같이 한 번지를 구분하기도 하고 그것이 수 없이 추가되기도 한다. 어떤 지역 동네는 전체가 한 번지이기도 하다. 두부모처럼 잘라놓은 서울의 맨해튼 여의도의 경우만 해도, 여의도동 1번지부터 여의도동 86번지까지 지역 이름에 번지수가 부여돼 있고, 번지를 가지고 찾아가기 어렵다는 얘기이다.

그런 것도 문제가 되겠지만 지금의 번지 체계가 일제시대 만들어졌고 그것이 우리나라를 침략하기 위해서 계획적으로 한 작업이

든 아니든 간에 뜯어고칠 필요는 분명히 있다고 본다. 국민학교가 일제시대 만들어진 명칭이라 하여 초등학교로 바꾸고 경복궁을 깔고 뭉개기 위해 그 앞에 지은 중앙청 청사의 상투를 쇠톱으로 잘라 내는 쇼를 한 것처럼 이런 번지 체계를 뒤집어놓는 노력은 나름대로 의미 있는 일이다.

주소 번지 그 내력에 대한 얘기가 아니고 마을 앞 49번 도로에는 새 가로 표지가 써 붙여져 있다는 것이다. 그의 집이 있는 골목 노천리 2길 앞 신작로-여기서는 아직도 그렇게 부르고 있다-에는 민주지산길 35675라고 씌어 있다. 그 길로 계속 가면 민주지산이 되는 것이다.

민주지산은 1,242미터로 이 골짜기에서는 제일 높은 산이다. 그래서 길 이름도 그렇게 붙인 것이다. 그 다음 높은 산으로는 석기봉 각호산 삼도봉이 있다. 삼도봉이 1,117미터이고, 다 1,200미터가 넘는 고산이다. 이 길로 계속 민주지산 앞으로 해서 무주 설천 쪽으로 가면 1,614미터의 덕유산 향적봉으로 가게 된다. 바로 마을 앞을 가로 막고 있는 황악산도 1,111미터이다.

산봉우리 높이를 얘기하려는 것도 아니다. 높이를 가지고 이러고저러고 하는 것도 어쩌면 속물적인 이야기다. 중국 제남의 1,545미터의 태산을 올랐을 때 여기가 과연, 태산이 높다 하되 하늘 아래 뫼이로다-라고 양사언이 시조에 쓴 그 산인가 하고 실망도 했다. 6,666개 돌계단을 올라 천가天街 정상에 자리잡고 있는 옥황상제를 만나보고 생각을 달리 했지만. 산이 얼마나 높고 낮고를 막론하고 그 산이 갖는 가치나 매력을 나름대로 갖고 있는 것이라고 생각해 본다.

좌우간 그런 것은 어떻든 간에 이 앞길로 계속 올라가면 민주지산이 되고 거기를 가기 위해 승용차 승합차 그리고 행락객을 태운 관광버스가 연속부절로 속력을 내어 달린다. 민주지산으로 가다가 임산을 지나 도대리에서 왼쪽으로 올라가면 물한계곡이 된다. 여기도 단양의 화양계곡 무주의 구천동 계곡 못지 않게 여름 휴가철이면 사람이 끓는다. 그리로도 계속 올라가면 각호산 삼도봉 석기봉 민주지산 정상이 된다.

그러나 민주지산은 고자리로 해서 도마령을 넘어 무주 쪽으로 가다가 민주지산 자연휴양림을 거쳐 올라가는 등산로가 최단 코스이다.

아이들이 방학이라고 내려와 하루는 물한계곡을 가고 하루는 민주지산 휴양림을 갔다. 장마가철이라 연일 소나기가 비구름을 몰고 오락가락하고 있는 날이었다. 도마령에 오르면 민주지산을 한눈에 볼 수 있는 뷰포인트가 있다. 덕유산까지 다 보인다. 전망대한 귀퉁이에 차를 파는 작은 가게가 있었다. 고자리 호두나무골이 오두막 이동 판매대였다. 거기서 박하차를 그냥 마시라고 주었다. 이쪽 인심이라고 느껴졌다. 한 뼘은 되는 박하나무 화분을 2개 샀다. 1,000원이었다. 그 가게 아주머니-농장 주인이리라-가 주는 명함 뒷면에 이렇게 씌어 있었다.

흘러간다 천천히 강물도 사람도

조금 내려가다가 영동군 용화면 조동리 상촌에 위치한 민주지산 자연휴양림 입구를 지나 얼마 올라가다가 관리사무소 옆 주차장에 차들을 파킹하고 걷기 시작하였다. 치유의 숲, 해발 700미터의 자갈길 숲길이다.

말 그대로 치유治癒란 녹음이 짙은 숲에 들어가 향기를 마시거나 피부에 접촉시키고 자연경관과 어우러져 마음과 몸을 동시에 단련하고 안정을 취하는 자연건강요법을 말한다. 쾌적한 온도의 산림 기후, 향기로운 내음, 푸른 색깔, 아름다운 수목의 자태가 특

히 도시 사람들의 마음을 끄는 매력이 있고 휘발성의 식물체에 의
해 산림의 공기가 청정하게 되고 피톤치드의 살균작용의 기능으로
노폐물이 축적된 인체를 씻어준다.

치유의 숲길을 번호대로 따라 올라가다 보면 목교 이야기숲길
산림휴양관 등이 있고 야영장 취사장 분수대 등이 있으며 태평소
대금 가야금 거문고의 국악동 세미나실 등도 있다. 황토찜질방(청
실 홍실) 너와집(머루방 다래방) 자연학습관(별님방 달님반) 등 콘도
미니엄 시설도 되어 있다. 숙박 예약은 인터넷 선착순이다. 방 3
개가 딸린 펜션의 1박에 15만 원 정도인데 경쟁이 심하다.

곳곳에 폭포가 있고 물놀이장이 있고 계곡을 건너는 다리가 그
림 같이 걸려 있다. 이런 데서 며칠 푸욱 쉬었다 가면 몸과 마음
의 피로가 다 풀릴 것 같지만 그런 것도 다 부지런해야 한다. 피
톤치드를 맘껏 마시고 발에 물을 담그고 청중도 복숭아를 하나씩
들고 먹는 것으로 만족해야 했다.

민주지산 정상까지는 여기서 115분 2시간이 걸린다. 조금 일찍
다시 와야겠다.

"또 올 것을 남겨 두는 것도 좋지 않아?"

"항상 소설만 쓰시지."

그의 미안함을 그렇게 이해해주는 것도 숲의 치유 덕이다.

제19신
가을 들판에 서서

가을 들판은 하루하루 누렇게 물들어 갔다.

추석이 지난 들판은 벼가 누렇게 익어 황색 물결을 이루었다.

벼 대신 포도를 많이 심고 콩이니 배추를 심고 비닐하우스에 이것 저것 재배를 하지만 이 가을 들녘에 서면 온통 누런 벼의 물결이 눈길을 사로잡는다.

이 들뿐이 아니었다. 농민이 8%이니 7%이니 하여 10% 이하로 줄어든 지가 오래 되었고 농지도 점점 축소되고 있다고 하지만 그건 통계 숫자에 불과 하고 가령 기차나 시외버스를 타고 도심을 벗어나면 질펀한 들판이 펼쳐진다. 지금 쯤 전국 어디서나 누우런 들판 벼의 물결을 볼 수 있다.

추수秋收하게 되면 벼를 베고 타작하는 것을 생각한다. 여러 가지 곡물이 있고 오곡 백과를 다 거두는 것이지만 뭐니 뭐니 해도 벼의 수확이 대표적이다. 우리의 주식主食이 쌀이어서 그런지 모른다. 빵을 먹는 사람도 많고 여러 잡곡이 식탁에 오르지만 우리의 주식은 여전히 쌀이고 추수의 계절 가을의 전령사는 누런 벼인 것이다.

바야흐로 들판은 완전히 황색이 되었다. 가을 들판 금빛 물결은 보는 이의 마음을 흐뭇하게 하고 푸근함을 느끼게 한다. 황금빛이기 때문인가. 황금이 귀하고 비싸기 때문에 그렇게 흐뭇한 것인가, 아니면 누렇게 익은 벼의 색깔로 금의 색깔을 만든 것인가.

가을, 벼가 익는 황금 들판, 그보다 더 아름다운 것이 있을까. 농부나 가난한 사람들에게만 그렇게 느껴지는 것이 아니다. 누구에게나 가장 아름다운 색깔이 있다면 익어가는 벼의 출렁이는 벼의 색깔일 것이다. 도향稻香이라는 것이 있다. 그런 이름의 작가도 있지만 아직 농군이 못 되어 그런 향기는 느끼질 못하고 있다. 배동받이라는 것이 있다. 벼가 알 밸 무렵을 말한다. 그 때부터 들판이 황금빛으로 물들기 시작하는 것이다.

그러나 그것도 옛날이야기인지 모른다. 적어도 이 고장 이 근방에서는 그렇다. 대부분 수입이 벼의 4배가 되는 포도 농사로 전환을 했고 2모작 3모작을 하는 비닐하우스 농사를 짓고 있어 벼의 재배 면적은 계속 줄어들고 있다. 그래서 들판 가득 벼농사를 짓던 그런 황금시절은 지나갔다. 카메라의 각도를 어떻게 잡아도 포도밭과 비닐하우스가 들어온다. 여기가 평택평야나 김제평야처럼 그렇게 넓지는 않아도 일망무제로 누런 들판이 펼쳐졌던 것이다. 그 때가 좋은 때였는지 모른다. 많이 발전을 한 것인지 모른다.

　벼 농사가 얼마나 줄어들었는가 하는 것을 정미소가 얼마나 없어졌는가 하는 얘기로도 할 수 있다. 매곡면 소재지 노천리에 정미소가 세 곳이 있었는데 그중 두 곳이 없어지고 창고로 쓰고 있다. 들 가운데의 물레방아를 터빈으로 바꿔 운영하던 것도 없어지고 건너 마을 유전리(느랕)에도 정미소가 있었지만 없어진 지 오래이다. 그 윗 동네 사리안의 어촌리(용촌) 개춘리 정미소, 이쪽으로 건너 와서 수원리(모른대) 내동(안골) 등 7, 8 군데 정미소들이 다 없어지고 노천리 정미소 한 군데만 남아 있다. 요즘은 트럭에 싣고 운반하므로 거리가 그렇게 문제 되지가 않는다. 노천리로 와서 방아를 찧거나 임산 황간 김천으로 싣고 간다. 어떻든 노천정미소는 대단히 물량이 많다. 정미소를 운영하는 유병선 씨는 가을 벼가 들어오기 시작하면 눈코 뜰 새가 없고 받아만 두었다가 먹을 때 찧기 때문에 일 년 내내 받아 놓은 벼를 순서대로 찧어 차로 좁은 골목 집 안마당에까지 갖다 준다.

　정미소까지 가지 않고 집에서 해결하기도 한다. 상구 이문세 씨 같은 경우 정미기가 있어서 때에 맞추어 찧어 먹기도 한다. 고추 건조장도 만들어 놓았는데 이웃 고추도 다 말려준다.

　"내 것도 좀 말려 달라는데 그걸 어떻게 마다고 해야."

　"전기 값은 받아야지."

"받을라만 많이 받아야 되는데."

없는 공구가 없어 웬만한 것은 다 고쳐주기도 한다. 콤프레샤가 있어 자전거 튜브 바람도 넣어주고 무시고무—표준말인지 모르겠다도 끼워준다.

그건 그렇고 이제 콤바인으로 벼를 베고 타작을 하게 된다. 벼를 베는 동시에 자루에 담아내기 때문에 타작이 따로 없다. 짚도 둥치로 둘둘 말아 놓는다. 도로 가에 벼를 말리는 작업이 남아 있는데 수매를 하기 위해 RPC라고 미곡종합처리장에 직접 갖다 주게 되는 경우는 그럴 필요가 없다.

추수를 하여 정미소로 싣고 가 방아를 찧거나 면으로 가져가 매상(공공 비축용 수매)을 하게 된다. 매상은 원하는 대로 다 할 수 있는 것이 아니고 50~70% 정도 이루어지고 있다. 가격도 별 것이 아니다. 건조벼인 경우 40킬로 포대에 작년의 경우 47,000원 정도였다. 금년에 임시로 매겨진 가격도 그 정도였다. 나중에 정산하는 가격이다. 특등 48,550원 1등 47,000원 2등 44,910원 3등 40,190원이다. 여기 가격이지만 전국이 같을 것으로 생각된다.

물벼는 콤바인에서 톤백(1톤 들이)에 넣은 것을 미곡종합처리장으로 가져가 말려서 수매를 하는 것으로 특등 47,880원 1등 46,330원 2등 44,240원 3등 39,520원이다. 건조비는 따로 주어야 한다.

정부에서 시가로 사서 시가로 파는 것이다. 얼마 전 시장 가격보다 비싸게 사서 싸게 팔던 2중 곡가 제도는 WTO 세계무역기구와의 협약에 의해 시행할 수가 없고 쌀 직불제라고 하여 가격이 떨어질 경우 임시가격을 정한 것에서 보조(85% 정도)를 하고 있다. 농민들은 목표가격을 계속 올려달라고 요구하고 있는데 몇 년에 한 번씩 국회서 정하고 있다. 늘 추곡수매가를 놓고 국회서 야당 여당이 쌈박질을 하던 것을 시장논리와 정치논리 양쪽을 도입하여 절충을 하였다. 그리고 수입개방을 보류하는 대신 쌀을 30만 톤을 들여오고 있다. 최소시장 접근 물량(MMA)이라는 것이다. 현미 상태로 들여오는 가공용 쌀 20만 톤, 백미 10만 톤이다. 막걸리나 떡 과자 같은 것은 수입용 쌀로 만드는 것이 많다.

마을 얘기가 나라 얘기가 되었는데 금년에는 작황이 안 좋아 418만 톤 정도를 예상하고 있다. 작년 429만 톤보다 떨어진다. 계속 풍년이라고 할 수가 없다.

요즘 날씨가 좋다. 일조량이 많다는 것이다. 날씨도 잘 해야 하지만 농정도 잘 해야 한다. 무엇보다 땀 흘려 일하는 농부들의 자부심이 있어야 한다. 쌀미米자가 八十八을 쓴 것이라고 하여 88세를 미수米壽라고 한다. 농부의 손 여든여덟 번 정도를 거쳐 쌀이 밥상에 오른다고 한다.

줄기만 하는 농민들의 어깨에 힘을 넣어주는 정치 행정이 절실히 필요한 때이다.

제20신
타작

추수의 계절이다. 모든 곡식 생물들을 거두어야 한다.

부지런히 해야 서리를 맞히지 않고 눈 오기 전에 광 속에 넣어 놓을 수 있다. 뭐 컴은 콩 서리태는 서리를 맞혀 거두기도 한다.

집집마다 몇 가지가 되는 잡곡 타작을 하고 있다. 참깨 들깨 콩, 콩도 메주를 하는 흰콩과 그보다 훨씬 몸에 좋다는 값도 많이 나가는 검정콩 녹두 수수 조 등 가지수가 많다. 그것을 오로지 수익

330

을 목적으로 하는 농가에서는 될 수 있는 대로 가지수를 줄이고 대량생산을 해야 맞지만 하다 보면 그렇게 안 된다. 밭둑에도 심고 간작을 하기도 한다. 밥에 놓아먹기도 하고 떡도 해 먹고 하기 위하여 양태도 심고 동부도 심고 먹을 만큼 들깨도 심고 참깨도 심는다. 검은 참깨 흑임자는 금가루다.

주로 밭곡식이지만 들이 다 한 데 붙어 있는 경우가 아니라면 밭마다 조금씩 무엇을 심게 된다. 집 안 담 위 아래로 호박 심고 좀 습한 곳에는 토란을 심는다. 초가지붕이 아니라도 박도 심고 수세미도 심는다.

가을에 거두어야 하는 것만이 아니고 봄부터 따지면 참으로 가짓수가 많다. 옥수수 토마토 오이 가지 고추 파 마늘 상추 고구마 감자 땅콩 뭐 이름을 다 댈 수가 없다. 아무리 가짓수를 줄인다 해도 열 가지 아니 스무 가지가 된다. 천성적으로 농사꾼들은 자기가 심어 거둔 것을 먹지 사먹지 않는다. 한 가지라도 덜 심으면 그만큼 아쉽다.

김장은 어떤가. 배추만 심고 무는 안 심을 수 있는가. 알타리무는 안 심을 수가 있는가. 갓은 어떤가. 내 손이 내 딸이라고 자기가 심어서 자기가 먹는 것이 편하고 맛이 있다. 말하자면 웰빙 식단이다. 그런 데에 익숙해 있다.

배추는 하얀 알이 차오르도록 묶어주어야만 한다. 묶는 것은 다른 끈보다 짚이 좋다. 벼를 벨 적에 짚을 쓸 수 있도록 챙겨 두어야 한다. 짚을 사료로 쓰기 위해서 따로 뭉쳐 놓는다. 그 허연 비닐 뭉치가 들판 여기저기에 뒹굴고 있는 것이 신풍경이지만 거기서 짚을 한 단 빼내기도 쉽지 않다. 그건 그렇고 배추 알이 많이 든 것은 짚을 두 개 이어서 묶어야 한다. 계속 엎드려서 뭘 하다 보면 허리도 아프고 다리도 아프고 해서 엉덩이에 깔고 앉는 것을 달고 한다. 끈이 달려 있다. 그 것을 뭐라고 하더라? 값은 3,000원 정도.

그의 경우 한 가지 더 심는 것이 있다. 결명자차決明子茶이다. 이 동네에서는 별로 심는 집이 없는 것 같다. 콩과 같이 다 익으면 베어서 타작을 하면 된다. 그러나 콩 타작을 할 때같이 땅바닥에 대고 쳐서는 안 되고 신문지라도 깔고 떨어야 한다. 알이 아주 작아서 주워 담을 수가 없기 때문이다. 물론 들깨나 참깨보다 더 잘지는 않다. 동부같이 생겼는데 아주 가는 모양을 생각하면 된다. 새끼손가락보다 가늘다. 콩과가 아니고 차풀과 식물이다. 노란 꽃이 피고 이파리는 아카시아 같이 생겼다. 화부차라고도 한다. 간열 눈병을 고치고 코피를 멎게 하는 데 좋다고 한약재로 쓰이고 볶아서 차를 달여서 먹는다. 그냥 눈에 좋다고 알려져 있다.

그가 심는다고 해 봐야 한두 평인데 얼마 안 되지만 풀과의 전쟁을 치러야 한다. 나약한 줄기가 억센 풀 속에 버티기가 힘들다. 매일 풀을 뽑고 할 수 없이 비료도 준다. 금년에는 풀을 제대로 못 뽑아줘서 영 시원치가 않았다. 수확이 한 줌이나 제대로 될까 모르겠다. 그러나 잘 떨면 내년에 씨앗을 하는 것은 충분하다. 작년에 많이 열려서 아직 먹을 것은 있다. 볶아서 빈 커피 병에 가득 넣어둔 것이다. 그만하면 내년까지 모자라지 않을 것 같다. 깊은 맛은 없고 팥 삶은 물 같은 구수한 것인데 이 마을 사람들에게는 별로 인기가 없다.

그는 시골 그의 집에 멀리 오는 손님에게 그것으로 차 대접을 한다. 늘 마시는 커피나 녹차보다 이것을 내놓는다. 주전자에 티스푼으로 하나 정도 넣고 끓이고 두 번 세 번 물을 부어 달이면 불그스레한 색의 차가 된다. 냉장고에 넣어 두었다가 찬 것으로 마시기도 하고 감초 썰은 것을 두세 개 넣기도 한다. 그래봐야 별

맛은 아니고 약간 쌉쌀한 단맛이 느껴진다.

"내가 재배한 것인데 한번 들어봐요."

그러면 모두들 기대를 가지고 그 연한 포도주 같은 차를 음미하며 마신다.

그럴 때 그가 다시 한 마디 한다.

"무엇인지 맞혀 봐요."

그러면 또 무슨 차다 무슨 차다 하고 저마다 이름을 댄다. 구기자다 두충차다 뭐다 뭐다 하고 맞히지를 못한다. 감초를 넣었기 때문이다. 아무도 답을 내놓지 못할 때 왜 그런지 유쾌하고 호기가 있다.

"화부차라고 결명자라기도 하고……."

그러면 모두들 아아 그러냐고 고개를 끄덕거린다. 눈에 좋다고 한다고 하면 정말 그렇다고 하며 마신다. 그러나 영 찻잔에 차가 줄지를 않고 갈 때 보면 다들 남겼다. 당기는 맛은 없는 차이고 그것을 보리차처럼 옥수수차처럼 끓여 먹기도 한다.

그가 이 차를 심고 장복하는 이유는 따로 있다. 오래전에 미당未堂 선생 집을 찾아가 뵌 적이 있다. 시를 배우고 있던 오하梧下를 따라 공덕동 소슬대문집에를 갔었는데 선생은 그 때 우리에게 이 차를 내놓으며 설명을 하는 것이었다. 눈에 선하다. 아마 모시나 무명 한복 차림이었던 것 같다. 그 차 맛은 참 인상적이고 오래도록 잊을 수가 없다. 지금 그가 작은 대로 직접 심어서 그 생각을 하며 우린다. 오하와 교직 친구들 내외가 같이 먼 길을 찾아왔을 때도 이 차를 내놓았었다. 차맛이 대단해서가 아니라 그 때 그 여유 있어 보이던 중년 시인의 기개가 텁텁한 화부차 맛에 담겨 있다. 고창에 문학관을 지을 때 가고 그 후 조성한 넓은 국화밭에 가보지 못하였다.

"난 이 시 한 편이면 돼."

그렇게 호기 있게 얘기하던 '국화 옆에서'는 그가 유일하게 암송하는 시이다. 그러나 늘 쫓기며 허덕이며 살고 있다. 노란 꽃술의 국화가 많이 피어 있다.

집집마다 두 그루씩은 있는 감나무에 빨갛게 감이 달려 있다. 이파리는 하나도 없어 보기가 좋다. 그러나 보기 좋으라고 감을 안 따고 있는 것은 아니다. 손이 자라가지 않기 때문이다. 들에 심은 것은 다 따고 집 안에 있는 것은 틈틈이 따는데 도무지 틈이 나지 않는다. 감을 따는 장대가 요즘 파는 것이 나왔다. 장대 끝에 손처럼 만든 기구가 있어 땡감을 떨어뜨려서 깨뜨리지 않고 홍시도 까딱 없이 딸 수가 있다.

그러나 그것도 물론 사람 손이 가야한다.

제21신
곶감타래

입동이 지나고 소설小雪이 지났다. 절기에 맞게 눈도 조금 왔다. 이제 대설이 오기 전에 눈이 많이 올 것이다.

시대가 바뀌고 세상이 변하고 이상 기후 천재지변이 속출하여 하늘이 꺼진 듯이 눈과 비가 그칠 줄 모르고 쏟아지고 하지만 절기는 그대로 돌아가고 돌아오고 있다. 자연이 변하고 있는 것이 아니고 인간이 변하는 것인지 모른다.

들판의 가을걷이가 끝나고도 농가에서는 이것저것 할 일이 많이 남아 있다. 감만 해도 나무에서 따기만 하면 되는 것이 아니고 깎아서 매달아야 한다. 곶감을 만드는 것이다. 단감이 아니고 연시를 할 것이 아니면 빨리 깎아서 말려야 하는데 그것으로 수정과를 하여 먹고 겨울 식량을 하기도 하고 과자나 사탕 대신 아이들에게 주전부리가 되기도 하지만 옛날과 달리 그것으로 농가 수입을 올린다.

자기 집 감만 깎는 것이 아니고 사가지고도 깎아 몇 동씩 한다. 한 접이 100개이고 한 동은 100접이므로 1만 개다. 참 엄청난 숫자이다. 그것을 집 안에나 처마 밑에도 달지만 곶감 타래를 짓거나 슬라브집인 경우 옥상에 설치한다. 비를 안 맞게 하고 얼지 않게 해야 하고 도르래 승강기를 만들기도 한다. 돈을 약차하게 발라야 한다.

감 깎는 기계 박피기剝皮機도 있다. 350만 원이이라든가. 군에서 130만 원 보조를 해 주어 220만 원을 주고 사는 것이다. 노천리 상부의 이재후 씨는 자기 감만 한 동을 깎아서 매달아 놓았다. 물러 떨어질까 보아 선풍기 두 대를 줄곧 켜 놓고 돌리었다.

"직접 해야지, 사람 사서 깎을라만 회계가 안 닿아여."

다른 것도 했느냐고 물었다.

"포도주 100여 병 해 놨시요."

1병에 1만원 받는다고 하였다. 포도 때에 포도를 2,000상자 하여 한 2천만 원 정도 수입을 올렸다.

"꿀은?"

"꿀은 동생이 좀 했지."

재영 씨가 그것도 남의 터에서 6드럼을 했다는 것이다. 1드럼이면 200리터이다. 1.8리터짜리 페트병으로 100병만 잡아도 6드럼이면 600병이 넘는다. 1병에 4만 원 5만 원이라고 하였다. 3천만원 돈이다. 옆집 정성기 씨나 상부의 박해영 목사도 한 100통씩 하였다. 한 드럼이 20통이니 거기도 한 5드럼씩 한 것이다.

계산을 하는 김에 곶감도 좀 해 보자. 하얀 분이 나온 준시蹲枾 곶감 35개 내지 40개 넣은 상자 하나에 3만 원 4만 원 받는다. 1동이면 1억이 넘는다. 감을 사는 경우 1콘테이너(플라스틱 상자)에 크기에 따라 1접 내지 2접 들어가는데 5만 원 6만 원이다. 그것이 곶감이 됐을 때 위의 계산법에 따르면 줄잡아 3배가 된다. 1동의 감을 사서 깎아 곶감을 하는 경우 반을 잡아도 5천 만 원의 수익을 올릴 수 있다. 20마지기 4,000평에 벼를 재배하는 경우보다 10배가 넘는다.

물론 유통을 시켜야 하는 노력이 따르고 인건비 상자값을 제해야 한다. 주먹구구식으로 따진 것인지 모른다. 대충 계산기로 두드려본 것이다. 어떻게 쳐도 적지 않은 수입이다. 부지런히 노력만 하면 농토가 없어도 많은 수입을 올릴 수 있다.

농촌도 살만하다는 것이라기보다 그렇게 하기 위해서 얼마나 힘들고 허리가 부러지는 일인지 모른다. 옛날 같으면 어림도 없는 일이다. 박피기가 등장하고 매다는 것도 일일이 실로 묶는 것이 아니고 감꼭지를 꽉 물려 달수 있는 2중의 고리가 고안되어 편리하게 되어 있다. 마음만 먹으면 얼마든지 숫자를 늘릴 수 있다. 곶감 타래는 목돈을 만드는 부업 품목 중의 하나이다. 어촌의 가두리 양식장처럼 어장이다. 아니 농장이지.

곶감이 호랑이보다 무섭다는 이야기가 있다. 호랑이가 곶감을 자기보다 무서운 존재로 착각하고 도망치는 설화 말이다.

어느 날 밤 호랑이가 마을에 내려와 우는 아이를 달래는 어머니의 소리를 엿듣는다. 어머니가 "호랑이가 왔다" 하는데도 아이가 계속 울자, 어머니가 다시 "곶감 봐라" 하니 아이가 울음을 그친다. 그러자 호랑이는 곶감이라는 놈이 자기보다 무서운 존재라고 생각하였다. 이때 소도둑이 들어왔다가 호랑이를 소로 착각하고 등에 올라탔다. 호랑이는 이놈이 틀림없는 곶감이라고 착각하고 죽을힘을 다하여 달아났다. 동이 트자 도둑은 호랑이임을 알고 급히 뛰어내리고 호랑이도 이제 살았다 하고 마구 뛰어 달아났다.

현대인에게 가장 무서운 것은 호랑이가 아니라 돈이다. 뭐니 뭐니 해도 머니가 제일이다. 곶감 깎는 얘기가 길어졌다.

가을 일 중에 빼 놓을 수 없는 것이 또 있다. 김장을 하는 일이다. 무 배추를 뽑아 씻고 배추를 절이고 무를 썰고 갓과 파와 마늘 고춧가루 젓갈을 넣고 버무려 담는 김장은 여자들의 일이었다. 남자들은 김장독이나 묻어주고 무 구덩이를 파고 하는 것이었지만 요즘은 시골에서도 다 김치 냉장고에 넣어 거실에 둔다. 물론 재래식을 고집하는 경우도 있고 그 맛이 사뭇 다른 것은 사실이다. 어떻든 김장하는 날은 온 집안 식구들의 인력을 총동원하고 집합하는 날이며 같이 얼굴을 맞대고 맛을 보는 잔칫날과 같은 분위기다. 김치도 여러 가지이다. 깍두기 총각김치 갓김치 동치미 제대로 할려면 열 가지도 넘는다.

그리고 지금은 사라진 풍경이지만 또 하나의 큰 가을 일이 있었다. 지붕을 이는 것이었다. 짚으로 이엉을 엮어 새로 해 이는 것으로 가을 일을 끝내었다. 그러나 지금은 초가집도 없고 그래서 이엉을 엮는 사람도 없다. 집을 이는 날은 동네 여러 사람들이 동원되고 날도 잘 잡아야 되었다. 비가 오거나 눈이 오거나 하면 안 되고 날이 너무 추워도 힘들었다. 지붕을 말끔하게 새로 이고 용마름을 덮고 내려오면 매운 무국에 막걸리가 기다리고 있다. 이날도 잔칫날이다. 지붕을 이고 나서 눈이 오면 좋다고 한다. 부자가 된다고 하던가.

다른 얘기지만 그의 집은 짚 대신 너와를 올렸는데 새로 해야 될 것 같다. 참나무 껍질 굴피는 천년을 간다고 하는데 이건 10년도 안 되어 썩기 시작한다. 집을 애초에 잘 지을 필요가 있다. 그러나 두고 두고 고쳐나가는 것도 방법이다. 우리는 집을 너무 급히 짓고 공사를 단시일 내에 끝내고자 한다. 이태리를 여행하면서 집을 몇 년이고 살아가면서 짓는 것을 보았다. 살아가면서 지어가면서 사는 것이다. 늦었지만 잘 못 된 김에 천천히 고쳐나가려 한다. 엎어진 김에 쉬어서 간다고 할까.

제22신
그때 활동 체험

싸락눈이 오고 있다. 수은주가 영하 10도 아래로 내려가고 모진 겨울 바람이 몰아친다. 아직 그렇게 많은 눈은 오지 않았지만 곧 폭설이 쏟아져 골목길도 다 차단하고 말 것이다. 언제나 겨울은 그랬다.

농촌의 겨울은 휴면 기간이다. 식물이 동면을 하듯이 사람들도 휴식을 취한다고 할까 억지로 쉬고 논다. 연일 된일을 하지 않아도 되고 새벽같이 일어나 들로 나가지 않아도 되었다.

저녁 5시면 마을회관에 다 모여-주로 노년 중년들이지만-밥을 같이 먹는다. 콩나물밥을 해서 양념장에 비벼 먹기도 하고 무우국이나 김치찌개를 하여 먹기도 하고 된장, 김치, 고추 말린 것을 볶아놓은 것, 고춧잎 묻힌 것, 동치미 등은 기본으로 상에 놓인다. 집집마다 조금씩 가져온다. 쌀은 군에서 지원을 하고 김치는 황간 농협 매곡지소에서 담아다 주었다. 한 겨울 떨어지지 않을 것이다. 심야전기 보일러는 오후까지 아랫목 윗목도 없이 뜨듯하다. 가령 서울 노숙자들이 빵을 타기 위해 길게 줄을 늘어서 있는 모습에 비하면 농촌은 그래도 푸근한 곳이다.

　지혜 있는 농민들은 이런 때에 등허리만 펴고 빈둥거리는 것이 아니고 농사지식 농업기술을 축적한다. 이런 저런 얘기 속에 시행 착오가 있고 성공사례가 있다. 머리 나쁜 사람들은 그것을 수첩에 적기도 하고 노트에 기록을 하기도 한다. 컴퓨터를 사용하고 인터 넷에서 널려 있는 영농지식을 퍼오기도 한다. 농한기는 농민의 충 전기간이다.

　4H 활동을 하던 사람들이 마을에 여럿 있다. 매곡면 산업계의 최준식 계장도 영동군연합회 회장을 지낸 4H 맨이다. 최계장을 통해 이 고장에서 활동하던 동지들 얘기를 한 자리에서 듣고자 하 였지만 그것이 번번이 안 되었다. 모두들 한가하게 마을회관 같은 데에 있지를 않았다. 서로 시간들이 안 맞고 일이 있었다. 하루 전에 연락해 가지고는 안 되었다. 우선 최계장부터 내일 출근했다 가 대전에 볼 일이 있어서 가야 한다고 했다. 그래서 유전리에서 포도 농사를 하는 정상화 씨를 아침 9시에 면에서 만나기로 약속 을 했다. 상촌 돈대리에서 포도 사과 농사를 짓고 있는 이무영 씨 는 서울에서 약속이 있어서 아침 일찍 가야 한다고 하고 하도대리 에서 인삼농사를 2만여 평 짓고 있는 남승일 씨는 오늘이고 내일 이고 바빠서 만날 수가 없다고 하였다. 부인 박정선 씨도 같이 활 동을 하던 4H 커플이다. 이무영 씨 정상화 씨도 영동군연합회 회 장을 지냈다.

　김정일 사망으로 철야 비상근무를 하고 있는 최계장을 면사무소 로 찾아갔다. 근무중이라 술도 한잔 할 수 없이 접대용 쌍화차를 한 병씩 하였다. 밋밋한 대로 밤 늦게 얘기를 할 수 있었다.

　20년째 공무원 생활을 하고 있으면서도 4H 활동 체험이 모든 삶을 이끌어가는 인센티브였다고 하였다. 학교 졸업장 뿐 아니고 지덕노체智德勞體의 장전을 또 하나 가진 것이라고 하였다.

"81년 고졸 때부터 활동을 하였는데 경진대회에 한 번 나가는 것이 소원이었어요. 그래서 이무영 선배에게 부탁도 했었지요."

상은 못 탔지만 현장감 있는 얘기를 들을 수 있었고 앞서 가는 영농기술을 배울 수 있었다. 시골서 안주해서는 안 된다는 생각을 했었다. 대인관계가 넓어지고 나만의 이해득실만 따지지 않고 이웃과 나누고 지금은 FTA이지만 그 때 우루과이라운드에 대처하는 농촌사회의 일익을 담당할 수 있었다. 녹색혁명의 깃발을 들고 퇴비증산, 농약 공동방제, 논둑을 태우는 쥐불놀이, 보름 복조리 판매 등 고생도 많이 하였지만 4H에 몸담았다는 것이 대하여 보람을 느끼고 있었다.

영동군의 경우 회원이 600여 명 되었다. 70년도 중반에 4H회, 70년도 후반에 새마을청소년회 80년 중반에 다시 4H회로 되었다. 마을 어귀마다 있던 클로버 네 잎에 활동 덕목을 새긴 표석은 지금은 볼 수 없고 농업인 단체, 농촌지도자 영동군연합회. 생활개선회, 농업경영인 영동군연합회, 여성농업인 영동군연합회, 영동군 4H연합회, 클로버동지회 등의 하나 또는 둘로 자리잡고 있다. 영동인터넷고교 등의 학교 4H 활동이 또 있다.

아침에 트럭을 타고 온 정상화씨와 면사무소 앞 매화다방에 가서 차를 한 잔 하였다. 알고 보니 그의 옆집에 살았었는데 그 때는 아이었다. 지금은 50대 중반, 그의 집은 물건너 유전리에서 발동기 방앗간을 하였었다. 6. 25 때 폭격으로 불탄 것을 다시 지어하다가 진해로 인천으로 서울로 떠돌아다니었다. 낙향을 하여 노천리 생가-그것도 그 때 폭격으로 불탔다-를 복원하여 살고 있다.

정상화 씨는 20년 전 17대 회장을 하였으며 크로바동지회 회장도 하였다. 4H회장 출신 모임이다.

"얼마 전 4H 60주년 기념탑을 영동 부용리에 있는 농업기술센터에 세웠고 지금 영동에는 영농4H회원이 20여명 학생4H회원이 1,000명 넘게 있어요. 후원기금도 7천만 원인가 있고."

지난 11월 18일에는 영동체육관에서 농업인 6개 단체가 모여 농업인의 날 행사를 하였다. 11월 11일이 十一十一 흙土자가 겹친 농업인의 날인데 영동종합행정학교 준공식 관계로 날짜를 옮긴 것이다. 열기 있는 화합의 장 마당을 펼쳤다.

"좋은 정신 잘 이어가야지요."

"4H정신이 뭐라고 생각해요?"

"간단히 말해서 생각하는 농민이 되는 기라요."

지혜롭게 노력하며 건강하고 건전하게 사는 것, 뜻을 세워 산 젊음이 평생 보람이 될 것이라고 하였다.

이야기를 듣다가 전화가 와서 받는데 커피값을 정상화 씨가 내었다. 그가 내겠다고 고집을 부리자 1,000원 가지고 뭘 그러느냐고 하였다.

커피 한 잔에 1,000원 하는 시골 다방 풍경을 상상해 보시라.

제23신
귀향 귀촌 귀농

설은 질어야 좋고 보름은 맑아야 좋다고 한다. 눈이 펑펑 내리는 시골 마을 풍경이 평화롭다.

눈이 오는 마을을 한복을 입고 두루마기 주머니에 손을 집어넣고 더듬더듬 걸어가 세배를 하는 모습, 참으로 아름다운 그림이다.

설에 또는 겨울에 눈이 많이 와야 그해 가물지가 않다는 것이다. 둥그런 보름달을 보고 소원을 빌면 더욱 좋다. 좋다는 것은 풍년이 든다든지 액이 없게 된다든지 하는 것을 말한다.

설에 눈이 왔다. 산간지방에는 많이 왔다. 비도 조금 왔다. 보름에 맑고 밝고 큰 달을 맞이하길 기대해 본다. 다른 얘기이지만 상촌 홍덕리에 설보름이라는 마을이 있다. 우두령을 넘어 경상도(지례)로 가는 도계 마을이다. 설에 명일 쇠러 왔다가 눈이 많이 와서 갈수가 없어 주저앉아 있다가 보름이 되어서야 간다고 해서 붙여진 이름이다. 고개를 오르는 산마을 앞에 설보름 마을 표석을 세워 놓았다. 이 근처 사람들은 설부리미라고 부른다.

또 한 해가 시작되었다. 예년과 같이 1월 5일에는 노천리 대동회가 열렸다. 상 중 하리 사람들이 이날 10시 30분에 문화생활관에 모여 마을 총회를 열고 한 해 살림살이에 대한 예결산 보고 사업보고 등을 하였다. 거기에 따른 질문과 설명이 있었고 그 외 몇 가지 얘기가 있었는데 지난 가을 마을 이사회에서 논의되었던 노래비에 대한 것도 있었다. 옛날에 불려지던 마을 노래가 잊혀지기 전에 노랫말을 새겨 비를 세우자는 의견이었다. 가사와 곡에 대해 여러 의견이 있었다. 작사를 누가 하였느냐 작곡을 누가 하였느냐 묻기도 하고, 찬송가 곡조와 비슷하다기도 하고…… 전에 면에 근무하던 정원춘 씨가 노랫말을 지었고 작곡은 잘 모르지만 마을 사람들 중에 나이든 사람들은 술이 들어가면, 뒷동산은 높이 솟아 뒤를 가리고……를 흥얼거린다고 하였다. 노랫말이나 곡이 어떤지 모르지만 기억 속의 노래를 보존하자는 것이었다.

대동회가 끝나면 각 마을 회관으로 가서 점심을 같이 먹는 것으로 이어진다. 거기서는 또 이장들이 모임을 주재한다.

그건 그렇고 이 고장으로 귀농을 하여 온 사람들이 많이 있었

다. 영동군 11개 읍면에 350가구 정도 되고 귀농인협의회 회원만
도 100여명 된다. 그렇게 많은 숫자는 아닌지 모르지만 해마다 늘
어나고 있는 것이다. 귀농에도 그 형태에 따라 귀농 귀촌 귀향의
구분이 있다.

다 도시에 살다 내려온 것을 말하지만 귀농은 여기 농촌에 와서
농사를 짓는 것을 말한다. 많든 적든 여러 가지 작목 중에서 농사
를 지어 생업을 하는 것을 말한다. 귀촌은 전원으로서의 농촌생활
을 하는 것이다. 산과 물 맑은 공기 속에 안락한 시골 생활을 하
기 위해 내려온 것이다. 경제적인 여유가 있고 없고는 문제가 되
지 않는다. 귀향은 고향에 돌아와 사는 것을 말한다. 도시에 살다
가 고향에 내려와서 농사를 지으며 사는 것, 낙향이다. 여기에 속
하는 사람 중에는 농사를 안 짓는 경우도 포함될 수 있다. 오랜
직장생활에서 정년을 하고 연금을 받으며 고향 농촌에서 푸성귀를
가꾸어 먹으며 노후를 보내는 경우도 있다. 고향에 내려와 본격적
으로 농사를 지으며 농군으로 새 출발을 하는 경우도 물론 있다.

농민 소설가 이무영李無影이 서울에 살다가 농촌(경기도 의왕 군
포)으로 들어가서 농사꾼이 되었다. 농촌 농민의 얘기를 쓰기 위
해서이다. 거기서 「제1과 제1장」부터 소설을 다시 쓰기 시작해
「농민」 등을 남겨 한국농민문학의 대표작가가 되었다. 그는 이무
영의 농촌행을 입향入鄕 향향向鄕이라고 쓴 적이 있다. 살던 시골
마을로 돌아간 귀향이나 낙향이라기보다 그곳 농촌 마을을 택하여
들어간 의도를 작가의식으로 연결해 보았던 것이다. 논문 얘길 하
려는 것이 아니고 귀농 귀촌 귀향의 구분에 하나를 더 추가해 보
고 싶은 것이다.

영동군 귀농인협의회 회장을 맡고 있는 조성보(59) 씨는 상촌
물한리 945-2 물한계곡에서 '은하수' 펜션을 운영하고 있었다. 땅

을 500평 사가지고 와서 800평을 더 샀다. 1300평 땅에 45평 정도의 커피색 2층 벽돌집을 짓고 텃밭에 고추 산채를 재배하고 감 호두나무를 심어 수확을 거두고 있다.

"이 회장 같은 경우는 그러니까……."

귀향은 아니고 귀촌이며 귀농이라고 하였다.

"산채라면 뭐 취나물이라든지……."

"예, 치도 있고 곤두레를 심었지요."

"정선 장에서 곤두레 비빔밥을 먹어보았었는데."

"곤두레로 장아찌를 많이 해요."

깻잎 장아찌같이. 그것으로 쏠쏠한 수입을 얻고 있었다.

9년 전 2003년에 내려온 조성보 씨는 육군 중령 출신으로 돈벌이가 안 될 때 농사를 생각했다고 했다. 7, 80%는 도시에서 빈손으로 내려오는 경우가 많고 10%가 여유 있는 귀촌이며 10% 정도가 귀향이라고 하였다.

학산의 정중기(56) 씨는 불루베리를 재배하고 추풍령의 우찬홍(58) 씨는 요양원을 하고 심천의 박미란(56, 여) 씨는 포도 농사를 짓는다. 부회장들이다.

매곡 옥전리의 전동태 씨는 야산 4만평을 벌목하여 토지 조성을 하였고 황간의 김강열 씨는 8만평에 농사를 짓고 있다.

"대기업 형식으로 가느냐, 자연을 살리면서 유기농을 하느냐."

귀농인들의 생각이 다 같지는 않지만 조성보 씨 같은 경우는 대농보다 소농 위주로 짓는 농사를 지향한다. 농촌에 살고자 내려온 사람들이 경제적인 것을 생각 안 할 수는 없다. 돈 말이다. 맘 먹기에 따라 방법 여하에 따라 돈은 얼마든지 벌 수가 있다. 그러나 사는 목적을 어디에 두느냐가 중요하다.

귀농인 모임에서는 워크샵을 하기도 하고 외부 인사를 초청하여 강의를 듣기도 하며 부단히 충전하고 농민수업을 한다. 지난 12월 22일에는 영동농업기술센터에서 총회를 열어 귀농인들이 다 모였다. 1월 31일에 영동 향군회관에서 모임이 있고 2월 16일에는 총회가 있다고 한다.

농사란 무엇인가. 농민이란 무엇인가. 마을 사람들을 만나 얘기를 들을 때마다 머리가 수그러진다. 욕심 부리지 않고 느릿느릿 사는 사람들에게서 도시인들의 조급증과 끝없는 탐욕에 대한 부끄러움을 배운다.

보리양식 떨어지자 방귀 질난다는 말이 있다. 보릿고개 시절 얘기인데 이제 뭔가 될 것 같은데 시간이 다 된 것 같다. 아쉬움도 필요하리라.

제24신
골짜기의 함성

지난 20일은 영동군 귀농인 협의회의 연시총회가 영동 농업기술센터에서 열렸다. 군수와 이 지역 국회의원도 축사를 하고 이날 임원개선을 하고 사업계획을 의결하였다.

초대 조성보 회장이 유임을 하여 그 취임식을 하고 회식 후에는 친환경 채소에 대한 교육이 있었다. 군에서 200만 원 지원을 해준다고 한다. 귀농인은 영동군에 인구 증가를 하는 희망이 되고 있다. 오는 3월 31일에는 1박 2일로 운영위원진 워크숍이 있고 그 때 그도 참석하여 귀농 체험을 하였으면 하였다.

귀농인 모임 같은 데에는 참석을 않는 귀농인도 있었다. 부부 교사로 정년하고 이리로 내려 와 농사를 시작한 우명환(72) 선생은 고향이 여기도 아니고 충남 부여 출신인데 민주지산에 등산을 왔다가 1999년 이곳이 마음에 들어 터를 잡은 것이다. 처음에는 물한리로 와서 한 6개월 살면서 상도대리 어촌에 손수 집을 지었다. 벽돌 기계를 만들어 흙벽돌을 찍고 자신이 설계를 하여 서북향으로 집을 앉혔다. 1,300평 땅에 30여 평. 세상을 등지고자 그런 것은 아니고 입지가 그렇게 되어 있었다. 배산임수, 뒤에 산이 병풍처럼 쳐 있고 앞에는 개울이 흐른다. 심야전기 보일러에 독일제 무쇠 페치카(벽난로)를 놓고 천장은 송판을 갖다 붙였다. 지붕은 콘크리트로 덮어씌우고 황토 도색을 하였다. 그렇게 마음 내키는 대로 집을 짓고 본채가 끝난 다음에는 별채로 황토방을 만들고 마루방을 짓고 아래는 창고 다용도실을 들였다.

농사는 무엇을 짓느냐. 벼 보리 같은 곡식은 재배하지 않는다. 그 대신 안 심는 것이 없다. 무, 배추, 시금치, 고추, 참깨, 들깨, 호박, 오이, 가지, 토마토, 도라지, 더덕 뭐 다 주워섬길 수가 없다. 곤드레, 블루베리, 비타민 나무 같은 것도 있고 감, 호두, 배, 대추, 매실 같은 과일도 심을 수 있는 것은 다 심는다.

땅 속에 심는 것만이 아니었다. 닭 오리도 치고 개도 기른다. 개도 여러 마리이다. 개를 길러서 돈벌이라고 할까 수익을 위한 것도 되지만 외딴집에 울 담도 없이 사는데 필요 사항이기도 하다. 그런데 이왕 기르는 것 여러 마리를 기르다 보니 누가 찾아오면 온 산천이 시끄럽다.

"우리 집은 개판이여."

처음 들으면 이상하지만 하나도 틀린 말이 아니다.

흐르는 물을 받아 분수를 만들기도 하고 태양열 외등도 설치하고 물레방아를 돌리기도 한다.

연금을 타고 있기 때문에 사는 것은 문제가 없지만 눈만 뜨면

밖에 나가 일을 한다.

"그래, 수입이 얼마나 되지요?"

그 모든 수확에 대한 수익을 묻는 것이었다. 그의 물음에 대하여 웃기만 하다가 수입은 무슨 수입이냐고 그런 거 전혀 없다고 하였다.

"안 사 먹는 것이 돈 버는 거지요, 뭐."

부인 전정옥(71) 선생은 또 그렇게 말하는 것이었다.

실감이 났다. 4만 원 정도 하는 쌀 20킬로 한 포대를 두 내외 두 달 먹는다 치자. 그러면 한 달에 2만 원인데, 그 나머지 식생활비는 돈을 안 들인다는 것이다. 적지 않은 수입이었다. 호두라든지 고추 같은 것은 친인척들에게 팔기도 한다. 물론 그냥 나누어 주기도 한다.

"세상에 공것이 없지요. 줄 수 있다는 게 얼마나 좋은 거예요?"

그의 말을 부인하지 않았다. 부자들이 할 수 있는 일이었다. 돈을 많이 가진 부자는 할 수 없는 농촌 사랑이었다.

우명환 선생은 시조를 쓰는 작가이다. 수필도 쓴다. 「산골 물이 좋아서」 등 책을 몇 권 냈다. 제목 밑에 날짜와 요일을 쓴다. 영문과 출신이라 영어로 요일을 쓴다. 전원일기 귀농일지이다. 시골 농촌 얘기지만 글로벌이다. 두 수만 소개한다.

심부름 안 간다는 동생하고 싸움 하다
종아리를 걷어 올려 목침 위에 올라섰네
멍이 든 회초리 자국 맞던 때가 그리웁네
　　　　「매 끝에 정이 나니」 중에서

분단에 길이 막혀 중국 경유 올라서니
도대체가 백두산이 우리건가 중국건가
멀쩡한 영산 올라가 이 지경을 만들다니
　　　　　　　「백두산 수모」 중에서

농촌에 살지만 우리 교육 민족의 얘기를 일갈하며 쓰고 있다.

　매화골 시골 농촌에도 많은 일들이 일어나고 있다. 충북 경북
전북 3도 귀퉁이가 봉우리에서 만난 삼도봉(1,177미터)에서 흘러
내리는 물이 금강으로 바다로 가는데 이 산골 고을에서도 어느 곳
못지않은 많은 얘기가 쏟아지고 있다. 언짢은 것은 접어두고 한두
가지 봄 얘기를 덧붙인다. 매곡면 장척리가 고향인 이병선(78) 전
한일은행장 보람은행장이 10억을 출연해서 장척문화재단을 만들
었다. 지난 24일 매곡면 사무소에서 곽정균 이사장은 고교생 17
명 대학생 14명 효행 선행자 생활이 어려운 면민 3명 등 34명과
장척리 마을 매곡초등학교 발전기금으로 6,600만 원을 지급했다.
고교생 100만 원 대학생 200만 원 효행 선행자 생활이 어려운 면
민 200만 원씩이었다. 이 시골 미담이 중앙언론에는 났는지 모르
겠다.
　먼저 매곡 3.1운동의거기념비 얘기를 했었는데 매곡 매화골에서
3.1만세의 불길이 치솟았었다. 인근 추풍령 헌병분견소를 불지르
고 돌진하다 왜병의 총칼 앞에 쓰러지고 감옥에 갔다. 옥전리의
안준 씨는 허리가 부러졌고 해방 후 꾸부정한 면장이 되었다.
　영동군에서는 군 전체 독립유공자 59명에 대한 유지를 받들고
자 독립유공자탑 '불멸의 혼-대한독립만세의 함성'을 영동체육관
앞 광장에 세운다. 이것을 위해 영동문화원(원장 정원용)에서 영동

군 독립유공자탑 건립위원회(위원장 김윤호)를 여러 번 가졌다. 그가 작성한 취지문 '나라란 무엇인가'의 결귀로 이 글을 맺는다. 4H 동지 여러분들에게도 하고 싶은 말이다.

우리는 목숨 바쳐 나라를 지킨 님들을 생각하며 교육을 하고 산업을 하고 정치를 하고 예술을 해야 될 것이다. 여기서 삶을 배우고 사랑을 체험하고 민족통일의 길을 열어 가야 할 것이다. 숭고한 님들의 독립투혼이 국민 군민의 표석이 될 때 굳건한 조국의 빛나는 역사를 오래도록 누리게 될 것이다.

나라여! 겨레여! 우리의 영원한 꿈을 광복 67년에 다시 외쳐본다. 너무도 아득한 역사의 동력 사랑의 어머니여!

제25신
귀경재

귀농의 인구가 늘고 있다는 얘기를 했었다.

그냥 하는 얘기가 아니고 얼마 전 도하 언론에 농촌으로 들어가는 인구가 급격히 늘었다고 보도했었다. 농수산식품부 집계를 가지고 하는 얘기였는데 지난 해 귀농인구가 6,500여 가구가 된다고 하였다. 인구의 숫자로는 2만여 명을 넘어섰다.

귀농 인구는 2004년에 1천 가구를 넘어선 후 2007년 2,384 가구 2009년 4,080가구 그리고 지난 해 2011년에 6,500가구로 급증하였다. 6. 25 이후 1955년에서 1963년 사이 태어난 베이비 붐세대의 은퇴가 시작되었기 때문이라고 보기도 한다. 귀농인구를 직업별로 보면 일반 직장 은퇴자 자영업자 제대 직업군인 순이었다. 조성보 귀농협의회 회장도 직업군인으로 제대한 경우였다.

한동안 귀농 얘기가 화제가 되었었다.

귀농은 물론 농사만 짓 는 것이 아니고 여러 가지 이유에서 농촌으로 시골로 내려와 사는 경우가 있다. 글을 쓴다든지 그림을 그린다든지 작품을 위해서 노년에 낙향을 하기도 한다. 맑고 시원한 쾌적한 공간의 농어촌 아름다운 풍광에서 작품제작이 잘 될 것이다. 다 늙고 기력이 없을 때가 아니고 젊고 발랄할 때 내려가 왕성한 작품활동을 하기도 한다. 폐교된 농촌 초등학교 같은 것을 사서 화실로 쓰는 경우를 종종 본다. 원 없이 크고 긴 화폭에 그릴 수 있을 것이다. 그림만이 아니고 연극 연습을 하는 극단도 있다. 어디 미술 연극뿐이겠는가.

무슨 얘길 할려고 시작했는지 모르겠다. 좌우간 나도 귀농에 속하였다. 귀농 귀향 귀촌 중에 하나를 말하라면 귀향에 속할지 모른다. 농토는 한 마지기도 없다. 한 마지기를 우리 지역에서는 200평을 말한다. 집에 딸린 텃밭이 그 보다는 많지만 텃밭을 농토라고 얘기하지는 않는다. 그의 집도 적잖이 농토를 가지고 있었다. 그러나 지금은 한 마지기 농토도 없다. 우리가 붙이던 논을 사려고 했지만 살 수가 없었다. 값의 문제는 아닌 것 같았다. 남의 물건을 억지로 살 수는 없었다.

학교(매곡초등학교) 앞 새천가 논이었다. 그 논 가에 큰 바위가 박혀 있었다. 길가였다. 평퍼짐한 바위가 경사가 급하게 누워 있었는데 거기서 아이들이 미끄럼을 탔다. 그 바위를 캐어다 마을 우체국 표지판을 하여 놓았는데 논 대신 그 돌을 갖고자 하였으나 그것도 안 되었다. 어떻든 논밭은 한 뙤기도 없고 텃밭이라고 할까 마당은 풀이 수북이 나 있었다.

한 옆으로 매실 나무를 10여 그루 심었다. 6, 7년 되어 밑둥이 두 뼘으로 다 쥐어지지 않게 자랐고 매실도 꽤 열렸다. 드문드문

감나무도 심고 호두나무도 심었다. 전에 있던 나무 앞에 덧 심어 놓은 것이다. 늙은 나무가 쓰러지면 대신할 것이었다. 밤 석류 자두 나무도 한 그루씩 심어 놓아 첫 열매를 보았다. 뽕나무도 심어 누에를 먹이는 대신 오디가 많이 열리고 뽕잎차를 원없이 만들었다. 곳곳에 꽃나무도 심어 놓았다. 라일락 백일홍 무궁화 넝쿨장미 단풍나무 그리고 화단 가에는 5월 늦게 피는 영산홍을 주욱 심어 마당과 경계를 이루도록 하였다. 담과 울타리 대신 쥐똥나무를 심어 겨울이면 잎이 없이 훤한대로 3계절은 무성하고 노란 꽃 까만 열매에 향기가 좋고 꿀벌이 꾄다.

작년에는 옥수수 들깨 무 배추를 심었다. 귀향 후 처음으로 김장을 하였다. 5명 가족의 딸에게도 주었다. 그렇게 많은 양이라고 할 수 없었지만 하나도 사지 않고 온전히 농사지은 것으로 자급할 수 있다는 것이 대견스러웠다. 알고 보니 김장 풍년이었다. 그러니 자연 값도 쌀 수밖에 없었다.

값을 따지면 채산이 맞지 않는다. 식품을 생산한다고 생각하기보다 건강을 위한 운동이라고 하면 오히려 질척한 인심이 남는다. 배추 모종은 앞집 앞집 이문세 동창이 그냥 준 것이었다. 풀이 나지 않게 하기 위해 비닐을 씌웠는데 그것은 또 아래 뜸 백운학 동창이 쓰던 것을 주어 뚫려 있는 구멍에 씨앗을 넣고 모종을 심었다. 동창뿐이 아니고 이웃 노인들이 이래야 된다 저래야 된다고 가르쳐 주고 일도 해 주었다. 뒷집 임차영 할머니는 깨타작을 해주고 옆집 박우용 할머니(형수)는 키로 까불어 주었다. 다 80이 넘은 노인들이었다.

재작년에는 서리태 콩을 심었었다. 호박은 빈터에 여러 포기 심었고 상추 쑥갓 고추 파 등은 늘 심는다. 도라지를 심었다 옮겨심은 것이 풀을 맬 수가 없어 보기 좋은 보랏빛 꽃이 묻히고 매실

나무 밑에 간작으로 심는 결명자차도 빼놓을 수 없는 귀중한 작물이다.

한참 주어섬겼는데 그래도 빠진 게 있을 것이다. 그의 집 뒤는 산으로 이어져 있는데 경사가 급하고 높아 아기자기하지는 않은 대로 뒤로 연한 값없는 자연 공간이다. 그 산 밑에 대나무가 많이 있는데 그것이 그에게는 제일 매력 있는 존재이다. 쭉쭉 뻗은 대나무 숲. 죽림칠현竹林七賢이란 말이 있지만 칠현은 어떻게 되었든 죽림 자체가 값지게 생각되었다. 그래 잿말 들판에 있는 박내곤 동창(초등학교 동창이 여럿이었다) 밭에서 흐드러진 대나무를 캐다가 보식을 한 적도 있지만 그것은 재미를 못 보았고 수원리 화가 매봉 선생이 오죽烏竹을 캐 주어 창문 앞에 심은 것이 두 길은 자라 죽림을 이루어 가고 있다.

멋이 아니라 오기이며 실리이기도 하였다. 마을 사람들은 밭 가에 있는 대나무를 그 강하게 뻗는 뿌리 때문에 다 캐내고 집 옆에 있는 대나무도 그런 이유로 금기시한다. 그러나 그는 죽림 지향주의자이며 대나무 밭에는 지진이 없다는 괴학적 근거를 구실 삼기도 하였다.

흙집을 지어 살기 때문이기도 했다. 시멘트 콘크리트를 싫어하여 흙벽돌로 벽을 쌓아 집을 지었다. 지붕은 너와로 하였다. 보일러 파이프를 설치할 때 단열제 스티로폼도 깔지 않았다. 그래서 난방이 잘 안 되는 대로 화학제품을 거부한 것이다. 다른 얘기지만 자연 속에 흙 속에 살고 싶었던 것이다.

상량문에 어머니 104세 아버지 100세 생월에 흙집 3간을 짓고 돌아와 밭을 갈며 글을 쓰겠다고 썼다. 것멋을 부려 귀경재歸耕齋라고 하였다. 매봉 선생이 먹을 갈아 써 주었다. 2층에는 대들보에다. 도연명陶淵明의 귀거래사歸去來辭 중에서 몇 대목을 썼다. 부귀영화는 내 바라는 바 아니었고 신선 사는 곳도 기약할 수 없는 일(富貴非吾願 帝鄕不可期……) 2층은 앞산 황악산 정상을 바라보기 위해서 지은 것이다. 직지사 뒷산이다.

제26신
정상을 바라보며

직지사가 5대 사찰이라 하였다. 5대니 3대니 다 크다는 것인데 기준에 따라 들어가고 안 들어가고 하였다. 어떻든 큰 사찰이었다. 그 안에 대학이 있고 절 이름의 기차역이 있다. 그 앞에 국제조각 공원이 있고 한국 대표 시인들이 다 망라된 시비공원이 있다. 무엇보다 그 절의 천불전千佛殿에는 천의 부처 얼굴을 연출해 놓았다. 하나하나의 모습이 다 다른 부처의 숲에 압도당하게 한다. 불교 또는 종교의 설치물이라기보다 하나의 예술이었다. 직지사直指寺라는 절 이름도 독특하다. 번번이 들어도 잊어버리지만 '직지인심 견성성불'이라는 조사어록에 근거한 듯하다. 신라의 눌지왕 때 고구려의 아도阿道화상이 세웠다니까 대충 1,600여 년의 내력을 갖고 있다. 스님이 신라에 불도를 전하러 왔다가 손가락으로 황악산을 가리키며 좋은 절터라고 한데서 유래한다는 전설도 있고 나중에 이 절을 중건한 능여能如대사가 자를 쓰지 않고 손으로 쟀다고 해서 그런 이름이 붙었다는 설도 전해온다. 황악산 높이기 1,111미터인 것을 가지고 작대기 4개를 세로로 가지런히 세워 놓은 듯하다고 얘기를 만들어내기도 한다.

직지사가 자리잡고 앉은 뒷산 황악산은 이쪽 매곡 그의 동네에서 보면 앞산이다. 건천산 천덕산의 능선이 합쳐진다. 이 골짜기

안에는 이보다 더 높은 산이 많다. 각호산 삼도봉 석기봉 민주지산 등. 민주지산은 1,242미터이고 충북 경북 전북 귀퉁이인 삼도봉도 1,176미터이다. 소백산 덕유산 지리산으로 연결되는 백두대간 줄기이다. 산이 높기도 높지만 마을 앞을 떡 가리고 있고 경부선 철도역이 있는 황간黃澗은 이 황악산에서 흘러내려가는 시내라는 뜻으로 명명한 듯하다. 사실은 이 골짜기 물이 다 흘러가는 것이다. 황간에 있는 금상교는 금강 상류 다리라는 뜻이고, 황학산 자락 김천 직지사로 넘어가는 괘박령에는 금강과 낙동강의 분수령이라고 쓴 팻말이 있다.

마을 앞산 황악산 정상을 바라보기 위하여 2층을 올린 것이다. 뫼뿌리 악岳자 대신 학 학鶴자를 써서 황학산이라고도 한다. 마을 앞을 흐르는 내 건너 황개울에는 가끔 황새라기도 하고 백로라기도 하는데 큰 새가 날아 와서 나무 위에 앉아 있기도 하고 논가를 거닐기도 한다. 왜가리라 하기도 하고 두루미라 하기도 하고 정확한 새의 이름은 잘 모르겠다. 학의 일종이라고 하는데 확인할 수는 없었다.

그건 그렇고 그 황악산 꼭대기를 보고 싶은데 그의 집이 마을 가운데라 앞집이 가리고 나무가 가려서 창문으로 그 산의 얼굴을 제대로 볼 수가 없었다. 앞집 두 집 사이로 산이 보이는데 그의 집 늙은 호두나무와 앞집 감나무가 가려 잎이 다 떨어진 계절에나 볼 수 있었다. 그의 호두나무는 베어내면 되지만 남의 감나무는 어떡할 수가 없는 것이다. 그래서 원래의 계획을 바꾸어 한쪽만 2층을 올렸다. 그러느라고 아래 층 거실은 상당 부분 층층대가 차지해야 했다. 황악산 정상을 원 없이 바라보기 위해서는 그런 정도는 감수를 해야 했다. 2층 방의 소파에 앉으면 산 정상이 한 눈에 들어왔다. 차를 한 잔 하며 산을 바라보는 것이 큰 즐거움이다.

차가 없이 그저 바라보며 면산面山대화를 하기도 한다.

한 번은 서울 신림동 근처에서 집을 사러 다닌 적이 있다. 수없이 이사를 다닌 중의 하나였다. 다른 집을 살 때는 그러지 않았는데 이때는 그가 따라다니며 참견을 하였다. 관악산의 정상이 보이는 집을 고르기 위해서였다. 소개하는 사람에게 미리 그렇게 얘기하였다. 그런 집이 있다고 하였다. 그러나 가 보면 그렇지가 않았다. 관악산이 보이기는 보이는데 정상이 아니고 옆 자락이기도 하고 또 창문으로 보이는 것이 아니고 마당에서 보이거나 옥상에 올라가야 보이는 것이었다. 겪어본 사람이면 알지만 집을 사려고 몇 번 따라다니다 보면 발이 아프고 기운이 다 빠진다. 퇴근을 하고 축 늘어진 몸으로도 그렇고 토요일 오후나 일요일 오후에 여러 군데 따라다니다 보면 금방 지쳤다. 물론 돈이 많으면 그럴 필요가 없다. 그의 형편에 맞추어야 하고 전세를 끼워야 하고 조건에 맞는 집은 한참 골목으로 들어가거나 높은 지대에 있었다. 그래 아예 집 안에서 창문으로 산의 정상이 보이어야 한다고 다짐을 받고 가지만 가보면 또 그렇지가 않았다. 결국 그런 집을 사지 못하고 말았다.

그 후도 이사를 몇 번을 다녔는지 모른다. 제일 비싼 동네 제일 큰 아파트에 살기도 했다. 거기 14층에서 300여 미터 되는 대모산 정상을 코앞에 바라보고 살기도 하고 그러고도 몇 번이나 이사를 다니며 책 모서리를 다 망가뜨렸다. 책들을 다 끌고 이리로 낙향을 하면서 호적등본 뗴는 편리를 위하여 바꿔 놓았던 본적도 제자리로 옮겨 놓았다. 그런 경력이 있는 터여서 그는 2층을 올리기로 한 것이고 산을 바라보며 혼자 대화를 하는 것이 일과 중의 하나였다.

삶이란 무엇인가. 나는 누구인가. 죽음이란 무엇인가. 사후에 무슨 세계가 있는가. 천당이 있고 천국이 있는가. 극락이 있는가.

질문만 있고 대답은 없었다. 대답도 그가 하여야 했다.

"천국은 마음속에 있는 거야."

"개똥밭에 살아도 이승이 낫지."

그렇게들 말한다. 그 이상은 그도 모른다.

산을 바라다 보다 학이 내려앉는 것을 본다. 그것이 학이 아니고 왜가리라 하더라도 천년을 산다는 새를 떠 올리기에 충분하다.

어느 날, 앞집 옥상에 곶감을 매다는 감타래를 지어 놓아 황학산 정상은 2층 소파에서 창문으로는 볼 수가 없고 뒤 베란다로 나가서야 볼 수 있다. 커피 잔을 들고 나가서 산을 바라보다 들어온다. 정상頂上, peak는 아직 그에게 남은 욕망이다. 그것을 위해 귀향을 한 것이다. 아무것도 못 이루면 산꼭대기에 가서 소리라도 지르리라.

"아직 끝나지 않았어. 알았어."

남의 감나무를 벨 수 없는 것처럼 남의 시설물을 어쩔 수가 없다. 보이지 않아도 보는 마음의 눈을 가지면 된다. 천국이 마음속에 있듯이 산 너머에 있는 천불을 가보지 않아도 보이면 되는 것이다. 그것이 극락이다.

기고만장을 한다.

제27신
인삼씨 여섯 가마 심다

귀농에 몇 가지 구분이 있다고 했다. 귀농 귀촌 귀향, 그가 향 향向鄕을 추가하여 보았다. 아마 통틀어 귀농이라고 해도 될 것 같다. 그런 대명사로 말이다.

요즘 계속 귀농에 대한 얘기가 신문 방송의 화제가 되고 있다. 그만큼 귀농 인구가 많아지고 귀농에 대한 관심이 늘어나고 있다는 것이다. 삶의 형태가 달라지고 질이 달라지고 가치 기준이 달라진 때문이라 생각된다. 공해가 없고 공기가 좋고 인심아 좋은 공간에 머물고자 하는 욕망은 앞으로도 계속 증가할 것이다. 어쩌면 시골에 사는 특권이 줄어들지도 모른다는 우려가 느껴지기도 한다.

그것이 기우가 되길 바란다. 서울이나 도시에서는 밤에 별을 보기가 힘들다. 스모그 속의 희미한 별빛을 볼 뿐이다. 마치 뿌연 연막을 쳐 놓고 보는 것과 같다. 시골에서는 마구 쏟아지는 별떨기를 확대경으로 보듯이 볼 수 있다. 농사를 짓는 농민은 전 인구의 7% 8%밖에 안 되지만 농촌 지역은 상당히 넓다. 영등포나 청량리를 지나 기차를 타거나 버스 승용차를 타고 달리다 보면 얼마 안 가서 질펀한 농촌 들판을 만날 수 있다. 요즘 모를 다 심어 물을 대어 놓은 무논 수답이 아니라도 보리밭, 포도 밭, 채소 밭, 야산, 높은 산, 습지 등으로 연철되어 있다.

부상리의 민병제(77) 씨도 귀농을 한 사람이다. 용산 부상리는 영동에서 해가 제일 먼저 뜨는 마을이다. 부상扶桑이란 동쪽 바다의 해 뜨는 곳에 있다고 하는 상상의 나무이다. 심청전에 보면 '내일 아침 돋는 해를 부상에 매었으면 하늘 같은 우리 부친 더 한번 보련마는' 하는 대목이 있다. 여기 질골은 영동군의 전통민속놀이 막장소리의 고장이다.

이 마을에서 농사를 지으며 이 시대 마지막 전통 민속 광부의 노동요를 재현하고 있는 민병제 씨는 10년 전에 산양삼을 10만 평 30여 정보 심었다. 그러니까 방금 귀농을 한 것이 아니고 벌써 오래 전에 이곳 고향으로 돌아온 것이다. 서울에서 많은 돈도 벌어보고 정치판에도 뛰어들어 보았지만 다 부질없는 것을 절감하고 언제나 그 자리에서 기다리고 있는 땅으로 돌아와 농사를 지으며 지역문화를 지키고 있는 것이다. 그냥 농사가 아니다. 마을 뒤 야산에서부터 저 뒤 높은 산 형석광산이 있는 곳-지금은 물론 폐광이 되었지만-근처까지 인삼 씨 여섯 가마를 심은 것이다. 인삼 여섯 가마가 아니고 그 씨앗 여섯 가마를 심은 것이다. 상상을 해보라. 녹두알만보다 작은 씨알 여섯 가마를 기계로도 아니고 손으로 호미로 그것도 경사진 비탈에다 심은 것이다. 그런데 그 수량이 도무지 상상이 안 된다.

"여섯 말이 아니고 말이지요?"

아무래도 믿어지지가 않아 물어보았다.

여섯 말도 많다. 그것도 상상이 되지 않는다.

"말로 된 것도 아니고 근으로 달아가지고 왔어요."

민씨는 담담하게 대답한다. 그게 아니라는 것이다.

"달아요?"

"한 말이 7kg이에요. 400kg을 샀으니께 계산을 해봐요."

"육 칠이 사십이."

그는 구구단을 외어 보았다.

그러니 여섯 가마라는 것이다. 그 말이 틀리지 않았다. 참으로 엄청난 수량이었다.

"말도 말아요. 금산 인삼시장에서 씨를 있는 대로 다 사 왔고 더 사겠다고 하자 금방 입소문이 펴져서 전국의 인삼씨가 전부 금산으로 몰려 왔어요. 나오는 족족 다 샀지요."

"아주 씨를 말렸군요."

"그랬지요."

그런데 그 씨알의 수량이 문제가 아니고 그것을 한 알 한 알 다 심은 것이다. 한 알이 아니고 두 알 세 알이라 하더라도 그것이 얼마나 많은 노력일 것인가도 상상하기 어려웠다. 그것도 평지가 아니고 발이 미끄러지는 비탈에다 심은 것이다. 산비탈 잣나무 숲 속 응달진 곳에 낟알을 하나 하나 꽂은 것이다. 20년 30년 넘은 잣나무 밑에는 다행히 다른 나무나 풀이 자라지 못 하고 있었다. 하루 종일 그늘이 져서 그렇다. 그늘진 곳에 심어서 되는 것은 아무 것도 없다. 인삼 말고는. 인삼도 물론 명맥만 유지하는 것이다. 지나다가 검은 차광막으로 덮어씌운 인삼밭을 보았을 것이다. 그래서 약이 되나보다. 산에 재배하니 산삼이다. 일반적으로 산양삼이라고 하고 장뇌삼이라고도 하는데 잣나무 숲 속 그늘에서 자라니 사실 산삼이다. 민병제 씨 얘기가 아니고 약재상에서 그렇게 말한다는 것이다. 여기 입지와 과정을 잘 알고 얘기하는 것이다. 원래 산삼이란 산 속에 인삼씨가 바람에 날려서 나든가 새나 다른 동물에 의해서 옮겨진 자연산을 말한다. 질골 잣나무 그늘에서 10년을 자란 민병제 표 산삼인 것이다.

민씨는 하나의 심마니나 농군으로 삶을 펼치고 있지 않았다. 용산면 부상리 질골 주민들에게 전해져 내려오는 노동요 '질골 막장소리'를 발굴하고 재현해 2011년 한국민속예술축제에서 개인연기상과, 단체 은상을 수상하였다. 2008년에는 난계민속풍물연합회, 2012년에는 영동군 전통민속문화예술후원회를 구성해 발족시켰다.

그리고 지난 5월 26일 영동군민의 날에는 영동체육관에서 올해 자랑스런 군민대상 문화체육부문을 수상했다. 질골막장소리 보존 재현이 그 공적이다.

부상리에 위치한 부상 형석광산에는 형석螢石 채굴하던 옛날 모습 그대로 존재하고 있고 그 막장에서 불려지던 노동요가 주민들의 구전에 의해 발굴되어 재현되고 있다. 질골(부상리 가곡리 금곡리 3개 마을)막장소리는 광산에서 일하는 광부들 간에 작업의 능율을 높이고 사고의 위험을 줄이며 상호간의 화합과 신명 나는 분위기를 만들기 위해 노동과 함께 불려지는 전국 최초의 광산 노동요이다.

쌍맹이질소리 목도질소리 꽃반굿 등으로 전개되는데 질골 형석광산에서는 정월대보름을 비롯하여 각 월별 시기에 국태민안 안가태평 부귀영화 무사고를 염원하는 고사를 드린다. 축언고사를 질골에서는 꽃반굿이라고 한다. 짧은 꽃반굿 긴 꽃반굿의 장단은 세마치(자진모리)로 시작을 알리는 상쇠의 머리 장단으로 연주되다가 맺음 장단 신호에 따라 소리꾼의 사설 2장단 후 세마치 2장단을 주고받으며 진행된다.

고실 고실은 고사리로다 사바하니 고사로다 / 산지조종은 곤룡산 수지 조종은 황해수…….

영동 질골 전통민속보존회 민병제 회장은 막장소리의 리더인 상쇠 선소리꾼이다.

제28신
구름마을 사람들

논바닥이 쩍쩍 갈라지고 있다. 들판이 타들어가고 있다. 길에 먼지가 풀풀 나고 있다. 모두들 발만 동동 구르고 있다.

가뭄이 극도에 달하였다. 식물이 문제가 아니고 사람 먹을 물도 없다. 폭염주의보까지 내리었다. 남쪽 제주에는 호우경보가 내리고 있는데 여기에는 한 두 줄기 소나기만 내리고 말았다. 감질만

났다. 모종을 해 놓은 것들이 다 죽고 있다.

하지가 되어 감자를 캐야 하는데 알맹이가 밤톨만밖에 안 하고 마늘도 도무지 알맹이가 들지 않아 캘 수도 없고 안 캘 수도 없다. 이러다 종내에는 모든 곡식 화초가 다 타 죽고야 비가 올 모양이다. 비가 내리기 시작하면 또 몇날 며칠이고 퍼부어 또 장마를 이루고 말 것이 뻔하다. 50년만의 가뭄이니 몇십 년만의 장마니 하지만 거의 매년 겪는 농촌 농민의 애타는 모습이다. 넘고 처지고, 하늘만 믿고 자연에 맞추어 사는 것은 행운을 바라는 것이나 다름 없다.

수원水源을 따라 가다 민주지산 삼도봉 아래 물한리 골짜기의 황룡사 절에 써 있는 '보광삼매론' 으로 위안을 삼아보자. 보광이란 보석에서 반사되는 찬란한 빛이다.

몸에 병이 없기를 바라지 말라. 몸에 병이 없으면 탐욕이 생기기 쉽나니 병고로써 양약을 삼으라.

세상살이에 곤란함이 없기를 바라지 말라. 세상살이에 곤란함이 없으면 업신여기는 마음과 사치한 마음이 생기나니 근심과 곤란으로써 세상을 살아가라.

현판에 써 있다. 열 가지 계명 가운데 이런 것도 있다.

이익을 분에 넘치게 바라지 말라. 이익이 분에 넘치면 어리석은 마음이 생기나니 적은 이익으로써 부자가 되라.

저의 거스르는 것이 나를 순종함이며 저가 방해한 것이 나를 성취하게 함이니, 만일 역경에서 견디어 보지 못하면 장애에 부딪쳤을 때 능히 이겨내지 못해서 법왕의 큰 보배를 잃어버리게 된다. 그런 불도를 닦는 얘기이다. 어디 불자에게만 농민에게만 해당되는 얘기이겠는가.

다른 얘기를 하나 곁들여야겠다. 지난달에 있었던 일이다.

황악산 건천산 아래 마을 강진리 저수지 둑을 따라 들어간 호반에서 좀 색다른 축제가 열렸다. 풀쌈축제, 아마 다른 곳에서는 보지도 듣지도 못했을 것이다. 좀 촌스러운 대로 쌈을 싸 먹는 축제라는 것이다. 쌈이란 잘 알다시피 상추 배추 같은 것으로 싸서 먹는 것을 말하는데 그러나 단순한 먹거리 축제만은 아니고 여러 가지 의미가 있었다.

물론 상추 쑥갓도 있고 토끼풀 명아주 망촛대 망초풀 뽕잎 질경이 맨드라미 칡순 등 많이 있고 그 외에도 쌈을 싸 먹을 수 있는 풀이 널려 있다. 풀을 먹는다는 것이다. 물론 먹어도 된다는 고증을 거치고 문헌상으로 입증하였을 것이다. 좌우간 초식동물이 아닌 사람들이 풀을 먹는 축제였다. 누에가 아닌 사람이 뽕잎을 먹을 수 있다는 것이다. 거기서는 듣지 못한 것 같은데 송충이가 먹는 솔잎도 약이 된다고 먹는다. 다른 풀들도 약리적인 작용을 하는 것이 많이 있었다. 야만이 아니고 그 반대였다. 노벨문학상 후보로 자주 거론되는 중국 모옌莫言의 소설에 「풀 먹는 가족」이 있다.

그 풀들을 다섯 가지 이상 한 접시 꾹꾹 눌러 담아 내온 것을 맛깔스럽게 만든 쌈장에 찍어서 먹는 것이었다. 싸는 것도 풀을 가지고 밥을 싸는 것이 아니고 쌀로 풀을 싸서 먹는 것이다. 거꾸로 뒤집은 것이다. 뒤로 걷는 운동을 하는 사람들을 보지만 그 격이다. 월남식인데 쌀로 종이처럼 만든 것을 물에 불려서 풀을 싸고 쌈장도 된장이 아니고 소스에 찍어 먹는다. 식단의 개념을 바꾸어 놓은 데에 어리둥절하지만 금방 익숙해진다. 쌉쌀하기도 하고 다소 질기고 억센 풀을 한 입 잔뜩 넣고 우물거리고 있으면 사람이 토끼와 소와 같은 동물이 된 듯하기도 하였다. 풀을 먹는 것이 아니라 약을 먹고 있는 것 같기도 하고 거기 누런 주전자에 담은 막걸리는 약주가 된다.

지난 5월 26일 영동군민의 날 행사 때 민병제 씨 시상식에 갔다가 안골(내동) 박우양 씨와 같이 갔다. 좀 늦어서 파장인 대로 불야성을 이룬 풀쌈축제는 노래와 춤으로 어우러져 있었다. 낮에 정구복 영동군수 일행도 다녀갔다고 한다.

3회째를 맞는 축제는 전국에서 모인 회원들이 떠날 줄을 모르고 삼삼 오오 앉아 박수를 치고 있다. 박수를 치면 건강에 좋다고 하며 웃음치료를 업으로 하고 있는 부산의 황토색 개량 한복을 입은 머리가 허연 신사가 강의를 하고 있다. 초빙 강사는 아니고 사회자의 지명에 따라 노래를 하기도 하고 얘기를 하기도 하고 두 가지를 다 하기도 하고 춤까지 추기도 한다. 춤은 일행들이나 흥에 겨운 사람들이 나가 추기도 한다. 자기 순서를 재미없이 오래 끌면 안 된다. 아직 지명 차례를 기다리는 사람들이 많이 있기 때문이다.

모두들 자기 테이블에 풀이 있고 술이 있고 떡이 있었다. 회비는 1만원. 차들을 가지고 왔고 숙소는 정해 놓아 느긋한 것이다. 그냥 새벽에 가려는 사람들도 있다. 구름마을 사람들이다. 회원이 전국에 250명이고 까페 가입회원이 6월 하순 기준으로 482명이다.

영동군 귀농인협의회에 속한 회원들이 모여 건강한 삶, 지역발전과 이웃을 사랑하는 삶을 지향하는 공동체마을을 함께 만들어가기 위한 온라인공동체이다. 청정한 이곳에서 농사지으며, 감잎 감꽃 쑥 뽕잎 표고버섯으로 차를 만들어 마시는 방법을 전하고 인간이 만든 어떤 식이섬유보다 월등한 웰빙 식재료인 자연의 풀을 뜯어 쌈을 싸먹으며 휴식하는 삶의 꿈을 이루어 가는 사람들이 더 많은 이웃들에게 '풀을 먹는 즐거움'과 좋은 먹거리를 알리면서, 어려운 이웃을 잊지 않고 사는 생활을 일상으로 알고 살기 위한 사람들이 만든 온라인상의 마을이다. 구름마을.

그렇게 소개하고 있다. 구름마을 법인 송남수 대표이사와 김광열 배영희 안남락 이재근 이사가 운영하고 있다. 이 공동체의 풀쌈 축제를 통해서 버섯차 버섯장아찌 표고 와인 복숭아 포도 감 곶감 호도 등 농산물을 판매 보급하기도 한다. 그러나 세 번째 다 적자이다.

"왜 밑지는 장사를 하지요?"

"농업공동체의 목적 의미는 남는 거지요."

자리를 같이 한 안남락 이사의 말이다. 쌰토미소Chateau Meeso 와인 대표이다.

농사란 그런 것이었다.

제29신
이상 기후

좀 늦게 심은 옥수수가 훌쩍 사람 키보다 크게 자랐다.

붉은 수염을 드리우고 알맹이가 많이 들었다. 가꾸지를 않아 열매가 충실하지는 않은 대로 올해의 첫 수확이 된다. 수량이 그렇게 많은 것은 아니다. 아직 따지 않았는데 지금 알이 채 들지 않은 것도 있어 그것이 다 익자면 한참 있어야 될 것 같다.

작년에는 아이들이 와서 같이 따서 옥수수파티를 하였는데 금년에는 벌써 다녀갔다. 여기 와서 물한리도 오르내리며 며칠 피서를 하고 갔다. 나의 옥수수 농사란 같이 한번 따서 쪄먹는 것이 전부이다. 팔뚝만 한 것이 매달려 있는 것이 아니고 알이 시원찮아서 여러 채반을 땄는데 몇 겹 껍질 속의 알맹이는 해참하다. 그런대로 초등학교에 다니는 외손자 손녀에게는 산 교육이 되었다.

"옥수수수염만큼 알맹이기 백인다는 것이 맞아요?"

어디서 들은 것을 확인하려는 것이다. 너무 신기한 모양이다.

그도 더 아는 것은 없다. 같은 자리에서 듣고 정말 그런가 생각하고 있던 참이었다.

"옥수수차 하고 옥수수 수염차는 어떻게 달라요?"

그것도 그가 대답할 수가 없어서 그냥 듣고만 있었다. 할머니도 대답을 못 하겠는지 백과사전을 찾아보라고 한다. 아이들은 인터넷에서 찾아보겠다고 하였다. 도로 아이가 돼서인가, 모르는 것이 많아졌다. 그저 씨 뿌리고 거름 주고 풀 뽑는 것으로 그치지 않고 무언가 의문이 자꾸 생긴다. 꽃이란 무엇인가, 수염이란 무엇이고 열매란 무엇이며, 흙이란 무엇인가.

유난히 더운 여름이었다. 연일 35도를 오르내리고 열대야가 계속되더니 또 비가 많이 왔다. 소나기가 200미리 300미리 퍼부어대고 침수가 되고 벼가 쓸려나가고 태풍이 불고 하였다. 아무래도 기후 변화가 심해졌다. 이상기후이다.

매년 8월 첫째 일요일은 집안 계초가 있는 날이다. 사위들이 주축이 되어 서랑회라고 하더니 친인척 서랑 친족회라고 하여 여러 군데 흩어져 사는 각자의 집에서 하기도 하고 어디 경치 좋은 곳을 택하여 하기도 하고, 그해 맡은 집에서 선택하여 잔치를 한다. 그의 집에서도 두 번 했다. 이사 온 시골집에서도 한번 했다. 작년에는 버스를 대절하여 거제도로 해서 외도 통영을 다녀왔는데 그는 바빠서 참석하지 못하였다.

금년에도 몸을 뺄 수가 없었지만 참석을 하기로 했다. 도무지 뭐가 그리 바쁜지 모르겠다. 변서방 집에서 한다고 해서 가기로 한 것이다. 물어보고 싶은 말이 있었다. 변서방은 서울에 살고 있었다. 옛날 뒷집에 살던 질녀 광월이 신랑이다. 이제 기억이 희미한데 아이를 낳았을 때 광주리에 담아서 시렁 위에 올려놓았기 때문에 그렇게 이름을 지었다고 하였다. 그 이유는 아이에게 좋으라고-무병장수라든지-그렇게 하였는지 모르지만 남동생을 낳으라고 그랬던 것 같다. 그 위로 재숙이가 있고 딸이 둘인데 아들을 낳으라고 말이다. 좌우간 그러나 남동생은 보지 못하였고 어머니가 죽고 재취로 온 계모에게서 재은이가 났다. 재숙이는 오래 전에 죽고 얼마 전 재은이도 죽었다. 그의 집안 종손이었다.

이웃에 사는 조카 재후와 같이 아침 7시 52분 기차를 타기 위해 황간역으로 가는 버스를 탔다. 재후는 광월이 아버지 기형이 그의 큰할아버지 아들로 양자를 오기 전에 3촌이며 광월이와는 4촌간이다. 기형이는 그와 4촌이 되었는데, 사후死後양자를 백골 양자라고 한다. 족보상으로만의 양자이다. 영동에서는 재후의 동생 재영이 내외가 탔다.

서울역에 변서방이 마중을 나왔다. 아들이 차를 몰고 온 것이다. 변서방은 종암동에 살았다. 내려서 전철을 타고 가면 되는 것인데 시골사람들에 대한 대접이었다. 그런 예의를 달리 표현하고 싶지 않았다. 뒤에 네 사람이 타고 앞자리에 변서방이 탔다. 검정색의 큼지막한 승용차는 냉방이 시원하게 되어 있었고 안락하였다.

차는 일요일이어서 잘 빠졌고 네비게이션이 안내하는 빠른 길을 찾아가 금방 목적지에 도착하였다. 집 근처의 논두렁오리마을이라는 이집이었다. 널찍하고 시원한 공간이었다. 여간 넓은 집이어서는 한 자리에 다 앉기가 힘든 인원이었다. 즉석에서 고기를 맛깔스럽게 구워대기도 힘들 것이고, 그 많은 일손을 대기도 힘들었다. 그래 언제부턴가 이렇게 음식점에서 했다.

시간이 되자 다들 모였다. 우리는 영동에서 왔고 대구서도 기차를 타고 왔다. 재현이 재백이 남매는 승용차를 몰고 나타나곤 하는데 오늘은 대중교통을 이용해 왔고 그러느라고 30분 이상 늦었다. 모두들 기다리지 않고 먼저 고기를 굽고 술을 시켜 들기 시작했다. 오리를 양념한 것이 있고 소금구이가 있었다. 골고루 먹었다. 회비로 하는 것이니 마구 시켜서 양껏 먹었다.

성남에 사는 재희 김서방 내외 영순이 영자 재하 남매 마포에 사는 영애 배서방 내외도 오고, 제주에 있는 재인이는 보이지 않는다. 화수회와 달라서 여기서는 그가 항렬이 제일 높아 전부 아저씨 할아버지 한다. 그러나 처음에 인사할 때만 그러고 음식이 들어오고 술판이 벌어지면 그런 아래 위턱은 없어지고 중구난방으로 떠들어댄다. 음식을 먹으면서 대략 올 사람이 다 오면 만년 총무인 재하가 일어나 회의를 진행한다. 누나인 이영순 회장이 짤막한 인사를 하고 나서 지출에 대해 설명을 하고 결산보고를 한다. 그리고 회비를 거둔다. 금년에는 회비가 7만원이다. 이번 모임에서는 임원개선이 있었는데 재희를 선출하고 뒷자리에서 자고 있는 재희에게 수락을 받았다. 남자들이 다 돌아가 지난번부터 여자들로 돌아가는 것이다. 박수를 치고 한바탕 웃었다.

변서방이 술을 한잔 따른다.

"건강하시지요?"

"건강은 모르겠고 뭐 병은 없는 것 같애요."

그보다 나이가 많아 조카사위지만 경어를 쓴다. 변서방에게 묻고 싶은 말 하고 싶은 말을 하려 하였는데 여러 사람 앞이라 뜸을 들이고 있었다.

그러는데 재후가 먼저 가겠다고 일어선다. 예약한 기차 시간이 다가와서이다. 그래 그도 같이 일어섰다. 밖에서 잠깐 얘기하면 되었다. 모두들 따라 나와 인사들을 하였다. 아무래도 떠나기 전에 한 마디 물어보았다. 그냥 갈 수가 없었다.

"제사 잘 지내고 있지?"

광월이에게 물어보았다. 재은이가 죽고 그들에게 부탁을 하였던 것이다.

"예. 절에 모셨어요."

더 물을 수가 없었다. 전화를 걸리라고 생각하였다. 어떻다는 얘기가 아니고 얘 쓴다는 인사를 하고 싶었다.

제30신
학산에서 학을 보며

벌초는 추석 전의 큰 일 중의 하나이다.

해마다 겪는 것이다. 전에도 얘기를 했었는데 하루 날을 잡아 다 모여서 해야 하기 때문에 한 달 전부터 서로 시간을 맞춘다. 그의 집안의 경우지만 최근 몇 년 전부터는 특별한 일이 없으면 추석 2주 전 토요일로 하는 것으로 했다. 그래서 그 날 비가 많이 오면 한 주일 늦출 수 있는 여유를 갖는 것이다. 그리고 그날도 비가 오면 비를 맞고도 해야 한다. 이상하게 벌초할 때마다 비가 안 오는 적이 없었다. 이때가 우기를 지나는 시기이고 대개 태풍이 통과하는 때여서 그런 것이다. 추석은 그런 풍파 뒤의 맑은 일기에 자리하고 있는 것이다.

9월 15일로 날을 잡아서 놉을 네 사람을 얻고 두 군데로 나누어서 예초기를 하나씩 짊어지고 아침 8시 전에 산으로 출발하였다. 조카 재후가 먼 코스인 석지양지쪽으로 가고 그는 미역뱅이로 갔다. 거기에 아버지 어머니 할아버지 큰할아버지(종조부) 산소가 있고 집안 여러 산소가 있다. 더러는 묘의 주인이 누구인지 모르고 있다. 그에게 어떻게 되는 묘인지 모르는 것이 여러 상부 있다. 참으로 부끄러운 일이다. 그래도 그가 제일 나은 편이다. 낫다는 것은 그래도 제일 많이 안다는 것이다.

아버지가 돌아가신 후 40부터만 쳐도 30년 이상 매년 따라다닌 것이다. 하나하나 이야기를 들을 때마다 메모해 두고 사진도 찍어 두고 하였더라면 그렇지 않았을 텐데 후회가 된다. 그의 할아버지 묘를 잊어버릴까 염려가 되어 그 때 무거운 플랙시 카메라를 메고 올라가 여러 장 찍어두었었다. 주변에 있는 나무를 넣어서 이쪽에 서도 찍고 저쪽에서도 찍고 하여 정말 못 찾을 경우 그 사진을 보고 찾으려 했던 것이다.

그러나 지금 몇 십 년을 다녀 위치를 빤히 잘 알게 된 데다가 어머니 묘를 그 앞 산자락에 썼고 아버지 묘를 어머니 묘 옆에 나란히 이장해 놓았다. 그 아래에 큰형 작은형 묘를 써 놓았고 한식이다 벌초다 성묘다 하여 잊어버릴 염려가 없었다. 결국 그의 직계의 묘만 안다는 것이다.

미역뱅이에서 제일 먼저 벌초를 하게 되는 재욱이 재학이 부모의 묘라든지 건너편 산의 재하 부모 묘라든지 몇 산소 외에는 잘 모르고 풀만 깎는다. 풀도 잘 자라지 못하고 가꾸지 못하여 대부분 깎을 풀도 없고 한 쪽이 푹 꺼져 있다. 예초기를 들이댈 것도 없는 것이 많다. 최근에 쓴 두 형들의 묘 그리고 아버지 어머니의 묘 말고는 다 그렇다.

놉도 매년 같은 사람들이다. 품앗이라고 할까 친분으로 해주는 일이다. 다른 것이야 어떻게 되었든 비를 맞고 산속을 헤맨다는 것이 보통 고역이 아니다. 하루 종일 하는 것은 아니고 대개 1시 안에 끝내고 내려와 점심을 마을 앞 식당에서 하게 된다. 전에는 도시락을 싸가지고 갔지만 언제부터인가 그렇게 하지 않는다. 물하고 큰병 소주에다 안주 겸 김밥을 몇 줄 가져가 먹으며 일을 한다. 그러니 무슨 술이다 곁들이다 하는 멋은 없고 목을 축이고 요기를 하는 최소한의 공급인 것이다. 짊어지고 다니는 것을 될 수 있는 대로 가볍게 하여 힘을 좀 덜 쓰자는 것이다.

늘 하는 단골 놉들이 되어 부끄러움이 덜하였다. 모르는 묘가 태반이고 위치도 몰라서 오히려 그들에게 묻는다. 그들은 또 위로가 되라고 말한다.

"요즘 너나없이 다 그래여."

"그래요?"

"그럴 수밖에 없는 것이……."

매년 와도 찾기가 어려운데 가물에 콩 나듯이 오니 못 찾고 잊어버리는 것이 어쩌면 당연하다는 것이다.

그날도 어김없이 비가 왔고 한참 일을 하는데 조카들이 왔다. 벌초만 하는 것이 아니고 성묘도 한다. 추석에는 길이 막혀 못 오니 미리 성묘를 하고 가는 것이다. 어쩌면 그것은 핑계이고 열흘 보름 상간에 두 번 걸음 하기가 어렵다는 것이다. 물론 그러지 않고 제대로 예의를 차리는 사람들도 많이 있다. 마음먹기에 달렸다고 할 수 있다. 설 추석의 민족 대이동이 그런 것이다.

그날 그의 장조카는 점심시간이나 되어 왔다. 늦은 대로 올라가 성묘를 하고 오도록 하였다. 길이 꽉 막혀 고속도로는 주차장이었다고 한다. 추석만 그런 것이 아니고 벌초 때도 그랬다. 교통정체가 피크인 날이었다.

얼마 전의 일이었다. 학산鶴山에 학을 보러 갔었다.

왜가리 백로 떼가 서식하는 곳이었다. 여기 노천리 내 건너에도 학이 내리는데 그의 귀향 이유 중의 하나는 그것을 바라보는 것이었다. 물론 부모님 묘 옆에 있고 싶어서가 먼저이지만. 같이 소설을 쓰는 후배와 같이 가게 되었다.

영동군 학산면 봉림리 미촌마을, 거기 60여년째 수백마리의 왜가리와 백로떼가 마을 뒷산을 찾아 보금자리를 틀고 있었다. 해가 넘어갈 때 학의 무리가 내리는 모습은 장관이었다.

"정말 대단하네요."

"달래 학산이겠어요."

돌아가는 길에는 후배의 권유로 그곳 범화리의 한 귀농인을 만나게 되었다.

학생이 없어 폐교가 된 학교 운동장 가에서 많은 사람들이 생수를 받아가고 있었다. 일라이트illite 물이었다. 정제수(삼이원식품) 회장이 18세에 고향을 떠났다가 2006년 40년만에 돌아와 일군 것이었다. 범화초등학교 건물과 대지를 매입하고—그것은 부친이 지난 1941년 학교 설립에 쓰라고 영동군에 기증한 땅이었다—일본식 발효식품 낫토納豆를 생산하기 위해 우물을 파다가 학교 옆 2백여 미터 땅 속에서 물줄기를 찾은 것이다. 수질 검사를 해보니 시중 생수보다 미네랄이 풍부하고 무엇보다 이 지역에 매장돼 있는 희귀 광물인 견운모(일라이트)의 영향을 받아 생성된 천연수였다. 기적이었으며 집념의 소산이었다. 그 물로 인해 낫토 공장이 활성화되는 것은 말할 것도 없고 갈수渴水로 시달리는 주민들이 마음대로 물을 길어갈 수 있도록 하고 있다. 최근에는 PH 8.0의 알칼리성을 띠는 이곳 물이 아토피 건선 십이지장 치료 등 여러 질환에 효과가 있다고 학계에 보고되면서 외지에서도 한 주에 2, 3백여 대의 차량이 몰려와 물을 받아간다고 한다.

범화교회 장로이며 청주 상당교회 정삼수 목사의 막냇동생인 정 회장은 하느님이 주신 은혜의 물이라고 생각하고 많은 사람들의 고통을 덜어주기를 소망하고 있다. 생명수였다. 학교 설립에 쓰라고 기증하였는데 폐교가 되었으므로 아들이 그 땅을 되돌려 받게 되었다고도 한다.

　정 회장이 콸콸 솟아오르는 일라이트 생수를 따라주는 대로 받아 마시며 학이 내리는 장관을 다시 떠올려 보았다.

제31신
어느 교회에서

　그렇게 비가 많이 오고 장마가 지고 냇물이 바다처럼 되어 온 마을 사람들이 불안에 떨게 하고 겁을 주더니 가을에는 또 많이 가물었다. 모두들 가을 작물에 물을 길어다 주느라고 야단들이다.
　배추 조금 심은 것 무 심은 골에 물을 대었다. 지하수가 있지만 동력이 필요하고 빗물만은 못하지만 수돗물을 틀어 호스로 끌고 갔다. 날이 쌀쌀해져 잎에다 찬물을 주는 대신 밭골에 흥건하도록 물을 집어넣었다. 물이 땅 속으로 잦아들기를 기다려 배추는 떡잎을 싸서 짚으로 묶었다.
　서리 오기 전에 감을 또 따야 했다. 감은 따서 깎아 매달아야 한다. 곶감을 만드는 것이다. 대량으로 하는 경우는 감 깎는 기계가 있고 또 곶감 건조기도 있고 하지만 그의 집처럼 얼마 안 되는 경우는 그냥 재래식으로 손으로 메지댄다. 곶감 깎는 칼이 있고 감자 깎는 칼로 깎아도 된다. 감 껍질이 얇게 깎아진다. 물론 다른 과도로 깎아도 된다. 매다는 것도 손이 많이 간다. 껍질을 깎인 감은 직사광선이 아닌 그늘에서 달포나 말리고 여러 번 손질을 해 주어 곶감으로 태어난다.
　이 마을뿐 아니고 이 근방은 호도가 많이 나는 곳인데 호도를 털고 그 겉껍질을 분리하여 씻어 말려야 하는 일은 한 달 전 쯤 추석 전후에 하였다. 곶감 속에다 호도를 넣어서 잘라놓으면 모양도 좋고 맛이 일품이다. 붉은 곶감 바탕에 흰 호도 알맹이가 꽃무늬처럼 들어박혀 디자인이라도 한 것 같고 궁합이 잘 맞는 미각을 연출한다. 뭐가 어떻든 아무 것도 가미되지 않은 자연 그대로의 맛의 어울림인 것은 맞다. 촌스런 발상인지 모른다. 그것도 대량 생산을 하는지는 잘 모르겠으나 이런 호두알이 박힌 곶감으로 쏠쏠한 농가의 부수입을 올리고 있었다.

들깨 몇 골 심은 것을 쪄서 세워놓은 지 여러 날 되어 타작을 하였다. 깨타작 마무리를 하는데는 키가 필요하였다. 양이 많을 경우 다른 방법이 있겠지만 키질이라는 것은 그가 할 수도 없었고 그의 식구도 할 줄을 몰랐다. 한 번도 해 보지도 않았고 키도 없었다. 그래 또 작년에도 그랬던 것처럼 옆집 아주머니에게 부탁을 하였다. 80이 넘은 형수뻘인 아주머니는 얼기미(어레미의 방언)도 가지고 왔다. 검부러기를 걷어내고 얼기미로 친 다음 키로 한참 까불고 또 후후 입으로 불어서 그릇에 담아까지 준다. 참으로 고마운 것을 말로 다 할 수가 없었다. 한 번도 아니고 벌써 몇 번째였다. 저녁에 막걸리를 한 병 사 드렸다. 인사는 언제 자연스럽게 그런 것과 관계 없이 해야 한다.

기름을 짜려면 방앗간에 가서 다른 것을 조금 더 사서 보태야 한다. 좌우간 내 손으로 농사를 지어 먹는다는 것에 의미를 두고 힘든 것 즐거움으로 자위를 한다.

농가월령가라는 것이 있다. 조선 때의 정학유丁學游가 지은 월령체 가사歌辭이다. 농가에서 해야 할 일을 월별로 읊고, 철에 따른 풍속과 범절을 노래한 것이다. 팔월령은 팔월이라 중추되니 백로 추분 절기로다 북두성 자로 돌아 서천을 가르치니 선선한 조석 기

운 추위가 완연하다 귀뚜라미 맑은 소리 벽간에 들거고나……로
시작된다. 그런 플롯으로 써 보겠다는 동료-작가-가 있었는데 어
쨌는지 모르겠다. 오랫동안 와병중이다.

미국에 살고 있는 노장채 선생이 다니러 왔다. 전에 같이 교직
에 있었는데 그런 것 가지고는 성이 안 차서인가 미국으로 가서
돈을 억수로 벌었다. 지금은 그중 대부분 날리고 연금을 받으며
노인아파트에 혼자 살고 있다. 금년 봄에 상배를 하고 울적한 심
정을 달랠 겸 온 것이다. 와서 순천만 한려수도 부산 태백 등 여
러 곳을 돌아다녔다.

그는 시간이 안 되어 같이 다닐 수는 없었고 10월 9일 문경의
박열 의사 기념관 개관식에 동행 했다. 1920년대 박의사와 가네
코 후미코의 세상을 떠들썩하게 편 옥중 로맨스의 주인공이다. 해
방과 함께 23년 만에 출옥한 투사의 파란만장한 드라마 같은 기
념관의 사진들 세미나 그리고 새재의 송이버섯 토속적인 한식 와
인 등을 같이 할 수 있었다. 수학과를 나온 노 선생은 70이 넘어
처음 듣는 아나키스트요 로맨스였다.

그가 미국에 갈 때는 리버사이드에 있는 안창호 유적지 동상 건
립지 등을 같이 가서 찾아주고 극장을 같이 가서 통역을 해 주기
도 하였다. 그리고 노 선생이 다니는 교회에 같이 가기도 했다.
애너하임에 있는 집회-세미나와 같은 것으로 연례 행사였다-에
도 갔었다. 다른 교회와 좀 다른 데가 있어 그의 종교 편력에 일
조기 되었다. 그 교회는 목사가 없었다. 돌아가면서 신언(伸言)을 하
였다. 설교라고 하는 일방적인 언로가 아니고 쌍방의 교통을 하는
교회였다.

회복이라는 의미로 구분하기도 했다. 그래서 그런지 숫자가 적
은 대로 교인들끼리 특별한 친분과 끈끈한 유대를 갖고 있었다.

남자들은 전부 형제라고 하고 여자들은 자매라고 하였다. 노 선생과 지난 10월 21일 주일(일요일) 영동교회를 갔었다. 영동읍 계산로의 슈퍼 2층에 자리한 조촐한 공간이었다. 영동 일원의 교인들이 다 모이는데 승용차와 화물차 버스를 타고 멀리까지 와서 집회를 하고 있었다. 찬송가를 한참 부르다가 시간이 되자 조길준 형제가 먼저 일어서 '신언자 요나의 표적'에 대한 주제로 얘기를 시작하였다. 이어 형제 자매들이 돌아가며 신언을 하고 그럴 때마다 아멘 에이맨을 연발하였다. 그러는 가운데 포도주와 전병으로 차린 '주의 상'을 나누는 성찬의식이 행하여졌다. 추풍령의 강기원 형제 상촌의 이인구 형제가 주도를 하였다. 집회를 마치고는 각자 한 가지씩 가지고 온 반찬을 뷔페식으로 늘어놓고 방금 뜸이든 밥을 담아 오찬을 같이 하며 정을 나누었다.

"내세는 분명히 있는 거지요?"

그의 질문은 여기서는 너무나 각박한 것 같다.

형제들은 깝치지 말라는 듯이 동정스런 눈길로 길을 가리켜 주었다.

"죽음과 음부의 열쇠를 가지고 있는 분을 믿으면 됩니다."

밥상을 차려줘도 못 먹는 사람이 있다. 주의 상을 차려주고 있었다.

언젠가부터 죽음이 보이기 시작하였다.

이번 가을은 무척 짧은 것 같다. 북풍이 빈 들녘에 사납게 불어댄다. 이제 겨울이 오는 것이다. 겨울, 참으로 삭막한 계절이다. 그러나 겨울이 오면 봄도 멀지 않으리. 쉘리의 시詩이든가.

시는 한 보따리 지식을 늘어놓는 것이 아니다. 바람에 스치는 느낌을 몇 마디 한 마디라도 적는 것이다. 종교도 신앙도 그런 것인지 모른다. 교리를 따지고 파고드는 것이 아니라 살갗에 스치는 가을바람 같은 것, 그것을 느끼듯이 마음에 혼에 스며드는 것, 죽음도 그런 것이고 낙원도 그런 것은 아닌지 모르겠다.

제32신
유언도 써보며

언제부터인가 죽음에 대한 얘기를 많이 한다. 삶의 얘기 살아가는 얘기보다 많이 한다는 것이다. 죽음이 보인다느니, 내세가 있느니 없느니 어떻느니 말하는 빈도수가 많아지고 유언을 써 보기도 한다.

누가기록을 하는 메모장에다 유언을 써서 다듬고 있다. 글을 써서 발표하기 전에 마음에 들 때까지 계속 다듬고 고치듯이 쓰고 지우고 지우고 쓰고 한다. 작품은 아니라 하더라도 마지막 발표하는 글 마지막 그의 모습이 될 것이기에 신경이 쓰인다.

거기에 이렇게 되어 있다. 내가 죽으면 가족 형제에게만 알린다. 시신은 어디-연고가 있는 대학병원을 지정해 두었고 아내의 동의도 얻었다-에다 기증한다. 시신을 다 사용하고 어느 시기 화장하여 유골을 보내주면 아버지 어머니 묘 아래 두 형들의 묘 앞에 그의 못자리로 정하여 둔 곳 주변의 나무에 뿌린다. 수목장이다. 이곳이 우리 가족 대대의 공동 수목장 장소가 되었으면 좋겠다. 그리고 몇 가지 더 있다. 그것을 변호사 누구-그것도 지정을 해 두었는데 아직 말은 안 하고 있다-에게 1부를 맡긴다고 되어 있고 계속 다듬고 보완하고 있다.

나중에 상의를 해야 되겠지만 가족들이 반대할 수도 있고 또 그 자신도 흔들릴 수 있기 때문에 변호사에게 맡기고 공증을 해 두고 하겠다는 것이다. 이런 것은 죽음을 준비하는 것이라기보다 죽음과 친숙해지려는 노력인 것이었다. 어쩌면 그럼으로 해서 죽음을 드티고자 하는 것인지도 모른다. 농 비슷하게 하는 말로 방귀가 잦으면 뭐가 된다고 하였는데 그러나 아직은 아닌 것 같이 생각된다. 120까지 산다고 하고 99 88 어떻고 하는데 그러자면 20년 30년도 더 있어야 된다. 좌우간 아무 근거도 없기는 하지만 아직은 아닌 것 같다.

아는 사람들을 만나면 인사가 건강 얘기이다. 얼마 전만 해도 밥을 먹었느냐고 물었었다. 그것이 관심사였던 것이다. 진지 잡수셨어요? 아침 드셨어요? 점심 어떡하셨어요? 저녁은요? 그랬다. 시골 사람들, 아침저녁 만나는 사람들이 하는 인사이기도 하지만 살기가 힘들고 밥 먹기도 어렵던 때 모든 사람의 인사법이기도 했다. 그러나 언젠가부터 뭘 먹었느냐 안 먹었느냐가 아니고 건강에 대해서 묻는다. 건강하시지? 건강해요? 그러며 또 건강이 제일이라고 하였다. 그것을 염려하는 것이기도 하지만 그냥 인사로 하는 말이다. 편지를 쓰거나 글로 안부를 물을 때도 약방의 감초처럼 건강을 묻는다.

그럴 때마다 그는 말한다.

"건강은 몰라도 병은 없는 것 같애요."

말로 하거나 글로 하거나 그런다.

정말로 병이 있는지 없는지는 확실치 않다. 솔직히 정확한 것은 잘 모른다. 2년마다 의료보험공단에서 실시하는 검진 통지가 오고 의사가 내시경으로 위나 대장 등을 보고 괜찮다고 해서 그렇게 알고 말하고 있을 뿐이다. 다른 데보다 매일 쌀 썩은 물을 들어붓고 있는 그 두 곳이 제일 걱정이다. 아침에 속이 쓰리고 찢어지는 것 같은 통증을 느낄 때 말할 수 없이 불안하지만 의사는 사진을 찍어보지 않고는 아무 얘기도 하지 않는다. 기계에 의존해서만 말하고 느낌으로는 한 마디도 하지 않는다. 제일 혹사하는 것이 간인데 간을 찍어 보자 소리는 않고 피검사를 하면 상태를 알 수 있는 모양이다. 그것도 잘 모르긴 하지만.

내시경은 다른 검사보다 속시원한 데가 있다. 모니터를 같이 보고 있기도 하지만 상태가 괜찮으면 의사는, 뭐 괜찮네 깨끗하네 혼잣말처럼 말하기도 하고 염려하지 않아도 되겠다고 얘기를 해주기도 한다. 아마 상태가 좋지 않으면 괜찮지 않다고 말하지는 않을 것이다. 그래서 의사가 아무 말도 않고 있으면 불안하고 답답하고 순간적으로 별 생각이 다 든다.

한번은 국립 암센터에서 검진을 받은 적이 있다. 보다 정밀한 검진을 받아보고 싶은 생각에서 시간과 교통의 불편함을 무릅쓰고 그렇게 한 것이고 예약도 한 달도 더 전에 미리 하였다. 그런데 하나도 특별한 것은 없었다. 거기서도 대장암 검진은 대변 검사 결과를 가지고 한다고 했고 처음부터 내시경 검사를 하는 것은 아니었다. 그리고 위 내시경을 검사하는 의사는 아주 새파란 신출이었다. 인턴은 아니겠고 갓 수련의가 된 것 같았다. 나이가 젊고 수련의가 어떻다는 얘기가 아니다. 그것이 싫으면 특진을 받으면 될 것이다. 그런 것이 아니고 그 의사가 중간에 뭐라고 말하지 않아 불안해서 어떠냐고 묻는 그에게 말하는 것이 어이가 없었다. 내시경 검사 소견을 말하는 자리에서 다른 얘기만 하고 있어서 괜찮으냐 안 괜찮으냐 물은 것이다.

"위가 많이 낡았네요"

"그래요? 제가 술을 많이 해서 그런가 보지요."

"그래도 그렇지 너무 낡았네."

참으로 어이가 없었다.

"늙어서 그런가보지요. 그래 괜찮은가요?"

그가 다시 물었다.

"괜찮지 않지요."

그는 불안해 견딜 수가 없었다. 불안하기도 했지만 심히 불쾌했다.

의사의 소견을 종합적으로 적은 우편물이 얼마 후 왔고 그런 기분은 오래도록 가셔지지 않아 자리가 될 때마다 여러 사람에게 얘기를 하였다. 도대체 그런 표현밖에 없겠는가. 다른 사람 기분을 상하지 않게 하는 얘기가 얼마든지 있지 않겠는가. 국어교육을 잘못 받아 그런 건 아닌가. 그는 의대생 국어시간에는 이무영의 소설 「제1과 제1장」의 흙냄새 된장내와 히포크라테스 정신을 비교해 써보라고 하였다. 대개 답을 쓰지 못하는 것을 알면서도 늘 고리타분한 문제를 끼워넣었다.

2년에 한번 내시경 검사를 할 때마다 선고를 기다리는 것 같다. 사형이냐 아니냐 참으로 절박한 순간이었다. 대게는 2년을 못 기다리고 그 안에 검사를 자청하기도 한다. 적어도 6개월에 한 번씩은 들여다봐야 된다기도 한다. 그 1년 반 안에 여러 가지 가능성이 있다는 것이다. 어쩌면 그것이 정확한 것인지 모르지만 생명을 다루는 의사는 지푸라기라도 잡고 싶은 가냘픈 마음을 잘 헤아려야 할 것이다.

농가월령가를 얘기하면서 와병중이라고 하던 친구가 세상을 떠서 서울대학병원 장례식에 갔었다. 여러 지인들이 고인의 호탕한 술 얘기를 회고하였다.

미국으로 돌아가는 노 선생과는 미진한 내세에 대한 토론을 이메일로 하기로 했다. 그의 질문에 대한 답을 알아듣기 쉽게 간단명료하게 적되 그 근거를 어디 몇장 몇절에 있는 것을 찾아대라고

하였다. O.K. 그러겠다고 하였다. 그것은 하나도 어렵지 않다고
하였다.

"문제는……."

"문제는 내가 알아요."

내세고 천국이고 그것을 스스로 믿느냐 하는 것이다.

제33신
영동방언

내세로 이어지고 천국이 전개된다는 것을 스스로 믿고 순종하지
않으면 안 된다는 것이다. 아니 그것을 원하고 인정해야 된다는
것이다.

"내가 인정하는 것이야 어렵지 않지."

"하나도 어려울 것이 없어요."

"그런 것이 어디 있어요?"

"참 답답하시네요. 하나도 어렵지 않은 것을 왜 못해요, 그래."

"못 하는 것이 아니라……."

"안 하는 거지요."

그런 것 같았다. 그랬다.

참 그가 생각해도 알 수가 없었다. 왜 그것이 안 되는지 모르겠
다. 믿고 원하고 인정하면 된다는데 도무지 그것이 안 되는 것이
었다. 제적분이 아니었다. 운명이고 팔자였다. 러시아의 속담이든
가. 소를 물가까지 데리고 갈 수는 있어도 물을 먹일 수는 없다고
한다. 자신이 먹고 싶어야 먹는다는 것이다. 억지로 먹일 수는 없
다는 말이다. 소고집이라는 말도 있다. 어째 사람하고 소하고 같

냐고 할지 모르지만 그리고 이건 그냥 먹고 마시는 문제가 아니고 영혼 영생의 문제이다. 원하면 되는데 원하지를 않는다는 것이다.

사실 그렇지는 않다. 원하지 않는 것이 아니라 간절히 원하고 있다. 숨이 꼴딱 넘어가는 것으로 모든 것이 끝나고 캄캄한 어둠의 세계, 뭔가 볼 수도 없고 느낄 수도 없고 아무 것도 존재하지 않는 무의 세계, 지옥이니 연옥이니 하는 고통의 세계로 이어지는 사태에 비하여 풀밭 같은 꽃밭 같은 낙원이 펼쳐지고 아름다운 나라가 열리는 신천지를 거부할 사람이 어디 있겠는가. 정신이 온전하지 않은 사람이 아니면 왜 그러겠는가. 너무나 쉬운 문제이며 쉬운 답이었다.

그러나 스스로 믿어지지 않고 인정이 안 되는 것이었다. 그게 구정물이라 하더라도 먹으라면 먹을 수는 있다. 한 목음 두 목음 이라면 그럴 수 있다. 그러나 계속 마시고 있을 수는 없다. 그런 비유가 적절한지 모르겠다. 좌우간 그는 이 교회 저 교회 이 종교 저 종교 많은 편력을 하였지만 아직 아무런 답이라고 할까 확신을 얻지 못하고 있는 것이었다. 말이야 어떻게든 할 수 있다. 그러나 이제 나이가 얼마라고 마음에 없는 소리를 할 수는 없다. 아무래도 위선인 것 같다.

"참 내 왜 그렇게 어렵게 살아요?"

"그런가?"

지구종말론, 마야 달력을 보며 다시 생각해 본다.

연작으로 쓰고 있는 「멀리 멀리 갔었네」의 종장을 쓰지 못하고 있다. 마무리를 할 때가 되었는데 계속 머뭇거리고 있다.

그건 그렇고, 최근 일거리를 하나 벌려 놓았다. 영동 방언조사 이다.

여기 영동은 말씨가 특이한 지역이다. 전라 경상 도계에 위치한 곳이기도 하지만 신라와 백제의 국경 지역이었다. 충청방언 경상방언 전라방언이 만나는 지역이며 신라어와 백제어가 공존하는 지역으로 방언 연구의 요충지역이다. 국어학계에서는 잘 알려진 사실이다.

영동 태생인 그가 그것을 확인하게 된 것은 대학에 부임하던 첫 학기에 이곳으로 답사를 오면서부터이다. 그 때서부터 오랜 동안 영동방언의 특수성에 대한 인식으로 머물고 있다가 이번 영동군의 방언자료조사 용역사업을 하게 되는 연이 닿았다.

인연이라고 할까, 몇 가지 고리를 연결해 본다. 그동안 소설을 썼다. 50년을 썼다. 대개 농촌 농민 제재 소설이었다. 거기에 방언을 많이 사용하였다. 소설에서의 방언은 대화 dialogue에 쓴다. 충청방언 영동 방언을 주로 썼는데 영동을 무대로 하고 영동 사람이 등장하는 소설도 그랬지만 그렇지 않은 경우도 영동방언을 쓴 것 같다. 데뷔작인 「핏들」에서부터 그랬다. 단편집『매화골 사람들』은 향리 매곡을 무대로 매곡 얘기를 쓴 것이고 장편소설『땅과 흙』『적과 남』『단군의 나라』등도 영동 출신 주인공의 얘기이다. 최근에 쓴 『노근리 아리랑』『죽음의 들판』『흙에서 만나다』는 영동을 무대로 영동 이야기를 쓴 것이다. 대표적인 충청방언이 아닌 영동지역 방언을 낯선 대로 50여년을 내보낸 것이다.

음운론적 전문적 입장에서라기보다는 일반적 또는 대중적인 것이라 할 수 있다. 영동에서도 남부 지역 방언을 사용하였다. 경상북도 접경 지역의 독특한 역양인 것이었다. 그런 매곡이 출생지여서 그랬던 것 같다. 전에 얘기한 것 같은데 매화 매梅 골 곡谷 매화골이다. 피란지 진해에서 살다가 인천에서 살다가 주안 부평에 살다가 서울에서 살다가 무수히 떠돌아다니며 살았지만 무대는 농촌 시골이었고 농촌 제재의 소설이 아닐 때에도 대화는 여기 고향

말을 사용할 때가 많았다.

또 매곡의 마을 이름 노천리老川里 노래는 노내에서 온 것이고 유전리楡田里 느랅은 느릅나무밭이 축약된 것이며 이웃마을 옥전리玉田里 구살은 구슬밭이 축약된 것이고 하는 등의 얘기를 어디엔가 쓰기도 했다. 또 말소리를 듣고 사는 지역 출신지역을 알아맞히는 것이 취미이고 더러 안 맞을 때도 있지만 대부분 적중시키는 것을 장기長技로 내세우곤 했다.

그런 저런 사항 계기들이 이번 용역작업을 연결한 것은 물론 아니었다. 누구보다도 학문의 전공성을 잘 알고 있는 필자는 정원용 영동문화원장의 제안을 받고 적임자를 찾아주겠다고 약속을 하였다. 그렇게 하기 위해 많은 노력을 하였고 여러 과정이 있었다. 결국 약속을 지키지 못하였고 그가 책임을 져야 했다.

모든 일에는 최선이 있고 차선이 있다. 그리고 플러스가 있고 마이너스가 있고 제로가 있다. 이 차선의 작업이 영동문화에 플러스가 되길 기대하며 할 수 있는 노력을 다 하였다. 일을 하지 않는 것은 제로이고 일을 해도 플러스가 있고 마이너스가 있는데 그 전자에 속한다고 자위하며 시작을 했고 밀어붙였다.

1965년 교직에 처음 발을 들여놓을 때 이종흡 교장 선생의 한 마디를 평생 간직하며 살고 있다. '논 책임은 없어도 일한 책임은 있다.' 학교신문을 맡기며 한 말이다. 이번에도 맡은 책임을 지기 위해 혼신의 힘을 다 하였다. 2012년 하반기 주말을 다 반납하고 심혈을 기울여 준 연구팀에 감사하고 자문을 하여준 전광현 선생 그리고 말년에 고향 영동을 위해 허둥대게 해 준 정원용 원장에게도 깊이 감사한다.

연말까지 국판 500쪽 분량의 원고를 넘기게 되어 있다. 지금 마지막 피치를 가하고 있다.

제34신
해가 서산에 뉘엿뉘엿

날씨가 무척 춥다. 영하 10도를 계속 밑돌고 있다.

3한 4온 우리나라 겨울 기온이 6한 1온이 됐다고 한다. 연일 한파 뉴스를 보도하고 있다. 수도 동파 사고가 많고 어쩌자고 자꾸 화재가 발생하여 더욱 추위를 느끼게 하고 있다.

집을 지을 때 심야전기 보일러를 놓았는데 연속 전기값이 오른 후 부담이 적지 않다. 실은 난방비가 문제가 아니고 보일러를 잘못 놓아 전기값만 나오지 따뜻하지가 않다. 물을 순환시키는 파이프 아래로 단열재인 스티로폼을 깔아야 하는데 그러지를 않은 것이다.

그가 그렇게 하지 말라고 한 것이다. 집 어디에고 흙과 나무 이외에는 사용을 않은 것이다. 흙벽돌로 벽을 쌓고 지붕은 너와로 올렸다. 그 밑으로 송판을 깔고 황토흙을 개어 넣었다. 알매를 찌는 대신 그렇게 하고 스티로폼을 집어넣는 반자도 하지 않았다.

"그러면 안 되는데요"

도목수인 강재국 씨가 안 된다고 하였다.

"그래도 그렇게 해요."

집 주인인 그가 그대로 하라고 했지만 강목수는 주장을 굽히지 않았다.

"안 됩니다. 열이 땅 밑으로 다 새 나가고 말아요."

난방이 안 된다는 것이고 방이 하나도 뜨시질 않는다고 하였다.

"상관이 없어요"

"분명히 후회하실 낀데요. 난 책임 안 져요."

목수는 아주 주장이 강하고 소신이 있었다. 그러나 그도 그 못지 않았다.

"예, 그래요."

기 싸움이 아니고 위신을 세우는 것도 아니었다. 목수는 공학적인 원리대로 하자는 것이고 그는 화학제품을 쓰지 않고 흙으로만 가겠다는 것이었다. 결국 그가 이길 수밖에 없었다. 공임을 지불하는 사람이니까. 8년 전 얘기였다.

그런데 아무리 보일러를 틀어놓아도 방이 하나도 따듯하지가 않았다. 강목수 말이 맞다는 것은 그 다음 해 겨울부터 알았다. 목수뿐이 아니고 시골 마을 사람들도 다 아는 사실이었다. 그만 알지도 못하고 고집을 부린 것이다. 그러니 이미 말한 대로 책임을 물을 수도 없고 추위를 견디며 프로판가스 난로나 전열기구로 보충을 하고 있다.

명분이야 있었다. 철객(기차 자동차 등)을 피해 시골로 가서 글을 쓴 전원주의도 그런 것이다. 양반은 얼어죽어도 곁불은 쬐지 않는다는 것은 다른 얘기인가.

좌우간 너와로 올린 지붕은 함석으로 바꾸어야 했다. 흙을 많이 얹어, 기와로 할 경우, 서까래가 약할 것 같아 그렇게 하였다. 굴피는 천년을 간다고 했는데 참나무를 쪼갠 너와는 그동안 자꾸 썩어 그냥 둘 수가 없었다. 보일러는 다시 하기가 어려워 그냥 견디고 있다. 다시 하려면 비용도 많이 들고 방 거실을 다 뜯자면 책장 옷장 등 물건들을 다 밖으로 들어내야 하는데 보통일이 아니다. 비용도 비용이지만 도무지 엄두가 안 난다. 너무 고집을 부린 것 같다. 나무 흙만 생각한 것이다. 파이프를 만든 플라스틱도 화학제품이었다. 그뿐이 아니었다. 그렇게 흙을 좋아했다는 얘기로나 남을지 모르겠다.

그것을 해결하는 방법으로 집필실로 쓰는 방에 북방식 온돌을 놓는 것을 생각하고 있다. 이 남방에 웬 북방식이냐, 계속 실없다고 할지 모른다. 남의 시선을 의식하지 않은 지는 오래 되었다. 그러나 실속은 있어야 했다.

거실 벽을 뚫고 집필실 아래 한 쪽으로 높직한 구들을 놓는다. 시장바닥에서 가게 방에 걸터앉아 있는 난전 구들을 보았을 것이다. 거실 아궁이는 벽난로가 되고 방을 통해 나가는 고래의 연기를 뽑아내는 팬을 단다. 물론 연통은 바깥에 둔다. 그러면 벽 아궁이는 하나도 내지가 않고 거실과 방안은 온기가 전달되고 책상을 온돌의자 앞으로 끌어당겨 앉으면 전기방석보다 훨씬 따듯하고 편안할 것이다.

시와 평론을 쓰는 강릉의 권혁준 선생 내외가 물오징어를 한 박스 사가지고 와서 두면 맛이 변한다고 밤새 초고추장에 회를 안주로 소주를 마시면서 해준 이야기를 그가 발전시켜 본 것이다.

방 하나는 온돌을 놓았는데 그 때 남은 구들이 몇 장 있고 너와를 뜯어낸 것을 쌓아서 덮어 놓았다. 그 대비를 해놓은 것이다. 그랬지만 그것도 돈이 약차하게 들어 몇 년 째 미루고 있다. 해동을 하고 아니 가을에나 다시 생각해 볼 것이다.

난방이 잘 안 되어 집을 비워두는 일이 많다. 동파를 방지하기 위해 '외출' 로 해 두는데 그래도 10만 원이 넘게 나온다.

느지막이 차에서 내려 냉골의 집으로 향하다가 길에서 광천을 만났다. 언제나처럼 그날도 얼근하여 있었다.

"술 한잔 해야."

"몇 잔 했구만 그래."

"가서 한 잔 더 해야."

그냥 들어가라고 했지만 말을 듣지 않았다.

방금 나온 오복집으로 갔다. 이 마을 서너 개의 음식점이 있는데 여기는 짜장면과 백반을 같이 했다. 옛날 통막걸리라고 써놓았지만 옛날 얘기이고 플라스틱 병막걸리가 있다.

막걸리 하나에 두부를 시켰다. 광천은 한 살 아래고 두 살 위인 광운과 동창이다. 얼마 전 버스를 기다리는데 자꾸 가게서 입주를 하자는 것을 사양한 적이 있었다. 기차 시간을 예약해 놓고 있었다.

한번은 그 가게에서 다른 사람과 술을 한 잔하고 있는데 광천이 활명수인가 부인의 약을 사러 왔었다. 이 마을에는 약방이 없다. 광천에게 한 잔 권했더니 계속 눌러 앉아 일어나지를 않았다. 곽란에 약 지으러 보낸다는 말이 있다고 했지만 그런 말을 알아듣지는 못하였다. 부인은 황간 싱크대 공장에 다니고 있었다. 술이 취해 길바닥에 쓰러져 있는 것을 싣고 온 광천을 집에 데려다 준 적도 있었다.

"쭉 들어 어서."

그에게만 자꾸 권하여 술이 줄지 않았다.

이 고향 마을로 내려오면서 제일 걱정되는 것이 하나 있었다. 시도 때도 없이 고주인 동창들이라든지 아는 사람들이 찾아와 술을 먹자고 붙들면 어떡하나 하는 것이었다. 그러나 그런 일은 한 번도 없었다. 그가 쓰고 싶을 때 언제나 쓰고 아무 때나 잠을 자고 할 수 있었다.

그러나 무엇을 쓰느냐. 어떻게 마무리 하느냐. 아직 쓸 것은 많고 할 일은 주체할 수없이 많다. 시간이 너무도 빨리 간다. 해가 서산에 뉘엿뉘엿 넘어가고 있다.

이 마을은 뒷산이 높아 해가 빨리 떨어진다. 겨울에는 해가 노루꼬리만 하다.

제35신
쉬지 않고 심는 마을

그동안 여러 가지 얘기를 썼다. 마을의 얘기를 들은 대로 본 대로 쓰고 싶은 것을 쓴 것이다. 매화골, 매곡梅谷의 얘기뿐이 아니고 영동永同의 얘기, 도계를 넘어 김천, 그리고 다른 곳 얘기도 썼다.

농사짓는 얘기, 농촌 사람들 사는 얘기, 귀농한 사람들 얘기, 죽음에 대한 얘기, 종교 얘기 그리고 그의 눈에 비친 마을 풍경들을 사진을 찍듯이 썼고 사진도 직접 찍어서 올렸다. 여러 장면들이 슬라이드 쇼처럼 넘어간다. 그 많은 얘기로 무엇을 말하려 했는지 모르겠다.

이 시골구석에 왜 사는가 하는 이야기였다. 그 나름대로 이유라고 할까 보람을 가꾸는 방법들이 있었다. 씨를 뿌리고 싹이 나고 잎이 피고 꽃이 피고 열매를 맺고 거두고 먹고 마시고 나누고 하는 농촌 마을 이야기를 가지고 사람 사는 얘기를 써본 것이다.

김동리의 소설작법에 소설의 주제는 인생의 의미라고 하였다. 무슨 얘기가 되었든 인생이 무엇이냐 하는 것을 말하는 것이 소설이다. 그동안 쓴 여러 가지 얘기들이 소설이 되기 위해서는 거기서 인생의 의미를 느낄 수 있어야 할 것이다. 그냥 느끼는 것이 아니라 감동을 해야 하는 것인데 과연 이 이야기들이 그럴 것인지는 모르겠다. 감동이란 쉽게 말해서 눈물이 나고 가슴이 찡하는 것이다. 작가가 이러고저러고 할 문제가 아니다.

오래 전에 읽은 책이다. 「행복의 탐구」이던가, 저자가 마키버라고 그때 사서 읽을 때 미국 사회학회 회장이었다. 그런 직함이 문제가 아니고 그 속에 평생 잊혀지지 않는 몇 마디 말이 있다. 행복은 현재에 있지 않고 과거에 있다는 것이다. 그리고 미래에 있다는 것이다. 누구나 자신이 현재 행복하냐고 묻는다면 그렇지 않고 불행하다는 것이다. 과거에 행복한 적이 있었고 미래에 행복해질 것이라는 희망을 갖고 산다는 것이다. 그의 설명을 붙인 것이지만 정말 그런 것 같다. 나는 지금 행복한가 되물었을 때 아니다라고 생각하는 것이다.

그 책은 그의 서가를 한참 뒤지면 나올 것이지만 보지 않은 지 오래 되었다. 그런 얘기는 여러 번 여러 군데에 썼다. 소설에서도 쓰고 수필에도 쓰고 강의를 할 때도 썼다. 여기서 다시 한 번 그 얘기를 쓰는 것이다. 모두들 시골에 사는 것이 행복하다고 한다. 물 좋고 공기 좋고 인심 좋고 무공해 푸성귀가 있지 욕심이야 한이 없지만 그만하면 됐지 뭘 더 바랄 것인가. 그러나 그 자체가 행복은 아니다. 도시보다 농촌 시골이 공해가 적고 행복지수가 높다고는 말할 수 있다. 행복은 욕망이 있는 사람에겐 없다. 도시고 시골이고 그것은 마찬가지고 천국이라 하더라도 그럴 것이다.

그동안 〈농민문학〉지에 연재하여 오던 「농민21」을 지난 달 끝을 내었다. 25회 5년 3개월 동안 거기 매달려 있었다. 전에 낸 「땅과 흙」에서 하지 못한 얘기들을 썼고 이무영의 「농민」 4부를 쓰겠다고 한 약속을 지킨 것이다. 말은 그렇게 하였지만 그렇게까지는 되지 못하였고 그 때의 농촌을 생각하며 오늘의 농촌 농민의 이야기를 써본다고 하였다. 지금 농촌 인구가 전체 인구의 7% 정도라고 하고 최근 귀농인구가 많이 는다고는 하지만 농촌은 역시 불편하고 살기 힘든 곳이며 농민은 아무래도 꾀죄죄하고 상대적으로 위축되고 있는 것 같다. 그러나 농촌을 개혁하겠다고 작정하고 웃통을 벗어던지고 두뇌를 집합시켜 밀어붙이고 있는 이야기를 통하여 농촌 농민의 다른 면을 그려보려 한 것이다.

모든 것이 그렇듯이 위기가 기회이며 모든 수단과 방법을 동원하면 안 되는 것이 없다. 불가능은 없다, 안 되면 되게 하라, 뭐 그런 식의 얘기가 아니고 될 수 있는 확률을 다 집합시키고 안 될 수 있는 요소를 다 제거하면 뭐가 됐든 되는 것이다. 되는 것이 목적이 아니고 어떻게 되느냐, 어떻게 이루느냐 하는 것이며 얼마나 가치가 있느냐 하는 것이다. 가치를 느끼고 누리는 것이 어디서나 보람이 있으며 그런 것이 행복일 것이다.

농촌 농민을 보는 시각이 생각하기에 따라 서로 다를 수 있다. 농민이 7%라고 하지만 기차를 타고 도심을 벗어나면 질펀한 농촌 들판이 펼쳐지는 것을 보게 된다. 여전이 농토는 넓고 우리나라 전체 면적의 반 이상을 차지하고 있는 것 같다. 또 산이 얼마나 많고 넓은가. 바다는 얼마나 넓은가. 농민들 어민들은 서울 파고다공원이나 종로4가 종묘 앞 노인들이 모여 한 잔에 500원 짜리 커피를 사 마시고 자식 며느리 흉을 늘어놓고 2000원 짜리 국수에 막걸리를 한잔 걸치고 갈짓자 걸음을 하며 지공거사(지하철 공짜…)가 되는 것보다 무엇을 심고 가꾸고 북을 주고 물을 주고 허리를 펴는 것은 생산적이고 건강에 좋고 신선놀음이다. 그런 시각도 있다는 것이다.

각설하고 다시 정월 대보름이 되었다. 전에도 얘기했지만 이 마을에서는 열나흘 날 저녁 자정에 동제를 지난다. 600년 수령 동구나무(느티나무) 허리에는 1년 내내 그 동제를 지날 때 매어 놓은 금줄이 그대로 있고 그것을 풀고 다시 제를 지낸다. 금년도 제주는 지난 1월 5일 새로 선출된 박희선 대동회장이다. 시인이다. 「빈 마을에 뻐꾹새가 운다」 외 많은 시집을 내었다. 노천리 동구나무 효자문 뒤에 자리잡은 문화생활관에 밤 10시가 되자 노천리 상 중 하리 이장과 전 이장 노인회회장 등 유지들이 나와서 제주를 엄호하고 있었다.

이윽고 시간이 되어 제주와 이장들이 나가 마을 안녕을 비는 동제를 지나고 제물들을 가지고 와서 음복을 하였다. 돼지머리를 썰어서 청주를 한잔씩 하고 백점(백설기)을 뜯어 먹었다. 음복은 귀밝이술이 되고 더위도 팔았다. 밤 대추가 있고 사과 배를 깎아서 썰어 놓았다. 밤은 먹지는 않고 아침에 부름을 깬다고 한 알씩 주머니에 넣는다. 전 회장 이재후는 알이 굵고 좋다고 가져가서 심겠다며 세 알을 넣는다. 그에게 감나무접을 붙여주어 작년에 2, 30개 땄다. 나이 일흔 다섯, 지금 심어서 언제 딸지 모르지만 심겠다는 것이다.

이튿날 버스를 타러 동구나무 앞으로 가는데 금방 차가 떠난다. 버스가 시간 전에 올 때가 많다. 한 시간 후 버스를 타면 기차를 놓친다. 난감해 하고 있는데 승용차가 발 앞에 선다. 동창인 이문세다. 영동을 간다고 타라는 것이다. 가다가 들은 얘기이다. 고추모를 여섯 봉지를 부었다고 한다. 한 봉지 1,000여 주씩 된다고 하였다. 참 많은 양이고 노인이 하기는 힘든 일이었다. 뭐가 됐든 이 마을 사람들은 쉬지 않고 심고 있었다.

봄이 성큼성큼 다가오고 있었다. 모래가 경칩이다. 벌레가 겨울잠에서 깨어나듯 농가도 이제 기지개를 켜고 있다.

<창작노트>

지금 나의 시간은

나의 문학 시간은 지금 어느 때쯤 되었을까. 가을쯤 와 있는 것이 아닌가 생각해 본다. 나의 문학에 대하여 기회 있을 때마다 얘기하였다. 글로도 여러 번 썼다. 작품은 안 되고 잡문만 늘어놓고 있다. 중언부언, 고양이 뭣 끌어묻듯이. 그러나 그럴 때마다 쓰고자 하는 의욕이 생기는 것은 사실이다.

1

눈만 뜨면 책상에 앉는다. 읽지 않으면 쓰는 것이다.

방 한 가운데 넓은 책상이 있다. 의자 두 개를 끌어 사방에서 앉도록 해 놓았고 볕이 드는 쪽 그늘이 지는 쪽을 따라 앉기도 하고 그때그때 편리한 대로 옮겨 앉아 쓴다. 오른쪽으로 광선이 비치게 하는 것이 눈에 좋다고 하여 그렇게 한다. 스탠드도 이리저리 끌어당겨 오른쪽에서 비칠 수 있게 해 놓았다. 필통에는 볼펜 싸인펜 연필이 잔뜩 꽂혀 있다. 만년필도 꽂혀 있는데 잉크를 넣어서 쓰는 펜은 언젠가부터 쓰지 않는다. 펜으로는 메모 정도만 하고 거의 워드프로세서로 쓴다. 다른 방에도 책상이 두 세 개씩 있고 거기에도 PC가 놓여 있고 인터넷이 연결되어 있다. 그리고 항상 배낭 속에 노트북을 둘러메고 다니며 어디고 앉기만 하면 쓴다. 흔들리는 차 안에서도 쓰고 운전을 할 때는 녹음을 했다가 풀어서 쓰기도 한다. 차를 없애고부터는 주로 기차를 타는데 출입문

쪽 좌석 콘센트 있는 데에 앉아 내릴 때까지 쓴다.

참으로 쓸 것이 많다. 연재를 쓰는 것도 있고 연작으로 쓰는 것
도 있고 쓰다 둔 것도 있고 새로 고쳐 쓰고 싶은 것도 많다. 그래
서 이것을 쓰다가 저것을 쓰다가 고치다가 하고 있다. 아무리 짧
은 것이라도 작품이 하나 되려면 밤을 새우고 몸살을 앓는다. 끝
이 나면 발표를 하고 또 책을 낸다. 5, 6년 하던 연재도 끝내고
책으로 내었다. 아직 책으로 묶어 내지 않은 원고도 꽤 있다. 그
많은 시간 동안 거기에다 무엇을 썼는지 모르겠다. 언제쯤이던가.
작품집 발문에, 나의 작품은 나의 신이라고 쓴 적이 있다. 그때는
그렇게 생각했다. 그만큼을 훨씬 더 쓰고 난 지금 생각하면 허풍
이었던 것 같다.

그냥 쓴다. 많은 것을 기대하며 쓰고 있지만 그것이 무엇인지는
모른다. 가끔 이렇게도 생각한다. 언젠가는 한 번 뜰 것이다, 계속
쓰고 계속 책을 내다보면 하나쯤은 히트를 치고 굉장히 많이 팔릴
것이다, 또 노벨상, 콩쿠르상 같은 것을 타서 상금도 두둑이 받고
명성도 누리리라, 그런 것도 다 신소리다. 매번 그것을 바라고 쓰
지는 않는다. 그런 바람이 다 빠져나갈 때 내가 왜 쓰는가 하는
진정한 답이 나올 것이다.

한 가지 자위를 하는 것은 노숙을 하지 않고 푹신한 요를 깔고
잠을 실컷 잘 수 있는 것이지만 가끔 잠도 자지 않고 쓰려고 한
다. 죽을 때까지 눈을 뜨고 일어나 앉을 기운만 있으면 쓸 수 있
을 것 같다. 그것이 낙일 것 같다.

2

나에게 문학은 무엇인가. 앞에서 이미 밝힌 대로이다. 더러 고

치긴 했는데 진전이 없다. 진전이 없다기보다 변함이 없다.

　책을 낸다는 것이 무슨 의미가 있는지 모르지만 쓰기만 하면 묶어내었다. 그 제목들을 명함에도 찍어가지고 다녔다. 이럭저럭 스물여덟인가 아홉 권 되는 것 같다. 5권으로 된 것은 다섯 권으로 쳐서이다. 선집으로 낸 단편집 「핏들」(한국남북문학100선) 한 권 외에는 중복을 하여 싣지 않았다. 내세울 것은 그것밖에 없다. 양을 가지고 얘기할 것은 아니지만 적지 않은 분량을 썼다. 소설작법 강의를 하시던 이무영 선생님이 「보물섬」의 작가 스티븐슨의 얘기라고 하면서 자기 키만큼 쓰라고 하였다. 유머가 많은 선생님은 그는 키가 작았다고 하였다. 선생님도 키가 큰 편은 아니었다. 그 때는 200자 원고지에 글을 썼으므로 그것으로 분량을 말했지만 지금은 대개 A4용지로 계산을 한다. 어느 것으로 따져도 그 이상을 쓴 것 같다. 거기다가 도대체 무엇을 썼는지 모르겠다. 눈만 뜨면 뭐가 됐든 써야 한다고 생각하고 책상에 앉는다. 문단에 나온 후부터만 쳐도 햇수로 54년이다. 선생님보다 28년을 더 살았다. 쓰기도 분량으로는 더 많이 썼다.

　처음 얼마 동안은 선생님의 경향을 추구하여 농촌 농민 얘길 썼다. 거기에 가장 한국적인 화두가 숨 쉬고 있다고 생각을 하였다. 20년 30년을 그러다가 민족의 얘기라고 할까 작역作域을 확대하여 보았다. 청산리전투 얘기도 쓰고 단군의 얘기도 쓰고 노근리학살 보도연맹사건 한국전쟁 얘기도 쓰고 그러느라고 단편은 많이 쓰지 못하였다. 제재나 테마에만 매달렸던 것 같기도 하다. 좌우간 그것들 중에 남을 작품이 무엇일까 생각해 보았다. 고개가 갸우뚱해진다. 어느 것 하나 내세워지지가 않는다.

　몇 해 전에 스웨덴의 최 형이 한국소설집을 낸다고 소설을 한 편 보내달라고 하였다. 여러 날 생각하여 고른 것이 「핏들」이었다. 나의 첫 작품이다. 그것이 나의 대표작인가. 그런 것은 아닌 것 같은데 딱 하나를 고르라고 할 때 어느 것 하나 썩 마음에 드는 것이 없었다. 나를 대표할 수 있는 작품은 아직 씌어지지 않은 것 같다. 그리고 잊어버릴 만한 무렵에 『소나기와 다른 한국소설 (REGNSKUREN OCH ANDRA KOREANSKA NOVELLER)』이라는 이름으로 된 앤솔러지를 들고 왔다. 김동인 황순원 한무숙 하근찬 외 몇 생존 작가의 단편소설들을 수록하였다.

이 책의 공동번역자이며 소설을 쓰는 최병은 형의 전화를 받고 상경, 광화문 뒷골목에서 대포를 한 잔 하였다. 「숨쉬는 영정」을 수록한 구인환 선생도 불러내었다. 수고했다, 책을 잘 내었다, 인사를 하며 낯선 철자로 된 자신의 작품 문맥을 이리저리 훑어보았다. 그런데 아무래도 이것이 나를 대표하는 작품 같지는 않았다. 그래 이렇게 건배를 하였다.

"대표작을 위하여!"

그리고 이제부터 대표작을 쓰기 시작해야 되겠다고 다짐하였다.

얼마 전 김양식 시인에게 최형의 부음을 듣고 이 글을 다시 다듬으며 어디 조의를 전할 곳도 없어 허공에 묻고 대답한다. 뭐가 그리 급하십니까. 인생, 별것 아니지요. 작품은 글쎄…….

3

나의 문학세계에 대해 스스로 말하는 것이 의미가 있는지 모르겠다. 굳이 얘기를 한다면-「문예시대」원고 청탁을 받고-다음과 같이 나누어 볼 수 있다고 쓴 적이 있다.

첫째는 농촌 농민에 대한 제재로 쓴 작품들, 흔히 농민문학이라고 하지만 밭 갈고 논 매는 얘기를 쓴 것은 아니고 토종 한국인의 정서가 살아 숨쉬는 공간인 농촌을 배경으로 한국의 과거와 미래를 쓰는 것이다. 『땅과 흙』은 농토를 합하여 협업공동체를 이루는 농촌의 개혁과 순박한 여인과의 사랑의 성취를 그렸다.

둘째는 역사 민족에 대한 제재로 분단과 통일의 문제에 대한 답을 찾는 것이다. 『단군의 나라』는 우리의 뿌리인 단군을 통하여 남과 북이 만나는 이야기이며 『서러운 땅 서러운 혼』은 청산리 전투의 두 주역 김좌진과 홍범도의 엇갈린 남과 북의 시각과 역사적 과제를 썼다. 『노근리 아리랑』은 슬픈 민족의 비극을 사랑의 승화로 푸는 민족해원을 시도해 보았다.

셋째는 죽음과 내세 종교 등에 대한 제재로 나의 삶에 대한 중간보고이다. 『멀리 멀리 갔었네』 연작은, 아직 끝을 못 내었었지만, 죽음에 대한 회의이며 삶에 대한 고뇌이다.

결국 나의 문학세계는 사랑에 대한 성찰이다. 너무 거창한가. 사랑의 실천이다. 그것이 농촌일 수도 있고 민족일 수도 있고 통일일 수도 있고 한 마디로 역사 앞에 부끄럽지 않게 살고자 하는 삶의 몸부림이다. 그 보고서이다.

나의 작품 경향은 내세울 것이 없다. 지금은 부끄러울 것이 없지만 1959년 1월 1일자 동아일보 신춘문예 소설부문 발표에 당선작 가작이 없는 최후심에 두 사람의 이름이 들어 있다. 하나는 나인데 심사위원은 김팔봉 백철 선생이다. 그때부터 5, 6년 투고 끝에 소설 당선을 하였다. 나는 젊은 문학 지망생들에게 기회 있을 때마다 말한다. 얼마나 빨리 나오는 것이 문제가 아니다. 어디로 나오느냐 하는 것도 문제가 안 된다. 오로지 작품으로 말하라. 100년 200년 퇴색되지 않고 남을 작품을 쓰는 것이 중요하다. 남이 뭐라고 하던 눈치 보지 말고 여기저기 끼지 말고 분명한 자기소리를 내야 한다. 스스로 부끄럽지 않고 최선을 다하였는가가 중요하다. 한도 없고 끝도 없는 자신과의 투쟁이며 용맹정진이다. 고치고 또 고치고 다시 쓰고 발표하고도 고쳐 쓰고 평생 그 작품에 매달려야 한다. 쓸 때마다 제재와 경향, 스타일을 바꾸어야 한다. 창작은 모든 전작前作의 부정否定이다.

4

데뷔 50년이 되던 4년 전 「좌절」 그리고 『흙에서 만나다』 소설 낭독회를 서울서 가졌고 작년 7월 『농민21-벼꽃 질 무렵』 소설 낭독회를 향리에서 가졌다. 그렇게 하는 것은 뭔가 정리를 하고 싶어서였는데 재도약을 위한 나름대로의 몸짓이다.

「좌절」은 데뷔작이며 『흙에서 만나다』는 「아직도 끝나지 않았다」 「아들의 만남」의 아직도 진행 중인 한국 전쟁 수난의 얘기이다. 『농민21-벼꽃 질 무렵』은 오늘날 농촌이 직면하고 있는 현실적인 문제와 농민들이 갈망하고 있는 이상을 시골마을 매화골을 무대로 펼쳐 보았다. 매화골은 영동 매곡을 상정하여 그려본 것이다. 이 작품은 은사인 이무영 선생님의 대표작 『농민』 3부작의 후속을 쓴 제4부이며-그렇게 공언하였다-제목을 『농민21』이라고 붙였다. 『벼꽃 질 무렵』은 또 하나의 이름이다.

장편소설 『멀리 멀리 갔었네』는 20년이 넘도록 여기저기(월간문학 펜문학 농민문학 등)에 연작으로 발표하고 있지만 아직 종장을 못 쓰고 있다. 결론을 내리지 못하고 답을 찾지 못하여서이다.

작품은 삶의 문제에 대한 해석을 하고 답을 쓰는 작업이며 작가는 그것을 보고하는 존재자이다. 부단히 답을 갱신하며 중간보고를 하고 드디어 대단원의 결론을 내려야 한다. 이제 그럴 때가 된 것 같다. 인생이란 무엇인가, 신이란 무엇인가, 빙빙 돌리지 말고 허심탄회하게 답을 써야 한다. 솔직히 뭔지 잘 모르겠다고 쓸 수도 있다. 많이 그러기도 한다. 자기도 모르는 얘기를 하는 것보다 훨씬 낫다. 그러나 그것은 최선을 다 하는 자세가 아니다. 숨이 다 할 때까지 목소리를 낼 수 있는 때까지 어눌하게라도 답을 말하는 것이다. 막히고 지치고 힘들면 서가의 책을 다시 꺼내 읽으며 멀리든 가까이든 여행도 하면서 쓰는 것이다. 나는, 나만의 장기인지 모르지만 다니면서 쓰는 것이다. 기차에서도 쓰고 버스에서도 쓰고 어디 벤치에 앉아서도 마음만 먹으면 된다. 밝은 데서도 쓰고 어두운 데서도 쓴다. 나를 생각하여 버스에 흔들리며 뭘하는 것은 눈을 버린다고 말하는 시인이 있다. 글을 못 쓰면 눈은 하여 뭘 할 것인가. 눈이 보이지 않아 딸에게 구술하여 쓴 「실낙원」(밀턴)을 생각해 본다. 아직 보이는 것은 잘 보인다. 보이지 않는 것을 보아야 한다.

택시를 탈 때 머리가 허연 운전기사를 만날 때마다 얘기한다. 80까지는 할 수 있을 것 같애요. 그렇지요. 글을 쓰는 것은 좀 더할 수 있을 것 같다.

해가 서산에 뉘엿뉘엿 넘어가고 있다. 이 가을 벼가 패어 고개를 숙이고 있다. 황금물결을 이루고 있다. 이때쯤 된 것 같다. 나의 시간은. 시간이 너무도 빨리 간다.

장수바위

저　자 / 이동희
발행인 / 심보화
펴낸곳 / 도서출판 풀길

2017년 9월 15일 1쇄 인쇄
2017년 9월 20일 1쇄 발행

서울 종로구 율곡로 13가길 19-5
TEL : 567-9628(팩스겸용)
등록 / 제300-2002-160호
Printed in Korea 2017 ⓒ 이동희
저자와의 협의에 의해 인지 생략

값 15,000원
잘못된 책은 바꿔 드립니다.
ISBN 978-89-86201-37-6

이 도서의 국립중앙도서관 출판시도서목록(CIP)은 서지정보유통지원시스템
홈페이지(http://seoji.nl.go.kr)와 국가자료공동목록시스템(http://www.nl.go.kr/kolisnet)
에서 이용하실 수 있습니다.(CIP제어번호: CIP2017023766)